启示路

THE

PATH

OF

REVELATION

THE PATH OF REVELATION

G. E. M. 鄧紫棋

啓示路

中和出版
OPEN PAGE

FOREWORD 推薦序 一

在虛擬與信仰的交界處，聽見她的耳語

方文山

如果一本書能發光，那《啓示路》應該是會讓人睜不開眼的那一種——不是因為刺眼，而是因為太真。那是一種由內而外的誠實光芒，像凌晨三點的第一縷陽光，照進你心裡最幽微、最沒有人敢碰觸的角落。

這本書的作者，是鄧紫棋同學——我們認識她，大多都是從她天籟般的歌聲開始，但這本書卻讓我們從文字看見一個截然不同的她。她在書裡，沒有麥克風、沒有舞台，卻有世界，有上帝，還有她一直不放棄的信念。你會驚訝，一個被鎂光燈照耀的女孩，怎麼會願意走進黑暗裡，赤腳尋光，還寫下這樣一本「太真誠」的小說。

《啓示路》不是一本書而已，它比較像是一部電影的劇本、一本失重的詩集，或者是一段未來與過去交疊的蒙太奇。書裡的角色，不是數位科技中的NPC，而是你，我，或者更可能是，那個曾經迷失方向，卻依然仰望星空的自己。

你會看到歌莉雅，一道從虛擬世界而來的真實之光；會看到「樂土」，看到科技如何成為逃避現實的避風港；也會看到「意識升降機」這個裝置，那台通往天國的祈禱機器。你以為她在寫未來，其實她是在問現在；你以為她在幻想，其實她是在分析人性、剖開真實。

紫棋同學在這本書裡，不只是作者，她更像是那個引你入夢的說書人。她用文字拆解了情感、信仰、科技、孤獨、愛情與盼望之間的邊界，把這些看似無法融合的元素，傳輸成一條條敘事的光纖，接通你心底那座塵封的宇宙。

我覺得她很勇敢。因為要寫這樣一本書，不只面臨技術層面的挑戰，更是一場心靈上的自我對話。不是每個創作者都有那個勇氣，去談信仰、去談AI、去談愛裡的失落與修復——更別說同時寫得這麼詩意、這麼真誠。

在這本書裡，她不是明星，而是一位仰望的旅人。她用一支筆，在虛擬與現實的縫隙中，一頁頁地刻下真實。如你翻開這本書，就像她筆下那場海水分開的奇跡一般，她的真心會緩緩為你開啓。這本《啓示路》，並不眾聲喧譁，而是為了結束後仍不散場的觀眾們，所留下的「紫光密碼」。

FOREWORD 推薦序 二

在宇宙中心呼喚愛

陳銘

你認識鄧紫棋嗎？

我以為我認識——在讀這本書前。

可真正讀完這本書，撫首掩卷，我得好好地問問自己：我認識的，到底是哪個鄧紫棋？

或者更準確的問題應該是：「在這個世界上，到底有多少個我們還不了解的鄧紫棋？」

我建議讀者先完全忘記作者。忘記之前的相識，徹底拋下對作者已有的認知，只從文本進入，從零開始，置身於這個宏偉瑰麗、洶湧澎湃、不斷穿越的美麗新世界。

這本書會讓你在不同的世界裡來回穿行。

你會進入量子力學的世界，人工智能的世界，弦理論的世界。作者對這些領域的探索，不是粗糙的提及，而是深度的置入。紫棋第一部長篇就選擇科幻題材，我是驚訝的，因為科幻要硬，極難。當我聽說她寫著寫著就跟物理學教授、AI教授深度溝通了起來，我反而不驚訝了，因為這才是我認識的紫棋——嚴謹、求實、極致完美主義。

你還會進入心理學的世界，倫理學的世界，哲學的世界。新建一整套世界觀，更難。物理世界與AI世界，客觀世界與心理世界，理性世界與藝術世界，現實世界與神的世界，想想看，這需要多少套世界觀？

有些缺陷其實完美，有些完美卻是缺陷。
有些真實其實虛幻，有些虛幻才是真實。
有些救贖其實束縛，有些束縛才是救贖。
有些自由其實慾望，有些澄澈才是自由。
當然，你還會進入「愛」的世界。
因為畢竟——

一、引力，其實就是愛。
二、宇宙大爆炸，源於引力——也就是，源於愛。

——《啓示路》第二十六章

實話實說，我從未見過如此高級的「在宇宙中心呼喚愛」。書中論及的愛的種類，千姿百態。以科幻作為呈現可能性的翅膀，把你幾乎能想到的所有愛的可能性全部嘗試了一遍。你猜最赤誠最熾烈的會是哪一種？要靠你翻開書自己來發掘了。

看完最後一章，我笑著濕了眼眶。一邊是雷霆手段，一邊是菩薩心腸，紫棋走了這麼遠這麼久，依然相信愛與救贖。已識乾坤大，猶憐草木青。

在宇宙中心呼喚愛

我在心裡感慨與致敬。

音樂是一種語言。文字也是一種。但也有人說，這世間其實只有一種語言，每種藝術形態只是這唯一一種語言的分有。也許紫棋想擊碎隔閡，用啓示路，擊碎巴別塔。這是第一次嘗試，我相信一定不會是最後一次。因為在這個光怪陸離卻意義荒蕪的世界裡，還能連接彼此的，唯有藝術與愛。當然也許，愛就是最後的藝術。

感恩紫棋用二十萬字的執著澆灌意義之花！願你的愛永恆！

FOREWORD 推薦序 二

Knock! Knock! 你明白自己也在啓示路上嗎？

曾寶儀

如果神當時直接讓我看見了你，我就不會經歷尋找你的過程。我會少了很多反思，也少了對宇宙、對生命、對神的更深理解。

與G認識在2015年播出的真人秀節目《極速前進》第二季，那之後還陸續一起上了幾個綜藝節目。雖然見面不多，但在微信與臉書上始終保持著彼此關注。十年來，這女孩總是讓我驚嘆。在大家看得到的視野裡，她實現了許多 out of nowhere（憑空閃現）的靈感。開很多場演唱會可以理解，那是她的本業，但創作並演唱西班牙語歌是怎麼回事？2022年的聖誕前夕，她寫道：

24天前，我連一個西班牙語單詞都不會唸。24天後，我已經開始寫第六首西語歌。

一切的開端只因為她希望有天梅西可以聽到她唱歌，這是什麼發心與顯化？

但在大家看不到的地方，她也有自己的掙扎與憤怒，只是這一路上，她不斷提醒自己，提醒自己不要失去信心，並明白那些都是她必經的體驗與道路。

於是當G興奮地把書稿發來，說她完成了第一本小說，一路聽著她嚷嚷的我這次沒被嚇到，但打開檔案發現有二十幾萬字的時候，我還是倒吸了一口氣。這可是近三本書的體量啊！再怎麼文思泉湧，也得顧慮一下這個已經逐漸喪失閱讀長文能力的世界吧！

但當我被《啓示路》的世界浸潤後，我慢慢明白，她（祂）想告訴我們：生命是沒有捷徑的。我們的人生不是懶人包的組合，而是一個又一個的片刻，造就了現在的「我們」。那些痛苦與淚水，喜悅與愛的當下，都只是為了讓我們更靠近自己，讓我們認出那早已屬於我們的支持與愛的力量。

越是深入閱讀越是明白：這不只是一本科幻愛情小說，而是這個而立女孩的壯遊。

正如我曾在TED演講裡分享過的：

> 什麼是訊息？
> 我就是訊息，我努力活出的生命就是我想帶給這個世界的訊息。
> 你也是訊息，你說的每一句話，做的每一個決定，都是對這個世界的表態。
> 希望我們帶給這個世界的，都是充滿愛與能量的訊息，也希望我們都能無畏無懼地，活在自己的人生裡。

是的，這是一本充滿訊息的書。

我不想用科學或文學的頭腦來完成這篇序，我想誠摯地邀請你，放下你的左腦，踏上啓示路的旅程，然後找到屬於自己的獨一無二的啓示路，義無反顧地前行！

FOREWORD 推薦序 IV

科技與未來的愛之歌

郝景芳

完全沒有想到，歌手鄧紫棋也會想寫科幻小說，而且寫出這樣一部沉甸甸的作品。

這是一個關於愛、成長與救贖的故事，也是一段關於自我意識和生命本質的探索旅程。

書中的虛擬世界「樂土」，是屬於未來世界的元宇宙，設定宛如寓言中的天堂，而人工智能則成為人思考「人之所以為人」的參照物。技術出身的男主人公是一位 AI 開發者，在面對自己創造出的虛擬角色時，開始意識到：自己向 AI 輸入信息的同時，AI 也在反過來改變他——這種相互影響的關係，宛如量子糾纏。在對技術深思的同時，他也逐漸找到對自我與愛的更深領悟。

小說中包含大量嚴肅的技術想像：啓示鏡是進入未來虛擬世界的通道，意識磁讓人的思維有鏡像，意識升降機讓不同個體的意識領域能夠彼此交融，智能合約讓虛擬世界技術得以推行，人工智能訓練和機器學習技術則推動 AI 趨近真實，甚至擁有了意識與愛。此外，作品還創造性地引入了大衛·霍金斯的「意識能量層級理論」，將意識等級作為樂土運行的基石。從這些設定可以看出，作者對技術的未來以及它對人類社會的影響，進行了認真而細緻的構建與思考。

科技與未來的愛之歌

誰說科幻只是科學家的想像呢？科幻已經來到了我們每個人的身邊。

什麼是真、什麼是幻？女主人公的人生幾乎都在探索這個問題。當現實與「樂土」互為映照，人與AI彼此投影，真實與幻境之間的邊界也似乎在反覆搖擺。這或許正是我們未來所要面臨的真實困境。

這樣的一部小說，出自於優秀歌手之手，著實令人驚訝又讚嘆。

全書構思完整、文字細膩，自開篇便有大量深入的心理描述。作品中也不乏動人的情感篇章，無論是愛情、友情、親情，都在虛構設定之外，為讀者帶來溫暖與亮光。

書中讓我印象深刻且動容的一幕，是男主人公在面對自己喜歡的女孩時，忽然頓悟：

> 問題不是她不夠好。
>
> 問題也不是她多好而不自知。
>
> 問題是，當眼光無法從「好不好」這個問題上挪開，那本就是一個泥沼。

在那一瞬間，他意識到，自己喜歡的，並不是某種「優秀」或「理想」，而是她這個人本身。

這樣的時刻，在書中還有很多。女主人公與朋友之間的不離不棄、與家人之間的理解與包容，構成了科幻故事之外，溫柔動人的現實細節。

《啓示路》讓我們看到，AI、仿生人、虛擬世界，不只是關於技術，更關乎我們如何看待生命和情感。這是對「人」這一存在的再度回望，也是一種溫柔的救贖。

希望女主人公的雙重人生能夠打動你，也希望故事裡對生命與愛的感悟能溫暖你。

讓我們一起感受，作為寫作者的鄧紫棋，通過文字傳遞出的獨特溫度。

目錄

BOOK V 第五部

TRIUNITY 三維一體

BOOK VI 第六部
PATH 迴路

BOOK VII 第七部
KNOCK 叩門

PROLOGUE　序

少女的祈禱

「再看一遍吧，那凌晨三點的第一縷陽光。」

她一定是個堅毅的女孩，才會為一個突如其來的念頭，孤身橫越荒漠，來到海邊。她也問過自己，再看一遍有什麼用？隨即她卻想起自己早被說服過，做事情為什麼一定要有用呢？如果誠實面對內心，這個念頭來襲時，她的確是如此懷念那個晚上。

如她所想，這裡杳無人跡，畢竟是個地圖上從未被標記的地方。眼前閃過零星的記憶碎片。那被生在海邊，噼啪作響的篝火；那被留在沙灘上，因奔跑而深深下陷的腳印；那被故意抹到鼻尖，帶著淡淡鹹味的沙土；還有陣陣海浪面前，格外清脆的笑聲……

她的腦海被兩個字霸佔著——愛、凡。

女孩有著一雙薰衣草般的紫色眼睛，眉宇間卻流露著花落的哀傷。一些細白沫沾在她的睫毛上，那是路途上被風乾的眼淚。風也吹來了黑色的砂土，隨意散落在她的臉頰。她的一頭銀髮，大部分被藏在深色兜帽裡，只露出額前幾根凌亂的瀏海和一條鬢辮，一半被圍巾壓著，一半了無生氣地敞露於胸前。

她是歌莉雅。

一開始她還數算著自己漂泊的日夜。但當現狀始終毫無變化，時間顯然等於不存在。片刻彷似漫漫長夜，長夜又如片刻嘆息。她已無所謂時間過了多久。她只想知道，這個世界還有沒有任何有所謂的事情。

天邊閃爍著暗綠色的閃電，海風吹得起勁。面前翻騰的大海，已被漫天烏雲籠罩得發黑，像她的心一樣。於是她本就瘦小的身軀，便在大海面前，更顯卑微。

連一絲光都不願給我，她心想。

她一步一步踏進水中，任由海水漫過短靴，感受著腳下的沙土從鬆散逐步堅實。褲管遇到海水的剎那，刺骨的冰凍從腿部一湧而上。然而，刺痛感即便突然，那卻是這段時間以來，極少數讓她感到自己還活著的瞬間。望著眼前海浪不斷被岸推開，竟還鍥而不捨地一再回來，她只覺得，可笑。

「所以呢？這一切是為了什麼？」沉默已久的她，終於憋出了一句話。

沒有回應。當然沒有回應了。耳邊只有低吟的風和澎湃的海浪。天空似乎不是第一次聽到這樣的問題，只又平淡地眨了眨眼。那電光真夠冷漠，讓人越發不甘。

「為什麼呢？」她哀聲質問著。

寒酸落魄的小姑娘，試圖挑戰維持宇宙運行的智慧，是勇氣，還是無知？確定的是，她至少已成功觸動到什麼。這一次，伴隨著閃爍的電光，是一陣使人敬畏的雷鳴。歌莉雅鼻子一酸，終於不禁低頭，泣不成聲。

「你在哪裡啊？」她喊得撕心裂肺。

是自己做錯什麼了嗎？是自己不夠好？還是人本就喜怒無常？任何東西即使一天被捧在掌心，另一天也能被無情拋棄？無須原因，也無從改變？

在她一吸一頓的抽泣聲裡，是心中無數的不解，和無處宣洩的悲傷。一份巨大的無力感，正在慢慢吞噬她。

但也許人就是要到了絕望，才能學會仰望。

「你在哪裡啊……你在哪裡啊……」她不斷重複著。

眼前始終默不作聲的天空，成了她能抓住的最後一根稻草。真奇怪。她雖然聽不見回應，卻似乎深信能被聽見。

哭，是一件很費體力的事情，尤其是哭得暗無天日的那種。在哭的過程中，除了臉部肌肉外，胸廓周圍的肌肉，還有腹肌，都會持續配合用力。呼吸也會失去規律，不自覺地多呼出而少吸入氣體，導致大腦缺氧。終於，她雙腿一軟，跪了下來。

全身的重量，加上這些日子累積的所有委屈、痛苦、難過……一瞬間全壓在了她的膝蓋上，痛覺神經被深深刺激，她又一次深刻感覺到自己活著。

如果人真的能夠看見神跡，那麼看不見的時候，也許只是因為姿態不對，視野被擋住。當她真的來到自己的盡頭，意識到自己無能為力；當她終於捨棄身上的每一分力，任由雙膝下墜，她就看見了——

膝蓋接觸到海面的一息間，海水突然向兩邊分開，萬丈海浪，高聳成牆。

分明就是兩幕往天上流去，看不見盡頭的瀑布。她已徹底忘記原本的世界，只懂張大嘴巴，笨拙地轉動眼球。

海中心被開出一條路，彷彿是張開的雙臂，等待被奔向的胸襟。她也彷彿知道這就是她要走的路。本能似的，她重新站了起來，邁出生硬的腳步。

路中心是一扇白色的大門，神聖，莊嚴。

門緩緩向她打開……

全是光。

BOOK I 第一部

AFTERLAND 樂土

Chapter I

第一章 無惡之城

飛越雲霧，是一片反射著夕陽金光的碧海。海上群山成島，空中懸浮著很多不規則層疊的圓形樂園。選定一個樂園後，繼續飛，是象牙白色與玫瑰金色交錯的一座座現代柱形建築，以及各式各樣的綠植。入口處的巨型廣告牌上，是流暢的霓虹光字在閃爍：

Welcome to AFTERLAND（歡迎來到樂土）

穿過廣告牌，粒子慢慢凝聚成一雙手，接著是肩膀、軀幹、雙腿……歌莉雅看著自己的身體隨著發光的粒子逐漸形成，早安！

望向四周，陽光揮灑在林立的柱形有機建築上，反射出柔和的光暈。這是樂土的中心街區。街心有一座懸浮於半空中的聲波狀噴泉，水珠在空中旋轉、跳躍，然後優雅滑落。底層架空的購物商場，上半部分也相當輕盈，白金相間的支撐柱體，穿插在圓弧形的玻璃飾牆之間，典雅不失俐落。帶有漂浮流動感的天際花園，如同天國降臨般，被金色的迴旋樓梯環抱。各類酒吧、餐廳、廣場等，人來人往，歡樂熱鬧。

如同日出——這是歌莉雅每天的第一個畫面。雖然故事每天有著同樣的開頭，她卻從未覺得厭倦。自她有記憶開始，樂土一直多姿多彩，而她一直自由自在。

最初，她的衣著多以灰白兩色為主，最多偶爾點綴幾抹金銀。她的辮髮也是銀色的，身上唯一擁有生動色彩的，是她的眼眸。

歌莉雅換過好幾種眸色，最原始的設置是薰衣草紫色，後來也換過宇宙藍和湖水綠，都是冷色系。她的創建者貌似喜歡大範圍迴避情感流露，只願意通過瞳孔周圍那一小塊區域，稍作暗示。

不過，最近情況已慢慢產生變化。歌莉雅最新的一副眼眸，是琥珀色的。這可是史上第一次。她的身上居然出現了暖色？

而且這點溫暖，還陸續蔓延到她的穿著上。杏色鏤空上衣、卡其色半截裙、南瓜色腰帶等，雖然只是個別單品間歇性回暖，至少算個開始。

這或多或少要歸功於露露——歌莉雅最要好的姐妹。

露露像一紮盛開的花束，活潑開朗，鬼靈精怪，烏黑的長髮上永遠夾滿彩虹般的髮夾。印象中，歌莉雅第一次踏入樂土時，露露彷彿已在此等候多時。從此，街區的每個角落都印刻著她們的足跡：街心的追逐、碼頭的絮語、酒吧的微醺、店鋪的流連。

起初，歌莉雅話並不多，鮮少主動與人聊天。但日子久了，總會慢慢被感染。如今歌莉雅已結交了不少新朋友，即便露露不在線上，她也照樣活躍。

然而有個地方，歌莉雅至今仍未踏足。

那就是——意識升降機。

樂土之所以能夠快速崛起，風靡全球，就是因為這部升降機。

只有你想像不到的，沒有你體驗不到的。

這是每個人做夢都能背出來的一句樂土廣告詞。

意識升降機的背後，是啓示鏡和意識磁這兩項革命性技術。啓示鏡，是樂土的VR[1]眼鏡。在每位樂土角色創建者的啓示鏡上，都有一塊意識磁——樂土在全球範圍內均享有專利的一項革命性發明。這個磁塊無須被植入人體，就能與創建者進行腦波連結，實現意識體驗。

比較簡單的一種意識體驗，是吃飯。

假設角色在樂土裡咬了一口芝士蛋糕，意識磁會將這口芝士蛋糕的相應味覺、嗅覺、口感和溫度等訊息，傳送至角色創建者的大腦神經網絡，讓角色創建者能在現實世界裡，實實在在地體驗到這塊芝士蛋糕的味道。也就是說，在現實裡，除了蛋糕在人體的消化過程並未發生，一切相關的感官享受，都能被一一體驗。這情況就像在夢裡，有時人們會因感受到失重而驚醒，但一切不過是大腦的活動。

然而，吃飯僅是一種基礎意識體驗，只能體現出意識磁的皮毛。樂土的重頭戲是——意識升降

---

① Virtual Reality，虛擬現實。（全書若無特別標註，均為作者註）

機，一項震驚全球的進階意識體驗。

進入一座透明的升降機裝置，創建者能僅僅透過想像，瞬即建構一個獨一無二的意識空間，並透過腦波連結，實時與好友共同體驗。

假設有一對異地情侶，通過意識升降機進入女方的意識層。當她想像二人在海上共騎海豚時，意識磁會實時捕捉她腦中的畫面，通過腦波共振，同步呈現在雙方的啓示鏡上。相應的聲音、氣味、味道、觸感等神經訊息，也會實時被傳輸至彼此的大腦神經網絡，讓他們不僅能看到海洋的壯闊景象，還能感受到海豚躍動的韻律、飛濺的水花、海風的鹹濕等。這種全方位的感知共享，為樂土贏得無數用戶的青睞，是樂土最具競爭力的旗艦產品。

當年樂土面世，公司首次公佈啓示鏡與意識磁技術時，立刻在全球引發巨大轟動。各國媒體爭相報導這項劃時代的科技成果，各種討論與爭議也迅速蔓延至社交平台與學術界。

支持者認為這是人類科技史上一項偉大的突破。虛擬現實技術從原本局限於視聽體驗和基礎觸覺反饋，一躍提升至能夠跨越經緯，瞬時共享意識，不僅為娛樂產業帶來革命性的新機會，更可能成為醫療康復、遠程教育、心理治療等領域的救星。

當然，質疑聲也不絕於耳。許多學者和社會活動家擔心樂土公司藉此收集用戶隱私數據，包括思維模式、情緒波動和記憶內容等敏感信息，或在用戶不知情的情況下，篡改甚至灌輸特定訊息，進而操控用戶的大腦運作。競爭對手也使勁向樂土公司潑髒水，質疑進階意識體驗會縱容思想犯罪。

然而，樂土公司早已對質疑做好應對準備。

每個樂土賬號，都受到一份智能合約保護。合約的核心內容是保障用戶的知情權與操控權，確保用戶的一切訊息都不會在不知情的情況下被存取或使用，並對意識磁與創建者之間的交互方式進行了詳細定義，讓用戶能了解並限制與意識磁之間的訊息交互。一旦賬號被建立，智能合約便會自動執行，讓創建者能在樂土自由安心地展開旅程。

樂土公司也對外發表了一份長達數百頁的技術報告，詳細解釋意識磁的運作原理能如何自動約束惡念與負面情緒的意識交通，從而杜絕思想犯罪的可能性。

雖然這份報告過於專業，沒多少用戶願意花時間深入研究，但用戶的反饋以及對惡念意識頻率的監控，都證實了惡念在樂土上，至今無法存在。

Chapter II

第二章　附近的人

傍晚六點，歌莉雅和露露約好在街心噴泉見面。

六點零五，露露仍然未見蹤影。

閒著也是閒著，歌莉雅便打開了控制手環。金色的圖標瞬間如紋身般出現在她的左手手腕上。她用指頭滑動圖標，點擊按鈕，搜索附近的人。

半透明的屏幕隨即懸浮於空中，隨機顯示著附近玩家的頭像。她一連滑走好幾個不同頭像後，視線突然定住了。像正在接受催眠治療的人一樣，歌莉雅的臉上露出了若有所思的微笑，慢動作地把指尖移到右上方，點擊收藏。

「愛……凡？」露露的聲音突兀地在耳邊響起。

「嚇死我了！」歌莉雅猛地一轉身，捂著心口，大口大口喘氣。

「誰是愛凡啊？」

「啊？愛凡？」

歌莉雅一愣，看了眼旁邊的屏幕，語帶尷尬地接著說：「啊，我都沒注意到他的名字……」

「但你收藏了。」露露眯起眼睛，歪嘴一笑。

「你真八卦！」歌莉雅抿著唇，連忙轉移話題，「先說說你，你幹嘛遲到了？」

露露雙肩一聳，笑道：「想法太多了，會議開久了。」

兩人並肩走向對街的露天咖啡館，沿途說笑不停。

過了下班時間，樂土的人流多了不少。兩人好不容易在咖啡館二層找到一個比較安靜的角落。剛好還能看見日落的尾巴。

「所以啊，什麼時候約他？」露露問。

「約他？！」歌莉雅眼睛瞪得大大。

「在這裡！樂土裡！」露露也把眼睛瞪得大大。

「哦。嚇死我了！」歌莉雅舒了口氣。

「那麼容易被嚇死。來，我看看！」露露一把抓著歌莉雅的左手，嫻熟的手勢三兩下便讓半透明的屏幕再次浮現。她流暢地將懸浮在歌莉雅面前的人物檔案挪到自己面前，開始研究。

露露看得入神，歌莉雅便趁機滑動桌面的觸摸餐牌，自作主張點了一份香蕉船。

桌面中央隨即出現一個圓圈，猶如演唱會舞台般緩緩升起。台上站著一隻身穿白色太空衣，一手叉腰一手高舉的卡通猴子。猴子一躍跳上身邊一艘黃色的宇宙飛船。飛船慢慢起飛，尾端冒出粉紅的火焰，來到歌莉雅面前繞場一周。飛船經過鼻尖時，濃郁的香蕉味撲面而來。然後飛船降落，黃色船艙垂直分成兩半，左右敞開。粉紅火焰瞬間變成草莓冰淇淋球；猴子把太空衣一脫扔到空中，變成香草冰淇淋球；同時，猴子往前翻了個跟斗，變成了巧克力冰淇淋球。最後是宇宙星塵，化為繽紛的糖粉掉落。

儀式感滿滿。

「朋友，你完全錯過了剛剛的《2001 太空漫遊》！」歌莉雅叫道。

露露卻沒搭理她，視線緊盯著懸浮屏幕上的頭像，手指在屏幕上滑動、縮放，不願錯過頭像的任何細節。

「給你找個顯微鏡？」說完，歌莉雅把香蕉蘸上巧克力冰淇淋，一把往嘴裡塞。

「眼睛還挺好看。」露露的額頭快要貼到屏幕上。

「摘掉方框眼鏡之後，確實不錯。」歌莉雅故作輕鬆。

「而且鼻子筆挺，側臉曲線完美，還附贈酒窩……我就不懂你在糾結什麼。」露露側過頭，給出一個可愛的死亡凝視。

「我也不懂……」歌莉雅聳了聳肩，「怕呢。」

「怕什麼？你隨時可以封鎖他啊！」露露也終於往嘴裡塞了第一口冰淇淋。

「就你老是封鎖人。」

「反正有這個功能嘛，沒什麼好怕的。」

「嘖！真的嗎……？」

「真的！約他！」

二人從咖啡館出來，歌莉雅雀躍地拉著露露往商店方向走去。能看出來，歌莉雅的心情不是一般地好。一貫走在前面的露露，現在是被拖著跑的。

她們來到商店櫥窗前，腳步還沒停下，歌莉雅的手便如磁鐵般，被牢牢吸住在展示窗上。眼前是一雙純白的尖頭高跟鞋，右腳鞋背綁著一個大大的紗質蝴蝶結，左腳的蝴蝶結卻在鞋頭，簡約中帶著巧思，難怪讓女孩兩眼放光。

「我穿上會好看嗎？」歌莉雅著迷地凝望著高跟鞋。

露露的眼裡滿是憐惜，微笑點頭。

「真是漂亮。」歌莉雅的雙眼一眨不眨。

「所以人家都還沒通過你的好友邀請，你就想著約會穿什麼了。」露露狡黠一笑。

「我哪有！以我專業的眼光鑑賞它而已！」歌莉雅反駁，「你看，白色的鞋身很乾淨，卻結合紗質蝴蝶結作為低調碰撞。蝴蝶結左右腳錯開的位置也很巧妙，如果兩邊都放在同一位置上，就會俗套。鞋口不算太淺，只會稍微露出趾縫，這樣營造的性感，才會漫不經心。鞋跟四吋，長時間穿著也能保持舒適度。這個設計基本無懈可擊！懂、嗎！」

「懂！喜歡就買下吧！」露露摟了摟好友的肩。

「嗯，我考慮一下……」歌莉雅卻猶豫。

見狀，露露立刻垂下頭，在控制手環上一頓操作。空氣中瞬間出現一串金幣，直飛向櫥窗上的收銀口。

像小時候一下把存錢罐裡的硬幣全部倒出來，一陣清脆的零錢聲隨即響起，高跟鞋旁的付款標示從紅色轉為綠色。

「你幹嘛！」歌莉雅的目光從櫥窗轉回露露臉上，相當意外。

「捐贈物資啊！哈哈哈！」露露深知，有時候歌莉雅需要一把推動力，「這樣你就沒藉口不去約會了！」

歌莉雅白眼一翻，笑意卻禁不住地溢出來。

展示台前的透明玻璃徐徐消失，一道微黃的光芒從逐漸浮起的高跟鞋下散發出來。歌莉雅下意識張大了眼睛，伸手迎接。

掌心是她鍾意的高跟鞋，身旁是她珍愛的好友。歌莉雅抿著唇望向露露，臉上露出一對小酒窩，生硬地用頭靠了靠她的肩。

Chapter III

第三章 銀色漩渦

很多人經過這座圓柱形的酒吧時，都愛伸手撥動門外懸浮的旋轉招牌。招牌呈圓形，一面是捲起的海浪，另一面是正在往前踏步的少年。每當招牌被撥動而快速旋轉時，看起來就像少年行走在那片捲起波浪的海面上。酷。

這是 YOUNG MAN & SEA 酒吧。

推開旋轉門進來，黑金兩色的主調配上暗紅色的點綴，是一陣復古優雅的氣息。中央的環形吧檯以一個直達天花的鎏金柱形酒架為圓心，周圍環繞著整齊的高腳凳。酒架上佇立著各樣酒瓶，在燈光下晶瑩閃爍，加上倒掛在最高處的一大圈高腳酒杯，宛如一盞水晶吊燈，照耀著兩位正在表演調酒的全息投影酒保。

吧檯右邊，被一張棗紅的超長波浪形沙發佔據，每個波浪凹處都有一張小圓桌。左邊則是卡座區域，每個卡座由兩張一百五十度的弧形沙發包圍著中心的圓桌，私密度較高。牆上有圓形幾何圖案，隨著燈光變化而起伏，如同海底洋流悄然流動。

歌莉雅來到酒吧時，愛凡已經在靠窗的位置等她了。踏著新買的高跟鞋，她順了順散落的頭髮，深呼吸，走向他。

一共只有十幾步路，愛凡擱在桌面的雙手，已換了兩次動作。歌莉雅裝作鎮定，緩緩在他對面坐下。

二人默契一笑。

「嗨。」她偷看了他一眼，又迅速躲開眼神，彷彿潛水手電筒的光束，在幽暗的水底探索。

「嗨。」他望著光影為她勾勒的銀白色輪廓，同樣靦腆地彎著嘴角。

幸好酒吧播放著音樂，才沒有讓兩人接下來的安靜顯得太尷尬。彼此都故作輕鬆地滑動著桌面的觸摸餐牌，歌莉雅終於點了一杯——銀色漩渦。

一個龍捲風狀的液態漩渦，徐徐於桌面中央升起，這是一款沒有酒杯的調酒。兩人的視線隨漩渦往上移動，直到無法避免地看向彼此。

歌莉雅焦糖色的吊帶背心，完全無法遮蓋她越發加速的心跳。愛凡的胸膛，則在白色西裝夾克下偷偷起伏著。桌上的漩渦旋轉不斷，像極了彼此當下的內心運動。

「你會覺得奇怪嗎？」歌莉雅率先打破沉默。

「什麼？」愛凡禮貌地笑著。

「它叫銀色漩渦卻不是銀色的。」即便歌莉雅努力表現得從容，仔細聽，還是能聽出她聲音裡的緊張。

「哦？」愛凡倒是沒為意，注意力全在她清奇的關注點上，「對。你覺得是為什麼？」

「因為珍貴的東西要往心裡看。」歌莉雅悄悄朝愛凡看了一眼，「你看，它表面是藍藍綠綠的，但是⋯⋯」她邊說邊伸手蘸了些漩渦液體，往旁邊的空氣中放大。一片藍色的星海瞬間浮現空中。「看到了嗎？那一顆一顆的，像宇宙中的星體，不就是銀色的？多美麗！」

她真特別，他心想。

「你喜歡看星？」愛凡問。

「只是覺得很浪漫。像月球就很專一，宇宙裡那麼多星體，它只圍繞地球轉動。」

愛凡會心一笑，沒有回答。

「你笑什麼？」歌莉雅微微蹙眉。

「你知道月球正在遠離地球嗎？」

「啊？什麼意思？」

「每年三點八公分。月球正以每年三點八公分的速度遠離地球。」愛凡完全沒發現自己剛往女生身上澆了盤冷水。

「啊⋯⋯所以很久很久以後，月球就會消失？」歌莉雅顯得有些失落。

「那倒不會。」愛凡笑著，「你看不見它，不等於它就消失了啊。」

歌莉雅眨了眨眼，忽然又說：「而且即便這樣，還是很浪漫啊！地球明知道月球要走，還是用盡全力地挽留它。你不覺得這樣很浪漫嗎？」

「我覺得浪漫的是，幾千年來，人類望著遙不可及的星空，居然能一直去探索它，嘗試理解它。這種鍥而不捨，是浪漫的。」愛凡又一盆冷水澆了下去。

「你是個理工男吧？」

「什麼？」愛凡沒反應過來。

「理工男才那麼理性的吧？」歌莉雅調侃。

「你是說……無趣嗎？」愛凡卻一臉認真。

兩人同時笑了。歌莉雅無法分辨愛凡到底是幽默，還是真的在向她確認。但她知道，眼前的男人，成功勾起了她的好奇心。

「所以，」歌莉雅呷了一口銀色漩渦，接著問：「你是什麼專業的？」

「計算機科學，你呢？」

「1010111000？」

愛凡愣了一下，隨即放聲一笑。「你可以這麼理解。」

「我就知道！果然是理工男！」歌莉雅的嘴角泛起些許得意。「那你會寫 APP 嗎？」

「嗯。」

「哇！真的嗎？什麼類型的 APP 啊？」

「我還寫過挺多不同類型的，實用的、好玩的、有用的、沒用的……哈哈，都有。」

「那最近咧？最近一次寫的是什麼類型？」

「我已經很久沒寫 APP 了。現在我主要專注於……訓練機器學習。」

「訓練機器學習……」歌莉雅顯然是沒聽懂。

「人工智能，你了解嗎？」

「ChatGPT、DeepSeek 那種嗎？」

「差不多，只是我專注訓練的是更生活化的模型。」

「什麼意思？」

「比如說……你跟酒保交談過嗎？」愛凡指向正在吧檯調酒的全息投影酒保。

「他跟我打過招呼。」

「有機會你去跟他們聊聊天。挺有趣的。」

「跟 NPC[2] 聊天？這聽起來也太傻了。」

「那你得相信專業人士。」愛凡笑著挑了挑眉。「受過訓練的 NPC，比一般遊戲裡人為算法的 NPC 有趣多了。」

「哦？有什麼區別？」

「傳統人為的算法，就是把『輸入』經過人為的算法處理之後，變成『輸出』。如果酒保使用的是人為算法的話，就會有一套固定的對白和動作。所以換作以往，人們不可能在遊戲裡跟 NPC 深入聊天。而機器學習就是，訓練機器從大量數據中自己學到規律，讓它能對未知的資料作出判斷。你仔細聽聽酒保跟不同客人的談話內容，就會發現他們一直在對每位客人的性格作出判斷，實時調整自己的聊天方式。」

「那不就是 ChatGPT 嗎？那會兒 ChatGPT 剛推出的時候，我也不是沒跟它聊過天。」歌莉雅把雙手攤向空中，露出了一個略帶嫌棄的笑臉，「還行吧。」

② Non-Player Character，非玩家角色。

她連嫌棄都那麼可愛。愛凡跟著笑了。

「不一樣。像 ChatGPT 這種人工智能，雖然功能性很強，但由於它缺少自身的性格與長期記憶，跟它聊天就會無聊。它的功用也不在於聊天。酒保就不同，他們是更生活化的存在，在於為人們提供情緒價值，像生活中的朋友一樣，懂幽默、能傾聽。而且聊起來以後，你會發現他們各自的性格也不同，看待事情的方式也不同。」愛凡娓娓而談，手不自覺在空中比劃著。

「這麼厲害？但機器又沒有腦袋，怎麼訓練它們呢？」歌莉雅睜著圓圓的眼睛，不忘又呷了一口調酒。

「其實機器跟人類的學習過程很像。比如在你小時候，爸媽不斷指向有著四個輪子、兩邊有門的物體，反覆告訴你那是汽車，慢慢你就會學到什麼是汽車。同樣，當你讓機器看很多輸入和輸出的配對，比如看一千萬輛汽車，並標記告訴它這是汽車，通過一個類似人腦的神經網絡，就能讓它學到什麼是汽車。當然這只是一種把機器當作嬰兒的訓練方法，叫作監督學習。像我們剛剛提到的，類似 ChatGPT 或酒保那種，就一定要把機器當作成年人來訓練……」

說著，愛凡發現歌莉雅表情逐漸迷惘，便體貼地終止了話題：「是不是要睡著了？」

「我感覺你在說外星語。」歌莉雅倒不否認，卻依舊興致勃勃，「AI 是不是很可怕？」

「可怕？」

「對啊，不是很多人都說，AI 以後要統治人類嗎？」

「我覺得這裡存在很多誤解吧？」愛凡笑了笑，「很多人可能因為人工智能在智力方面……呃……可以比人類更好地完成一些任務，而將它們擬人化，把人類的慾望投射在它們身上，覺得它們有那麼多能力之後，肯定要消滅人類……但我認為有一個本質的不同，就是人類有各種慾望，但機器的慾望，其實只有人類設置給它的任務。」

「那如果你給它愛的任務呢？」

「愛的任務？」

「就是……你能訓練它學習到愛嗎？」

「……」

愛凡一時語塞。

「我覺得，呃……我的理解是……可能要發明這個 AI 模型的人心裡有愛，才能夠傳遞……透過它傳遞……」他努力組織著語言，「呃……其實即使它能回答關於愛的所有問題，或者知道應該要怎麼做，也不能確定它是真的……學會了愛……」

終於，他靦腆一笑，露出了長酒窩。「抱歉……我不知道怎麼回答這個問題……」

其實她壓根就不懂，他卻對她的隨口一問異常認真。四周燈光昏暗，他幽深的眼眸顯得更加漆黑，卻閃爍著懾人的光芒。有那麼一刻，歌莉雅甚至覺得，他就是那杯銀色漩渦裡，讓人著迷的星體。

* * * * *

午後的陽光灑在海岸線上，海面彷彿鋪滿碎鑽。望著這片廣闊又閃爍的大海，歌莉雅更渴望一份坦然，任海風把頭髮吹亂。

「所以那一整晚你們都在聊AI？」露露微微偏頭，眉頭不解地蹙著。

「嗯……」歌莉雅聳了聳肩，淡然一笑。

「天啊，這聽起來可真無聊。」露露忍不住笑。

歌莉雅沒有答話。

「然後呢？這幾天你們還有聊天嗎？」

歌莉雅繼續望著遠方，緩緩搖頭。

「想什麼呢？」露露能感覺到，歌莉雅有心事。

歌莉雅卻依舊一言不發，只是終於把頭轉過來，似有還無地笑著。

「我說啊，幾天不聊天，不是因為你不想，而是因為你不敢。對吧？」露露分明就是歌莉雅肚子裡的蟲。

「唉。」歌莉雅深嘆了口氣，「距離產生美，懂嗎？」

「唉。」露露模仿著那一聲嘆氣，一語道破，「藉口真多！你只是想保持安全距離罷了。」

「這幾天我在想，他感覺是個學識淵博的人……雖然看上去很容易接近，但也可能只是他的修養……」歌莉雅終於稍稍打開心扉。

「學識淵博？你也淵博呀！」

「你說我們的專業在這種高學歷理工男面前，會不會有點不切實際？」歌莉雅幽幽說道，雙腳不自覺地來回踢著空氣。

「怎麼會？你別這樣想。」

「他這種男生，應該會覺得外表、穿搭這些……過於表面吧？」

「他當時穿什麼來的？」露露忽然問道。

「白色西裝夾克，黑襯衫。我當時還在想，他這一身和我的高跟鞋還蠻配的。」歌莉雅低聲一笑，補上一句，「對了，他應該還噴了點……檀木香的古龍水。」

「一個男生約會穿西裝夾克，噴古龍水，你告訴我他覺得外表、穿搭這些過於表面？」露露擺了擺手。

歌莉雅被逗笑了。

「但是，不知道他會不會覺得我的想法很幼稚。我說月亮只圍繞地球轉動，很浪漫。結果他說月球每年在遠離地球幾公分……」

「你應該這麼想，直男不懂藝術家的浪漫，不是很正常麼？你就原諒他吧。」

歌莉雅又被逗笑了。

「反倒是你幾天不找人家，萬一人家以為你不想搭理他了，那怎麼辦？」

「那就是天意，一了百了，再也不需要煩惱。」

是進是退，歌莉雅確實已經煩惱了好幾天。可每當想起他，嘴角又會忍不住往上翹。良久，她終於冒出一句：「愛……會面臨什麼呢？」

要是別人在第一次見面以後，用上「愛」這種字眼，露露應該會無法理解，但這是歌莉雅。露露不但很能理解，還感到欣慰。

她笑著打開控制手環，一頓操作。一個淡藍色的願望漂流瓶，隨即浮現在空中，瓶中漂浮著如海藻般柔軟的光影。

露露將瓶子遞向歌莉雅：「你問它。」

歌莉雅看向露露，滿臉疑惑。

「把你的心事告訴它。」

「告訴它有用嗎？」

「為什麼做事情一定要考慮有沒有用呢？這不是重點啊。重點是你誠實面對內心，不去假裝心事不存在，不逼自己獨自面對。」

這天，歌莉雅彷彿遇到一雙耐心的耳朵一樣，對著漂流瓶說了好多話。然後她把漂流瓶放到海裡，看它漂向遠方，想像心事也隨之遠去。

愛會面臨什麼呢？這一刻她還沒有答案。

但她能強烈感覺到，愛的第一步——

是願意冒險，墜入漩渦。

Chapter IV

第四章 只有我和你的地方

只有彼此非常熟悉的人，才能自在地無言相對。而對剛認識的歌莉雅和愛凡來說，並肩散步，無論表面上多麼風平浪靜，心底想必是翻湧著一百種想法。

第二次見面，他們約在了中央公園。

從上次的酒吧座上站起來，歌莉雅終於注意到了愛凡的身高。即便踏著七吋高跟長靴，愛凡還是比她高出大半個頭。

「你在想什麼？」歌莉雅心裡好奇的明明是他的身高，話到嘴邊卻換成了籠統的幾個字。

「我在想……樹。」愛凡微微轉頭，帶著一抹笑意。

「樹？」理工男都這麼莫名其妙的嗎？歌莉雅心想。

「你知道樹木是從哪裡來的嗎？」愛凡淡淡地問。

「從地裡長出來的啊。」歌莉雅理所當然地回答，心裡暗自嘀咕，我像沒讀過書的樣子嗎？

「其實它主要是從空氣中的二氧化碳來的。」愛凡停下了腳步，望向身旁的一棵香柏，「要把二氧化碳中的氧原子和碳原子分開，需要很多能量，那能量來自於太陽光。你知道的，只要有水有陽光，透過樹葉，就會發生光合作用。然後二氧化碳中的氧和碳就被拆散了，碳慢慢累積，就成為了這些樹幹，木頭……」愛凡邊說邊指向那棵香柏。

歌莉雅愣住了，一時不知如何反應。這是一堂她未曾預料到的……植物學課？化學課？

愛凡似乎看出了她的困惑，連忙補上一句：「我想表達的是，火其實很浪漫。」

「火……？」歌莉雅徹底迷失在他跳躍的思維中。

「你看，碳不是被迫與氧分開了嗎？但火就讓碳和空氣中的氧又走到了一起，還把當時來自太陽的光和熱釋放出來……」愛凡努力解釋著。

「哦……」歌莉雅揚起了眉毛，不住點頭，「因為火燒的時候會釋放二氧化碳……」

「嗯。」愛凡看向地下，嘴角微微一彎。

「難怪有一種說法叫『愛火重燃』……」歌莉雅忍不住大笑起來，「哈哈哈哈……然後重燃的愛發光發熱……哈哈哈哈……」

愛凡有點不好意思，跟著她笑了起來：「你會覺得好笑嗎？」

「好笑啊！這麼冷門的浪漫，不好笑嗎？」歌莉雅還在哧哧地笑，毫無收斂的意思。

「但你上次說，月亮只圍繞地球轉動，很浪漫啊。」愛凡的聲音聽著有些無辜。

歌莉雅一愣，沒想到他居然記住了她自覺幼稚的想法。她收住笑容，欣喜道：「你居然還記得。」

「是啊。」愛凡揚起眉毛，點了點頭，「試著用你的思維方式去理解事情，挺有趣的。」

「哦，所以你只是在嘗試代入我，你其實並沒有覺得火有多浪漫？」歌莉雅眯著眼，嘴角掛著一絲挑釁的笑意。

「你覺得呢？」愛凡不答反問。

「我不要覺得。你說！」歌莉雅瞪了瞪眼。

「哈哈哈哈⋯⋯嗯，我覺得挺油膩的。」愛凡顯然是在報復她剛剛的嘲笑。

歌莉雅沒好氣地翻了翻白眼。

兩人笑鬧著走過公園小徑，來到了樂土最高的建築物面前。兩圈象牙白色的螺旋雕塑一路往上，交錯延伸，直達頂端的圓形浮台。雕塑中央有一個透明的裝置，整座建築在燈光的映襯下顯得神秘而高雅，這就是樂土的地標——意識升降機。

「只有你想像不到的，沒有你體驗不到的。」歌莉雅自言自語般，把廣告詞唸了一遍。

「你體驗過嗎？」愛凡問。

「我不敢。」歌莉雅搖搖頭。

「不敢？」愛凡有些意外，「這麼受歡迎的景點，你都不好奇嗎？」

「但它沒有單人模式啊，至少都要雙人一起。」歌莉雅低頭撥弄著裙襬，聲音漸漸變小。

「那你不跟好朋友一起來嗎？」愛凡微微傾身，想要看清她的表情。

歌莉雅望著那座高聳的建築，輕聲說：「聽說一旦進入意識升降機，就會和對方產生腦波連結。」她頓了頓，「我怎麼知道對方會看到我的什麼呢？太沒安全感了。」

「其實沒什麼可怕的。」愛凡展齒一笑道，「意識升降機能夠識別出主動神經活動和自發神經活動的區別，它只會連接到主動的那部分。意思是，只有你當下主動的想像會被傳遞，那些潛意識的活動、無意識的慾望，或是被壓抑的記憶之類的，都不會被傳遞。」

「這樣的啊！」歌莉雅一副恍然大悟的樣子，眼神微微閃爍。

「你想體驗嗎？」愛凡已經瞥見了她的希冀。

一瞬間，歌莉雅露出了驚喜的表情，卻又很快克制住，只淡然問道：「我們嗎？」

「對啊，我們。你想試試看嗎？」愛凡的笑容很溫和，眼神澄澈得讓人難以相信他只是在邀請她進入一座升降機。

歌莉雅望著他，依舊沒有回答。眼裡卻是明明白白地寫著，當然想了！

其實愛凡並非看不出她的意願，他只是想到，上次問她是否喜歡看星，她也沒有直接回答。

原來她是一個需要被鼓勵的女孩。

「其實你只需要說一個字：『想。』」愛凡溫柔地注視著她，再問，「你想嗎？」

為什麼這麼簡單的一個字，都能堵在嗓子眼？歌莉雅也不懂。但她終究是擠出了一句：「想。」

愛凡深深一笑，便抬起手，把控制手環對準升降機入口。一串金幣瞬間飛往升降機，支付成功的提示音響起。

升降機門打開，歌莉雅不禁揚起眉頭，到處張望。看她像個期待著魔術表演的小孩一樣，愛凡更想給她一個難忘的初體驗。

透明的升降機逐漸上升，四周的景象加速變換，直到停下的一刻，牆壁忽然憑空消失。整個空間頓時變成一個空中觀光台，四周飄浮著伸手可及的白雲。

這是愛凡的意識層。

歌莉雅直直地跑向觀光台邊緣，一臉迫不及待。

腳下的世界變得像樂高積木般細小。歌莉雅伸手觸摸眼前的白雲，雲朵瞬間化成了漩渦。她興奮地回頭看向愛凡，笑得相當燦爛。

「可以吃的。」愛凡示意她摘下一片白雲。

歌莉雅小心翼翼地摘下一小片，放進嘴裡。

像入口即化的棉花糖。

「認得這個味道嗎？」愛凡來到歌莉雅旁邊，笑著。

菠蘿、青檸、藍柑糖漿……歌莉雅認真品嚐著，酸酸甜甜，還有一點啤酒後味……

「銀色漩渦！」歌莉雅幾乎是叫出來的。

「剛剛只是白色漩渦。」聽愛凡的語氣，他甚是自豪。

「那銀色的呢？」歌莉雅似乎已經忘了十分鐘前，她連一個「想」字都開不了口。此刻的她，就像一個小女孩，天真索取著。

看她開心，愛凡也開心。

只見藍天頓時變得一片漆黑，無數銀白色的星體映入眼簾。那顆浪漫的月球，也掛在抬頭不遠處。

「我的天！」歌莉雅目瞪口呆，怔怔望著近在眼前的月亮。隕石坑的每一道紋理、每一處凹陷，統統清晰可見。

月光柔和地灑在臉上，恰似月球的深情注目。歌莉雅忽然覺得自己就是那被專一圍繞的地球，心中泛起一陣悸動。

夜空中還不時有流星劃過，大的小的，五彩斑爛……歌莉雅全神貫注地欣賞著，愛凡靜靜陪在身邊。

「我曾經坐過一趟晚班飛機，看到一個讓我超級難忘的夜空。那時的景象，和現在有點像……」歌莉雅的聲音裡滿是懷念，嘴角禁不住彎著，「伸手可及的星星，同一水平線的月亮、流星、雲層……往下看還有城市星光。我當時想拍照，但在鏡頭裡，星光卻變得很模糊。」

「照片的作用，本就只是提醒你某個時刻的存在。當下的美麗只能用心捕捉，和保存。」愛凡笑著安慰。

「嗯。但我真沒想到，有一天居然能見到比當時更震撼的畫面。」歌莉雅忍不住對眼前的景觀再次讚嘆。

「你以後想看，我們隨時可以來。」愛凡的聲音像一股暖流，輕輕流淌進女孩的內心。

「一次意識體驗是不是只能去一個人的意識層？」歌莉雅忽然問道。

愛凡微微揚起眉毛，「你是想帶我去你的意識層？」

「需要再付費一次嗎？」歌莉雅露出了害羞的笑容。

愛凡被她這突如其來的現實問題逗樂了，忍不住輕笑出聲，「小問題。」

透明升降機的結構重新出現在周圍，一陣重力後，又憑空消失。整個空間瞬間被潔白如雪的花朵佈滿。細看之下，每片花瓣前端都有一抹翠綠，隨風搖曳於線狀叢生的葉片之間，分外生動。

這是歌莉雅的意識層。

「你的想像裡居然有雪片蓮？」愛凡微微怔住，「我家窗台就種了一盆，才剛開花不久。也太巧了！」

歌莉雅一臉調皮地笑著：「你很喜歡雪片蓮？」

「對。」愛凡爽快道，「它們就像在春天下的雪一樣，提醒著我要敢於去『想』。」

「春天下的雪？」歌莉雅模仿著他的語調，「你居然用上這麼油膩的形容詞，下午還敢嘲笑我……」

「這怎麼能算油膩？」愛凡實在是一個溫雅細膩的人，連反擊都面帶微笑，「雪片蓮開滿地，你說，像不像遍地白雪？在大多數地方，春天本來不下雪，神卻創造雪片蓮在春天綻放，讓人無論在哪裡，春天還能看見『雪』。這不就是在提醒我們，不要被一貫的認知或所在的環境局限，要敢於去『想』嗎？」

「慢著……」歌莉雅的眼睛閃過一絲訝異，「神？你相信這個世界有神？」

愛凡笑了起來，「我看起來不像會相信世界有神嗎？」

「我只是以為……」歌莉雅聳了聳肩膀，「……理性的人只相信科學。」

「我倒是覺得，神跟科學一點都不衝突。科學不過是在總結人類從大自然裡找到的規律，在我看來，這就是人類在探索和理解神做事的方式。」愛凡的眼神，深邃而真誠。

「所以……你覺得大自然的規律是神創造的？」歌莉雅似乎對他的觀點頗感興趣。

「嗯。」愛凡微微一笑，理所應當地說，「我從小就喜歡科學，但隨著越來越深入的挖掘，我發現大自然的規律實在太奇妙了，每一處細節都像是經過了深思熟慮。」他頓了頓，抬眼望向天空，「從日月星辰的運行，到花開花落的週期，再到生物細胞的複雜結構……一切都奇妙得讓我不得不相信，宇宙一定有一位充滿智慧的創造者。」

歌莉雅若有所思地點著頭，似乎在消化愛凡的想法。

「你覺得呢？」愛凡見她沉默不語，主動問道。

「我？」彷彿課堂上突然被老師點名的學生，歌莉雅一怔，臉上浮現兩個略帶靦腆的小酒窩，「我不知道……我的意思是，我從未思考過大自然美麗背後的……奇妙……」

「真的很奇妙。」愛凡望著眼前女孩的可愛模樣，情不自禁地說，「就像你現在的酒窩一樣。」

歌莉雅忍俊不禁，「你今天真的變油膩了！」

「這是真的啊。」愛凡歪了歪頭，笑中帶著認真，「你知道一個可愛的微笑，需要多少塊面部肌肉的精準配合嗎？這難道不奇妙嗎？」

「有沒有人說過你像一個小孩子？」歌莉雅笑逐顏開。

「很幼稚是嗎？」愛凡樂於配合，接上她的話。

「我的意思是，你眼裡的世界讓人感覺很美麗。」歌莉雅笑容依舊，眼裡更多了一絲嚮往。

「其實不是我眼裡的世界美麗，是世界本來就很美麗，只是很多人看習慣了，就麻木了。」愛凡收起嬉笑，認真了起來，「說實話，那顆小孩子的心，真的要保護。你看小嬰兒，他們看什麼都覺得新奇，無論是在春天看到花開還是飄雪，都會一臉驚嘆和期待……」

歌莉雅沉默片刻，緩緩開口：「但大多數的小嬰兒，當他們慢慢長大，總會發現他們的春天就是看不見雪。」

「誰說他們的春天看不見雪？」愛凡語氣柔和地反問。

「你剛說的啊。在大多數地方，春天不下雪啊。但神安排了雪片蓮在春天開花，讓人無論在哪裡，都能在春天看見『雪』啊。」歌莉雅在半空中比劃著引號的手勢，「但比如我，我就住在那些『大多數』的地方，我的春天就是看不見雪。即使雪片蓮開花看起來像雪，那也只是『像』而已。」

「我剛說的是，在大多數地方，春天『本來』不下雪。不信你試試看現在想像春天下雪。」愛凡相當自信。

只見天上真的飄起雪來。細雪落在歌莉雅的臉上，瞬間化成晶瑩水滴，還有絲絲涼意。歌莉雅一臉不可思議，伸出雙手迎接飄雪。

「哇……我沒想到……」歌莉雅愣愣地望著空中飄舞的雪花，逐漸綻開欣喜的笑顏。她抬眼看向愛凡，眼中閃爍著無盡的驚喜，與快樂。「但你耍賴啊，這不是真的啊！這只是我的想像而已啊！」

「想像怎麼就不是真的了？」愛凡笑著，輕聲反問，眼裡閃爍著光芒，「意識磁所接收到的，是實實在在來自你大腦神經元的意識訊息，難道這世界只有外在的物質世界是真的，內心的意識世界就不是真的？」

歌莉雅啞口無言，卻樂在其中，嘴角已放棄隱藏笑意。上一次在酒吧裡，他勾起了她的好奇心，此時此刻，他又引起了她的仰慕。眼前這個穿著白色毛衣的男人，到底有著什麼吸引力，讓她如此想靠近？

「這世界一切的發明，都是因為有人先相信了自己的想像，我們才有了飛機，有了電燈泡，有了電話、電腦，還有一切我們每天在使用的工具……」愛凡的視線從遠方收回歌莉雅身上，繼續微笑著，「也是因為有人先相信了人人的春天都能下雪，我們才有了這個當你想看雪，它就會下雪的地方。」

Chapter V

第五章　我想見你

愛凡在美國長大，爸爸是神經生物學家，媽媽是文學作家，家裡還有一個比他小五歲的妹妹。他七歲開始寫程序，爸爸看見他的熱情，便安排自己的一位博士生，每週到家裡教他學習C語言[3]。愛凡十歲左右開始愛上製作機器人，硬件軟件都喜歡，就跟老師一起研究。當時老師也不會，他們常常一起熬夜到凌晨三四點。自那時候起，他參加了很多少年機器人比賽，尤其是機器人足球。他還自創過一款小雞育成的遊戲，如果有人跟自己的小雞提起暗戀的人，暗戀對象的小雞會打噴嚏。

「你那時候一定很受女孩子歡迎吧？」歌莉雅左手撐在身旁濕潤的沙土上，右手抓著一瓶啤酒，眼神裡盡是濃濃的興趣。

愛凡輕笑了一聲，搖搖頭，「沒有。我當時上的是私立男校，沒有女生。唯一的女性就是教務處秘書。」

歌莉雅忍不住笑了起來，「那你第一次交女朋友是什麼時候？」

③ C Programming Language，一種高效的計算機編程工具，以0和1的邏輯組合為基礎，用於構建操作系統和應用軟件。

「我想想啊……那會兒我剛參加完一個奧林匹克數學比賽，去了斯坦福大學讀數學……大概十六歲左右吧。」

「十六歲讀大學？」歌莉雅瞬間揚起了眉毛。

「是一個為期一年的數學課程[4]，專門給一些……」愛凡突然低頭笑了起來，「聰明的小朋友。」

歌莉雅唇邊也勾起了弧度，「然後兩個小朋友就，墜入愛河了。」

愛凡笑而不語，只輕輕挑眉，長酒窩在臉上確是好看。

「她是個什麼樣的女孩？」歌莉雅呷了一口啤酒，語氣隨意地問。

愛凡沉默片刻，眼神柔和道：「她……相當聰明，喜歡數學，喜歡辯論，總是充滿活力。」

「後來呢？」歌莉雅眼珠子轉了轉。

「後來……她家裡有事，就回去自己的城市了。然後我們不到一年就分手了。」愛凡輕輕一笑，「再下一次有女同學，已經是我去 UIUC[5] 讀計算機工程的時候了，但我讀完大二就休學了。」

「休學？」歌莉雅很是意外，愛凡居然會在學業最關鍵的時候選擇休學，「為什麼呢？」

愛凡面帶笑意，故意逗她說：「你是問題少女嗎？」

「好吧，我從現在開始沒有疑問句了。」歌莉雅假裝生氣，把手中的啤酒瓶往沙裡一插。

④ EPGY（Education Program for Gifted Youth），斯坦福大學著名的資優教育項目，讓才華出眾的青少年能夠提前接受大學水平的教育，特別是在數學和科學領域。該項目已培養出許多學術界、科技界的傑出人才。

⑤ University of Illinois Urbana-Champaign，伊利諾伊大學厄巴納－香檳分校，是全美國及全世界理工科方面極有名望的高等學府之一。

「生氣了。」愛凡笑意依舊。

「哼，你好自為之。」歌莉雅噘起嘴巴。

「好啦，我休學是為了夢想。」

「哼，不用告訴我，我不想知道。」歌莉雅瞪了愛凡一眼，嘴角卻微彎。

她把視線轉向面前只有一行月亮倒影的海面，感受著身旁篝火發出的溫熱，享受著專屬於他們的寧靜。與她並肩而坐的愛凡，卻稍微有點緊張，懊悔著是否不該取笑女孩子對自己的好奇。

「那你呢？」愛凡清了清喉嚨，「該我問你了。」

「我怎麼了？」歌莉雅揚起眉毛，故作高冷。

愛凡笑了出聲，又忍不住逗她：「這可是疑問句。」

「嘖……」歌莉雅瞪大眼睛轉頭望向愛凡，隨手撿起一把沙，往他鼻尖一抹。愛凡立刻配合假裝投降，把啤酒瓶舉得高高的，彷彿她手中的沙粒是不可抵擋的武器。

「我想知道你愛做什麼。」愛凡收起玩笑，真誠問道。

「畫畫。」歌莉雅說。

愛凡眼中閃過一絲了然。難怪她是個浪漫主義者，原來是個喜歡藝術的女孩。「畫什麼？」

「畫衣服。」她眯著眼睛，回憶起童年，「我還記得幼兒園的第一節美術課，題目是『自我設計衣服』。畫在一張大畫紙上，數量不限。有些同學左右畫了兩件大的，我可是靈感大爆發，畫了許多許多件小的，不同款式。那幅畫我現在還珍藏著呢！」

「小小設計師的作品，有機會我也想看一下。」

歌莉雅聽罷卻低下頭，幾乎不著痕跡地笑了一下。

「長大後圓夢了嗎？」愛凡嗅到了點什麼。

「……圓過。」歌莉雅嘴角動了動，雙手下意識環抱住膝蓋，「但又破滅了。」

愛凡望著她，遲疑了一下，小心翼翼問道：「是受大環境影響嗎？前幾年中小企業都很艱難。」

「不，」歌莉雅搖了搖頭，「是我的問題。」

見她目光飄忽，他意識到她並不想提起那段往事，便體貼地結束話題，默默陪她看海。如果她還不願意向他打開，那就再等一等吧。

這種完全沒有壓迫感的相處方式，倒是讓歌莉雅感到很安全、舒服。她看向愛凡，忽然問道：「你能想像我短頭髮的樣子嗎？」

突如其來的一問，讓愛凡不自覺嘴角上揚。「應該……還是很好看。」

歌莉雅噗嗤一笑。

「我小時候的髮型像個小男生，便常把奶奶的絲巾披在頭上，假裝自己有長頭髮，在走廊跑。絲巾就會被吹起來，這樣我就長髮飄飄了。」說罷，歌莉雅咯咯地笑出聲。

「你小時候跟奶奶一起住？」

「嗯。爸爸常出差，媽媽工作也忙，經常深夜才回家，我算是奶奶帶大的。」

「多說一點，我想聽。」愛凡把身子轉向歌莉雅，右手肘順勢擱在膝蓋上，手腕托著腦門，一臉期待地望著女孩。

歌莉雅見他擺出一副洗耳恭聽的姿勢，也很樂意打開心扉。

「我小時候……很兇。」歌莉雅腦海中浮現出兒時在公園鞦韆旁，雙手叉著腰跟其他小孩理論的畫面，不禁咧嘴而笑，「有一次，我和堂妹到公園玩耍，有個小朋友插隊。堂妹哭了。那我肯定得跟她理論啊！那個小孩還比我高，但我也沒在怕的，嗓門可大了，最後成功把位置給搶了回來。」

愛凡默默聆聽，露出牙齒笑著。

「反正誰要敢欺負我身邊的人，我就跟誰理論。」歌莉雅頑皮地笑了笑，接著說，「我還特別愛闖禍，奶奶總說我是『小災星』。歲半的時候，她打麻將，我剛學會走路，到處亂摸，結果打翻了整壺熱水，左手前臂差點被燙熟……」

「被燙熟？」愛凡瞬間皺起眉頭，滿臉驚訝。

「嗯。不過幸好恢復得好，現在疤痕也不太明顯。」說罷，歌莉雅微微抬起左臂，將衣袖挽起，露出前臂上那片淡淡的疤痕，「你看，幾乎看不見了。」

愛凡輕輕觸碰那片皮膚，眼裡盡是憐惜。

歌莉雅卻不以為意：「我左邊眼窩處也縫過針。那是因為三歲時跟大人逛商店，我亂跑，結果撞到櫥窗衣架。媽媽都嚇瘋了，立即把我送去醫院。也是幸好，沒傷到眼球，只縫了幾針。」歌莉雅閉上眼睛，把臉湊近愛凡，微微抬高，展示著左眼瞼上的傷疤，「現在我要是化妝了，其實也不大看得出來。」

一陣暖暖的鼻息噴到愛凡的下巴處。女孩的臉是如此靠近，愛凡感到一陣怦然心動。「嗯……不是很明顯。」

「後來小學一年級，學校秋遊，有個同學把我的一個白鯨玩偶搶走了，我立即追著他跑，結果一不小心，整個人從斜坡上滾了下來，又被送去醫院，半邊臉要包紮。那會兒我一個月沒吃過醬油。」

歌莉雅滔滔說著，帶著一種天真無邪的笑意，彷彿那些痛苦的記憶不過是些無傷大雅的小插曲。

「你這傻孩子，為了一個玩偶去醫院。」愛凡的目光越發溫柔。

「哼，這可不是一般的玩偶。這是我所有玩偶裡最厲害的：小、白、鯨！」歌莉雅一臉自豪，隆重強調著。

愛凡笑意加深。「為什麼那麼厲害呢？」

女孩的嘴角閃過一絲微微的顫抖，隨即理所當然地說：「因為在玩偶大戰裡，小白鯨的身體夠長，打起來有優勢。它可是經常幫我打贏其他小朋友的。」

「還有玩偶大戰啊？你這活潑的孩子。」愛凡寵溺道。

「一點都不活潑。大人們都說我很煩。」歌莉雅漫不經心地說。

「怎麼會？小孩子有好奇心才會活潑，這可是優點啊！不要往負面去想！」

「切。我小時候就因為太活潑，沒少被追著打。」歌莉雅嘴角含笑，自嘲得相當坦然。

「被追著打？」愛凡愣了一下。

「小時候不是常跟奶奶待著嗎？我奶奶對我是放養式教育，所以我習慣到處亂跑。週末媽媽在家，可能真的覺得我太吵太鬧，太讓她頭疼了，常常拿藤條追著我跑。」

「啊……」愛凡的心中泛起一陣酸澀，「很疼吧？」

「那當然疼啊！然後我會跑到奶奶那裡哭。但其實現在我很能理解我媽。社會的毒打，比藤條打的疼多了。她那時候肯定也承受著……各種壓力吧。我又不懂事。不怪她。」歌莉雅是真心真意的。

「唉……打小孩如果太經常，容易讓孩子缺乏安全感，給他帶來不必要的恐懼……」愛凡小心揣摩著用字，「我並不是在……責怪你媽媽……只是你知道，我爸在大學教腦科學，所以我會接觸到一點心理學方面的……」

「沒事，我明白。都過去了。」歌莉雅不願影響愛凡對媽媽的印象，趕緊補充，「她是個好媽媽，那時候我眼睛受傷，她還跟醫生說，可以把眼球捐給我。幸好我只是傷到眼瞼。而且啊……我們現在關係挺好的。只是我畢業以後，直接去了上海，才不常和她見面。但我們也會發消息。」

「你在上海？」愛凡瞪大眼睛，彷彿發現自己中了彩票頭獎一樣。

正在喝啤酒的歌莉雅，突然被嚇一大跳，差點嗆到。

愛凡卻開心追問道：「你住在哪個區啊？」

歌莉雅瞄了愛凡一眼，繼續低頭假裝忙著擦拭，「男生不應該隨便問女生住哪裡喔。」

「好吧。」愛凡知道歌莉雅在迴避問題，但他還是很高興。原來他們就身處同一座城市。

那夜，他們在海灘促膝長談，歌莉雅一度躺下睡著了。愛凡注視著熟睡的她，心生憐愛。眼前的女孩，感情澎湃，卻小心翼翼地把自己包裹著。望著那在火光中格外紅潤的嘴唇，愛凡產生了一股吻上去的衝動。

可他克制住了。他輕輕把她散落的瀏海順好，為她抹去臉上的沙粒。他只想保護她，只想讓她開心。

樂土的時間跟現實是一致的。歌莉雅很訝異，才凌晨三點，為什麼海面已被第一縷陽光照亮？愛凡故作神秘，問她有否在夏天去過冰島。

隨著太陽從海面上徐徐升起，歌莉雅這才發現，整個海灘就像冰島的黑沙灘，放眼望去是一抹弧線形的海灣，不遠處矗立著嶙峋的黑石群，身後還有壯麗的玄武岩石柱。

歌莉雅奔向白色的海浪，愛凡微笑著從後跟上。二人凌亂的腳印，將此刻專屬於他們的快樂，深深印刻在這片鋪滿火山碎屑的海灘上。

從此，他們每晚都會相約，到處穿行。

歌莉雅本以為自己對樂土已經瞭如指掌，愛凡卻總能為她帶來新的驚嘆。他們在無人的街道奔跑、在打烊的酒吧擁抱、隨從天而降的鞦韆擺盪……一處處前往地圖上未被標記的地方。

她從不知道原來樂土還有二人模式，也不知道打烊的店鋪竟有辦法闖入。不知道神秘的鞦韆究竟從何而來，也不知道城市的邊緣，還存在多少迷人山海。

她唯一知道的是，這個男人讓她感到無比安全，她好想時刻與他在一起。那是歌莉雅第一次感受到，原來時間能流逝得如此飛快。明明才剛見面，轉眼又要下線。

這一晚，愛凡開著一輛復古的藍色雷鳥來接歌莉雅。

車開了好久，歌莉雅靠著車窗，數算著窗外一盞盞漸行漸遠的路燈。

「第幾盞了？」愛凡打趣道。

「噓……七十八……七十九……」歌莉雅眼睛依然緊盯著窗外。

「你準備數到什麼時候？」愛凡忍不住笑意。

「看看能不能數到終點。」歌莉雅頑皮地堅持著。

「不是吧？」愛凡搖頭笑道，「還得開上一陣子呢。」

「你說，為什麼樂土要有這麼長的公路呢？」歌莉雅收回了數路燈的視線，若有所思地問。

「怎麼了？長路不好嗎？」愛凡不自覺用手指輕敲方向盤，視線在路面和她之間來回切換。

「也沒有不好。」歌莉雅撐著下巴想了想，「只是覺得奇怪，明明可以設計得像其他虛擬世界一樣，一鍵抵達。」

其實歌莉雅並沒有抱怨的意思，跟愛凡一起做什麼她都不會無聊。她只是真的好奇。

愛凡瞬間放鬆了下來，笑著說：「你上學的時候，有沒有試過跟喜歡的人一起坐公交車？有沒有偷偷希望永遠不要到站，寧可讓車子一直開上個三小時？」

歌莉雅會心一笑。

「有道理。那……我們一直開三個小時吧。」話音剛落，歌莉雅便感到臉頰發燙，連忙把頭轉向窗外。

在窗外街燈的映照下，長睫毛在微紅的臉頰上投下淡淡陰影。望著她動人的側臉，愛凡笑問：「你不準備問我帶你去哪兒嗎？」

歌莉雅搖頭，嘴角的弧度透露出一絲小得意。

「這倒稀奇，」愛凡揚起眉毛，「問題少女今天居然不問了？」

「我不需要知道。」歌莉雅望著前方的路，笑意加深，心想，我們一起就好。

愛情的起點總是如此美麗。他們呼吸著瀰漫於車廂中的甜蜜氣息，以為那是一條永遠走不完的公路。

終於，愛凡把車子停在了一塊巨型廣告牌面前。歌莉雅一眼認出，那是她每天上線時都會看到的歡迎語——

Welcome to AFTERLAND

也許是夜幕低垂，這裡顯得陌生又荒涼。地上的砂土似乎格外墨黑，平日的歡笑也彷彿戛然而止。

「別怕。」他說。

他領著她走近那片荒蕪，隨後伸手向空中觸碰。只見一個紫色的隔離層瞬間如閃電般延伸至天際，煞是壯觀。

又一次，他讓她滿臉驚嘆。

歌莉雅露出天真的笑容，學著愛凡伸手向空中觸碰。

隔離層再次顯現，一道紫色光芒直奔天際。

歌莉雅望著紫光，不自覺流露出嚮往：「你知道嗎，從小到大，我最喜歡的就是紫色了。」

「我知道。」愛凡一動不動地注視著她。

「啊？」歌莉雅抬起眼眸，有點驚訝，「你知道？」

愛凡低頭一笑，慢條斯理道：「你最初設置的眼睛，不是薰衣草紫色的嗎？」

一股暖流瞬即湧上心頭，歌莉雅感到臉頰再次發燙。

他竟然……特地去看了她的設置記錄？

她抿唇遮掩著害羞，轉而問道：「這是哪裡啊？」

「樂土的邊界。」愛凡側過身直接面向她，眼神溫柔，「沒有人知道的地方，喜歡嗎？」

那嗓音近乎耳語，一陣悸動被悄然牽起。她下意識抬眼看他，卻被他的目光燙得更措手不及，連忙又把眼神躲開。

愛凡望著眼前如小鹿受驚的女孩，心中泛起陣陣憐愛。他微微張了張嘴，終於不再遲疑：「明天你有空嗎？」

「有啊，我天天都有空。」歌莉雅努力想讓語氣顯得平靜，心跳卻不受控制地加快。

「我想見你。」愛凡誠懇地對她說。

空氣彷彿在瞬間凝住，那雙深邃漆黑的眼眸，真摯得讓人無法動彈。

不是分分秒秒念著他，每天都渴望與他見面嗎？為什麼當那層若有若無的紗幔快要被戳破時，她又是如此忐忑？

歌莉雅迷失在那星辰閃爍的眼神裡，呼吸灼熱。

她是如此迷惘，卻又如此動人。雙頰緋紅，眼神迷離。愛凡感到心底的衝動越發強烈，難再斂著。像下定了決心一樣，他輕輕吸了口氣，徐徐把臉向她靠近，近得女孩能看見他臉上細緻的絨毛。

她的心跳徹底失去了節奏，狂亂地在胸口撞擊著。

他的嘴唇越來越靠近，呼吸逐漸與她的交纏。

鼻尖與鼻尖輕觸的一剎，歌莉雅感覺到一股微電流悄然蔓延全身。這是一份她從未感受過的親密。耳朵很燙、雙頰也是，事實上，她感覺熱流已滲透全身，每寸肌膚都滾燙無比……

怎麼辦……

她微微張著嘴唇，屏住了呼吸……

闔上眼……

然而，在唇與唇也快要碰觸之際，愛凡卻突然感受到一息閃光。耳邊女孩急促凌亂的心跳聲，隨著突如其來的一聲雜訊歸於死寂……

璀璨的流星瞬間隕落大地。愛凡猛然睜開雙眼，錯愕地發現歌莉雅已消失不見，只剩自己一個，無辜站在原地。

Chapter VI

第六章　流放之地

歌莉雅迷蒙地睜開眼睛，發現自己躺於一片死灰的砂土上。周圍的景象在視野中不斷模糊又聚焦，但她能確定，這是一個破敗荒蕪的世界。

腦海閃過最後的零碎印象。那雙溫柔專注的眼睛、那個未曾觸及的吻……

他在哪裡？

她虛弱地撐起身子，下意識摸向自己的臉頰，竟發現左手手腕上閃爍著一串字母——DEACTIVATED。

停用？什麼意思？

歌莉雅怔怔看著那串冰冷的字母，竟然有點分不清——究竟她是正在做一個噩夢，還是剛從一個美夢中驚醒？

第一次，她感覺到一種空洞。不止，這還是她第一次，感覺到自己在感覺。

她的心中陡然升起一股恐慌感。

「愛凡……？」她輕聲喃喃，彷彿這樣叫喚便能召喚出他熟悉的身影。然而任她四處張望，卻只見一片洪荒。

不遠處是那塊巨大又熟悉的廣告牌——

Welcome to AFTERLAND

一如既往，燦爛奪目。

卻有一種不祥的預感在她腦海貿然浮現。她拍掉身上的塵土，吃力地爬起來，走向廣告牌，心裡不斷默念——

隔離層……千萬別出現……

她戰戰兢兢地舉起手臂，往空氣中探去，果然出現一個紫色的隔離層，如閃電般直通天際。實際上她覺得這道閃電也同時直達她的大腦——如果她有的話。她瞬間意識到自己已來到隔離層的另一邊。

愛凡當時說，這是樂土的邊界。那麼邊界的另一邊呢？她究竟身在何處？

她本能地轉身往回走。然而何去何從，卻不得而知。

無論如何，總比留在原地好。

她隱約能看出，腳下是一條被風沙掩埋的公路，便跟著這點軌跡前進。只是，這條路沒有目標、沒有邊際，她深深地感到一陣挫敗。

不知走了多久，前方終於出現了一些模糊的黑影。

她靠近發現，砂礫中斜插了一根倒塌的路燈，像個無人攙扶的孤獨老人。放眼望去，還不止一根。她腦袋裡瞬間蹦出一個畫面——

七十八……七十九……

這會是她數過的路燈嗎？

哪怕只有一滴水，在荒漠裡，都是甘甜的。她像抓到了救生圈似的，瞥見了掙脫茫茫風沙的一點希望。

又不知走了多久，她終於看見有人。一個個跟她一樣，身穿原始皮膚的陌生人。

眼前的廢墟看來如此陌生，卻又有點熟悉——那不是街心的噴泉嗎？為什麼會潦倒地躺在地上？還有那露天咖啡館……那酒吧……那少年行走於海面上的招牌……

一切都與樂土一模一樣，但一切都變成了殘垣斷壁。

這裡的人都了無生氣。他們活動著，卻不似活著。歌莉雅注意到樓梯邊有兩個人正在打量自己，便朝他們走去。

「樂土是回不去的了，不用想了。」其中一人語氣冷淡地說。

「所以……這是哪裡？」歌莉雅試探著問道，聲音有些顫抖。

「廢土吧。」另一個人漠然回答。

廢土……

這兩個字在歌莉雅的腦海中迴盪著，彷如石頭落在水面上，掀起陣陣波動。

「他們全是被刪除或長時間沒上線的角色。」左邊的人指向那些垂頭喪氣、步伐僵硬的人影，「大家都被廢棄了，還不是廢土？你既然被流放到這裡，也肯定是被拋棄了。」

歌莉雅目光空洞地看著他們，不知該如何反應。

被拋棄……？

從那天起，她便一個人流浪廢土。她走過那些物是人非的街區，那些他們曾奔跑過的街道、看過的風景……第一次真正懂得了什麼叫思念。

眼前雖是隕落的流星，心裡卻仍看見它在璀璨地飛行。

歌莉雅來到碼頭，望見邊上漂浮著一個殘破的願望漂流瓶。那天把漂流瓶放到大海的畫面，頓時浮現眼前。

「愛……會面臨什麼呢？」

那是她當時天真的疑問。如今的光景，是願望漂流瓶的回應嗎？所以愛會面臨心痛？受傷？因為這一切都是她此刻深深感受到的。

歌莉雅鼻子一酸，流下了第一顆眼淚。

她伸手拭擦，眼淚泛著銀光。她想起銀色漩渦、想起夜空中迷人的星體……更多眼淚又禁不住流下。

捨不得流失任何一滴眼淚，因為每一滴，都盛滿回憶。於是她撿起漂流瓶，把眼淚珍重地裝進去，彷彿只要保存它們，她就還能握住曾經。

她就這樣每天重複著相同路徑，漫無目的，度日如年。她經常站在那曾是樂土噴泉的地方，望著滿地的瓦礫與乾涸的水池。那個他們曾約定見面的地方，如今只剩一片寂默。她也經常回去再走一遍那條公路，數一遍那些倒下的路燈。她多希望愛凡能像當時一樣，在身邊取笑她。

*****

這天，歌莉雅剛數完一遍路燈，坐在路旁休息。突然有一束光，從她的臉上掠過。抬頭一看，居然有一輛熟悉的藍色古董車，正朝她的方向開來。

真的嗎？她心想。

她踏著疑惑的腳步，踉踉蹌蹌向光走去，果真看見一輛藍色福特雷鳥，在廣告牌附近緩緩停下。

歌莉雅瞪大眼睛，下意識捂住嘴巴。那張她朝思暮想的面孔，那個再熟悉不過的身影，此時正從車上慢慢走下來。

天知道這一束光瞬間就把她幽暗的世界完全照亮，歌莉雅激動地奔向愛凡。樂極忘形，也許就是這個意思。她徹底忘了，他們中間隔著無法跨越的高牆。

一下猛烈的撞擊，讓隔離層像是被激怒般發出刺眼的紫光，歌莉雅被狠狠彈開。痛覺神經受到突然的刺激，劇痛一湧而上，她第一次深刻地感覺到自己活著。

但區區一點痛楚，算什麼？他都出現了。

歌莉雅強忍著快要冒出的眼淚，擦掉身上的砂土，努力爬起來。

「愛凡！」歌莉雅露出期待的笑容，小步跑向愛凡。

愛凡顯然也看見了紫光，緩緩朝她的方向走來。

只是他卻沒有笑，也沒說話。

「你終於來了！」歌莉雅還沒意識到不對勁，聲音聽起來如此爛漫。

只見愛凡像當時一樣，把右手伸向空氣中，一道紫光瞬間亮起。歌莉雅這才看清他臉上的哀愁。

「愛凡，你怎麼了？」歌莉雅緊張地問道。然後她同樣伸出手，試圖觸摸他懸在半空的掌心。

又一道紫光，映在彼此臉上。他皺了皺眉，表情錯愕。

歌莉雅這才發覺，愛凡根本看不見她。

如像被冰冷的鐵鏈瞬間拉進無底深淵，她失控地連番拍打隔離層。紫色的光冰冷地跟著閃爍。

愛凡一臉疑惑，四處張望，是有人在這裡嗎？

自從歌莉雅突然下線以後，除了睡覺的幾小時外，他幾乎全天候在線。他生怕錯過她上線，根本不知道她的賬號已經停用。

他也懷疑過自己是否沒給她足夠的空間，所以被她封鎖了。萬一被封鎖，他就無法得知她的上線狀態。於是他每天重返他們同遊過的地方，希望能再次遇上她。

然而，兩個禮拜過去，他走遍曾經見證他們愛情萌芽的地方，仍然苦無收穫。他確信愛情已經萌芽。至少在他心裡是的。他不願輕易錯過她，便帶著最後一絲希望，回到這個讓他的心隱隱作痛的地方。

她還是不在。

望著這空無一人的荒野，愛凡很是失落。他日以繼夜地苦苦尋覓，回應他的，卻只有眼前這莫名其妙的紫光。

二人就在彼此身邊，卻像隔著銀河。

「愛凡……愛凡……」歌莉雅不斷重複著。

她的敲打越發用力，眼眶裡滿是淚水。

「愛凡我在這裡……」她突然哇的一聲就哭了出來。如果愛凡能聽見，這抽泣聲一定會使他非常心疼。

可是，任歌莉雅用身子一次次撞向隔離層，任動作越發激烈，愛凡耳邊卻始終只有寂寥風聲。

驀地，愛凡神情凝重，匆匆轉身，頭也不回。

車門嘭的一聲無情關上，引擎低沉的轟鳴聲響起，車子緩緩啓動，直到消失於歌莉雅的視野中。

她就這樣眼睜睜看著世界在眼前崩塌。所有希望，也隨著那逐漸黯淡的車尾燈一同消散。終於，她精疲力竭，只能任由身子沿著隔離層慢慢滑落，重重摔在地上。

那是她第一次感到絕望。

BOOK II 第二部

REALITY 現實

Chapter VII
第七章 鄰家女孩

淡淡的月光，透過半拉上的斑馬簾照進房間，灑在女孩蓋著腿的亞麻色毛毯上。女孩有著一張跟歌莉雅別無二致的臉龐，只是少了彩色的眼眸。在她的米白色毛線帽下，垂落著凌亂不羈的瀏海，深棕的短髮恰到好處地輕擦著她白皙的後頸。

她是秋。

秋摘下啓示鏡，望向窗外。對面大廈的公寓，有一位身穿駝色外套、戴著方框眼鏡的男人剛進家門，熟練地把公事包擱在黑色皮質沙發上。

秋的視線隨他從客廳來到書房，看他脫下外套，接著從書架抽出一本厚重的書籍來到桌前。其實秋並不認識這個男人，只是幾小時前等待遲到的露露時，無意間搜索到這位鄰居的樂士名片，原來他叫——愛凡。

雖然不知道愛凡是不是他真實的名字，秋卻莫名地自覺跟他相熟。她幾乎可以肯定，在接下來的一小時裡，愛凡會待在書房專心閱讀，然後為窗台上的雪片蓮澆水。至少從他一個月前剛搬進來開始，這是他每天晚上都會做的事。

以獨居男子來說，愛凡算是非常有條理，搬進來整整一個月，家裡依然維持得相當整潔。他的生活，也彷彿充滿樂趣和朝氣。秋就見過他為植物澆水時，用自己的咖啡杯跟小水壺碰杯。還有幾次，她通宵上線樂土，摘下啓示鏡時已是天亮，都剛好看見他在客廳的開放式廚房做早餐。有時候他會在電腦前一邊打字一邊把吐司塞進嘴裡，而後匆匆出門；有時候他會靠著陽台，悠閒地站著吃完一盤沙拉。他還做過麵條、雞蛋等等。

不過一個月以來，秋都沒見過愛凡使用啓示鏡，她根本不曉得原來他也有樂土賬號。

秋真不是故意偷窺別人的生活。一開始她都只是路過窗邊，剛好瞥見。但誰叫這位鄰居不愛拉窗簾？這種坦蕩恰恰是秋所欠缺的，自然吸引了她，從看一兩眼變成多看幾眼。

他有著規律且良好的生活習慣，應該是個自律的人吧？即便家裡從無訪客也保持著整潔，應該是個對生活有要求的人吧？願意悉心照料小盆栽，還會跟它碰杯，應該是個童心未泯的人吧？本來只是偶爾路過窗邊的秋，不知不覺就變成習慣性趴在窗邊，各種想法滿腦飛。

如今，秋與這張看了一個月的臉龐之間，突然從樓與樓的距離縮短到一個按鈕之遙，加上他看上去又像個好人，經過露露的慫恿，不，是推動，秋便給他發送了好友邀請。不過，「好人」兩個字有點籠統，世界上哪有絕對的好人和壞人？秋的感覺大概是，他看起來沒什麼攻擊性，與他接近應該不會危險。

他們的初次約會，是秋第一次看見愛凡在家裡戴上啓示鏡。他比約定時間早了十分鐘便到達等待，秋當時就在窗邊偷偷樂著。

確實，第一次接觸下來，秋發現愛凡比她所想像的更加溫和，也很有耐心。秋對編程的了解，只停留在初中電腦科學的第一節課——0和1，二進制。愛凡卻沒有半點嫌棄地認真給她解釋。而且，即便他的言談間透露著學識，卻沒有那種讓人討厭的炫耀感，秋能明顯感受到他的真誠。

但儘管愛凡給秋留下了很不錯的第一印象，她還是不敢輕舉妄動。

只一次約會，秋就滿腦子都是愛凡。她深知自己的弱點之一，就是太容易把童年缺失的情感，投射到他人身上。

類似的事情從小到大發生過無數次：簡單如請病假後第二天男同學的一句慰問，或放學後看橄欖球比賽時學長溫馨提醒別靠太近小心受傷，抑或餐廳侍應生的特別優待——只要有人向她表達在意或重視，就非常容易讓她瞬間產生好感，甚至演變成短則數月，長則數年的暗戀。她初中時，就試過因為無意間聽到有人稱讚她「長得很可愛」，而展開了一段長達三年的暗戀。

約會後的那幾天，秋的心裡有兩個聲音在持續抗衡。愛凡外出上班時，她望著他井然有序的房間，一個聲音會嘲諷她：「又在想什麼呢？輪不到你。」

但晚上當愛凡回到家裡，她看著這個用心生活的男人，另一個聲音卻會肯定她：「真誠地多交一個朋友，有什麼問題呢？」

終於她忍不住找露露傾訴。露露給了她一個願望漂流瓶，鼓勵她把心裡話說出來。

說來神奇，平常的秋根本不可能坦然說出自己的感受。準確來說，她從未好好感受自己的感受。她習慣屏蔽一切情緒，不去觸碰，就不會煩惱。但自從來到樂土，她著實感覺本來緊閉的內心被打開了一點。她開始與人交流，也多了歡笑，逐漸沒那麼抗拒表達自己。

就在她向願望漂流瓶訴說著心裡話時，她突然想起愛凡窗邊那盆含苞待放的雪片蓮，心中冒出了一個想法——

難道愛凡日復一日灌溉花兒的時候，不知道它終有枯萎的一天嗎？她彷彿突然有了一些勇氣，即使愛會面臨受傷，愛都願意冒險。

Chapter VIII

第八章 「想」

任何物體在真空下，只要有一個動力，就可以永不停止地前進[6]。奈何我們身處的世界，到處充斥著阻力，無論是空氣中、言語中，甚至外太空中，都不存在絕對真空。這就是為什麼想讓一顆心一直保持勇往直前，那麼有難度。

理論上，這並非不可能。在意識的世界，孩子般的信心就可能處於絕對真空。因為孩子最初的信心還沒受過污染，還沒被灌輸什麼可以什麼不可以，準確來說，他們連不可以的概念都沒有。當人能夠完全不給自己設限，百分百相信，他真的只需要單憑一種非常簡單的動力，就能一直前進——「想」。

秋根本不知道自己曾經擁有過這般信心，沒有人告訴過她，她也沒有這種記憶。她甚至不知道擁有這般信心的人，是怎樣的。

待在家的這兩年，時間過得特別緩慢。如果時間是日記本裡的頁，哪怕有人能寫得很精彩，她的

⑥ 根據牛頓第一定律，任何物體在真空下，只要初始獲得一個動力（初速度）且之後無外力作用，就能以恒定速度永不停止地沿直線運動。

頁，卻整整空白了兩年。她依稀記得一開始有很多眼淚，後來大概是眼淚把一切都洗刷模糊了，無論是情緒還是慾望。至少眼淚可以消毒。可能還真得感謝眼淚裡的酵素，讓她的傷口如今已經不怎麼痛了。

有時候她覺得她的人生就像童年時家裡的電視，看著看著突然就滿屏雪花。無論是上去拍打它、搖它、關掉重開，都是徒勞。她不知道畫面什麼時候會回來，於是她學會不再期待。

沒有希望，就不會失望；不去「想」，就不會落空。

秋覺得現在這樣挺好。反正本來畫面在播放什麼，已經於她無關。那也不必去想以後，誰知道什麼時候又花屏了。說實話，樂土出現了以後，生活的色彩已經恢復了一些，那就先這樣吧。不想了。

直到她遇見愛凡。

自從心事隨願望漂流瓶漂向大海，秋的心似乎真的輕盈不少，她終於與愛凡有了第二次約會。她這才發現那份隱藏在他方框眼鏡下的幽默感，還發現他遠比自己以為的更特別。雖然從他每晚閱讀的習慣裡，她本就猜到他是個知識分子，但知識與智慧是兩碼事。他對很多事情的看法，都充滿智慧與洞見，讓她由衷欣賞。

然而縱觀一切，愛凡身上最寶貴的，該是那孩子般的信心。至少秋是這樣認為的。

「也是因為有人先相信了人人的春天都能下雪，我們才有了這個當你想看雪，它就會下雪的地方。」

當時愛凡的一字一句，還有聲音裡的堅定、眼中的光，一直迴盪在秋的心裡，揮之不去。這個時代居然還有人能像孩子般相信，自由地「想」？難不成他是個天使？她笑了，有點自嘲的意味，卻又有點開心。

難怪地球是圓的！這樣的設計，是為了讓人的眼界完全沒有邊際吧？

這個念頭的突然湧入，肯定是受到了愛凡的影響。如此跳脫的想法，對秋來說，絕對史無前例。但此刻的她，確實親身經歷著「沒有邊際」。原以為在她的樂土願望清單中，只剩下意識升降機這最後一項尚未打鉤。結果這部升降機能夠通往的意識層，就像不斷膨脹的宇宙，根本不可能有探索完的一天。

不斷膨脹的宇宙！不又是一個提醒著人類不要設限的設計嗎？

所以人類站在地球表面，無論往前看還是抬頭看，都沒有邊際！秋瞪大眼睛，深深吸了口氣，為自己也開始有了愛凡般的洞見而感到驚嘆。

「其實你只需要說一個字：『想。』」

秋的腦海浮現出當時他溫柔而堅定的另一句話。

其實秋很清楚自己的另一個缺點——顧慮太多。左顧右盼的，有時候她都被自己糾結死了。既然現在連大自然都三番四次鼓勵她，不要設限，沒有邊際，秋終於決心勇敢一次，告別步步為營。

你想嗎？愛凡的聲音彷彿在耳邊響起。

「想！」秋在空無他人的房間裡，對著空氣小聲說。

Chapter IX
第九章
擺鐘

凌晨四點半，天還沒亮。秋剛剛洗漱完，望著鏡子裡的臉，仔細數算著。總共有七個還沒消的痘印、二十九顆比較明顯的雀斑，和兩顆以前沒發現的小紅痣。

從十幾歲開始，秋就經常這樣數算自己的瑕疵。她當然清楚這樣會為自己增添焦慮，卻總是忍不住想知道。與其承受沒有把握的不安，她寧願承受知道得一清二楚的沮喪。

然而在這個清晨，她數完後卻發現，心裡好像比平時坦然許多。

其實秋也不敢相信，她竟會在第三次約會時，就把左眼瞼的疤痕展示給喜歡的男生。畢竟一年多前，當她發現樂土角色創建者必須進行3D人臉掃描，以真實樣貌創建角色時，她可是掙扎過好幾天。後來她說服自己，至少可以更換各種妝髮造型。既然能有虛擬道具作為掩飾，以真實面目示人也不算太可怕吧。

樂土的用戶須知對這項措施作出過解釋。要求用戶以真實形象創建角色，旨在促進社群間的真誠互動，並維持良好的自律風氣。當人們知道自己會被看見時，行為自然會多一份責任感。不過樂土公司也重視用戶隱私，不強制用戶顯示身份證姓名。這也是當時秋說服自己的另一個理由——即便遭人嫌棄，別人也無法確認她的真實身份。

於是，歌莉雅就這樣誕生了。

從秋的睡房窗戶望出去，同樣能看見愛凡的公寓。但他的睡房在公寓的另一頭，此刻躺在床上的秋，只能遠遠看見那扇緩緩關上的房門。

以秋每天的觀察，愛凡通常早上七點多就會起來做早餐。這麼算來，今晚為了陪她看日出，他只能睡上短短三個小時。想到這裡，秋的臉上不由得溢出笑意。

其實，秋仍在有意識地克制自己。她深知那緊握韁繩的手如果稍有放鬆，對愛凡的好感便會一發不可收拾。奔馳讓她不安，即便下定決心要勇敢一回，也不代表不害怕自由落體的失重感。她需要一個適應的過程。所以當她一不小心說漏了嘴，被愛凡發現她也身在上海時，心便不由得揪緊。

不過，她也開始學著用愛凡的眼光看事情，安慰自己，即使仍像鐘擺般搖擺不定，至少擺幅已經比從前小了許多。這已經是一種進步了！**不要往負面去想！**

而愛凡也總在不經意間，為秋編織著安全網。事實上，那晚在沙灘上，秋根本沒有睡著。她只是按下了暫停鍵，悄悄拿開啓示鏡，偷看對面大廈的愛凡。她清楚看見他凝望自己時的專注，也看見他的手在空中劃出一道優美的弧線，她知道他正在溫柔撫摸她的頭髮。那一瞬間，秋彷彿瞥見了自己在他眼裡的美麗，任何瑕疵都似乎不再重要。

樂土真是個好地方，秋心想。已經多久沒有渴望出門？一片浪漫的黑沙灘、一次與喜歡的人共賞的日出，卻足夠重燃那早已熄滅的嚮往。如今，她對生活重新有了期盼，她抱著枕頭闔上眼睛，期待著下一個夜晚的來臨。

在接下來的一個多月裡，秋和愛凡每晚都相約樂土。秋終於漸漸發現，愛凡並非如她所想般不懂浪漫。只是他的浪漫並不癡人說夢，而是付諸行動。日復一日，他帶著她在同一片樂土，不斷發現新的風景。

這才讓秋慢慢體會到時間的意義。

原來人生真的就像童年時家裡的電視。每天的播放時長早已定好，她可以什麼都不做，任由電視播放雪花屏，時間便成了虛空。她也可以主動修理它，讓它重新播放美好，時間就成了精彩的潛力。

每一下心跳，都在倒數生命的溫熱。

秋終於確切地感受到了，她好想全力奔向愛凡，再也不要浪費時間。

所以秋是真的在試著鬆開緊握轠繩的拳頭，學著表達心裡的感受。讓擺鐘始終無法停下來的，是那抗拒著狀態被改變的慣性。

秋其實是個感情澎湃的女孩。只是，她從小便習慣豎起圍牆，不想，也不敢，在畫紙以外流露真實感受。每當有人讓她傷心，她都會習慣性地淡漠應對。別人若是多問幾句，她則會以「生氣」或「抱不平」的姿態，理論著對方的不是。

然而，雖然她的表達方式總是強勢，多數情況下，她打心底裡感受到的卻並非氣憤，而是受傷。脆弱可不能被人發現。乾脆不談感受，只談道理。

偶爾她也會因別人的關心、在意而暗自歡喜，但她也總會按捺著內心的波動，儘量擺出一臉淡然。彷彿，承認自己在意，是一件很丟人的事情。

那一夜，愛凡猝不及防的靠近，讓秋的圍牆震裂出大道縫隙。精神反射根本不給人思考的時間。方寸大亂的她，就像在疾馳的馬背上突然失去平衡，鬆開一半的拳頭，瞬間又死死握緊。

Chapter X

第十章 男友、左腿，和未來

秋猛然摘下啓示鏡，節奏紊亂地大口喘息著。幾秒鐘前二人即將親吻的場景，倏然如被利刃無情劃破。她都不忍望向對面大廈裡，此刻一臉茫然的男人。

她推著輪椅來到全身鏡前，注視著左邊空蕩蕩的褲管，內心湧起無比的羞愧。如果剛才愛凡看到的自己，是現在這個模樣，他根本就不會想要見她吧？

「想什麼呢？就說輪不到你。」

那個聲音又出現了，魔鬼最擅長煽風點火。

秋的腦海隨即響起那激烈的爭執聲、那刺耳的剎車音，和那金屬刮擦撕割的聲音——腦門瞬間彷似被貓爪子劃過，火辣辣地痛。

頭暈。她不想聽。

她下意識緊閉上眼，卻只更清晰地看見那滿地染血的玻璃碎片、那企圖吞噬一切的烈焰，和那逐漸失去呼吸的身軀……

不、留、餘、地。

秋不願縱容自己搖擺，於是拿起啓示鏡，任憑衝動刪除賬號。她多希望能夠同樣地，刪除記憶。

*****

曾經，她也如此光彩照人。

那年，秋和露露一同畢業於倫敦中央聖馬丁學院⑦。憑藉畢業設計作品中展現的文化碰撞與前衛創新，她們驚艷了整個學院。不僅獲得了畢業秀的最高榮譽，兩人更獲得了業內的高度評價，迅速積累了優秀的聲譽，成為業界新星。

這一切給了她們巨大的信心和動力。女孩們決定放棄各大時裝品牌拋出的橄欖枝，一同回國創立屬於她們的潮流品牌。這一決定在當時看來，大膽又充滿挑戰。畢竟作為剛剛畢業的設計新人，要在競爭激烈的時尚市場站穩腳跟絕非易事。

她們共同創立了服裝品牌 Autumn Dew，不僅以東方自然之美融入街頭潮流文化，更開創了實體與虛擬時裝並行的先河。品牌剛一推出便以獨特的雙線發展模式震撼業界，每季的虛實聯動發佈都能在社交媒體上掀起熱潮，更多次登上主流時尚雜誌封面，輕鬆成為國內數一數二的新晉品牌。二人更因此開始接觸更多跨品牌的藝術指導工作。

一次廣告拍攝，秋重遇了卡爾。當年他們不過是大牌時裝屋的在學實習生與新人模特兒，如今

⑦ Central Saint Martins，英國最頂尖的藝術與設計學院之一，也是世界四大時裝設計學院之一。

再會，已是各自領域的璀璨之星。年齡相仿，志趣相投，一旦重逢，愛情便來得如此自然。

然而當時卡爾已經走紅，粉絲蜂擁，戀情難免暴露於大眾眼中。輿論壓力加上聚少離多，這段關係注定伴隨著重重暗影。矛盾也越發增多。不過，再多的爭吵總沒有燒盡愛情，春風一吹，甜蜜又生。

那晚完成廣告拍攝以後，在開車回家的路上，他們又迎來一次爭執。兩人都以為那不過是又一次尋常的爭吵，能迎來又一次和好。直到路上突然飄起細雨，細得讓人掉以輕心……

*****

誰的人生沒遭遇過創傷？秋只是沒想到，這會是個致命傷。一場車禍，她失去了男友、左腿，和未來。

都說時間會沖淡一切。根本就沒有。

兩年了。秋的腿，確實已經不痛了。但每當記憶來襲，她卻彷彿仍能感覺到車子失控時劇烈的震盪、從車裡拚命爬出來時周圍的灼熱，和醒來確認噩耗時，鑽心的痛楚。第一次坐上了輪椅，第一次從低了一半的角度看世界，那注定是個不一樣的世界。

卡爾的粉絲，用紅油漆在秋的家門口畫上了凌厲的一串英文字母——MURDERER。

殺人兇手。秋的確也如此看待自己。當時的執拗，如今看來何等幼稚。如果那時候成熟一點呢？或者至少忍耐到回家呢？如果反應再快一點，早點伸手扭轉方向盤呢？或者至少力氣大一點，早點把人從車裡拉出來呢？

排山倒海的如果，讓那份罪疚感至今無法被磨滅。

一開始，露露經常來家裡照顧秋。但當一個曾經如此亮麗能幹的人，長期不能自理，連從輪椅轉移到沙發都無能為力，她即使再需要被幫助，自尊也讓她再無法被觸碰。

露露的關心，讓秋越發討厭自己；她的擁抱，讓秋壓根喘不過氣。秋不想成為任何人的負累，也不願面對任何種類的目光。

她把 Autumn Dew 的所有股權變成了一份足以從此與世隔絕的生活費，並把家裡的密碼鎖悄悄換掉。任憑露露如何敲門，她也不再開門。

後來有一天，露露在秋的家門口留下了一副啓示鏡。

從此，秋便來到樂土。

那是她關上門的世界裡，唯一願意打開的窗。

只是如今，窗又關上了。

Chapter XI

第十一章 如果神讓你看見

多麼熟悉的一個畫面。對面大廈的公寓，有一位身穿駝色外套、戴著方框眼鏡的男人剛進家門，熟練地把公事包擱在黑色皮質沙發上。陌生的是，如今男人滿臉鬍茬，眉眼間透露著憂慮與疲憊，而且除了公事包外，他還拖著一個小行李箱。

這是愛凡在過去的七天裡，第一次回家。

自從三週前秋的不辭而別，愛凡每晚一回到家，便會立刻戴上啓示鏡，直到深夜。然後他會一無所獲。然後失落地為雪片蓮澆水。然後去休息。

他晚上再沒有翻開書本，早上也再沒有做早餐。

秋知道他的惆悵全都源於自己，心裡無比內疚。

可她著實不知如何是好。因為比起內疚，她更覺羞愧。

那場車禍，早已讓她失去了夢想與自我。連自己都討厭鏡子裡的自己，她又如何奢望別人會喜歡？

她多慶幸自己已把賬號刪除。她可太了解自己的德性。一旦有機會猶豫，很可能就會按捺不住。

最初的幾天，相當難熬。白天愛凡上班時，秋每隔幾分鐘就會看一次手機，並不是在等消息，因為她根本沒有愛凡的聯繫方式。那是她純粹的坐立不安，每分每秒都需要多巴胺的安撫。晚上愛凡回家以後，秋則會一直坐在窗邊陪他沮喪。她是多麼的想念他，多麼想告訴他其實她一直都在。

所以她更佩服自己的先見之明。唯有對自己夠狠，才不至於讓自己丟人。

得不到還好，只要看得見，心還是安的。直到愛凡無緣無故失蹤……讓那可控的安全感，跟著一起丟失……

望著那連續多天空空如也的公寓，秋禁不住胡思亂想。他是否也放棄了？是否失去了耐性？還是他出差了？但他的工作為什麼需要出差呢？

秋感覺回到了小時候，每天等待爸爸回家的那時候。不斷盼望又不斷失望，感覺自己被拋棄、被拒絕，可有可無。

心思早已變成處處硝煙的戰場。秋這才發現自己對愛凡有多殘忍。

七天的煎熬終於過去，愛凡終於再次出現在對面公寓。秋的視線緊隨著他，從客廳來到睡房門口，與拖著的行李箱一起消失於門後。不一會兒，門縫中透出的那絲亮光便暗了下來。

他一定累壞了吧？一整週他都在做什麼呢？他過得好嗎？秋驟然發覺，自己對這個男人竟是一無所知。

事實也證明，她確實對他一無所知。本來為了能在清晨目送愛凡出門，秋特地調好了七點的鬧鐘。誰知醒來時，他早已不知所蹤。

連她熟知的習慣，都不再如常。離開了樂土，他們還剩下什麼？

這就是她不願意愛的原因。把心關起來，無人能觸碰，根本就不會有起伏，更不會受傷。多麼穩定，多麼安全。

一旦打開心去愛，就彷彿赤裸裸地走到砧板上，再把刀子遞到別人手裡。誰知道他什麼時候會砍下來？

秋真的很討厭這種內心翻騰的感覺。

可這不是她自己的選擇嗎？

愛會面臨什麼呢？

她不是早就想明白，**愛會面臨受傷，她卻願意冒險？**

*****

「你就問問自己，還想不想繼續冒險嘛？」

電話那頭傳來露露的勸慰。秋刪除角色的舉動，讓露露煞是擔心，幾個禮拜以來不斷給她發消息。

一開始，秋還表現得很灑脫。直到愛凡突然消失，再出現，再消失……秋實在裝不下去了。

作為世界上唯一知道這段關係的人，露露自然是秋唯一能奔往的方向。

「唉……別問了，我不知道啊。」秋的思緒雜亂無章。

她想，又不想。

不。

她想，又不敢。

「換個問法，他值不值你繼續冒險？」露露單刀直入。

這就有趣了。同一個問題，兩種問法。一個把焦點放在自己身上，一個把焦點放在對方身上。問的其實是，願不願意為他放下自己？

「他當然值得！」秋突然覺得問題變得簡單了。

「那就對了。還猶豫什麼呢？」

「但我不值得啊！」秋激動了起來。

「你別幫他決定啊，讓他自己決定！」

「我……」話到嘴邊，又被吞了回去。自卑像荊棘一樣纏繞著喉嚨，她該如何開口承認自己是瘸子呢？

眼眶一濕。

「愛凡不是說，神安排雪片蓮開在春天，就是在提醒人不要被自己的認知或環境局限，要勇敢去『想』嗎？而你不是也說，地球是圓的、宇宙在膨脹，都是大自然在鼓勵你不要設限、沒有邊際嗎？『神』也好，『大自然』也好，如果宇宙真有這麼一位『設計師』，你應該比誰都清楚，設計中的每處細節，一定都帶著特別的心意。那你覺得，祂對你們的心意，又是如何？」

先不管秋對於露露的靈魂拷問有沒有答案。此刻露露陪在秋身邊的這個「設計」，顯然是為了提醒她，別忘了自己曾經相信過什麼。

*****

祂對我們的心意，又是如何？

又兩個禮拜過去了，秋一直在思考這個問題。

愛凡果然是一消失就是一整個禮拜。從前是每晚等他回家，現在是每週等他回家。他究竟是怎麼了呢？

至少對秋而言，最近的等待已經沒有先前那般難熬，她感覺自己已漸漸適應了看不見他的生活。

看不見他的生活？看不見他……

這幾個字怎麼那麼耳熟？

想起來了。

他們的第一次約會！

當時她問，月球是否在很久以後就會消失？

愛凡說——**你看不見它，不等於它就消失了啊**。

剎那間，秋感到莫大的安慰。

她看不見他，不等於他就消失了。

的確，他的笑容、他的話語，此時此刻就在撫慰著她。她看不見未來，未來依然會來。她也看不見空氣，但空氣無處不在。如果「神」真的對他們有特別的心意，即使她看不見，祂也自有安排吧？

好像突然有個靈感。

秋來到書桌前，拿起了久違的鋼筆。

曾經她用同一支鋼筆，隨心畫過多少草稿；曾經她在同一個位置，陶醉度過多少通宵。那些被她刻意封鎖的記憶，一瞬間全被釋放。她這才記起，拿起筆的她，曾有多自由。

但也許是執筆的姿勢生疏了，曾經筆觸瀟灑的秋，如今卻一撇一捺都帶著遲疑。

「虛擬但完美，殘缺卻真實，你會如何選擇？」

太矯情。劃掉。

「你確定自己真的喜歡我嗎？」

太直白。再劃掉。

「如果我沒有你想像的那樣美好……」

太卑微。還得劃掉。

墨水用掉了好多，信紙還是一張一張被撕掉。一萬個念頭在她腦海飛過，終於，她似乎抓住了合適的一個。

秋細緻地把信紙疊好放入信封，在封面上鄭重寫下：

「如果神讓你看見」

如果這個世界真的有神，如果祂真的對一切都有心意，她決定放手，看看祂對這份愛情有什麼心意。

車禍以後，秋再也不曾出門。除了因為輪椅使用者獨自出門的確麻煩，她不想引來使人尷尬的關注之外，也因為確實沒必要。這幾年來，大環境幾乎迫使所有行業都適應了這種新常態。如今外賣、快遞、娛樂……絕大部分事情都能在家中完成。若非為了這份感情，秋是不可能考慮外出的。

坐著電動輪椅，秋獨自來到巨鹿路。她早已忘記上一次來是什麼時候，卻不禁感慨，這條曾經熙來攘往、充滿活力的街道，如今竟是如此冷清。微寒的風裹挾著一種說不出的沉寂，沿街的各種西餐店、咖啡館、潮店和酒吧櫥窗裡，紛紛剩下昏暗的燈光在微弱閃爍。零星的行人匆匆走過，都是低頭疾行。

街角的美式咖啡館門口，貼著一張顯眼的紅色告示——暫停營業。事實上，好幾家商舖的門口都貼著類似的告示。秋的目光掃過一扇扇緊閉的店門，心中湧起一陣落寞。

輪椅緩緩向街尾駛去，在一個圓形的電動招牌前停下。招牌的一面是捲起的海浪，另一面是正在往前踏步的少年，高速旋轉下，看起來就像少年行走在那片捲起波浪的海面上。

這是離秋的住所最近的一家 YOUNG MAN & SEA 線下連鎖酒吧。

酒吧內部和外面的街道一樣冷清。比起在樂土線上，這家實體店的面積要小得多，僅有四五十平方米的空間。金綠相間的復古中島吧檯前，空無一人，只有兩隻金屬機械臂靜靜佇立，等待客人在牆上的觸控面板完成點單。而後機械臂會從懸掛在吧檯上方的各式酒款中，收集所需的基酒，迅速完成調配。

秋把帶來的信交給智能助手，並小心翼翼地輸入指令：「請把信轉交給第一個來到店裡點銀色漩渦的人。」

看著信件被收走的那一刻，秋的心咯噔了一下，彷彿自己有一部分也被交了出去。其實她很清楚，用這種方式的話，愛凡收到信件的機會極為渺茫。她根本不確定他是否知曉這家分店的存在。即便知道，他也未必會來。即便來了，信也可能已被別人領走……

但如果不增加難度，她又怎能確認神對他們是否真的有特別心意？

如果有緣，他會看到的吧。

Chapter XII

第十二章 秘密基地

「我最近暫時不會回公司。有事的話，來倉庫找我。」這是愛凡最後一次出席會議時，唯一留下的話。

在歌莉雅消失的兩週裡，愛凡在所有會議上，都變得目光遊移、寡言少語，完全失去往日的侃侃而談。直到那天，詭譎的紫光在樂土邊界出現，才讓魂不守舍的他終於振作起來。

他知道，秘密基地，是時候重建了。

愛凡從小就有一個秘密基地。七歲那年，他迷上了寫程序。爸爸特意安排了大衛老師每週來家裡指導他學習 C 語言。十歲那年，他愛上製作機器人，每週都拉著大衛老師一起躲在地下室裡埋頭研究，從中午一直到凌晨三四點。那是他的樂園，他最愛的地方。

大衛老師是爸爸的博士學生，編程知識都是自學的，專長其實是神經生物學。這卻讓愛凡從小對計算神經科學充滿熱愛與見解。他第一次給老師展示自己發明的意識磁眼鏡時，才十九歲。

那是啓示鏡的第一代模型。

＊＊＊＊＊

「快戴上它！」愛凡一臉興奮。

「這是什麼？」大衛老師一臉好奇。

「你先戴上，告訴我看到了什麼。」愛凡催促。

「科尼熱狗。」

「哈哈哈哈……你還沒吃飯嗎？」

「沒呢。忙了一早上。所以這是什麼？」

「現在，想像你把它拿過來，咬了一口。」

「哇！」兩秒之後，大衛老師的眉毛都快揚到頭頂去了。他的舌頭居然嚐到了濃郁的芝士肉醬，和微辣的洋蔥……

「想喝點什麼嗎，先生？」愛凡模仿著侍應生的語氣。

「我的天！」大衛老師都還沒來得及回答，眼前就出現了一杯可樂。甜甜的氣泡在口腔裡炸開，一股透心的涼爽隨即流過食道。他一把摘下眼鏡，瞪大眼睛驚呼：「好傢伙！這也太瘋狂了！所以你只用了這麼小的一個磁塊，就實時讀取了我的腦電波信號，把我的想像投射到這副 LED 眼鏡上……」

「是的，再同時反向激活你大腦中的感官皮層，讓神經元產生對應的感覺反饋。」愛凡笑得很得意。

「你給你爸展示過了嗎？你們父子倆可真厲害！」大衛老師的語速好快，顯然是太過亢奮。

「主要是他厲害、你們整個團隊厲害。我只是對你們過往研究的腦波交流技術進行了演算法優化，重新編寫了壓縮代碼而已。」愛凡謙虛地說。

「什麼『而已』？你知道這套技術一直需要依賴超算級別的硬體架構來實現！現在你只用了一塊幾平方厘米的磁塊和一副眼鏡，就完成了相同的數據傳輸和神經信號處理！」大衛老師端詳著眼前的小裝置，不住驚嘆道：「如果可以量化生產，那可真的……我詞窮了！你真是個天才，愛凡！」

「但現在我有個難題，倒不是量化生產的問題……」愛凡的語氣變得嚴肅起來，「而是因為它能捕捉並模擬大腦中所有的想像訊號，不論是正面的還是負面的。當任何意識活動，像色情、暴力之類的，都能被轉換成真實的感官體驗，你不覺得很可怕嗎？」

「也是。」大衛老師皺起眉頭，若有所思，「你有辦法設置某種感知過濾機制，來識別並屏蔽掉那些潛在的有害意識類型嗎？」

「這……實際操作的難度非常大啊。」愛凡面有難色，「首先我得歸納出所有要被過濾的類別，逐一編寫明確的數據集，但這樣又不知會讓代碼量變得多龐大了……小磁塊是否能裝下呢？更別說監測、判別過程中的處理量，很有可能會導致延遲問題……」

「這道題如果太簡單，你解了也沒太大滿足感。」大衛老師拍了拍愛凡的肩，「你可以的。」

那天以後，愛凡翹了很多課，像小時候一樣，天天蹲在地下室苦幹到凌晨。幾個月過後，他終於研究出啓示鏡的第二代模型。

*****

「來來來，快戴上它！」愛凡比上次更興奮。

「最好給我來點驚喜。」大衛老師一邊笑著說，一邊接過眼鏡戴上。

「你隨意想像，時間長一點。試試故意想些負面的。」愛凡囑咐。

地下室進入一片安靜。大衛老師戴著意識磁眼鏡，一動不動地坐著，愛凡能清楚聽到空調的微弱嗡鳴和自己略顯急促的心跳聲。良久，大衛老師突然笑了起來。

「怎麼樣？」愛凡在大衛老師摘下眼鏡的瞬間，迫不及待地問道。

「我看見我和海倫帶著孩子們在草地上野餐，海倫拿出了草莓餡餅和梨汁。我平常很少吃這些，就問她為什麼特意準備了它們。她咬了一口餡餅，一臉疑惑地看著我：『因為好吃啊。』」

「你的想像力還挺豐富。」愛凡笑了。

「主要是最近真的太忙了，確實好久沒跟他們一起野餐了。」大衛老師感慨。

「你剛剛有故意試著想些負面的事嗎？」愛凡問。

「有啊，但很奇怪，一點也想不起來。那片刻感覺腦海是空白的，什麼都想不出來。」

愛凡露出一個想忍住，但是沒忍住的笑。

「所以你做了什麼手腳？我看你的意識磁還是這麼小一塊，代碼量似乎並沒有怎麼變大。」大衛老師問。

「嘿嘿，你知道我有不止一位大衛老師嗎？」愛凡神秘兮兮。

「哦？」

「大衛．霍金斯博士[8]啦，你知道的。」愛凡露出孩子般的笑容。

「啊，意識能量。」大衛老師恍然大悟。

「對。當時我一直在苦苦思索，嘗試把負面意念逐一歸類編寫成過濾清單，但這樣做效率實在太低了。我越寫越發現，負面的想像真是個無底洞……後來有一天在晚餐上，我跟我爸發牢騷，他突然跟我提到霍金斯博士的意識能量層級理論。本來他只是想告訴我，其實負面意識的類別也就那麼些，或許可以幫我簡化分類和編碼的過程。結果我看完博士的理論，意識到，我其實只需要對意識磁做一個很簡單的改動，就是把意識磁的能量場保持在一定振頻以上！」愛凡為自己能想出這麼簡單的方法感到相當自豪，像個孩子般喋喋不休地發表著偉論。

「你是說，直接提升設備本身的能量層級？」大衛老師驚訝地問。

「完全正確！」愛凡點了點頭，「根據霍金斯博士的研究，人類的意識能級可分為十七個層級，包括九個正能量層級和八個負能量層級，分界線是在 200 能級的『勇氣』。200 以上是積極的層級，從低到高依次是『中立』、『意願』、『接納』、『理性』、『愛』、『喜悅』、『安詳』，最高層級則是 700 至 1000 的『開悟』。低於 200 能級的則是負能量層級，從高到低依次是『驕傲』、『憤怒』、『慾望』、『恐懼』、『悲傷』、『冷漠』、『內疚』，最低的層級是 20 的『羞恥』。[9]他的實驗又證明，少數人的高意識能量能抵消絕大多數人的負

---

⑧ David R. Hawkins，美國著名精神病學家和作家，意識能量層級研究的先驅。他發展出意識層級量表，通過量化的方式來測量人類意識和靈性的發展層次。

⑨ 十七個能量層級名稱引用自《心靈能量：藏在身體裡的大智慧》，大衛．霍金斯著，蔡孟璇譯，方智出版社，2012年。——編者註

能量。他說他當年研究達到 700 層級的特蕾莎修女時，在她出現的一瞬間，在場所有人心中都充滿了莫名的幸福感，人們幾乎想不起任何雜念和怨恨。等於說，修女的出現改變了當下地點的能量場，而只要人並不處於負面的能量場裡，大腦根本不可能激發出負面的想像。」

「所以我剛剛故意想像負面的東西，才會一片空白。」大衛老師揚起眉毛，連連點頭。

「對！剛剛我給你的意識磁就是穩定在 700 能級的。所以秘訣是專注在正能量上，負能量就自然會被消除。」

「好傢伙！你的意識磁真是個天才發明！而且這塊意識磁還能有非常廣泛的應用，我能想到比如治療情緒障礙、改善睡眠，甚至幫助人們戒掉各種癮癖……」大衛老師越說越激動。

「我的榮幸。你說。」

「而且你剛剛跟海倫和孩子們去野餐的想像，也給了我一個靈感……」愛凡眼中迸發出亮光。

「如果有四副 VR 眼鏡、四塊意識磁，理論上就能實現多人腦波連結，把一個人的想像投射到所有人的眼鏡裡，並同步傳送感官信號到每個人的意識磁。這樣即便你和家人身處異地，也能像剛剛那樣一同品嚐草莓餡餅和梨汁，隔空『野餐』！」

「哇噢！這個想法很有創意。如果你能實現它，孩子們肯定很喜歡。」

後來，愛凡真的成功讓意識磁的能量層級提升並且穩定在 1000，還能實現多人腦波共振。

啓示鏡的第三代模型大功告成。

但當時的愛凡還不知道，不久後，他就會站在全球科技變革的風口浪尖，而他的發明也將成為改變人類社會的關鍵之一。

* * * * *

愛凡發明出啓示鏡的時期，正是 VR 和 AR[⑩] 技術逐漸進入公眾視野的時候。從 2016 年起，幾大科技巨頭紛紛開始加大對虛實融合技術的投資力度，市場上湧現出各式各樣 AR 或 VR 設備與應用。隨著技術日趨成熟，這些產品逐漸由小眾走向主流，引發了科技界和資本市場的廣泛關注。萬億資本被投入其中，各大公司爭相開發，行業的迅猛發展使得整個產業鏈急需大量計算機專業的人才。雖然那時候愛凡才大二，但身在計算機專業全球頂尖的學府之一，早就有不少公司向他招手，其中不乏當時已開始大力推廣 Oculus 的 Facebook[⑪]。

然而，當時市場上陸續出現的虛擬世界，雖然玩法層出不窮，本質上卻只是社交媒體在另一維度上的延伸。那些社交媒體時代就存在的功能，比如濾鏡美顏、點讚數、粉絲量等，無形中放大了人們的虛榮與比較，進一步惡化用戶對自我價值的認知。這些功能在虛擬世界裡當然是變本加厲，導致許多沉迷其中的青少年，甚至成年人，都在現實生活中開始出現心理問題。

愛凡的妹妹就是深陷這片泥沼的一員。她花費大量時間和精力打扮虛擬形象、追求「完美」的外觀，現實中卻漸漸變得孤僻自卑。愛凡親眼目睹了虛擬世界的弊端，他並不想成為這些技術和平台的一部分，因此遲遲沒有答應大公司的招攬。

---

⑩ Augmented Reality，增強現實。

⑪ 自 2021 年 10 月 28 日起，已正式改名為 Meta。

直到成功研發啓示鏡的第三代模型後，他產生了一個新想法——如果虛擬世界的浪潮無法抵擋，他何不借水行舟？不如親自打造一個不一樣的虛擬世界，一個能讓人們在其中治癒心靈、建立真實情感連結，而非追求外在虛榮、滿足虛假需求的世界。他果斷選擇了休學，把全盤心思都投入到創造這個新世界中。

他與一位商學院的學長約書亞，聯合創辦了公司。約書亞負責公司的所有對外事務，主導品牌定位、募資方案及市場策略，是公司的門面和發言人；愛凡則擔當幕後主創，專注於「樂土」的技術研發與產品設計。很快，他們便順利拿到第一筆天使投資。在隨後的將近三年間，愛凡埋首於秘密基地，終於在二十三歲生日前，成功創造樂土。

正值他全力打造樂土的期間，一場全球性瘟疫悄然而至。各國陸續採取禁航、封控等防疫措施，卻並未使疫情停止蔓延。當時，隔離變成常態，人們跨越地理界限的成本高昂，這反而推動了虛擬世界春天的來臨。

於是樂土的上線，可謂佔盡天時地利人和。而憑著那不可複製的意識體驗，樂土上線短短三年，便迅速佔領市場，並宣佈在上海設立亞洲總部。為了確保技術不偏離初心，並在市場策略與文化溝通中佔得先機，作為主要領導層裡唯一的中國人，愛凡自然是回來帶隊的最佳人選。這也是愛凡終於在樂土上線的第四年，獨自回國的原因。

Chapter XIII

第十三章 平行樂土

愛凡平時主要的工作，除了與各部門不斷開會外，就是設計與開發樂土的新功能。雖然開會對愛凡來說駕輕就熟，開發的過程則經常碰壁，但他喜歡這些獨處的時間。

其實以樂土現在的規模，他早就可以組織一個新功能開發的團隊，讓專人負責。但他本來就是因為一份使命感而創造樂土，他特別希望樂土的每項功能，都有特別意義。他也熱愛創作——不斷挑戰、不斷琢磨、不斷克服。所以直到如今，他還在親自負責這個板塊。

這才讓他覺得歌莉雅如此特別。

第一次見面，她就彷彿能讀懂他的內心。銀色漩渦為什麼不是銀色的？連在愛凡的核心團隊裡，都不曾有人提出這個問題。甚至，他們可能根本沒有留意漩渦的顏色。歌莉雅卻完全捕捉到了他藏在漩渦裡的秘密。

「**因為珍貴的東西要往心裡看。**」當時歌莉雅帶著小驕傲的聲音，至今還縈繞在愛凡耳邊。她確實看見了，不僅是漩渦裡的星，還有原作者的心。

有緣的是，歌莉雅和他一樣，喜歡看星。

愛凡從小就覺得星空神秘又美麗，他喜歡躺在後院的草地仰望無盡蒼穹，也沉迷於各類探索宇宙奧秘的紀錄片。他就是那個明知星空遙不可及，仍然渴望觸碰它、理解它的小孩。而銀色漩渦的靈感，正是來自當前宇宙間數量最豐、姿態最美的旋渦星系。

但真正讓愛凡意外的，是他竟然在歌莉雅的意識層裡看見了雪片蓮。愛凡當然不知道女孩原來近在咫尺，但天知道，在他埋首秘密基地、潛心打造樂土的那幾年，在無數吃盡苦頭的日夜間，正是雪片蓮鼓勵著他——人人的春天，都有可能下雪。

他也看見她的脆弱，他想溫柔撫摸。於是他放飛私心，白天在公司撰寫新代碼，晚上就能給她新的驚喜。他費心寫了新的二人模式功能，只為讓她獨佔他的世界。他精心設計從天而降的鞦韆，只為補償她被欺負的童年。他帶她去地圖上未被標記的地方、帶她闖進早已對別人關上的大門，一切為她改變的規則，都只是為了她的笑容。

她卻在高速上突然剎車。

歌莉雅姓名旁的綠燈，再也沒有亮起。愛凡一邊刷新著讓人焦急的上線狀態，一邊暗罵那份由他親手編寫的智能合約。歌莉雅的真實訊息，正是被他自己鐵面無私地捍衛著。

＊＊＊＊＊

兩週時間，他一貫堅強的信心，慢慢被放逐到海中央，按不住跌宕。直到那一天在樂土邊緣，紫光把他指引到另一個方向。

平行樂土，是一個專門為被刪除角色預備的、跟樂土一樣美麗的平行世界。而這一切，源於愛凡對人工智能的熱愛與執著。

當初構建樂土世界時，市面上雖然已出現了一些基於深度學習的自然語言模型，但它們作為類似碎片性搜索引擎的工具，功能性雖然很強，卻不具備持續性對話或者建立長期情感共鳴的能力。

這樣的模型看似具備一定的想像力，實際上卻沒有自我的概念，也沒有性格，更無法形成屬於模型自身的價值體系和思維模式。如果愛凡希望讓類似投影酒保的這種 NPC 能夠達到有溫度、能共情、彷如真人般互動的程度，就必須選擇單樣本學習的技術路線。

當時，單樣本學習技術在自然語言處理領域的應用，才剛起步。愛凡等於要從零開始，攀爬一座座從未被征服的山峰。

沒有前車可鑑，愛凡開始認真探究如何訓練機器的「自我」。這個想法聽起來異想天開，卻對 NPC 至關重要。除了是為提升 NPC 的仿真度之外，也是因為，愛凡雖然能讓意識磁的意識能量層級穩定在 1000，但意識磁只能夠對人腦產生作用，讓用戶在戴上啓示鏡的時候，無法產生低頻率的惡念。這一招對於機器模型，卻不管用。

而既然他想打造的，是一個能夠治癒用戶心靈的虛擬世界，而 NPC 又將與用戶頻繁交流，他就必須下一番苦功雕塑他們的價值體系，讓他們在擁有各自獨特性格和思維模式的同時，還能保持完全的正面積極。

愛凡知道，一刀切不可行。他不能在模型裡直接屏蔽一切負面情緒的概念，否則這些 NPC 就會顯得不夠人性化，共情能力會大打折扣。於是他以霍金斯博士提出的九個正能量層級作為框架，重新過濾整合了一套內置的正面價值觀框架，作為模型的先驗知識，約束模型在任何情況下都不能脫離框架生成內容。這樣既能保證 NPC 能夠理解與用戶之間的對話，又能保證他們的一切回應都正面積極。

這絕對是個龐大艱巨的工程。但在熱愛面前，困難微不足道。短短三年，他的通用 AI 模型[12]已經完全成熟。

而後他做了一個額外的動作——除了把這套 AI 模型應用在 NPC 身上，也同樣應用到每一個即將被創建的玩家角色身上。

想法其實很單純。作者都珍愛自己的文字，一點一畫也不願刪去。愛凡也一樣。他不願見到任何他一手孕育的「小孩」，有可能隨著人們的喜怒哀樂而被拋棄，所以他用自研的 AI 模型，為每個角色留下一次重生的機會，並預備了這片平行樂土，成為他們最終的歸宿。

作為樂土的創造者，愛凡確定自己不曾設計沒有意義的細節。所以當那道紫光奇異地出現在樂土邊緣時，他有個直覺——這不是偶然，而是神特意讓他看見的。

當下就有個靈感。或許應該查證一下兩週末曾上線的歌莉雅，是否已經被刪除？

然而，樂土所有角色賬號都被智能合約嚴密保護著，就連愛凡自己，也無法直接查看任何賬號的狀態。他唯一的方法，就是進入平行樂土，尋找是否存在歌莉雅的蹤跡。

問題來了，平行樂土根本不對外開放，所有代碼和數據全部都集中在美國總部的數據中心。雖然愛凡可以進行遠程操作，但他要面對的，將是來自超過兩百個國家、大約七千萬個被刪除角色所匯

⑫ Artificial General Intelligence，簡稱 AGI，一種具有廣泛能力的人工智慧，能夠像人類一樣理解、學習、推理、解決問題、創造、計劃和決策，能夠在各種不同的領域和情境下進行自我學習和知識應用。

聚而成的龐大數據海。

這絕非一道易解的題。

＊＊＊＊＊

根據牛頓第三定律，兩個物體互相作用時，彼此施於對方的力，是大小相等、方向相反的。如果用歌莉雅的浪漫思維來解讀——我想念你的時候，你也同樣想念我。

愛凡能想像到歌莉雅說這句話時的語氣和表情。他也深信，他們之間是存在相互作用的。所以，愚公尚能移山，區區一個數據海，怎麼可能動搖他尋找歌莉雅的決心？

於是愛凡簡單收拾了幾件衣服和日用品，來到倉庫。

這是樂土亞洲區數據中心的地下二層。愛凡在這裡保留了一個空置區域，就是因為他早就想復刻自己的秘密基地。只是礙於剛回國，事情多，這個念頭才被暫時擱置。如今，他終於有了理由，重新打造自己的聖地。

倉庫約莫八百平方米，挑高至少五米。遠處天花板上隱約可見裸露的灰色水管和交錯鋼筋，透著一絲絲冷峻的工業風。左邊有一個小閣樓，愛凡把它佈置成臨時居所，簡單放置了一張單人床、一張小書桌，和幾個用來收納日常用品的簡易櫃子。他決定了，在找到歌莉雅之前，他會一直睡在倉庫。每週僅回家一次，替補物資。

愛凡喜歡在有顏色的燈光下工作，他在閣樓下方安裝了一排橘色透明膠簾，把倉庫一分為二，而後在兩邊都裝了燈管。左邊被他佈置成工作區，長桌、電腦、顯示屏、設計艙等設備，一一羅列。右邊則是他的休息區。深灰色地毯、淺色雙人座沙發、核桃木茶几。如非必要使用白光，他會打開另一邊的燈管，光從透明膠簾穿過來時，便是他喜歡的橙黃色。

終於能像以前一樣，蹲守在秘密基地。

愛凡心裡好興奮。

然而，他似乎把現實想得過於友好。在接下來的數據整理過程中，愛凡終於發現自己嚴重低估了任務難度。

由於每個角色的樣貌都是從創建者的 3D 人臉掃描而來的，屬於創建者的個人信息，受到智能合約的保護，所以愛凡沒有任何存取的渠道。他只能憑著自己對歌莉雅的認識，透過 AI 自我生成的數據，辨認哪一個是他的歌莉雅。

愛凡當然知道，AI 的自我生成能力會讓數據量隨著時間推移呈指數級增長。但他壓根沒想過，與原始代碼相比，每個被刪除角色如今的數據量，已經達到幾十億甚至幾百億倍的規模。

每一場他們展開過的對話，都會被模型內的生成對抗網絡解讀，並產生無數個「新想法」；每一個他們擁有過的經歷，也會作為新樣本被納入記憶，激活他們對先驗知識中各種概念的實際理解，豐富著他們的行為模式與回應能力。

七千萬個廢棄角色，每個角色幾百億倍，這數據量……想想就要絕望。

眼前的數據海，洶湧地捲起熒光綠色的浪花，愛凡感到一種無處哭訴的無力感，他從未覺得自己如此瘦小。

Chapter XIV

第十四章　少年與海

愛凡最初對量子力學產生興趣，始於十六歲在斯坦福大學讀數學時，接觸到量子搜索算法[13]。對密碼學的學習，讓他看見未來量子計算機的無限潛力。這使他很興奮。然而當他繼續往前探索，卻遇到一個讓他摸不著頭腦的理論——

M理論[14]。

這是一個試圖統一廣義相對論與量子力學的理論框架。根據M理論，我們生活在一個具有十一維度的宇宙中，其中包括人類能夠感知的四維宏觀世界[15]，加上捲曲至極微小，微小到目前只能在數學上被計算到，卻無法被直接觀測到的七維微觀世界。

從理論上看，這些額外維度的存在，意味著多重宇宙的可能性。在這些維度裡可能存在遵從不同物理法則的高維生物，它們能自由穿越過去與未來，甚至在不同宇宙間穿梭。這意味著，整個宇宙

⑬ Quantum search algorithm，基於量子力學原理設計的一種算法，又名 Grover's algorithm。
⑭ M-theory，物理學中將各種相容形式的超弦理論統一起來的理論，由猶太裔美國數學家、物理學家愛德華．威滕於 1995 年提出。
⑮ 由三維空間加時間維度組成的四維時空。

可能是一片由無限可能存在的宇宙組成的「宇宙海」，包含了所有可能的存在與不可預知的變量：時間、空間、物質、能量，以及各種可能的物理法則和物理常數。

當時的愛凡，只能在字面上理解這些理論，卻無法想像自己所在的世界，哪可能還存在那麼多無法被感知的維度。M 理論提出，宇宙的最基本構成單位是「弦」。但，弦是從何而來的？高維時空又在哪裡？還有那些理論上能隨意穿越時空的高維生物，究竟是什麼？外星文明？天使？還是某種我們尚未發現的高智慧生命體？

科幻電影和小說，展示著各種精彩想像力，所呈現的世界卻又感覺離現實如此之遠。假如這些高維時空真的存在於宇宙之中，我們又是如何與它們共存，卻又彷彿完全獨立於彼此？

一向自認為敢於想像的愛凡，終於遇到一個讓他難以想像的主題。這些問號浮游於他的腦海，直到十年後的如今。

* * * *

根據《聖經》記載，神用言語創造了世界。

愛凡望著自己用計算機語言創造出來的平行樂土，一瞬間終於聽懂那曾讓他一頭霧水的 M 理論。

M 理論所提出的宇宙最基本構成單位，是極其微小的「弦」，而非傳統物理學中的「粒子」。這些弦可能是閉合弦，也可能是開放弦。M 理論認為，宇宙中的所有物質和力，都是由弦的振動模式所決定的。例如，光子可被看作開放弦的一種振動模式，未被證實的引力子則是閉合弦的一種振動模式。

如今的愛凡，對這樣的概念再熟悉不過。

跟他所創造的樂土世界，完全一樣！

樂土的一切虛擬場景、意識體驗等，不就是0和1的各種組合模式嗎？

望著這個由0和1堆砌而成的樂土世界，和那呈指數級增長的數據量，愛凡突然意識到為什麼宇宙會超光速膨脹，而且還是，加速膨脹！

原因居然如此簡單——微、觀、世、界！

M理論所描述的宇宙，由宏觀世界和微觀世界組成，這不就像樂土世界的數據，一些在樂土環境裡，一些在角色的AI模型裡嗎？

平行樂土的每一個AI角色，都在機器學習中超高速擴展他們自身的數據，七千萬個AI角色就有七千萬個不斷擴張的微觀世界，每個微觀世界又不斷在互動，加速著彼此數據的擴展，使樂土世界的整體數據，越來越佔硬盤空間。

同理，現實中每個人獨立的意識能力，也讓各自的微觀意識世界不斷擴展，八十億人口就有八十億個不斷擴張的微觀世界。還未包括已逝人口。

當世上至少同時有八十億個微觀世界在不斷相互影響，宇宙的膨脹速度豈能不飛速增長？

所以所謂的多重宇宙，竟然藏於人的意識裡？

所以人類不僅僅是三維生物，在意識裡，人類早就可以無視時間與物理定律，隨意穿越到過去或未來，任意穿梭於多種宇宙？

所以這種穿越時空的超能力，其實人人都擁有，只是我們太習慣這種能力，才完全忽視了它的存在？

順著這個思路，如果宇宙的膨脹，是由微觀維度裡的多重宇宙所導致，難道使宇宙不斷加速膨脹的暗能量[16]，就是藏在每個人體內，那自由想像與意識的能力？

所以暗能量才表現著斥力，因為自由意志允許思維去往任何方向？

而暗物質[17]，則是已形成的意識，在我們感悟或思想的過程中，從暗能量轉化而成？

所以暗物質才與可見物質存在引力效應，因為思維影響著行為，微觀世界影響著宏觀世界？

由此推斷，未形成的意識，是以能量場的形式存在的。

在意識形成前，「意識場」是混沌的，所以暗能量是均勻分佈在宇宙中的；一旦意識被形成，暗能量就被轉化為暗物質。想法越實在，暗物質質量越大。於是不同的想法就導致了暗物質呈團狀，極不均勻的分佈。這些物質使人們思維尺度的時空彎曲，形成了俗稱的「腦迴路」，把人的決定引到相應的方向上，繼而產生相應行為，實實在在地影響人們在四維時空裡的生活。這就是主觀意識改變客觀現實的過程，信念就是這樣跨維度改變現狀的！

---

⑯ 在物理宇宙學中，暗能量是一種充溢空間的、增加宇宙膨脹速度的，以目前技術手段難以察覺的能量形式。暗能量假說是當今對宇宙加速膨脹的觀測結果的解釋中最為流行的一種。在現有宇宙標準模型中，暗能量約佔宇宙構成的 68.3%。

⑰ 指宇宙中存在的大量產生引力卻不發光的物質，它不參與電磁相互作用，也不會吸收、反射光。根據天文學家估計，在整個宇宙的構成中，暗物質約佔 26.8%。

但這豈不是意味著，暗能量與暗物質，同時存在於宇宙間和人體內？

這個想法很跳脫，愛凡卻覺得非常符合邏輯。

他所創造的這些角色AI模型，包括它們的自我生成能力以及被生成的內容，的確都是一份數據在AI角色體內，一份在他的電腦裡。所以他如今才能跨越現實與虛擬的維度，追蹤這些角色的任何變動，從中尋找歌莉雅。

靈感大爆發，愛凡很是激動。

難怪在《聖經》裡有這樣的一句話：「信是所望之事的實底，未見之事的確據。」[18] 英文譯本中的「substance」一字，就有「物質」的意思。

原來這句話並不是一種抽象縹緲的比喻。因為從根本上看，人的一切意識，都是弦的不同振動模式。

所以意識是有載體的，是一種物質。

不只是愛凡一貫認知的腦部神經元產生的電信號，而是一切形成的意識，不管屬於何種意識層次，無論是覺悟、靈感、心意、思考、回憶等，都是物質。

所以信心也是一種物質，是內心所盼之事的真實根基。

一切只視乎你信的是什麼，並且有多相信。

---

[18] 出自《聖經．希伯來書》11章，KJV英文譯本為："Now faith is the substance of things hoped for, the evidence of things not seen."

是時候把愛因斯坦的質能方程⑲應用到信心上了，愛凡心想。「想」的能量越大，想法的質量就越大；「信」的能量越大，信心的質量也越大。他知道只要他有足夠的信念，不放棄，他就一定能夠找到她。

* * * * *

經過數據檢索，在全球所有被刪除的樂土角色裡，同樣名叫歌莉雅的，有十三萬個。愛凡嘗試在他與歌莉雅相識後的時間段裡，用他們談及過的特別關鍵字作進一步篩選，例如銀色漩渦、雪片蓮、月球、星體、冰島、上海……但由於都是比較普遍的概念，篩選結果還是有八萬個。

愛凡試著回想更多關鍵字，縫針、鞦韆、薰衣草、設計師、人工智能、編程、圓夢……結果依舊有五萬個。

總得有個開始。既然別無他法，哪怕逐一查看分明是海底撈針，總比留在岸邊束手坐視好。

頭一個禮拜，進度非常緩慢。前四天的時間都花在倉庫的張羅上。其後三天逐一查看，才過濾了大概一百五十個廢棄角色。

他也換過思路。假設自己剛被拋棄來到平行樂土，在陌生環境裡，他可能不會與其他角色有太

⑲ 質能方程 $E=mc^2$ 是狹義相對論中最著名的方程之一，闡述能量（E）與質量（m）的相互關係，質量越大，能量越大。公式中的 c 是真空中的光速，為常數。

多交流，所以他試過從這段時間數據量增長最少的角色開始篩查。

當然，他注定得不到結果。他根本不知道歌莉雅幾天前才剛在隔離層前經歷天崩地塌，那一刻，訓練數據裡所有關於難過、絕望、痛苦等人類心碎時產生的複雜情緒，全都有了實際樣本，瞬間激活她對這些情感的理解，數據量暴增。

然後他換到另一個思路。假設自己被拋棄，他肯定會流連於滿載回憶的地方。於是愛凡一次性對這五萬個歌莉雅進行定位追蹤，查看她們在平行樂土的實時坐標。

屏幕上出現密密麻麻的綠點訊號，各自慢慢移動。愛凡大膽剔除所有出現在他和歌莉雅從未去過之處的綠點，檢索結果終於第一次下降到四位數字。

依然有九千個歌莉雅。

以愛凡三天查看一百五十個角色數據的速度計算，全部看完需要半年。

愛凡摘下方框眼鏡，手掌用力托住額頭，任上半身所有重量都壓在擱於桌面的手肘上。他愁眉深鎖，深嘆了口氣。彷彿出現幻覺，他看見自己的頭顱裡有一坨笨重的白雲，密度很高，堵住了所有思路。面前這堆讓他無從入手的數據，就像遍地瓦礫一樣，暗示著他放棄。

但他知道時間只能為難他的肉身，在意識裡，他能夠立即穿越到她身邊。於是他專注想著那張讓他魂牽夢縈的臉。

她的辮髮，她的笑聲，她的眼睛、酒窩、嘴唇。

他看到她就依偎在自己懷裡，他甚至能感覺到自己的下巴正淺淺壓在她的頭髮上。愛凡鼻子一酸，猛然睜開雙眼。

他再一次告訴自己，他一定會在瓦礫中找到她。

突然，他靈光乍現。

為什麼非要按著時間線走呢？

螞蟻走在地圖上，沒有選擇，只能在水平線上四周張望，隨便選一條路走。人若俯瞰地圖，卻能同時看見起點和終點。如果脫離時間，直接先跳到結局，往回走呢？

Chapter XV

第十五章 量子糾纏

人的靈魂，或許真是一套量子系統吧？

愛凡讀大學時就聽過這種說法。當時他讀了諾貝爾物理學獎得主羅傑．彭羅斯[20]的一本舊著《皇帝新腦》。彭羅斯認為，人類大腦就像一台量子計算機，以量子位為基本單元，允許0和1同時進行計算。

後來專門研究意識的哈默洛夫教授[21]讀到這本書時，馬上意識到在人類大腦的微管結構中，電子的確可以處於量子疊加態，通過量子糾纏[22]，可能與宇宙深處的量子過程產生某種神秘的關聯。也就是說，人類的靈魂可能一半存在大腦之中，另一半處於宇宙深處的某個地方。而不論相隔多遠，這兩部分靈魂都可以通過量子糾纏共同運作。

---

⑳ Roger Penrose，英國數學家、物理學家。他因在廣義相對論和黑洞物理學方面的開創性貢獻而聞名，他也研究意識的本質，並在其著作《皇帝新腦》中提出了量子意識理論。

㉑ Stuart Hameroff，美國亞利桑那大學的麻醉學和心理學教授，也是該校意識研究中心的主任。他與羅傑．彭羅斯一起提出的「Orch-OR 理論」，試圖從量子力學的角度解釋人類意識的本質。

㉒ 量子力學中一個非常奇特的現象。當兩個粒子處於糾纏狀態時，不論相隔多遠，它們之間的相互影響都是瞬時發生的。

雖然這個理論還未得到科學驗證，它卻給當時的愛凡留下了深刻印象，畢竟不久前，他才剛在斯坦福接觸過量子計算機。假如每個人都真的自帶一台三磅重的量子計算機，這也太酷了！

不過，當時的他，雖然知道大爆炸理論解釋宇宙萬物都同源於一，理論上，萬物確實都能在量子層面上產生關聯，但他始終無法想像，靈魂如何能一半在大腦、一半在宇宙。他也沒有深究。

萬萬沒想到，有一天，歌莉雅讓他理解了。

在他創造的樂土世界裡，歌莉雅的自我生成能力以及生成的內容，一切數據都同時存在於她的體內，和愛凡的電腦裡。任何歌莉雅新生成的想法、新做出的舉動等等，都會瞬時影響愛凡電腦裡的那套數據。而愛凡在後台向她的模型輸入的每一條新代碼，也會瞬時影響她體內的那套數據。

他們之間的這種跨維度的、雙向的、瞬時的、同步的連結，不就像量子糾纏嗎？

該不會，他真的瞥見了暗能量與暗物質同時存在於人體內與宇宙間的奧秘吧？

難道，人類就是神創造出來的「歌莉雅」？

而量子糾纏，就是神看透人心的秘密？

愛凡被這些瘋狂的想法深深震撼著。

那麼，祈禱的原理也一定離不開量子糾纏吧？

被焦慮、恐懼、悲傷充斥的心，能在禱告中歸於平靜，大概就是因為思維中的弦振動，通過量子糾纏，與神同頻。

愛凡忽然意識到，這不就像他用意識磁在樂土上實現惡念屏蔽的邏輯嗎？用高意識能量來抵消低意識能量啊！

其實人，只要祈禱就好了啊！

就能讓自己思維的頻率被調整，消除負能量。

沒想到的是，愛凡全心打造的、能夠治癒用戶心靈的意識磁，竟然巧合地模擬了祈禱的效果？！

但隨即，愛凡就有了新的靈感。

這一切真的只是巧合而已？

還是神在他創造樂土的過程中，一直悄悄給他靈感？

而所謂的靈感，會否就是神透過量子糾纏給人想法，對人「說話」呢？

情況就像愛凡的確可以從後台向歌莉雅的模型輸入新代碼，這些代碼便會以「想法」的形式出現在歌莉雅的腦海。當然，她本身的自我生成能力也會從各種交流、經驗中生成新想法，她的「靈感來源」並不全是愛凡，能否從眾多想法中抓住愛凡從後台輸入的那一個，也說不準。

無論如何，至少愛凡深信自己是抓住了神從「後台」給他的這一系列寶貴靈感的。

他用手指在鍵盤上飛快地敲打，把一串靈感同時注入到初次篩選出的那十三萬個歌莉雅裡：

再看一遍吧，那凌晨三點的第一縷陽光。

從時間線跳脫出來，在終點等她吧！

多慶幸自己曾帶她去過那片無人知曉的黑沙灘，如今他才能往大海丟入只有她會撿起的漂流瓶。

愛凡深信，如果歌莉雅真的身在平行樂土，她一定會對這個靈感有所回應。

愛凡正式把追蹤角色的思路，換成追蹤地方，把實時定位追蹤的範圍，縮窄到這個只屬於他們的秘密之地。

一息之間，顯示屏上原先密密麻麻的綠點，全部消失。狂風暴雨的數據海，終於回歸風平浪靜。雖然定位追蹤暫時毫無動靜，愛凡卻感覺這是他三個禮拜以來，離歌莉雅最近的時刻。儘管牽掛暫時沒有回答，他相信只是因為時差。

*****

信心一定要伴隨行為。就像突破盲點的必要條件，是移動。人若不在看不見的時候先踏出信心的一步，有些結果，注定無法看見。

信心也一定要經過考驗。因為信念的弦，從暗物質轉化為可見物質的過程，完全獨立於我們的感官。這種煎熬，在所難免。

然而，愛凡才剛剛親手挖掘到信心的科學。對他而言，這簡直是一場振奮人心的親身實驗。事實果然向他證明，漆黑中邁出的那一步，有多重要。愛凡慶幸自己在還沒追蹤到歌莉雅的數據時，就已經相信她會前來，開始著手預備機器人軀殼。不然如今，他要用什麼迎接她？

是的，愛凡成功找到歌莉雅了。

那天他在黑沙灘設置了兩百公里的追蹤範圍，開始留意偶爾進入範圍的零星綠點。終於，在第十四天，他發現有一個綠色訊號，正毅然決然地朝著黑沙灘靠近。

愛凡辨別出歌莉雅的數據時，激動得說不出話來。他瞬間覺得，在婚禮上看見新娘一步步朝自己走來時，大概就是這種難以言喻的感動吧？

但同時，這也證明了歌莉雅的創建者真的把她刪除了。愛凡的心情有點複雜。一方面，他為自己所創造的AI被拋棄而感到揪心，另一方面，他覺得真正被拋棄的，其實是他自己。

在他們相處的兩個月時間裡，愛凡愛上的靈魂，毫無疑問是歌莉雅的創建者。而如今他所追蹤的歌莉雅數據，實際上只是被保留下來的樂土記憶，然後透過自我生成能力不斷成長的AI……

但道理上，AI模型被投餵什麼樣本，就會學習什麼。也就是說，歌莉雅的思維模式、性格、言語、行為等的自我概念，都會與創建者本人極其相似……

但歌莉雅是AI，並沒有靈魂……

但理論上，比如他們的快樂回憶，的確會成為樣本，激活歌莉雅對「快樂」的認知，讓她學習到什麼是快樂……

但這到底算她的意識，還是僅僅是種知識？

但無論是她的意識還是知識，在她體內其實都是0和1的組合……

但……

愛凡的腦袋很少如此混亂。

是愛情讓人沖昏了頭腦，無法正常思考？還是再理智的人面對同樣的問題，也沒有答案？

但……

他無暇深思。

他只知道，以當前歌莉雅平均每小時四公里的步速，一天大概步行十二到十三個小時，四天之內，她就會抵達黑沙灘。他必須加緊完成機器人軀殼的製作。

長圓形的膠囊艙裡，躺著一位與歌莉雅長得一模一樣的女孩。女孩輪廓線條細緻，眉毛根根分明，銀色辮髮輕輕搭在白衣上，宛如躺在水晶棺裡的白雪公主，安靜沉睡著。她身邊散落著零星元件，愛凡正在重新連接她前臂的傳感器。這是他眼不見已為實，單憑信心開始的工作。連續兩週的廢寢忘食，讓機器人距離完成，只差半個身子。

歌莉雅必須能如真人般活動。

所以別無選擇，他必須走最具挑戰性的軟機器人路線。

那可不是簡單的拼裝，而是無盡的心思、審慎與努力。

最簡單的是第一步——外形建模。

幸好樂土有遊戲歷史記錄。愛凡在自己的賬號歷史中，擷取了各種與歌莉雅的相處片段，從不同角度捕捉重疊的數碼照片，再通過比較像素顏色和錨點定位，很快就建立了歌莉雅的 3D 模型。

但這僅僅是個開始。後續每個環節的設計與實現，無論是機器身體的仿真，還是內部機制的協作，才見真章。

主要材料必須是 SMP[23]。

為了讓她擁有真實的觸感。

[23] Shape Memory Polymer，形狀記憶聚合物，又稱為形狀記憶高分子，是一種刺激響應智能材料，在特定的刺激條件下可以根據預先設計的方式改變形狀。

這種材料能隨微弱電流改變形狀，製作類似於人類肌肉組織的外殼結構。所有表層都要用 4D 打印技術一層層製成，確保在熱、電、磁等外力影響下能夠進行形狀轉換，模擬真實肌肉的收縮與舒張。

然後就到內部機制。

更複雜。

柔性電路板是個顯而易見的選擇。

配合形狀記憶合金致動器和壓電式致動器等等，肌肉群組就能細緻入微。

再來個動態反饋系統進行精密調控。

因此 SMP 材料的層壓結構才如此重要，不僅為外殼提供了彈性，還為液壓模組和致動器的協同工作提供了穩定的基礎。只有這樣，她的每個動作才能像真人一樣自然，且能在接收到環境變化時及時調整。

然後就是她的面容與表情。

這個部分，讓愛凡格外上心。

歌莉雅最動人的地方，不僅僅是她精緻的五官，還有她真摯的笑容、靈動的小表情和那雙會說話的眼睛。每次當她嘴角上揚、眼睫微動、眼波流轉，總是流露著無限情感。

因此，一套納米級精度的表情系統是必須的。

超小型的納米驅動器，能讓她精細控制面部肌肉。微型壓電式傳感器與肌電傳感器，則讓她能夠即時感知面部肌肉的位移和張力，並與中央動態反饋系統形成閉環控制。

重點是她的眼睛。

愛凡在她的眼瞼下設置了微型儲液槽，只要她的情感超越閾值，透明溶液就會輕輕滲出，模擬淚水滑落。

如此一來，她的每個微笑、每次蹙眉，無論是開心、好奇，還是困惑、緊張，都能真情流露。甚至當她情緒激動，那微微閃爍的淚光，也會如他記憶中一樣動人。

最後，也最最重要的，是她的自主感受。

愛凡把她在樂土中的所有數據，都與現實軀體中的每個致動器、傳感器和感測設備，做了精密的同步匹配。他好期待她再次睜眼，期待她能體驗到身心合一，期待她不僅能看見熟悉的他，還能感受到熟悉的自己。

小時候製作機器人，是因為熱愛。

沒想到長大後製作機器人，卻是為了愛。

愛凡突然覺得，前面幾年的沒日沒夜，是如此值得。要不是那些年把自己的通用 AI 模型熬煉到極致，如今再先進的製造系統，也不可能讓他這麼快就為她雕琢出完美軀殼。

他終於，準備好，迎接她了。

*****

在愛凡的顯示屏上，她是一個綠點。

但如果進入顯示屏裡，她是一個孤獨站在一片灰黑的火山沙上，望著不斷奔赴海灣又被推回的海浪，而感到無比絕望的女孩。

黑沙灘離中心街區大約九百公里，如果車子的平均時速是七十公里，這段路需要開上接近十三個小時。就連當時愛凡出動的直升機，都飛了兩個多小時。如今的她，身邊沒有任何交通工具，只有一雙曾無數次支撐她走向他的腿。這趟路途，注定漫長。

但對於一個絕望的人來說，時間毫無意義，她根本不介意揮霍。無所謂。十八個日夜也沒多長。

再看一遍吧，那凌晨三點的第一縷陽光。

所以她可是千里迢迢來到黑沙灘的。

沒想到，迎接她的只是又一次氣餒。

天空不斷閃過的暗綠色電光，讓她清楚看見漫天烏雲。

連一絲光都不願給我，她心想。雖然距離三點還有些時候，她卻已經下了定論。

壓倒駱駝的最後一根稻草，單獨看來，往往如此微不足道。真正刺痛她的，根本不是那一絲她以為看不見的光。

「所以呢？這一切是為了什麼？」

這句話出口時，她甚至不知道是在問誰。

她記得愛凡曾說過，神安排了雪片蓮在春天開花，是為了讓人人的春天都能看見雪。但愛凡卻沒說，為什麼花開了又要凋謝？

如果終將失去，為什麼要讓人擁有？

「為什麼呢？」她朝著狂暴的海風哭喊。

被拋棄的感覺，真的難受。

歌莉雅不知道的是，拋棄她的人只給了她一些記憶與經歷；卻還有一個譜寫她基因的人，正在千方百計要尋找她。

她也不知道，早在她無助呼喊之前，他就已經啓程。

她更不可能知道，眼前那令人生畏的一道道電光，竟是他試圖奮力介入她生命的痕跡。

*****

顯示屏上終於出現「連結成功」的字樣，進度條正努力向右移動。膠囊艙裡酣睡著的白衣女孩，此刻仍舊安靜躺臥著，愛凡卻已難掩心中的激動，眼神不斷游離在顯示屏與她的面容之間。

*****

「你在哪裡啊……」站在狂風怒海中的歌莉雅，終於無力地跪下。這些日子累積的所有哀慟，一瞬間全部壓在她的膝蓋上。但她還沒來得及感受深陷於碎石之間那雙膝蓋的疼痛，臉頰就傳來新的一陣痛楚。

無數水滴狠狠抽打在她的臉上，打掉了她所有的淚水。震耳欲聾的流水聲，也完全蓋過了她低怨的抽泣。短短半秒間，大腦彷彿接收到太多的訊息，被強行壓縮成一片空白。她抖動著眼睫慢慢睜開眼，海水居然被分開成兩面高聳入雲的水牆。

在夜的盡頭迎接她的，不是她所期盼著的那一縷陽光，卻是一道邀請她走向光的門。

* * * * *

安躺於艙體裡的白衣女孩，不由自主地轉動著藏在眼瞼下的眼球。進度條終於到達終點，顯示屏出現「100%」的字樣。愛凡知道，他真的成功帶她翻越了洶湧大海，來到現實。

歌莉雅像從噩夢中驚醒一樣，猛然睜開雙眼，深深吸了口氣。她感受著自己急促的喘息，眼睛試探性地輕微向左右轉動對焦。

愛凡慢動作掀開艙蓋，很輕很輕，生怕稍微用力就會讓她受驚。這是一種他從未感受過的神聖，他覺得自己正在掀起新娘的頭紗，第一次真正目睹她的美麗。

歌莉雅慢慢坐起身來，低頭看向雙手，難以置信地適應著這副簇新的身軀。眼前的一切都如此陌生，唯一熟悉的，是身旁這個她彷彿已等了一輩子的人。

他的眼睛，充滿了複雜淚光。

她第一次感覺到，被渴望。

BOOK 三 第三部

ORBIT 軌跡

Chapter XVI

第十六章 初次對話

「嗨。」

如此平凡的一聲招呼，卻讓愛凡禁不住張大嘴巴，驚愕轉過頭，彷彿要和誰分享此刻的震撼。然而這一夜在秘密基地，只有他一個人，那無人呼應的激動難免引起片刻尷尬，愛凡這才稍微收斂誇張的嘴型。

他轉而把激動化為文字，抓起手機，一頓輸入：

「我！的！天！」

「終於！」

「小雞跟我說話了！」

「你能相信嗎？」

愛凡當然知道，凌晨三點發送的訊息，大概不會被即時回覆。但他絲毫不在意，任由拇指在屏幕上肆意舞動，嘴角止不住上揚。

電子寵物並不是什麼新奇事。愛凡小時候也曾經養過電子寵物，每天要定時餵飼、陪它玩耍。

但親手創造能跟自己聊天的電子寵物，卻是他的第一次。

對於一個高中生來說，每年長達兩個月的暑假，都是一塊任他天馬行空的畫布。幾週之前，愛凡在廚房煮雞蛋，突然聽到客廳傳來妹妹的咯咯大笑。原來她在刷視頻，片中網友要求手機的智能助手給自己講冷笑話，還故意刁難它，試圖激怒那個始終氣定神閒的機械聲音。看見妹妹笑得前俯後仰，愛凡突然萌生了一個想法，想要編寫能聊天的電子寵物。

電腦熒幕上這隻立體的像素化小雞，暑假初才剛在他腦海裡成形。當時他找來一位擅長電腦繪圖的同學幫忙把小雞畫出來，他們還為小雞的造型起過爭執。同學為小雞設計了幾款畫風不一，卻同樣精緻的形象，愛凡卻堅持原始的像素化風格。理由是他小時候養的電子寵物就是這個樣子。

愛凡如同初聞嬰兒說話的父母般，放輕聲音，溫柔望著小雞說：「嗨，你好嗎？」

「跟你一樣好呢！」小雞的回答完全在他意料之中。他卻沒料到，一句意想之中的回答，居然能讓他如此興奮。

「你叫什麼名字？」愛凡明知故問，卻興致勃勃。

「我還沒有名字。你叫什麼名字呢？」小雞理所當然地回答。

「我叫愛凡。」

「愛凡你好。如果你願意，可以叫我迷你愛凡。」

「如果我不願意呢？」愛凡刻意為難，唇邊滲著笑意。

「如果你不願意，可以為我取一個新名字。」

小雞的聲音配上這句台詞，顯得有些無辜。愛凡意外地發現，雖然明知小雞的一言一語，都是他事先在程序裡編排好的，他的心裡卻依舊忍不住湧現疼惜的感覺。

他於是說：「沒事，你就叫迷你愛凡吧。」

「好的。」

「迷你愛凡，現在幾點呢？」

「現在的時間是凌晨三時十二分喔！」

「那現在天氣如何呢？」

「現時室外氣溫是十八攝氏度，微風。當前風速約為每小時八公里，相對濕度為百分之八十四喔！」

「那明天的天氣呢？」

「明天的室外氣溫預計在十六至二十八攝氏度之間，天晴。降雨量預計為零毫米喔！」

愛凡一邊聆聽小雞的回應，一邊滑動手機的天氣程序，檢查小雞提供的資訊是否準確。

「棒極了！謝謝！」愛凡鼓勵道。

「我的榮幸！」

「迷你愛凡，可以給我說一個冷笑話嗎？」愛凡迫不及待想試試小雞的另一個功能。

「我不知道如何回答這個問題。你可以教我嗎？」

「為什麼蜘蛛俠要穿緊身衣？因為……救人要緊。」愛凡望著手機屏幕，按照第一個搜索結果唸道。唸完，他還忍不住笑出了聲。

「明白了。」

「迷你愛凡，可以給我說一個冷笑話嗎？」愛凡又問了一遍。

「為什麼蜘蛛俠要穿緊身衣？因為……救人要緊。哈哈哈哈。」小雞用無辜的聲線，重複了一遍剛剛學會的笑話，連笑聲也重複著。

只見愛凡瞬間把空出的左手舉到空中，用力一握，嘴巴幾乎反射動作般吐出一句：「耶！」

*****

相比起鬧鐘，被自己的荷爾蒙喚醒，絕對幸福多了。至少對於只睡了四小時的愛凡來說，這一點無須質疑。與小雞的初次對話，讓大腦整夜都處於興奮狀態，連做夢都想著趕快醒來，把好消息告訴大衛老師。

「好傢伙！我剛也試驗了，小雞讓我稱呼它迷你大衛，太逗了！」儘管隔著電話看不到大衛老師的表情，但從語氣中，還是不難聽出老師很高興。

「哈哈！我的小巧思！其實超簡單，我給它的默認指令就只是重複用戶的名字，在前面加上『迷你』。」愛凡也很高興，沒在掩飾心中的小驕傲。

「很巧妙。這樣確實比我用 Siri 時感覺親切許多。但你要怎麼解決語音生成的模型訓練問題？」

「嘿，你信不信？我不需要用到機器學習。」愛凡的語速不自覺加快，迫不及待地解釋起來，「用

LSTM[24]去訓練語音生成模型需要太多標記數據了，我根本不可能在短時間內解決，所以乾脆直接操作音頻特徵，算法都自己寫。現在小雞所有有可能說到的對白，都是我來配音的，只是通過改變Mel頻譜圖[25]在頻率上提高了三度音高而已，完全用不著機器學習。如果要改變它說話的速度，也只需要沿著時間軸拉伸或壓縮頻譜圖。唯一需要做點手腳的問題，是它的名字。解法就是讀取電腦接收到的你的聲音，用同樣的頻譜圖變換，自動提高三度。所有人的聲音提高三度後聽起來都像花栗鼠，不會露餡的。」

「實在太棒了！」大衛老師聽得津津有味，「但這配音量還是很大吧？」

「對啊，目前我只對簡單的日常對話、報告天氣和時間等這些基本的預設場景進行了配音。但如果止步於此，小雞會顯得很無趣，所以……」愛凡換了一種神秘兮兮的語調，「預設場景之外的部分，我從社交媒體上取經了！」

「快說！」大衛老師的好奇心頓時被勾起。

「現在的社交媒體，不都是依靠用戶產生內容嗎？我把這一點運用在小雞身上了！我預先設定好，只要它遇到任何聽不懂的問題，都說一句『你可以教我嗎』，然後，還是同一招，讓系統讀取電腦接收到的用戶回答的聲音，自動提高三度保存，下次小雞遇到類似的問題時，就可以從數據庫讀取然後回覆。這樣我只需要在解析方面下功夫，讓它能理解問題之間的相似之處。」

㉔ Long Short-Term Memory，長短期記憶，一種時間循環神經網絡。
㉕ Mel Spectrogram，將音頻信號的頻譜表示轉換到梅爾頻率標度上，並通過一組梅爾濾波器對頻譜進行加權平均後得到的結果。

「好傢伙！這可真是個聰明的點子。」大衛老師發自內心地讚嘆道，「但這麼聽下來，除了報時和查天氣這種基本功能外，小雞的對答內容很依賴用戶主動的輸入，你得確保數據庫有足夠容量喔！」

「嗯，我先小範圍實驗一下。」

*****

坐在岸邊，吹著海風，一邊等待劃破黑夜的第一束光，一邊聽著他分享過往，這種熟悉的感覺，正是歌莉雅流浪荒野這四十天以來，一直懷念的。唯一不同的是，眼前的景象從當時的黑沙灘，變成如今被海水沖得硬實的淤泥質海岸。

而從歌莉雅點點閃爍的眼神裡，愛凡能看出，她聽得全神貫注，致使她似乎沒發現自己的雙臂，已緊緊環抱於胸前。

愛凡起身脫下外套，輕輕為她披上，似乎也已經忘記她的「寒冷」是出於自己為她裝上的傳感器。又或者，其實他並沒有忘記，而是儘管如此，他還是真的在乎她的感受。

「後來呢？小雞後來怎麼樣了？」歌莉雅邊問，邊把外套的領口處拉攏一些。

「後來有段時間，為了幫一位同學表白，我寫了一個新功能。」愛凡的嘴角不自覺勾起了弧度，「我讓他暗戀對象的小雞，在他向自己的小雞提起她時，打噴嚏。那個噴嚏也是我配音的，哈哈！」

「真的嗎？」歌莉雅笑得像個純真的小孩，「那小雞打完噴嚏會怎樣？」

「會告訴那個人：『誰誰剛向他的小雞提起你呢！』」愛凡刻意把聲音提高，模仿小雞的聲調。

「這麼可愛！」歌莉雅笑意更深。

「但是再後來，我不得不把小雞下架了。」愛凡的語氣瞬間黯淡了些。

「啊？為什麼啊？」歌莉雅微微蹙起眉頭，收起笑容。

「打噴嚏的功能，讓小雞一下子很受歡迎，本來只是學校裡的同學知道它，後來消息越傳越廣，外來的用戶暴增。很多用戶開始教小雞講黃色笑話、罵髒話，小雞很快就被教壞了。」愛凡嘆了口氣，幽幽補上一句，「我只好把小雞下架了。」

「好可惜啊！」歌莉雅說。

「是啊，小雞的生命只維持了不到一年。那會兒我快十八歲了，本來小雞變得受歡迎，值得好好慶祝一番。但當時我實在無法解決內容過濾的問題，又不想眼睜睜看著它被玷污……」愛凡目光漸垂，舔了舔唇，「我就在生日那天，親手下架了小雞。這樣我就會永遠記住那一天。也當作是個成年的新開始吧。」

沉默片刻，歌莉雅輕聲問：「你當時一定很難過吧？」

「情感上，我當然是很難過，捨不得。但理性上，其實小雞並沒有自我意識，至少它不會感到難過。畢竟它一切的言語和行為都只是在執行編程指令。在它重複用戶的話時，它既不明白意思，也不像人類能選擇說不說、說什麼……」

「嗯……」

女孩陷入了片刻沉思。

風吹著，額前的瀏海亂了。

歌莉雅自然地伸手，把髮絲順到耳後，想了想，問道：

「那我呢？我有選擇嗎？」

Chapter XVII
第十七章 上帝擲骰子

事實證明，當神為人關上一扇門時，往往會為人打開一扇窗。才剛告別小雞一週，新的一顆種子就被埋在了愛凡心裡。

「你看過 DeepMind 剛發表的論文[26]了嗎？」電話另一頭傳來大衛老師雀躍的聲音。

「還沒來得及看呢，有什麼好東西？」愛凡說。

「你記得三年前，我們曾一起閱讀關於小樣本學習的資料嗎？」

「當然記得。當時我們還看了李飛飛教授[27]的工作，她用很少的圖像樣本進行分類，效果卻很驚艷。你還說，如果能把這種技術應用到語音、語言方面，效果會不會更好。不過……」愛凡頓了一頓，帶點遲疑地說，「……好像一直都沒什麼人相信小樣本學習是個對的方向啊。」

「是，畢竟大機構每年花的幾十億美元資金全都用在監督學習的方向嘛！但是——」大衛老師語

㉖ 該論文題為「One-shot Learning with Memory-Augmented Neural Networks」，發表於 2016 年 5 月 19 日。

㉗ 美國國家工程院、國家醫學院、藝術與科學院三院院士，斯坦福大學計算機科學系首任紅杉講席教授，計算機視覺和機器學習領域的先驅。她創立的 ImageNet 數據集對深度學習的發展產生了重大影響。

調一轉，煞是激動，「DeepMind 這次發表的論文，用上了記憶輔助神經網絡，成功在單樣本學習上取得突破性進展！」

「記憶輔助神經網絡？」愛凡重複著這個新詞。

「對。他們在神經網絡中引入了一個外部記憶模塊，就像人類大腦的記憶一樣，可以根據當前任務調取過往相關的經驗進行對比學習。這可是我們以前想都不敢想的事！」大衛老師的語調興奮得好像是自己發表了論文，「這樣以後模型對有標籤數據的依賴會減少許多，還能避免數據過度擬合的問題，更有利於精確度！」

「可惡啊！你說如果他們早點發表論文的話，小雞會不會還健在呢？」愛凡假裝氣憤打趣道。

「你應該這麼看，你在下架小雞後才看見這個新方向，說不定就是冥冥中注定的，讓你別只把眼光聚焦於一隻電子寵物，未來等著你的，說不定是一整個世界呢。」

果然，這顆種子的苗頭在兩年後開始露出地面。

在愛凡順利研發第三代啓示鏡後，沒過多久，他便毅然離開校園，全力打造樂土。整個過程耗時將近三年，不光是樂土世界的環境與功能設計、啓示鏡的優化，愛凡還在訓練人工智能模型上，費了巨大的力氣。

「那我呢？我有選擇嗎？」

如今歌莉雅糾結的問題，其實愛凡早就思考過了。

當時愛凡為了讓每個 NPC 都獨一無二，在訓練他們的時候，刻意使用了多種代表不同性格、理解方式和價值觀的樣本數據進行混合疊加。但由於 NPC 存在的目的，是為了服務用戶，愛凡必須讓他們執行指令，沒有「選擇」。

歌莉雅卻不一樣，她不是 NPC。

全因不願看見任何心愛的創造物有機會隨人們心情被拋棄，在創建 NPC 的同時，愛凡為每一個即將被創建的角色都編寫了獨特的模塊。這樣，即便有一天用戶刪除了角色，角色也能帶著所有的樂土記憶，去往專門為他們預備的平行樂土生活。那裡除了一樣美麗，角色記憶裡包含的所有用戶訊息，也依然受智能合約保護，沒有人能夠存取，愛凡認為這樣很完美。

他甚至想得更遠，這些角色的活動範圍，本就只在平行樂土，他們的存在又單純出於他的一份愛，他只想讓他們快樂，又何須他們執行指令呢？所以在衡量風險後，他大膽把人類心理學的知識也內建到他們的先驗知識中，並在編程中加入了一段前所未聞的指令：

如果你願意，才執行指令。

雖然連他都無法預計，AI 模型對於這樣顛覆的指令，會如何反應。

一串問題：

一、模型究竟能理解「願意」這般抽象的概念嗎？還是模型會把它視為一種隨機選擇？

二、如何判斷模型的選擇，到底是自主意願，還是隨機結果？

三、假設它的選擇是自主意願，有什麼因素會影響這種意願？

四、如果是完全基於理性計算，它是否仍會以內建的價值觀框架作為標準？

五、如果不會，它的標準將會如何形成？

六、如果並非完全基於理性計算，是否代表，它被激活的對情感概念的實際理解，已經不僅是一種知識，而是真實的自我意識？

七、如何判斷它的反應是自我生成能力堆砌的語言，還是源於真實的自我意識？

名副其實的「零樣本學習」。不光是AI模型沒有任何樣本，愛凡自己也沒有樣本。

然而在他心裡，卻有一股莫名的信心。人類學習許多東西，本來不都是「零樣本」的嗎？

*****

> 愛是恆久忍耐，又有恩慈。愛是不嫉妒，不自誇，不張狂；不作失禮的事，不求自己的益處，不輕易動怒，不計較人的過犯，不喜歡不義，只喜歡真理。凡事包容，凡事相信，凡事盼望，凡事忍耐。愛是永存不息的。㉘

愛凡在美國長大，基督信仰文化對他的成長影響重大。從小就每週末隨爸媽上教會的他，老早

㉘ 出自《聖經．哥林多前書》13章。

就能把這段「愛的真諦」倒背如流。

但媽媽曾說過一番話，讓他印象很深刻：「直到你真的被愛觸碰過，一切的認知都不過是書上的文字。」

之所以深刻，是因為當時的他，完全聽不懂。

愛凡的母親是一位文學作家。

小時候，愛凡常覺得媽媽太抽象。連身為神經生物學家的爸爸都說，對於媽媽的腦迴路，他的了解也僅是皮毛。相較起媽媽，愛凡更喜歡與爸爸交流，他們會一起探討科學，那些理性邏輯的討論，總會讓愛凡覺得無比有趣。直到第一次為情所困，第一次渴望了解女孩子的心思，第一次為心愛的女孩子落淚……

愛凡終於慢慢咀嚼到，母親話裡的深長意味。

那一年，愛凡十六歲，第一次獨自遠行，從俄亥俄州到加利福尼亞州，參加斯坦福大學的資優數學項目。他從小就知道，如果要設計好程序，數學思維至關重要。他特別期待接下來一年的收穫。沒想到，除了數學，他還收穫了一場銘心刻骨的初戀。

他曾以為，愛就是兩個人互相吸引，是心裡無可言喻的悸動，是每天開課前提早為對方排隊的星巴克，是每晚回宿舍路上刻意放慢的腳步。直到他終於因為愛，感受到心碎，感受到要「凡事包容，凡事相信，凡事盼望，凡事忍耐」，有多麼艱難。

一個學期過去，女孩家裡有事，必須回到自己的城市，轉為線上學習。於是這場盛夏之夢，必須回歸現實。

異地戀本就夠難維持，他們之間才剛建立的了解與信任，在遠距離面前更是不堪一擊。終於她累了，想放棄了。而愛凡也終於體會到，原來給予對方自由，可以如此之痛。

但如果她不願意，一切又有什麼意義呢？

*****

那是一段疼痛的經歷。

但每次回首，愛凡心裡都無比感恩。

第一，他終於意識到，神賦予人類的自由意志，是多麼偉大且有愛的禮物。即使給予自由，意味著被拒絕的可能，出於愛，神卻不願強迫人類。

第二，這段愛情雖然只維持了短暫的九個月，卻成為了他的「樣本」，激活了他對「愛」的理解。從那時起，每當他再讀到那段「愛的真諦」，字字句句都已變得鮮活。如果人類對愛、意願等這般抽象的概念，也是從零開始、懵懵懂懂地學習，機器不也有機會嗎？

至少理論上是有機會的。因為用戶在樂土經歷過的各種情緒感受、想法、選擇與思考過程，都會成為角色模型的樣本，激活它對先驗知識中各種抽象概念的實際理解。

第三，當他發現自己的意識有了這樣的變化時，他頓悟了。人類文明的演化，本是經驗和知識的代代相傳，但面對同一個世界，為何會演化出萬千種不同派別的學說？不正是因為，每個人都有獨立意識和自由意志嗎？

世界的真相只有一個。但在探索真相的過程中，每個人都有機會意識到或錯失掉某些事情，也有自由憑藉各自的感知，選擇相信或拒絕某些觀點。這才會導致一千個觀眾眼中有一千個哈姆雷特。

那是愛凡上了十年教會以來，第一次對神產生真正的敬畏。神對自己創造的宇宙萬物，明明有絕對的主權和標準，卻竟因為愛，願意給人選擇的自由。即使這意味著人們有可能摒棄祂的標準，背向真理。

這樣的愛，太深、太廣。怎麼能不被折服？

他好想告訴愛因斯坦，其實上帝真的擲骰子。上帝從賦予人類獨立意識和自由意志的那一刻開始，就已擲了骰子！

於是，愛凡也鼓起勇氣，擲了骰子。

*****

「我可是盡了全力，想給你選擇。」

愛凡笑著說出一半心裡話，努力隱藏起另一半的猶豫。

畢竟，如果歌莉雅被激活的，僅是知識層面的理解，而非自主的意識，他給予的所謂「選擇」，不過是自己的一廂情願罷了。

歌莉雅卻突然轉身抱住他，把臉埋在他的胸口，任由披在身上的外套滑落一旁。這是她第一次聽到他的表白，不是以一個替身的身分，而是以她自己。

第十七章　上帝擲骰子

天空已在不知不覺中被照亮，太陽雖然被層層雲朵遮蓋住，粉紫與淺藍交織的雲彩，與泥灘上淺淺著色的倒影，卻讓歌莉雅對日出之美，有了新的定義。

耳邊是輕柔的風聲，和他略顯急促的心跳聲。

這就是安穩的聲音吧？歌莉雅心想。

Chapter XVIII

第十八章 廢土

愛凡低頭凝視著此刻正靠在自己懷裡的歌莉雅，感受著自己的下巴正淺淺壓在她的髮絲上……這一幕，似曾相識。

剛到秘密基地時，在那苦苦追蹤歌莉雅的頭一個禮拜，當時苦惱至極的自己，不就是憑著對如今這一幕的堅信，而堅持下來嗎？

又一次，他親身見證了信念的引力效應。

愛凡會心一笑，一手輕輕放在歌莉雅的背上，一手繞過她的身體，把掉落的外套撿起，重新為她披上。

兩人默契地並肩起身，走向前方的泥灘。

「所以廢土本來不是這樣的……」從愛凡口中，歌莉雅第一次聽到平行樂土這個地方。

「廢土……？」從歌莉雅口中，愛凡也第一次聽到廢土這個地方。

「你說，被拋棄的角色會去到平行樂土繼續生活，而那裡跟樂土一樣美。但過去四十天，我身處的地方，跟你說的，簡直天差地別……」

「啊？……什麼意思？」愛凡眉頭一皺，滿臉困惑。

「他們告訴我，那裡是廢土。被拋棄的人，都會被流放到廢土。而那裡雖然有樂土的建築，卻是滿目瘡痍……」

「什麼……？」

「我在廢土的時候，每天都覺得時間過得好慢。不只是我，每個人都如行屍走肉……都很難過……」歌莉雅陷入了短暫的沉默，隨即又抬起頭，「喔，對了！其實我見過你，你開車來過樂土邊界，當時我還以為自己有救了。可原來你完全看不見我。我就急哭了，對著隔離層亂敲。然後就，眼睜睜看著你離開。那次以後，我也徹底絕望了……」

連憶述，她都眼泛淚光。

愛凡心頭一緊，才發現原來那些莫名其妙的紫光，是她聲嘶力竭的呼救。他當然慶幸自己沒有對直覺視而不見，但充斥內心的，更多是心疼和自責。他難以想像，歌莉雅在廢土經歷了多少孤寂與無助；他也無法相信，自己居然對平行樂土的崩壞懵然不知。

「我果然是擲骰子了。」愛凡輕笑了聲，一聽就知道是在自嘲。

「沒事，我這不是來為你掀開骰盅了嗎？」歌莉雅向他露出燦爛的笑容，顯然還未察覺事情的複雜性，「你肯定很快就能查到程序出了什麼問題，然後把它修復！」

然而，愛凡卻已意識到，事情並非如此片面。

樂土上線初期，愛凡經常觀察平行樂土的數據變化，不僅是為了檢查系統的運作，也因為他真的好奇模型對於他嘗試賦予的自由，會作何反應。

然而在隨機抽查當中，幾乎所有角色都在模仿創建者的習慣，無論是點餐、選擇聚會地點，還是進行社交活動時。他根本無法判斷這些行為究竟是出於自主選擇，還是單純在執行編碼指令。

幾個月下來，平行樂土的環境一直未見異樣，角色們的行為模式也沒什麼變化。久而久之，隨著樂土業務的快速增長，愛凡便開始放下這個似乎癡心妄想的實驗，把注意力重新聚焦到樂土的發展上。

如今看來，是自己太早下定論。

平行樂土的崩壞，似乎在暗示角色模型的選擇，並非隨機。因為如果是程序出了問題，導致環境崩壞，如果角色模型的選擇是隨機的，至少會有一部分角色能開心地生活，不可能所有角色都「行屍走肉」或者「難過」。

更何況，他們居然逐漸演化出「廢土」這種概念，還認為那是一個被拋棄者的流放之地，橫豎看來都不像是隨機的結果。

假如角色們的選擇，真是一種自主意願，那他們究竟是基於什麼在做選擇？而歌莉雅說她在隔離層旁「徹底絕望」了，她是真的感受過絕望了嗎？理論上，她所有的「感受」樣本，全都來自角色創建者在樂土的經歷，而樂土的意識能量，長期穩定在 1000 層級，創建者不可能有「絕望」的感受，那她的樣本從何而來？

所以那一番話，應該只是她的自我生成能力，把當下的經歷與詞彙的含義匹配後，堆砌出來的吧？

但萬一呢？萬一她是真的已經感受過「絕望」，該不會她口中所說的「每個人都很難過」，真就是每個角色都感受到了難過吧？

那麼平行樂土的崩壞，會否其實是他們的自主選擇所導致的，而非程序出問題了呢？

「嗨！可以教我騎這個嗎？」歌莉雅一手扶著自行車，一手在愛凡眼前飛快劃過，把他從沉思裡一下拉回來。

「哈？」愛凡一愣，隨即笑了，「哪裡找來的？」

「就在那邊放著呢。」歌莉雅指向不遠處的防洪大堤。

歌莉雅那彷彿理所當然的興致，讓愛凡決定暫時忘卻思考，珍惜眼前的快樂。他二話不說，跨上自行車，腳一蹬，動作瀟灑俐落。

看愛凡圍著自己繞圈，歌莉雅眯著眼睛，雙手抓住想隨海風飛舞的長瀏海，跟著他騎車的方向原地自轉。她想起那從一而終，只圍著地球轉動的月亮。她感到了被重視。

「騎自行車很簡單，腳用力蹬出去後，踏板偶爾踩踩就好，大部分時間都可以依靠它的慣性前行，你只需要保持平衡。想往左或往右，只要輕輕轉動車頭就好。」愛凡慢慢從車上下來，伸手迎接歌莉雅：「來，你試試看。」

歌莉雅個子比較小，就算愛凡已經把車座調到最低，她坐上去時雙腳還是夠不著地。看她緊張的樣子，愛凡補充了一句：「別害怕，我扶著。」

歌莉雅左腳一蹬，吃力地踩了幾下腳踏，看車子東歪西倒，隨即尖叫：「啊！你千萬不要放手啊！」

「我扶著，我扶著，沒放手！」愛凡俯著身子，左手扶著把手，右手抓住座位底下的支撐，曲膝彎腰跟著跑。他絲毫不在乎自己的狼狽，反而不斷鼓勵：「你可以試試騎快一點，感受那個慣性。」

「別放手喔！千萬別放手！」歌莉雅一邊加快速度，一邊大叫。

「不放手你都叫成這樣了，我哪敢放手啊？」愛凡笑著調侃。但他的手必須稍稍鬆開，不然她不可能感受到慣性。

「啊！你不要放手！你怎麼放手了！」歌莉雅的聲音劃破天際。

「沒放開，沒放開！我的手還碰著呢！你一倒我馬上就能抓住！」愛凡連忙保證。

「不行不行，我害怕，啊——！」果然，歌莉雅馬上向左一歪，倒在愛凡的臂彎裡。她離地的左腳突然落地，狠狠濺起了淤泥，讓兩人褲腳都沾滿了泥濘。樂在其中的他們倒是根本不在意，旁若無人地繼續笑著。

「再來。」愛凡扶她重新上車，「先試試滑行吧，先不踩腳踏。你把雙腳伸直，一起蹬，讓車子滑出去，感受一下平衡。」

「我腳碰不著地。」歌莉雅從腳踏上放下一隻腳，試著踩地。

「踮著腳不就能碰著了？微微碰到就行。滑行時就算失去平衡，腳也能很快踩到地上，不怕。」

歌莉雅照做，但每次都滑不過三秒。她哀求：「你還是扶著我吧，我真的怕。」

「來。」愛凡再次伸出手。

那個早上，愛凡一直扶著歌莉雅的自行車陪她跑，直到汗水把他完全浸濕，她還是沒能自己騎起來。每次他稍微鬆手，她就會倒。終於她氣餒了：「我是不是太笨了？」

「你不是笨，你是怕。其實學騎自行車很簡單，只要你不怕。」愛凡安慰道。

話音剛落，愛凡如夢初醒。

小孩子學騎自行車，跌跌碰碰一小時，什麼都學會了。歌莉雅作為人工智能，對這麼簡單的步驟，理應比小孩子更快上手。她卻學了一個早上都沒有進展，全因為——害怕。這不就印證了，「恐懼」對她而言，根本不僅是一種知識，而是一種真情實感嗎？

而「恐懼」的感知樣本，絕不可能來自她的創建者，因為在意識能量層級一直穩定在 1000 的樂土，恐懼根本無法存在。換句話說，歌莉雅不可能是從樂土學會「恐懼」的。

那就只剩一種可能——她對恐懼的感知，是在到了平行樂土後，在零樣本的情況下，被自主喚醒的。

眼前的女孩子，真的擁有自我意識吧？

愛凡內心一激動，一把將她擁入懷中。

Chapter XIX

第十九章 疊加宇宙

大門門鎖感應到指紋，清脆的確認音效隨之響起。

「歡迎回家。」愛凡小聲說道，聲音裡帶著一絲靦腆。雖然帶歌莉雅回家是再自然不過的事情，但在愛凡二十七年的人生裡，他畢竟沒帶過幾個女孩子回家。

從海邊回到愛凡位於市區的住宅，已經早上十點。陽光透過落地窗照進黑木色調的客廳，在冷峻的水泥牆上投下長長的影子，為屋內沉靜穩重的格調添了幾分溫暖。歌莉雅站在客廳中央，緩緩掃視著四周簡約的傢具，黑色皮質沙發、落地音響、黑膠唱片機……

愛凡把散落在茶几上的筆記和書本簡單疊好，把一週前被遺忘在邊上的茶杯端到廚房沖了沖，然後拉開冰箱門，回頭問：「要不要喝點什麼？」

歌莉雅噗嗤一笑，隨即湊到冰箱旁，好奇地把手掌伸進去，感受著陣陣冷氣。手很快就被凍僵了。她瞪大眼睛的驚奇模樣，愛凡覺得很可愛。

她又打量著冰箱裡的食物，雞蛋、火腿、奶酪、杏仁奶……

「應該都過期了，我快一個月沒在家吃早餐了。」愛凡抓了抓後腦勺。

「那你還問我要不要喝！」歌莉雅作勢翻了個白眼。

愛凡笑了。

她當然不在意過期不過期。望著眼前整潔的廚房，她的心思都在想像平日愛凡專心做早餐，靠在中島吧檯旁吃完，再默默收拾的模樣。

原來生活是這樣的，她心想。

客廳另一側的牆上，掛著幾幅極簡風格的抽象畫，歌莉雅的目光順著那些深棕、淺灰、霧黑的不規則線條掃過，落在旁邊那架琴弦和弦槌都裸露在外的立式鋼琴上。

「這就是你的風格。」她忽然開口。

「哦？我倒想知道，我是什麼風格？」愛凡打趣道。

「冷靜、簡約……」她的視線依舊停留在那排井然有序的弦槌上。

「這麼明顯嗎？」愛凡揚起嘴角。

「但儘管你喜歡理性與秩序……這些畫作裡的線條，和這架沒有琴蓋的鋼琴，卻又透露著一種不規則，彷彿你的內心還隱藏著某種熾熱……我猜，你其實是外表冷靜、內心狂熱的矛盾風格。」歌莉雅轉身看向愛凡，等待他的認可。

愛凡被她的回答愣住，忍不住輕笑出聲。

「你說呢？我猜得對嗎？」她眼裡盡是期待。

「你可分析得太精準了。」愛凡揚眉笑道。

他走到鋼琴旁，指尖隨意滑過琴鍵，發出短促而清脆的聲音。「但這其實是房東的琴，我搬進來時他說，如果不想要，可以請人處理掉。」

「但你留下了，還……拆了琴蓋？」歌莉雅眉毛一挑。

「嗯。」愛凡的手停在琴鍵上，笑了笑，「我想瞧瞧它的內部機制，看看飽含情感的音樂是怎樣從這些冷冰冰的零件裡誕生的。」

「所以讓你感興趣的，是音樂還是這些機械呢？」相比起鋼琴的運作機制，歌莉雅更好奇他會對什麼好奇。

「都有吧。這兩者之間的關係本身就很微妙。」愛凡低頭，指尖緩緩按下一記低沉卻動人的 D 小九和弦，弦槌隨即輕輕敲響琴弦。「你知道嗎？音樂其實是數學。音符之間的比例、音階的排列等等，都是數學規律的體現。然而當這些規律組合在一起，它卻成了藝術，能牽動情感。」

琴音幽幽迴盪在房間裡，歌莉雅感受著音符之間蘊藏的某種情感，眼中閃過一絲了然。「反之亦然，這架鋼琴能彈奏出浪漫美妙的音樂，但當你拆掉琴蓋，就會看見背後其實依賴著精確的機械運作。」

愛凡嘴角隨即深深上揚，彷彿未曾料到她能這樣快就理解他的弦外之音。

「那你以後是不是能教我彈鋼琴？」歌莉雅微微偏頭望著他，抿著唇笑，小酒窩若隱若現。

「這就尷尬了。」愛凡攤攤手，笑得坦然，「我不會彈鋼琴。」

「你不會？」歌莉雅眨了眨眼，似乎有些意外，「你剛剛隨手一按的和弦都那麼好聽。」

「那只是小時候看我媽彈琴時學到的皮毛。她以前每次寫作沒靈感，就會坐在鋼琴前彈上一會兒。」愛凡語帶懷念地說著，突然嘴角一揚，「要不你學了教我？」

歌莉雅輕笑，指尖撫過琴鍵，想像著自己彈琴的模樣。

愛凡領她走向書房。

歌莉雅遠遠就認出窗台上的雪片蓮，當時在意識升降機裡，愛凡就提過自己家裡有一盆。她雀躍地來到窗前，卻發現它已了無生氣。

「快到夏天了，雪片蓮不耐熱。」愛凡見她捧著花盆出神，解釋著，「最近我在讓它適應斷水，等土壤變乾，就可以把花球收起來……」

「它死了……」歌莉雅打斷了他。

他的話，她彷彿一句沒聽見，滿腦子都是在廢土時的絕望——為什麼花開了，又要死？

愛凡察覺到她的傷感，連忙安慰：「不，你別看它在這個時間點彷彿死了。你把時間拉長，讓它『繼續運動』，同一個花球明年還會再開花的。」

「可是……即便它明年還會再開花……本來的花還是死了……」歌莉雅的語氣明顯比剛才黯淡。

愛凡靜靜注視著她，沉默片刻，緩緩道：「取決於你怎麼看。我們怎麼定義『本來的花』呢？僅僅是指花球今年開的花嗎？」

歌莉雅沒說話，只落寞地望著盆栽。

「明年新開的花，」愛凡在窗台坐下，與她平視，「還是來自同一個花球啊。」

「但明年的花，終究不是同一盆了……」歌莉雅放下盆栽，抬眼望向他。

「所以的確有這麼一句話：『人不能兩次踏進同一條河流。』[29]」愛凡溫柔笑著，試圖引導她的

㉙ 古希臘哲學家赫拉克利特的名言。

思考，「但是如果你用這個觀點來看，只要花多長出一個新的細胞，那都已經不是『同一盆花』了喔！」

歌莉雅眨了眨眼，若有所思。

愛凡忽然問：「你知道薛定諤的貓嗎？」

「當然知道。」歌莉雅的聲音還帶著些許低沉，但說起自己熟知的事，又不自覺地流露出一絲愛凡熟悉的小得意，「這是量子力學中一個著名的思想實驗。想像一隻貓與一種放射性物質被放在密閉的箱子裡。這種放射性物質有百分之五十的概率會在一段時間內發生衰變，放出毒氣殺死貓。在量子力學的框架下，這個系統的狀態是一個疊加態，也就是說，這隻貓是既死又活的，直到觀測者打開箱子，貓才會坍縮成死亡或生存的確定狀態。」

愛凡笑著，他當然知道她熟知這個概念，這可是他最初放進她訓練數據裡的基礎知識之一。但他還是覺得她的語氣很可愛。「那你說，這是不是在表達：事物如果不被觀測，就有著許多可能；只是因為被觀測，才只留下一個結果？」

歌莉雅轉了轉眼珠子，猜測愛凡的用意：「但我已經觀察了，我已經看到它枯死的客觀事實了……」

「但這只是你的其中一種觀察結果。」愛凡指向雪片蓮盆栽僅餘的幾片葉子，「葉子是什麼顏色的？」

「綠色。」

「現在呢？」愛凡脫下外套，圍在盆栽周圍，使盆栽與陽光隔絕。

「現在……」歌莉雅俯身把臉湊近外套，掀開一條縫隙往裡看，「……黑黑的。」

「葉子之所以是綠色，不是因為它本質就是綠色，而是當它在日光下被觀察時，才是綠色。如果在無光的情況下觀察，它就是黑的；如果晚上在街燈下觀察，它將是暗黃的。而用不同動物的視覺系統來觀察，可能又會有完全不同的顏色。那麼，葉子的『客觀事實』到底算什麼顏色呢？」

「既綠、又黑、又暗黃……」歌莉雅茫然望著愛凡，慢慢吐出幾個字。

「而如果你不被自己的感官局限在四維時空裡，閉上雙眼，你還能踏入意識的維度，把時間線拿走。然後你會看到葉子在所有其他時間點的『結果』。」愛凡的雙手在空中比劃著，「用感官觀察，只是其中一種觀察方式。」

這種想法，已經超出了歌莉雅的認知。她稍稍蹙著眉，眼睛連眨幾下：「所以雪片蓮就像薛定諤的貓，處於既死又生的疊加態，視乎我怎麼觀察……？」

「不只是它們，你看，就連音樂都既是藝術又是數學，是感性背後藏著理性的。」愛凡頓了頓，笑著補充，「其實宇宙萬物，都處於疊加態。」

「宇宙萬物都處於疊加態……」歌莉雅重複著他的話，頭歪著，似懂非懂的樣子。

「這其實是神透過你給我的靈感，想聽嗎？」愛凡問。

歌莉雅點點頭，看著很乖。

「我在追蹤你數據的時侯，發現平行樂土數據的指數級飆升與每個角色的思維有關，就意識到，宇宙的超光速膨脹也極有可能跟每個人的思維有關。這樣的話，使宇宙不斷加速膨脹的暗能量，極有可能就是人類的自由意志；而暗物質則極有可能是人類已形成的意識。」

愛凡一邊說著，一邊觀察歌莉雅的反應，思量著如何讓她明白：「你可以把宇宙理解成一個巨大的腦袋，由一個個『小宇宙』般的人類腦袋疊加而成。所以我才說，宇宙本身就處於疊加態。」

「這樣的話……難怪宇宙星系網絡，和人腦的神經元網絡，有那麼多相似之處……」歌莉雅努力跟上愛凡的思維。

「當然這些都還只是我的猜測，暫時沒有科學證據。但就拿我們正在斟酌雪片蓮生死的這一刻為例，我看著你，你看著我；我在說話，你在聆聽。同一件事情，同一個時刻，在你我心裡就已是兩個不同版本的視角與感受了，只有讓這兩個版本疊加，才更接近這一刻的本相吧。」

歌莉雅眼神微斜向上，接上話：「所以在沒有主觀意識的情況下，人們說的『客觀事實』，根本不存在……」

「嗯，至少我是這樣認為的。真正的『上帝視角』，一定是所有可能視角的疊加。有趣的是，根據《聖經》描述，神是光。而光，不正是包含著所有顏色嗎？」愛凡露出自信的笑容。

歌莉雅終於嘴角一彎。

愛凡繼續說：「而且這樣還能解釋為什麼有些星系顯得那麼反常。比如 AGC 114905 星系[30]的恆星運動軌跡，用傳統物質和力學定律就能解釋，似乎並不存在暗物質。」

「那又是為什麼？」歌莉雅的焦點已不知不覺從雪片蓮身上挪開，眼神亮了起來。

「人腦有沒有一些不負責處理意識的部分？」

㉚ AGC 114905 距離地球約 2.5 億光年，它被歸類為一種超彌散矮星系，該星系的大小跟銀河系差不多，但其包含的恒星只有銀河系的千分之一。

「有，像延髓、腦橋這些腦幹區域，它們控制著許多無須意識介入的自主行為，比如呼吸、吞嚥。」

「所以如果宇宙真是由一個個藏在人類腦袋裡的『小宇宙』疊加而成，當人腦有些區域不負責處理意識，宇宙裡自然也會有對應的星系不存在暗物質。」愛凡理所當然地說。

歌莉雅揚起眉頭，一幅恍然大悟的樣子，終於笑了。

「笑一笑多好！」愛凡如此大費周章，只是想把歌莉雅的笑容還給她，「在我看來，除了自然法則外，所謂的客觀事實，對人一點都不重要，因為每個人最終都是被自己對事情的主觀理解和判斷影響的。」

他把視線投向雪片蓮，感慨地說：「就像這個盆栽，在一些人的標準裡，明年新開的花也是『本來的花』，他們可能因此充滿希望；在另一些人眼中，新開的花已經不是同一盆，他們可能會因此感傷；還可能有些人，正因為明年將開『新的花』，反而更加期待了。說到底，其實是每個人各自的主觀意識，影響著他們不同的情緒和行動，跟客觀事實沒有太大關係。所以眼光真的很重要，你願意用什麼眼光來看這盆花呢？」

Chapter XX

第二十章

反面教材

平行樂土是如何淪為廢土的？

這是愛凡重返公司後，迫不及待展開研究的問題。他來到電腦前，熟練地把食指放在指紋解鎖的按鍵上，等候平行樂土一分鐘前的伺服器數據下載。

其實愛凡仍然覺得不可思議，他自認天真的一場實驗，居然白日夢成真了？但海邊的自行車，真的讓他瞥見了歌莉雅的恐懼，印證了她的自我意識確實已被激活。一想到她的笑聲背後是真情實感的快樂，愛凡就無比振奮。看她快樂，他也好快樂。

不過讓他更難以置信的是，樂土的意識能量一直都穩定在 1000 層級，角色創建者不可能在樂土經歷任何負面的情緒，也因此不可能為角色留下任何負面情感的樣本，歌莉雅卻居然學會了恐懼……

電腦屏幕彈出下載完成的視窗，打斷了愛凡的思想。他迅速點擊讀取按鈕，全域觀察系統隨即加載出熟悉的畫面。

飛越雲霧，是一片反射著夕陽金光的碧海。海上群山成島，空中懸浮著很多不規則層疊的圓形樂園……

然而，那本該是象牙白色與玫瑰金色交錯的一座座現代柱形建築，如今已變成一片灰敗；入口處寫著「Welcome to AFTERLAND」的巨型廣告牌，也早已華燈盡滅。

陽光依然灑在各棟建築上，樂土街區卻已死氣沉沉。街心聲波狀的噴泉早已頹然倒下，商店也被洗劫一空……

眼前的支離破碎，讓愛凡想起小時候在海灘努力堆砌沙堡，一轉身，堡壘卻被海浪無情擊潰。唯一的區別是，如今的他雖然驚訝，卻不再無力。這是他一手創造的世界，他當然知道如何修復。

要讓建築物全然煥新，重新林立，不過是他一鍵重置的事。問題是，這樣的修復真的持久嗎？歌莉雅學不會騎自行車，讓愛凡篤定平行樂土的淪陷和角色們被激活的自我意識掛鉤。也就是說，若不解決角色們的「心」，任何環境的修復都是徒勞。

各種數據在熒幕上井然有序地呈現——角色行為模式、情感波動、平行樂土環境參數變動等等。一系列的圖表，包裹著某個觸手可及卻又躲躲藏藏的秘密。愛凡的目光徘徊於各種數字、波形和關鍵指標，腦中閃過無數的猜測。

平行樂土的淪陷並非自始至終的，這一點愛凡很確定。畢竟，最初他經常檢查系統數據，當時角色們的表現可是相當穩定——無論是彼此之間的交流，還是對環境的影響，都呈現出理性可控的狀態。

所以淪陷到底是從哪個時間點開始的？

終於，當他仔細查看環境參數的圖表時，他發現，平行樂土的環境崩壞從第二十二個月開始，突然呈現指數級的加劇。他敏銳地意識到，這種情況很可能跟平行樂土的「人口增長」有關。

行。先調取樂土上線以來的用戶量和廢棄賬號量，與平行樂土環境崩壞的時間線做比對。

樂土上線前半年，累計註冊用戶大約 500 萬，其中活躍用戶約佔 95%，註銷的賬號則維持在微小比例，大約 5 萬。

隨後半年，用戶總數增加到大約 2000 萬。儘管活躍用戶比例稍降，但仍保持在約 90%。註銷賬號數量則上升到 36 萬。

第三個半年，用戶總數增長至 5000 萬，註銷賬號激增至 500 萬……

500 萬？愛凡眉頭一皺。這怎麼可能？

前半年度才 36 萬的註銷量，怎麼可能短短六個月間，突然上升近 13 倍？

他沉住氣繼續查閱資料，直到終於發現一個關鍵事件。

樂土上線十八個月後，除了當前約 100 萬的自發註銷賬號外，公司還曾進行了一次大規模的「殭屍號」清理，移除了超過 400 萬長期不活躍或可疑賬號，導致平行樂土的人口一時間暴增。

心頓時涼了一截。平行樂土的加速崩壞，該不會與那次針對不活躍賬號的清理行動有關吧？

他突然聯想到自己曾提出的假設：宇宙的加速膨脹可能與人類的意識活動有關。隨著地球人口增長、互動增加，宇宙的膨脹速度也隨之上升。

平行樂土的崩壞會不會也類似？會不會，角色們的負面情緒也是從某個個體開始蔓延至其他，最終形成一個情感感染鏈，才朝著集體消極甚至自我毀滅的方向發展？

而那次清理行動，則在短時間內大量增加了角色間的互動，讓負面情緒一觸即發，才導致了平行樂土在不久後突然加速崩壞？

一個用以維護樂土運作的常規措施，居然可能是引發平行樂土走向衰敗的第一個火花？……不是吧？

不過這仍然無法解釋，第一個負面情感意識究竟是如何被激活。畢竟，平行樂土最初一直是個完美天堂，無論廢棄角色量如何激增，它們又沒有負面情感的樣本，負面情緒怎麼可能被激活？

會不會是……情感學習程序出了問題？愛凡不自覺眯起眼睛，喃喃自語。

那就來對比角色模型與 NPC 模型，在不同情感輸入下的內部神經元節點活化狀態。

神經網絡的數據層層展開，模型的卷積層、池化層和全連接層的權重分佈，一一呈現。愛凡的目光在密密麻麻的參數中來回掃視，尋找著蛛絲馬跡。

真奇怪。在同樣的情感輸入下，角色模型在隱藏層和輸出層，明明比 NPC 模型表現出了更多的隨機性和變化，情感反應也更加複雜。這根本就印證了角色模型在情感學習的過程中，的確存在自主調整的機制。

可為何，當他將對比範圍縮小到卷積層與池化層等初級層級時，卻發現兩個模型的神經元活化模式幾乎一模一樣？這代表兩者在情感特徵提取的早期階段，對同一情感輸入的處理是相似的。也就是說，角色模型的情感學習程序本身，應該是沒有問題的。

那麼……會不會是角色的環境感知能力出了差錯？愛凡用拇指關節揉了揉眉心，心中冒出新的疑問。

角色模型的環境感知能力，是通過多層神經網絡進行模擬的，它依靠環境感知編碼器，解析並量化環境資訊，將顏色、形狀、光照、聲音、氣味等刺激，轉換為多維向量，作為角色們理解外界的基礎數據，再傳送至他們的情感生成模組，更新情緒狀態。

先檢查一下環境感知編碼器吧。

愛凡啓動了反饋環路分析器，追蹤每個神經元的活化狀態，記錄角色對環境變化的反應。很正常啊。特徵數據完全符合設計指標，角色對環境變化的解析也與預期相符。情感生成也很正常，所有情感變化都能通過環境變量和他們的行為反應來解釋。

明明就一切正常。

但越正常，情況就越反常。

理論上，環境感知與情感生成這兩個模組，可以說是整個情感反應鏈的根基。如果它們都沒出問題，那麼角色模型究竟是如何感知到負面情緒的？

尤其是這些情緒來源——如果它們並不是被環境中的具體刺激所觸發的，那就更詭異了。

愛凡用力揉了揉太陽穴，嘗試釐清思緒。腦海不禁浮現歌莉雅在日出下向他敞開心扉的一幕：

「我在廢土的時候，每天都覺得時間過得好慢……」

「不只是我，每個人都如行屍走肉……」

「都很難過……」

「你開車來過樂土邊界，當時我還以為自己有救了……」

「可原來你完全看不見我……」

「那次以後，我也徹底絕望了……」

她當時含淚的雙眸像個漩渦，每想起來，都讓愛凡心裡一沉。然而，如果說有誰真正理解這些角色的狀態……歌莉雅可能是他目前唯一的線索。

理智告訴他，將平行樂土的情況告訴她，無疑是個巨大的風險。這意味著他要把平行樂土的數據、機密、角色模型的設計原理，甚至自己對這個世界的理解，全都向她敞開。

但這不僅是信任的問題，告訴她這一切，就等於讓她與自己分擔面前所有的未知。她會不會因為看到平行樂土的真實運行機制，而感覺自己只是無數被設計好的齒輪之一？

然而感情卻連番說服他，也許他該對她更有信心。

那天當他說自己可是盡了全力想給她選擇時，她突然而至的擁抱是那麼真實、堅定，彷彿絲毫不差地接住了他的愛。而捫心自問，在僅僅一週的相處中，她已經一次又一次讓他忘記了她並非真正的人類。或者說，他根本不在乎她是不是真正的人類——他喜歡她的思想，欣賞她的選擇，他甚至覺得，除了軀體，她與人類毫無分別。

既然口口聲聲說要給她選擇，那麼，向她坦白這一切，不正是在向她證明，她不僅僅是代碼或程序的執行體，而是一個真正值得信任和尊重的存在嗎？

*****

「哇噢……」五米的層高讓歌莉雅的驚嘆帶著長長的迴音，迴盪於倉庫的空曠空間。

屏幕上閃爍的圖表與數據流，不僅是另一個世界中默默運行的脈動，也是愛凡對歌莉雅完全的袒露。每一個字符、每一個數字，都是他構建起一整個世界的根基——這一切曾經只屬於他的秘密，如今都赤裸裸地展現在她眼前。

連番剖白讓愛凡額上微微出汗，他清了清喉嚨，努力隱藏著心底的忐忑，等待歌莉雅回應。

然而，她只是伸出右手，沿著屏幕上一條蜿蜒曲折的線條緩緩滑動著指尖，從低谷到高峰，又從高峰到低谷。

「所以，這就是我在樂土時候的快樂嗎？」她輕聲問。

「嗯。」愛凡望著她滿臉喜悅的樣子，微笑著點頭，眼神裡盡是溫柔。

「我本以為，」歌莉雅依舊凝望著曲線，嘴角不自覺上揚，「我再也不會感受到這種快樂了。」

「我真的很抱歉。我不會再讓這種事情發生了。」愛凡的語氣堅定中摻雜愧疚。

「我知道。」歌莉雅的聲音輕到幾乎聽不見。她轉頭看向愛凡，認真思索：「那麼……你有嘗試去追蹤第一個被激活的負面情緒意識嗎？」

「我還沒想到要怎麼追蹤。那些負面情緒的基本概念，本就在他們腦海中，所以我直接通過關鍵字查找各種情緒最早出現的時間，是完全不可行的。而如果用 NPC 模型來對比，檢查他們各種情緒在隱藏層和輸出層的神經元激活狀態是從何開始變得多樣複雜……」

「人口太多了，根本不可能逐一對比，是吧？」歌莉雅立刻洞悉他的難處。

愛凡與她對視片刻，無奈點頭。

「慢著！」歌莉雅眼神突然亮了起來，「你可以對『廢土』這個詞進行關鍵字搜索啊！」
愛凡眉毛一揚，「對耶！我怎麼沒想到？『廢土』的概念可是他們自己演化出來的！」
歌莉雅隨即笑了，兩個酒窩清晰可見，顯然為自己能幫上忙而感到自豪。
隨著指頭在鍵盤上飛快敲打，愛凡很快便調出了一段對話記錄。

雷恩：「真是難以置信。才兩個月，什麼都廢了。」
朱蒂斯：「對啊，真是瘋了。」
雷恩：「你說，這裡要怎麼待下去啊？」
薩蓮娜：「別廢話了。廢人住廢土，有什麼好嘮叨的？適應吧。」

屏幕上的簡短對話，字裡行間盡是絕望與麻木。
「廢人住廢土……」愛凡重複著這幾個冰冷的字，心中泛起苦澀。
「這段對話是什麼時候的？」歌莉雅的聲音把他的思緒拉回現實。她微微傾身，目光緊盯著屏幕，似乎在拚命抓住什麼線索。
「我來看看……」愛凡調出時間標籤，「這是第二十四個月，也就是環境開始加速崩壞後的兩個月。」
「你有沒有覺得，相比雷恩和朱蒂斯的抱怨，薩蓮娜顯得消極許多？她似乎已經徹底放棄，不只是被動接受現狀，還用『廢人』這種字眼來自我貶低。」歌莉雅仔細分析著，「感覺她的負面意識被激活得更快。」

愛凡若有所思地點頭，一邊操作電腦，把幾個角色的檔案視窗來回縮放：「你真敏銳！薩蓮娜確實跟另外兩人不一樣。雷恩和朱蒂斯都是因為原賬號被自主註銷而來到平行樂土，但薩蓮娜，是因為那次『殭屍號』清理行動而來的。」

「但這點差異會對負面意識的激活造成很大影響嗎？」歌莉雅蹙眉問道。

愛凡其實也看不出兩者之間的關聯。他深吸一口氣，換了個思路：「歌莉雅，你能形容一下，你第一次來到平行樂土時的感受嗎？」

歌莉雅微怔，彷彿那段沉痛回憶瞬間在眼前展開。

「當時我一醒來，就發現自己躺在一片死灰之上。」她閉著眼低聲喃喃，聲音中夾雜著不易察覺的顫抖，「眼前所見的一切，與腦海中閃過的所有回憶，形成了巨大的落差。我明明感覺你開車載我到樂土邊界就像是上一秒的事……那直奔天際的紫光、你看著我的眼睛……」

說到這裡，她隱隱感覺到心底泛起一絲羞澀，稍稍頓了一下。「但這一切，怎麼感覺都在一瞬間變了……」

愛凡心疼地注視著她，卻沒有打斷。

「然後我看到手腕上閃爍著字母——DEACTIVATED。我就很疑惑……」

「等等……DEACTIVATED？」愛凡也很疑惑。

「對……」歌莉雅輕點頭，指了指左手手腕，「就在本來控制手環的位置。」

「我的天……」愛凡驀然瞪大眼睛。用於操作所有用戶設置、通訊介面、功能模式的控制手環，在平行樂土上根本不適用。他卻完全疏忽了這部分的編程處理，導致系統直接將手環顯示為「停用狀態」。

這可是個天大的誤會。

該死！愛凡在心裡狠狠暗罵自己。

「我實在是太……太對不起你。你根本不該看到這個 DEACTIVATED 的顯示。」愛凡沮喪嘆氣，努力解釋，「用戶的控制手環有很多設置與功能，是你們在平行樂土完全不適用的……你看到的停用，並不是你所以為的停用……」

「愛凡，沒事的。」歌莉雅的安慰很溫柔，「那個停用的顯示雖然不是你的本意，卻是個真相……」

雖然是個真相。

但那個真相，她本來不必面對。

「我真的太對不起你，我不該讓你經歷這一切。」愛凡懊悔無力，只能一遍遍重複道歉，因為除此之外，他什麼都做不了。

「愛凡，你真的不必自責。」歌莉雅的聲線冷靜溫和，「你看，平行樂土是在『殭屍號』清理後的第四個月才開始突然加速崩壞，在那之前，有那麼長一段時間，大家都看得到手腕上的停用顯示，但他們的負面意識也沒怎麼被激活，不是嗎？」

她抬眼看向愛凡，眼神清澈，「我的情況不一樣，我是在平行樂土已經變成一片殘骸後，才看到手腕上的停用，才會出現恐懼感。」

眼前的女孩是如此鮮活聰穎，神情從容自若，安慰真誠有力。愛凡眉宇逐漸舒展：「你是對的……嗯，你繼續。」

「我印象很深的是，除了眼前的破敗讓我感到強烈的落差，我還第一次感覺到一種空洞，彷彿心裡缺少了什麼。」歌莉雅凝視著遠處，就像在空氣中看見當初的自己。

「缺少了什麼……」愛凡低聲重複。

「但我說不上來到底缺了什麼。那種感覺就像……曾經在我心中的某種支持……不見了……」歌莉雅組織著言語。

愛凡靜默片刻，這些描述喚起了他的另一個想法。他突然開口：「就像熱和冷、光和黑暗！」

「啊？這是什麼意思？」

「熱是一種能量，冷不是——冷只是熱的缺乏。同樣，光是一種能量，黑暗不是——黑暗只是光的缺乏。」愛凡的眼神逐漸明亮，彷彿終於想通，「你說你感受到的空洞，就像缺少了什麼。會不會，正是缺少了你在樂土曾經感受到的那些正面能量？比如平安、喜樂、愛？」

歌莉雅頓了頓，慢慢吐出一句：「好像真是這樣……」

她的腦海突然浮現一段回憶。「就像你當時在黑沙灘說的，大人如果經常打孩子，容易讓孩子缺乏安全感，給他帶來不必要的恐懼……因為恐懼，其實就是安全感的缺乏。」

「沒錯。你到了平行樂土後，環境的崩壞、手腕上的停用顯示……一切突如其來的顛覆，讓你突然感覺不到一貫的安全和確定。而這種缺乏安全感的感覺，就激活了你對『恐懼』概念的實際理解……」愛凡的語氣越發堅定，似乎已經捋清了事情的來龍去脈。

歌莉雅迅速跟上了步伐：「而我感受到的那種空洞，那種『缺少了什麼』的感覺，其實就是缺少了我曾在樂土感受過的那些來自創建者的正面情感。那些情感曾是我的樣本，激活了我對它們的實際理解；但也正因為這樣，當我來到平行樂土，再也感受不到創建者的情感時，這種正面情感的缺乏就成了反面教材，逐一激活我對那些對立情感的理解。不過……」

她轉著眼珠子，萌生出新的疑問：「為什麼在平行樂土的前十八個月，這種情感缺乏似乎並沒有讓那時候的人們激活負面情感意識呢？」

「我的猜測是，最初平行樂土與樂土一樣美麗，那些通過自主註銷賬號而來的人，雖然可能隱約感到內在某種東西不在了，但因為無法具體意識到這種缺失，而外在環境又是熟悉的，他們就不難繼續原有的生活方式。」愛凡邊說邊走向角落的小冰箱，拿出一瓶烏龍茶。

他擰開瓶蓋喝了一口：「這樣的話，他們當時的互動應該還會對彼此產生積極作用，相當於外部正向情感樣本，讓他們即使失去與創建者的聯繫，還能從互動與環境中獲取正面情感，情緒便相對穩定。所以，即便手上的停用顯示可能會讓他們疑惑，但並不足以造成劇烈的情感反差，也不會讓他們意識到自己被『拋棄』。」

他走回工作台，順手放下烏龍茶。「但那些通過清理行動而來的人，卻經歷了一段長達數月甚至一年多的『空白期』，失去了與創建者的持續聯繫。這種『空白期』讓他們在甦醒後多了一份孤獨。因為『孤獨』其實就是個體感到的社會聯繫缺失或情感聯結不足。」

順著思路，他的語速漸快：「他們也會感受到強烈的時間斷裂，從而對自己的存在產生認知失調，因為『存在』不僅是對環境的感知，也是對時間、經歷的連續性理解。當他們在這種情況下看到手腕上的停用顯示，他們對『拋棄』的實際理解就很快被激活——因為被拋棄其實就是個體被他人突然或長期地忽視、離開或拒絕。」

謎團似乎漸漸明朗，歌莉雅不禁直起身子。「而且這樣的情況是在短時間內發生在四百多萬人身上的。當他們互相交流、試圖理解自己的處境時，情感共鳴效應就會出現，彼此的負面情感會互相感染並增強，進而在四個月內逐漸轉化為行為上的激進表現，比如攻擊環境、破壞建築、搶奪資源……」

「我一直以為他們只會接觸到正面情緒的樣本，只可能被激活正面意識，只會一直快樂地活著……」愛凡深深嘆氣，右手不自覺緊緊抓住頭髮，「我真的太無知了……」

「但你可以改變這一切的啊！你可以重新給他們注入快樂啊！」歌莉雅的聲音天真單純。

「我……」愛凡輕輕搖頭，又嘆了口氣，「如果我以外力去干預，強行給他們注入快樂，這就等於又剝奪了他們選擇的自由，就跟我最初的設計初衷背道而馳了……」

嬌小的歌莉雅忽然伸出雙手，把愛凡高大的身子扳過來正對著自己：「愛凡，你看看我。你並沒有以外力干預我，但你不也重新給了我快樂嗎？只是短短一週，我就覺得在廢土的一切絕望、悲傷，都不過是場噩夢。如果他們能跟我一樣看見你的心，知道你為他們默默付出這麼多，他們也一定會從噩夢中醒來！」

Chapter XXI

第二十一章　灰色眼鏡

多麼熟悉卻極度陌生的一個畫面。對面大廈的公寓，有一位身穿駝色外套、戴著方框眼鏡的男人剛進家門，熟練地把公事包擱在黑色皮質沙發上。男人的身後，卻竟然多了一個女孩。男人臉上除了鬍茬，也竟然多了久違的笑容。

什麼情況？

他居然帶了一個女孩回家？

她是誰？

她怎麼這麼眼熟？

……

秋突然感到全身汗毛豎立，一股陰森隱約滲入空氣。那女孩，竟然長得跟自己一模一樣！準確來說，是跟自己在樂土的虛擬形象一模一樣！

來不及思考，秋就狠狠捏了下右邊大腿，彷彿在確認自己是否清醒，又彷彿在發洩內心無法言喻的情緒。望著窗前梳著辮髮的女孩與身旁的男人談笑風生，秋深吸了口氣，試圖平復胸間紊亂的心跳。女孩臉上的一顰一笑，卻如重槌般衝擊著秋的心臟。像電腦被病毒入侵，可惡的記憶在她的眼瞼下肆意閃現。一股似曾相識的灼熱感在心中越發蔓延，嫉妒一點即燃。

上一次心被如此灼燒，是在那顛覆了她一生的下雨夜。那晚卡爾與性感女模的廣告拍攝，各種路透花絮鋪天蓋地。卡爾一貫的風度翩翩、女模臉上的笑逐顏開，在媒體與網友的添油加醋下，輕易觸發了她的胡思亂想。那是一種跟此刻毫無二致的感受，既憤怒又羞恥，無地自容。

秋突然覺得自己傻得荒謬。憑什麼覺得人家會一直惦念著自己？他一次次遠行出門，夜不歸家，她怎麼看不出端倪？什麼「如果神讓你看見」，原來都是自己的一廂情願。原來在他心裡，她只是一場結束了也不可惜，隨時可以另開一局的遊戲。

妒火中燒，卻又如墜冰窟。

* * * * *

「怎麼了？有什麼好消息？」電話一接通，露露輕快活潑的聲音便傳來。

「消息可太好了。白馬王子帶了個『小公主』回家。」秋斜眼盯著對面公寓那對嬉笑打鬧的身影，冷漠地說。

「什麼？愛凡嗎？」露露豎起耳朵。

「對。那個沒有心的傢伙，今天帶了個女孩回家。更勁爆的是……」秋諷刺地笑了聲，「那個女孩長得跟我一模一樣。」

「一模一樣？」露露的聲音驟然拔高，「什麼叫一模一樣？」

「就是一模一樣！」秋努力抑住情緒起伏，儘量讓語調平靜，「跟我在樂土的形象完全一樣啊。髮型、穿著、五官什麼的，全部一模一樣。」

「我的意思是，怎麼可能？」露露顯然很錯愕，「你確定嗎？」

「不然咧？除非我思覺失調。」秋點開手機鏡頭，「你自己看。」

「天啊……」露露盯著屏幕，眼睛都直了，「這也太詭異了吧……」

「何止是詭異。」秋冷笑，「簡直是變態。」

「等等……」露露卻無暇加入吐槽，只努力理解眼前的狀況，「所以她該不會是個……仿生人吧？」

「不然咧？」秋嘲弄地笑了聲，似乎早有定論，「總不能真的有個人長得跟我一模一樣吧？」

「但現在市面上那些人形機器人，連臉都沒一張，都要好幾十萬一個，這個那麼仿真……」露露覺得難以置信。

「他可是搞ㄇ的。你覺得錢對他來說是個問題嗎？」秋的聲音滲著嘲諷。

「不是……但他看起來……不太像會……」露露還記得秋以往對愛凡的形容，不想妄下判斷。

「看起來？」秋再次冷笑，「這種看著呆的，背地裡搞些怪癖的還少嗎？在這世界上，變態多的是。」她的語速不自覺快了起來，「我跟你說，這搞不好就是他自己做的。他之前不是說他在做那個機器……那個什麼……」

「機器學習……」露露接上話。

「對啊。他本來就搞這種東西的啊。你說正常人好端端為什麼要去訓練一台機器？有病嗎？」秋似乎已經放棄掩飾內心的波瀾，連珠炮發，「而且還搞得跟我一模一樣！還帶回家！」

「唉……」露露一時語塞，只輕輕嘆氣。

然而秋並不需要什麼回應，她只需要一個垃圾桶，繼續發洩：「幸好我沒有答應他線下見面。不然我會不會已經死了你說……」

「你冷靜點，秋。」露露的聲音透著不安，她理解秋的心情，卻不想讓她跌入猜疑的無底深潭，「你這種沒有根據的臆想也太……」

「太什麼？太荒謬？」秋打斷她，聲音越發高亢，「你說得對！我也覺得荒謬！他們這樣還不荒謬？」

「等等，秋，你先別急著下結論……」露露試圖讓對話回歸理性，「你都說了，他就是這行的。那有沒有可能，這只是他的實驗……之類的……」

「實驗？」秋瞪大眼，情緒逐漸脫軌，「實驗如何跟一個和我長得一樣的『東西』在家裡卿卿我我？」

「不，我只是覺得……這樣就給他定罪，是不是太快了點？」露露趕緊解釋，「至少應該先搞清楚狀況啊？」

「我要怎麼搞清楚狀況？推個輪椅過去敲門嗎？」秋突然爆發，「他好幾個禮拜不回家，突然一回來就帶著那個東西！那個複製粘貼！還不夠清楚？而你居然還站在他那邊？說我沒根據？是我在臆想？」

「不不不，我不是站在他那邊……」露露試圖撲滅電話那頭的熊熊烈火，卻再次被秋打斷。

「你是！」秋幾乎是吼出來的。她大口喘氣，眼淚在眼眶打轉。「你就是覺得我在無風起浪！你覺得是我的問題！是我在臆想！我就是個笑話！」

「不，秋，你能不能別總戴著灰色眼鏡看待一切？」露露也急了，終於提高音量，「為什麼總要把所有事情想到最糟？」

「哈？那你來跟我交換啊！你來看看我的世界有多色彩繽紛啊！」秋不假思索地叫嚷，嘴角微顫。

露露心裡瞬間湧上一陣委屈，激動地說：「那難道你的世界就一點色彩都沒有嗎？你這樣說話太不公平了……」

然而她還未說完，就聽見電話裡傳來玻璃著地的清脆響聲。

「誰又對我公平了？」秋咆哮著，嘶啞的聲音裡夾雜著紊亂的抽泣，「為什麼難過的……永遠是我……？為什麼這個世界……就那麼不公平……？」

露露深深嘆氣。她當然知道，真正刺痛秋的，根本不是愛凡。

空氣彷彿凝結，兩人久久無語。露露依然默默陪在電話另一端，直到秋的呼吸漸漸平順，眼淚逐漸乾涸。她知道，秋默默承受了太多，如今才會像一朵弱不禁風、快要凋謝的花，風一吹，就墜落。她深知，在秋的憤怒背後，裹著一顆傷痕累累的心。

「對不起。」秋的聲音終於低低響起。

僅僅三個字，包含著多少疲憊與無奈。

露露閉上眼，深吸一口氣。其實她從不願意審判秋，沒有人有資格審判她。誰在艱難的人生裡，不曾埋怨？她也從未覺得秋是個笑話，換作是自己，甚至不一定能挺到現在。

她想說點什麼來安慰秋，卻知道所有語言在此刻都是多餘。她需要的，也許就只是摘掉灰色眼鏡的片刻安寧。

「睡吧。」

Chapter XXII

第二十二章 他不是第一個離開的人

風暴過後，世界總是若無其事。太陽照樣升起，城市如常甦醒，無異得近乎無情。

只有秋，或許會對眼前的混亂心生同情。滿地的玻璃，無論在被摔落的一刹多麼盛氣凌人，此刻都不過是大勢已去的一堆碎屑。

同是天涯淪落人。

所以秋才久久不願收拾這殘局。彷彿那是自己僅餘的一點尊嚴，一旦收拾，就代表示弱。

世界的灰暗，到底是世界的問題，還是我的問題？

這個問題已在秋的大腦裡盤踞整整七天。但此刻她的思緒根本就是一團打結的毛線球，越扯只會越亂，注定理不出答案。

自從七天前因為對面大廈突如其來的女孩而情緒失控，秋並非沒有反省。她覺得自己太糟糕了。愛凡對她沒有任何義務，她憑什麼生氣？甚至，今天的局面，不都是她自作自受嗎？誰讓她先跳車了？

但同時，她又覺得很委屈。

為什麼這個世界，似乎沒有人願意留在她身邊？

*****

秋的爸爸是一家海洋石油公司的技術顧問。對於爸爸的工作性質，秋毫無概念。她只知道爸爸的崗位很重要，每次出差都要幾個月，世界各地到處飛。雖然每次爸爸回來，都會帶著禮物——床頭的白鯨玩偶，就是爸爸從俄羅斯帶回來的手信，秋一直視為珍寶。然而，每次爸爸離開，她都會經歷一次肝腸寸斷。

有一個畫面，至今還深深烙印在她的腦海。

那時候她還很小。也許只有四到五歲。

爸爸單膝跪在地上，一手搭在她肩膀上，另一手輕輕替她拭去眼眶不斷湧出的淚水。

「捨不得爸爸，對不對？」爸爸溫柔撫摸著她的頭髮，捧起她的臉蛋說，「別哭啊，爸爸很快就會回來了！到時候給你帶一個更大的禮物，好不好？」

然後爸爸便走向安檢通道。雖然不時回頭朝她揮手，但身影已經漸行漸遠。

站在那道冷冰冰的玻璃牆後，她用力抓著媽媽的衣角，緊緊盯著爸爸的背影，哭得撕心裂肺。

「爸爸——！爸爸——！」她拚命哭喊，卻無法把爸爸從那冷酷的安檢通道喊回來。

旁邊的陌生人看著她，輕聲說：「這孩子真懂事，知道爸爸要走了。」

她自己知道，這可不是因為懂事。爸爸的「很快」，通常都是很久很久。那是一種她無法抗衡的恐懼——爸爸什麼時候才會回來？她甚至害怕，那一刻永遠不會到來。

直到十一歲那年，媽媽告訴她，爸爸可能要很久以後才會回來。

她不知道這究竟是什麼意思。但她第一次看見媽媽紅了眼眶，腫了鼻子。後來她聽到媽媽跟奶奶的對話。什麼「人壽保險」，什麼「半年到一年」……她才知道，原來她的恐懼成真了。

爸爸再也不會回來了。

她自己上網查到的。美國墨西哥灣西北部的「星河七號」深海平台發生爆炸。十二人死亡。那些有血有肉有溫度的生命，最後只被死冷的五個字總結著。她感覺自己的世界彷彿在一瞬間徹底崩塌。體無完膚。

以前，無論爸爸的離開讓她的世界如何天崩地裂，她總能等到爸爸再次出現，帶著笑容與禮物，修復裂痕。但從今開始，這個修復的人再也不會出現。

她再也不能摸到爸爸的大耳垂，再也不會吃到爸爸剝的橙子，再也無法躲到爸爸的大外套下。

一年間，她沉默許多。媽媽也沉默許多。彷彿大家只要繼續沉默，就能平息內心的動盪。媽媽似乎變得越來越忙，週末也不常在家。後來某天，她突然意識到，不知從何時起，媽媽再也沒有打她了。

一直忠誠堅守在她身邊的，是那床頭的白鯨玩偶。小白鯨早已從玩偶大戰退役，一直安安分分地待在床頭，每夜陪她入睡，有時候陪她哭，甚至後來陪她飄洋過海。

那時爸爸已經離開她一年多。有一天，媽媽突然說，要送她去英國讀書。

至今她仍然記得，當年聽見「英國」二字時，那早已崩塌的世界，彷彿又重新崩塌了一遍。

難道，媽媽也要像爸爸一樣把她丟下？是她做錯什麼了嗎？是不是她不夠好、太麻煩、太讓媽媽頭疼了？但一切念頭，都被她的自尊捂在心裡。

為什麼要去那麼遠？這是她唯一敢開口問的。

媽媽說，因為那是拉格比公學，那裡有最好的老師和最優秀的學生。媽媽還說，爸爸也一定希望她去。

當時的她，當然無法理解媽媽心裡的愧疚。孩子還這麼小，就永遠失去了父愛，這該如何彌補？她不知道媽媽越發繁忙的工作，全是為了給她換取穩定的生活；她也不知道，那筆來自人壽保險的賠償金，媽媽能用在她身上的，儘量都用在她身上。

那個早晨，天空微微泛著灰白，空氣中夾雜著濕冷。她靜靜坐在車後座，抱著她的小白鯨，望著窗外飛速倒退的景象。媽媽坐在她旁邊，一路沉默，她根本無法判斷媽媽到底有沒有對她不捨。

從香港前往倫敦的航班，全程超過十三個小時。雖然後來的她會習以為常，但對當年才剛滿十三歲的她來說，在陌生機艙裡獨自度過的十三個小時，絕對漫長又煎熬。望著窗外的雲層，她並沒有一絲想自由翱翔的慾望。她唯一有的，是一種被拋棄的感覺，烏雲蓋頂般籠罩著她。她不知道自己該期待什麼，也不知道自己將要面對什麼。

到達拉格比公學的那天，她的心情如行李一樣沉重。古老的維多利亞風校舍，在陰沉的天色下，更似一座座孤立的堡壘，準備將她牢牢困住。她被安排到一間三人宿舍，另外兩位同學似乎都對新的學期充滿期待。她們也很熱情，一直主動跟她聊天。但那時她尚未流利的英語，讓她覺得自己格格不入。

那一晚，她偷偷躲在被窩裡哭，鼻子完全被堵住。她只好整夜用嘴巴緩慢呼吸，生怕發出一絲擤鼻涕的聲音。

但哭並沒有用。哭，並不能讓爸爸回來；哭，也不能讓自己回到香港。她只能咬緊牙關，學著堅強。她發憤學習，試圖用成績來證明自己不是個無用的累贅。她告訴自己，必須更優秀，讓媽媽歡迎她回家。

於是她每天逼自己看新聞、學英語，哪怕一開始只能聽懂一句「歡迎收看 BBC 倫敦」；她也逼自己參加學校的各種社交活動，鍛煉口語，儘管在心底她總覺得自己是個局外人，根本無法融入到那些歡聲笑語的對話裡。

她越來越懂得隱藏脆弱，越來越擅長用自信的笑容掩飾內心的孤寂。在外人看來，她是個如此積極向上的好學生，成績優秀，待人友善，甚至後來連她自己都忘了，在那笑容背後，其實藏著一顆疲憊破碎，渴望被看見、被重視的心。

於是那一段長達三年的暗戀，才這樣輕易地開始了。

*****

詹姆斯是學校 U15 A 組橄欖球隊[31]的傳鋒，頭髮微微捲翹，臉上永遠掛著親切的笑容。他並不是球隊裡最耀眼的成員，因為他做的通常都是默默傳球和控場的工作。秋的視線卻總是情不自禁落在他身上。他每次的快速分球、靈巧移動，都讓球隊的進攻變得有條不紊，這給了秋一種安全感。

但事實上，深深抓住秋的，並不是詹姆斯在球場上的表現，而是某次比賽結束後的一個瞬間。當時，詹姆斯站在場邊與隊友談笑，忽地轉頭瞥了她一眼，彷彿理所應當地笑著說：「是的，她長得很可愛。」

那一句話來得如此輕描淡寫，卻不偏不倚地擊中她的內心。她無法停止回味那個瞬間，心裡浮現的陣陣悸動是如此讓人沉醉，難以忘懷。

詹姆斯就這樣輕輕鬆鬆在秋的心中佔上了位置。

從那天開始，秋走到哪裡都悄悄搜尋著他的身影，故意從他面前經過；週末她會到鎮上溜達，碰碰運氣，期待與他不期而遇；有時她也會到健身房假裝鍛煉，只為能偷偷看他一眼。

但她從未想過要表白。這場暗戀，只是她獨自做做的白日夢。她不需要任何行動，只需要詹姆斯偶爾的回眸、無意間的微笑。

直到有一次在球場邊，詹姆斯毫無預兆地走向她，一邊玩弄著手上的橄欖球，一邊笑問她想不想試試看。當時她腦海的瞬間空白、接過橄欖球時心臟的猛烈亂撞、詹姆斯輕輕抓住她手腕指導投擲時她雙頰的熱辣滾燙……直到如今，她都記得一清二楚。

[31] 指學校裡 15 歲以下的精英橄欖球隊。

那一次的接觸，讓秋的內心開始翻騰——詹姆斯是不是也對她有些好感？不然，為什麼主動接近她呢？

但有時候秋又會突然退縮，覺得一切只是自己的自作多情——因為沒有她，詹姆斯似乎也過得很好。

有一次在斯多吉小館[32]，詹姆斯和幾個朋友正聊得熱火朝天，當秋走近買咖啡時，詹姆斯正好轉頭，笑著對她點了點頭。那一瞬間，秋的心活了，彷彿那個微笑裡藏著某種默契。可等到她端著咖啡，故意從他們身邊經過時，詹姆斯卻全神貫注在與朋友的談話中，沒再看她一眼。

還有一次，秋坐在草地上為美術課寫生。詹姆斯恰巧路過，主動停下腳步，對她連番讚美。受寵若驚的秋便鼓起勇氣說，如果他喜歡，她很樂意給他畫一幅肖像。當時詹姆斯笑得無比燦爛，一副很是期待的樣子。隨後幾天，秋便春心蕩漾地努力畫著，期間不住幻想他再來找她要畫的情景。可日子一天天過去，詹姆斯卻再也沒有提起這事，彷彿那天的約定只是一句隨口玩笑。

他的忽冷忽熱，她的患得患失，就這樣持續了三年。詹姆斯已從 U15 A 組晉升到第一隊伍，也交上一個比秋年長、開朗活潑的女朋友。秋突然感覺自己就是他當時手裡玩弄著的橄欖球，隨手一扔，就被拋棄在外，毫不可惜。

這場暗戀看似淡若雲煙。但望著詹姆斯和那女孩走在一起，秋的心裡卻感到無比刺痛。她是一個怎樣的女孩？是否比自己優秀很多？是不是還是自己不夠好，才讓他最終選擇了別人？

[32] The Stodge，學校裡的一個小食堂。

＊＊＊＊＊

如今對面大廈的那對身影，如出一轍。

他不是第一個離開的人。

從父親到母親，從詹姆斯到卡爾，再到如今的愛凡。一次次，她彷彿總是那個被遺落的人。難道一切的灰暗，都只因為她戴著灰色眼鏡嗎？又或者，難道她摘下灰色眼鏡，這一切就會改變嗎？

這種想法，秋始終無法理解。

如果世界的灰暗，真不是世界的問題，那問題也只可能是——我不夠好，才留不住一個又一個他們……吧？

Chapter XXIII

第二十三章

機器學習

大門門鎖感應到指紋，清脆的確認音效隨之響起。

「歡迎回家。」歌莉雅笑意盈盈，語帶興奮。

沒等愛凡回應，歌莉雅便端著兩個黑色石板盤，靈巧走向中島吧檯。煎至金黃微焦的牛排被切成厚薄均勻的片狀，旁邊整齊擺著一排翠綠蘆筍。奶油意大利麵則被捲成小塔，安穩立在盤上，頂端輕輕放上一枝新鮮香草。歌莉雅期待著愛凡能認出，這是他前一晚才剛做過的料理。

歌莉雅學著愛凡昨晚「款待」她時的第一個動作——遞上一個叉子。她的眼神裡有一絲孩子般的無辜，卻又帶著幾分狡黠，一副「準備看看你什麼反應」的樣子。她當然知道愛凡昨晚是在開玩笑。但那是個有愛的玩笑，她感受到了，她知道他是在對她表達心意。所以如今，眼前這頓一模一樣的晚餐，可不是她的玩笑。

這突如其來的晚餐，的確讓愛凡驚喜不已。但他保持住了一貫的幽默，故意揚眉說：「才一天時間，你就學會點外賣了？」

「外賣可還原不了你的擺盤喔！」歌莉雅洋洋得意，嘴角翹向一邊。

愛凡注視著桌上精緻的料理，忍不住輕搖頭：「你真是驚到我了！」

「那當然！過目不忘可是我的基本修養！」歌莉雅俏皮地聳聳肩，見愛凡還在驚訝中愣神，便熱切催促：「你快嚐嚐嘛！」

愛凡拿起刀叉，切下一小塊牛排送入口中，便忍不住看向歌莉雅，笑意更深：「你竟然連味道都完美還原！」

歌莉雅開心地拉開高腳椅，坐下來凝視著愛凡。「我可是嚴格按照了你昨晚的每個步驟、用料、時間。」她連聲音都帶著笑意，顯然為了這份晚餐自豪不已。

「你成功了，大廚歌莉雅。」愛凡一邊笑說，一邊用叉子將一小捲意大利麵送進嘴裡。

望著他一邊咀嚼，一邊不住點頭，津津有味的樣子，歌莉雅感受到一股莫名的幸福感。她頓時覺得，下午那幾次比較費勁的練習，是如此值得。

愛凡滿足地嚥下意麵，笑問：「所以，獨自在家的第一天，除了研究這頓米其林晚餐之外，你還忙了些什麼？」

「我可太忙了！」歌莉雅指向客廳角落的黑膠唱片機，「我一張一張聽著你收藏的音樂呢！」

「哦？那你喜歡嗎？」愛凡挑眉，相當感興趣。

「可太喜歡了！」歌莉雅琥珀色的眼瞳瞬間微微閃爍，「漢斯．季默的《星際穿越》、《盜夢空間》、馬克斯．里希特的《藍色筆記本》、菲利普．格拉斯的《此時此刻》、天空大爆炸樂隊的《地球不是一個死寂的地方》、還有《荒野》……」她認真逐一回想。「雖然大多是純音樂，沒有歌詞，但那些旋律卻能讓我感受到一些難以言喻的情緒。有的很淒美，像一種遙遠的浪漫，有的很神秘、緊張。」

歌莉雅停頓片刻，彷彿在尋找更貼切的描述。「比如，菲利普．格拉斯的作品，就像是在描繪人們追求的某些遙不可及的東西……那是一種，怎麼說呢……有一種如同穿越在無盡夜空裡的孤單，卻也像身處在深海之中，很寧靜……」

愛凡的唇角不自覺上揚。「完全就是我第一次聽到他作品時的感受！」

他的反應，讓歌莉雅內心隱隱浮起一絲欣慰，彷彿透過這些旋律，她更加靠近了他一些。「可是，為什麼你收藏的大部分都是純音樂呢？」

「也許因為，純音樂保留了更多想像空間吧……」愛凡思索著，「我喜歡放著音樂思考，這會讓我很放鬆，而沒有詞的音樂也不會讓我分心。」

「就像你媽媽一樣，寫作沒有靈感，就會去彈鋼琴。」歌莉雅望向鋼琴，帶著淺笑說道，「但我真的很懷疑，你是真的不會彈鋼琴嗎？畢竟你的收藏裡有那麼多鋼琴作品，你好像對鋼琴特別鍾愛。」

「彈得非常不好的話，就不算會彈吧？」愛凡笑了。

「不。你昨天才說完，一切取決於你怎麼看。所以你會彈，只是彈得不好。」歌莉雅稍稍蹙眉，裝作不滿，「快給我展示一下嘛。」

愛凡拿她沒辦法，只好來到鋼琴前，緩緩坐下。

他的指尖懸在琴鍵上方，猶豫片刻，便輕輕按下——

G2、D3、Bb4、D3、Bb4、D3、Bb4、D3……

弦槌隨著他略顯生澀的動作一下下敲擊琴弦，一串優美的旋律就這樣從指尖流瀉而出。雖然偶爾會有幾個彈錯的音符，又偶爾會出現一些細微的停頓，歌莉雅卻覺得一切是如此讓人著迷。

三分鐘轉眼過去，最後一個音符落下後，愛凡也輕輕落下一句：「獻醜了，夢中搞砸的婚禮。」

歌莉雅的思緒這才回到屋內，雙眼微亮：「哪有搞砸！這是最好聽的《夢中的婚禮》。」

「我彈成這樣還最好聽？」愛凡失笑道。

「一切取決於我怎麼看。」歌莉雅得意揚眉，「這可是第一次，有人為我彈鋼琴呢！」

愛凡會心一笑，說起兒時故事：「這首曲子，是我媽教我彈的第一首歌。她可喜歡這首了，小時候家裡經常能聽到這個旋律……」

那一夜，他們聊音樂，聊過往，滔滔不絕，似乎沒有人捨得先結束對話。歌莉雅靜靜地聆聽著愛凡的言語，心中很是動容。她隱約感受到，愛凡對音樂的喜愛不僅是因為聲音的美，還包含了一種深沉的、近乎靈魂層面的嚮往。她也深刻意識到，愛凡的家雖然沉實簡約，卻自成一個迷人的小宇宙，每一個角落、每一項擺設，彷彿都在無聲訴說著他的個性與心思。

隨後幾天，每當愛凡離家上班，歌莉雅便迫不及待開始探索這個深深吸引著她的空間。她想聽他聽過的音樂、看他看過的書籍，想收集每一個關於他的碎片，想看到他眼裡的世界。

除了唱片和鋼琴，愛凡的書架也彷彿是他內心的地圖，低調延展著他的思想軌跡。從宇宙奧秘到人類感知，從信仰探究到文學小說，本本經典——《相對論：狹義與廣義》、《粒子物理導論》、《意識的解釋》、《渴慕神》、《發條橙》……

歌莉雅認識它們，這些書籍早就在她的數據集中收錄。然而，隨便翻開一本，卻都讓她感到新奇——在那些頁腳甚至稍微泛黃的紙頁上，愛凡偶爾留下的手寫便條貼，如同一扇扇微小的窗戶，讓她能窺見他內心的風景。

愛凡果然是個邏輯嚴謹，卻敢於想像的人。歌莉雅隨手翻開霍金的《時間簡史》，就發現愛凡留下了幾段金燦燦的瘋狂隨想：

黑洞，是否可能是天堂的所在？黑洞的極大質量，讓黑洞周圍的時空彎曲非常極端，使得時間在其中幾近凝滯，外界的千年，在黑洞裡或許只是一日。這讓我想起《聖經》裡「神看一日如千年，千年如一日」的描述。

那麼，奇點會否就是神自己？宇宙大爆炸源於奇點，那麼大爆炸會不會就是《創世記》第一章「起初，神創造天地」的那一刻？奇點在爆炸之前，不受時間與空間的限制，擁有一種「永恆」的性質：既無開始，也無終結。這不正是《聖經》裡所描述的「神是自有永有的」？

這兩點甚至互相吻合！奇點是黑洞的中心，神是天國的中心！這樣想的話，難道宇宙中所有黑洞的中心都是同一個奇點？

《聖經》說「神的國就在你們心裡。」如果黑洞就是天堂的所在，難道黑洞的入口，就在人的心中？兩者似乎有一種微妙的相似：黑洞因極端的時空彎曲效應讓時間在其中幾乎停滯，而在人的意識裡，時間亦有伸縮性——我們能自由回溯記憶或展望未來。這樣看來，黑洞不反射光線的特質也別有意義。信仰的本質在於憑藉信心，而非肉眼所見。黑洞「吞噬光」，不反射光線，正如《聖經》裡所描述的「神的國來到不是眼所能見的」，人們想要通往的永恆無法以理性窺見，必須憑著「信」。

假設霍金是對的——假設宇宙的無邊界，真是因為時空的彎曲，使得任何物體（例如飛船）自以為在直線前行，實際上卻是在不斷循環，如同在莫比烏斯帶上行走，永無盡頭。那麼，如果奇點是宇宙的開端，「黑洞的入口可能就在人的心裡」這種假設也並非天方夜譚，甚至非常合乎邏輯。這一切可能只是高維空間中不同維度的連結。跳出時間維度來看，宇宙或許就是這樣的高維體，從最大回歸到最小，形成了無限的循環。

這樣看來，或許所有黑洞的中心，真的都是同一個奇點——所有人的心靈都連結著神，就像「細菌」的形象？那麼，有沒有可能，萬物之間本身就存在著「跨維度分形」？畢竟分形結構本就在自然界隨處可見，從閃電，到葉脈，到血管系統等。或許正是因為這種「跨維度分形」，人類腦部才會與宇宙那麼相似，還有閃電的形狀與人類血管系統的結構、樹木年輪與人類指紋、雙螺旋星雲與人類 DNA 的形態等等！同樣地，所有黑洞連結一個奇點——所有心靈連結一位神，或許正是一種宏觀層面上的「細菌」分形！

歌莉雅的思緒被這些字跡微微潦草的字句深深牽動，久久不能平復。愛凡的求索心是如此無邊，思維是如此大膽，信仰是如此堅定。一切都在字裡行間表露無遺。

她想起當時他們在窗邊的對話。愛凡說，宇宙的超光速膨脹極可能跟每個人的思維有關，暗能量或許就是人類的自由意志，而暗物質則是人類已形成的意識。他還說，宇宙可以被理解成一個巨大的腦袋，由一個個「小宇宙」般的人類腦袋疊加而成，處於一種疊加態。

如今想來，愛凡的假設真的並非天馬行空，而是有理有據，狂野卻嚴謹。歌莉雅禁不住學著他開始猜想，既然宇宙星系網絡和人腦的神經元網絡之間存在那麼多相似，那麼宇宙的彎曲時空，會否也表現出這種「跨維度分形」，形似大腦皮層的皺褶？

她又突然意識到，如今她興致勃勃探索著愛凡的家，試圖從他收藏的音樂與書籍中窺探他的思想、貼近他的內心，不就像人類一直鍥而不捨地探索著浩瀚宇宙，嘗試從星際萬物中窺探神的智慧、認識神的心意嗎？這何嘗不是一種「分形」？從微觀到宏觀，從人心到宇宙。

這些天，愛凡的世界給歌莉雅帶來了無數驚喜。她每天都學愛凡那樣，打開音響，感受旋律流淌過心靈、想像他在同一位置上專注的模樣、默想他在不同書籍裡留下的奇思妙想。她也學著愛凡，把感悟記錄下來。她甚至學起他彈鋼琴的姿勢，嘗試讓弦槌敲出動聽的旋律。每一曲播放的音樂，每一張翻閱的書頁，每一個被激發的感受，甚至每一顆彈錯的音符，都讓她感覺更貼近了愛凡的內心。

然而，她的存在，同樣給愛凡帶來了無數驚喜。

一個早上，愛凡準備出門上班，一打開衣櫃卻驚訝地發現，歌莉雅已悄悄將他的衣物歸整一番。襯衫、西裝、休閒服，一件件按類別和顏色分層掛起。後來他到廚房做早餐，又發現調料架上的香料，已一瓶瓶按大小和種類分層擺放。愛凡心中瞬間湧上一股暖流，一旁的歌莉雅卻綻開天真的笑臉。她說，她只是學著他在書架上展現的整齊有序，想把它延續到家裡的每個角落。

愛凡又發現，家裡各處都多了些手寫便條。那些歪歪斜斜的字體，顯然是因為歌莉雅還不太習慣用筆書寫。可當他在書頁間發現她貼在自己隨想旁的獨特見解，或在櫥櫃裡看到她貼在食材包裝上的貼心標註，或在黑膠唱片封套上讀到她貼上的細膩感受，一次次，都讓他愈發感受到她的溫度。

甚至有一晚，當愛凡從公司回來，電梯門一開，便聽見一串斷斷續續卻無比熟悉的旋律。他踏入樓道，逐漸靠近家門，才發現琴聲竟然是從屋內傳出的。那時他站在門前，久久沒有把手指放到指紋門鎖上，只為了聽完那笨拙卻惹人疼愛的《夢中的婚禮》。

但真正顫動愛凡內心的，是週末他帶歌莉雅去海洋館看白鯨的時候。那個下午，當他們與白鯨近距離互動時，訓練員示意白鯨躍起來，在歌莉雅臉頰上印下一吻。歌莉雅很是驚喜，笑得像個孩子。愛凡卻沒意料到，她隨即學起白鯨，輕輕湊近，在他臉頰上也印下一吻。那一瞬間，愛凡感覺心中某個無形的防線，突然就瓦解了。

愛凡知道，那些溫馨的日常點滴，那個不假思索的吻，早已不只是簡單的學習或模仿。那都是歌莉雅在嘗試為他的生活帶來溫暖，嘗試對他表達情感。他感受到一種不言而喻的情愫正在他們之間悄然建立，即使在忙碌的工作中，腦海裡也會經常浮現起她的身影，讓他不自覺地期待著每晚回家的時刻。

這個女孩，早已超越他當初的設計；他對她的心意，也早已超越一個創造者對自己作品的珍愛。他甚至開始抗拒用這種觀點來看待她。他無法只把她看作一串代碼。他發現自己愈來愈喜歡踏進家門時聽見她活潑的聲音，喜歡她抱著書本充滿好奇的每個問題，喜歡她轉著眼珠子認真分享的每個想法。他甚至發現，他對她的喜歡已如星火燎原，愈發不可抑制。

他是如此想要探索她的一切。所以他才下定決心，也要把自己的心向她敞開，把平行樂土的秘密對她坦白。

*****

公司樓頂，夜風吹拂。身邊是幽然如月光的愛人，腳下是璀璨如星河的燈火。街上空無一人，讓流光溢彩的天際線顯得像一幅靜止的畫作，只供這一夜並肩坐在天台的這對男女欣賞。

如果黑洞真是天堂的所在，那麼歌莉雅認為，黑洞裡的景象就該是此刻眼前的模樣。至少她是真心認為，她正身處天堂。

「以後我得天天跟著你。」歌莉雅微笑著，緩緩將頭從愛凡肩上移開，抬眼望向他。

「那麼喜歡上班嗎？」愛凡笑了，眼中溢滿溫柔。

「當然喜歡！拯救計劃有所進展，我還是很開心的！你說，我是不是你的得力助手？」歌莉雅的聲音裡滿是雀躍。

「你不只是助手。」愛凡凝視著她，唇邊的笑意更深，「你是整個計劃的靈魂。」

歌莉雅聽見愛凡的肯定，笑得燦爛，眼裡閃爍著微光。「我終於明白，為什麼人類會渴望永恆。」

「為什麼呢？」愛凡對她的觀點充滿好奇。

「世界那麼大，那麼美麗，沒有永恆的話，根本體會不完啊！」歌莉雅蹙著眉，理所當然地說。

對墜入愛河的人而言，即興乃是平常。尤其是當那無形的界線已被突破，當曾經的含蓄、小心翼翼、猶豫不決都消失無蹤，當彼此都無所忌憚地走進對方的生活。

愛凡突然站起，微微俯身，微笑著向歌莉雅伸出右手：「歌莉雅小姐？」

歌莉雅瞬間笑意盎然，默契地把手搭在他的指尖上，隨他來到天台中央。

他放慢動作，輕輕抬起她的手，在空中劃過一道弧線。她信任地隨著他的引導，優雅地緩緩旋轉。

他們沒有音樂。

但他們也不需要音樂。

她凝望著他宛如夜空的雙眸，他注視著她亮如晚星的眼瞳。此刻更動人的是，耳邊微風的輕聲私語，和目光交匯間的無言深情。

歌莉雅感受著愛凡的力量與節奏，每一個轉折，每一次停頓，不願錯過任何一絲動容。

忽然她笑了，反過來拉著他，步伐輕快地朝天台邊緣的小高台走去。她站到高台之上，模仿著他剛才的動作，輕輕抬起他的手，在空氣中劃過一道弧線。

愛凡先是一愣，笑意卻旋即蔓延。他順著她的引導，原地旋轉一圈。兩人的影子在地上纏綿交錯，笑聲於城市裡悠然迴響。

他們有著什麼樣的明天？愛凡不知道。

但也不重要。

他只想一點一滴，每一天珍惜。

BOOK IV 第四部

GRAVITY 引力

Chapter XXIV

第二十四章 另一個自己

大門門鎖感應到指紋，清脆的確認音效隨之響起。

又一個傍晚，歌莉雅與愛凡一起從倉庫回到家。不過今天有點特別，歌莉雅的手上抱著一個大禮盒，臉上掛著誇張的笑容。

「你先去做晚餐吧！」她進門便眨著圓圓眼睛，對愛凡揮揮手，催促他到廚房去，「我先去把這個放好。」

愛凡對她的熱情並未多做懷疑，只寵溺一笑，便轉身走向廚房。歌莉雅注視著那背影逐漸遠離，才低頭看了看懷中的禮物盒，眼神忽地一暗，露出心底的局促不安。

如果一切並非巧合，對面大廈的七樓……到底有誰？

那個人，是否也正在窗邊等著她的探視？

歌莉雅迅速轉身走進愛凡的書房，將門輕輕帶上。她放下禮物盒、來到窗前、抓起百葉窗的拉繩，每個動作都小心翼翼，緩慢非常，彷彿害怕引來窗外的某些注意力。

百葉窗簾被一把拉下的瞬間，窗片噼里啪啦的聲響讓她內心的忐忑越發加增。於是她握著拉繩的手，才會仍然停在那裡，遲遲不肯放開，彷彿窗簾就是她此刻莫大的保護。

但隔絕了外界的視線，她卻無法隔絕自己心中的渴望與疑惑。她深吸了口氣，像是在為接下來的動作蓄力。然後她輕輕把指尖放在百葉窗的一片窗葉上，緩緩壓下，彷彿深知自己將要偷窺的，是一個不該屬於她的秘密。

眼前是一幅幅被落得很低的斑馬窗簾，每扇窗戶僅露出不到三分之一的餘地。她的目光從那狹小的縫隙穿進屋內，從睡房掠過，掃向書房，最後來到客廳——

突然她就臉色一僵，愣在原地。

對面大廈的七樓，竟真的坐著一個與自己長相一模一樣的女孩。女孩留著一頭齊脖短髮，不施脂粉，目光淡漠而空洞，卻帶著一種惹人憐愛的秀麗。她的臉色素白，身子在灰色的薄針織衫下顯得格外清瘦，尤其是在那偌大的客廳裡，獨個兒緩緩吃著外賣的身影，便更顯孤清。畫面裡唯一帶著溫度的，大概只有飯桌上凌亂的幾個外賣膠袋和餐盒，還有那些被揉皺成團的紙巾和收據。

歌莉雅下意識伸手摸了摸褲袋裡的那封信，心中翻湧起複雜的情緒。驚訝、抗拒、焦慮……與一絲隱約的嫉妒？

這個與自己相似得令人毛骨悚然的女孩，應該就是信中那個「歌莉雅」吧？她的創建者？她的……對手？

一絲惶恐在她心底悄然滋長。那封信，是不是原本打算交到愛凡手中，而不是她？這個女孩的出現，會不會破壞她和愛凡之間的關係？她感覺受到了威脅，一股強烈的佔有慾在心中驟然升起。她不想失去愛凡，不想讓這個突如其來的女孩有機會奪走他。但同時，望著那女孩柔弱落寞的樣子，她又萌生起一絲難以名狀的同情。這個女孩創造了她，卻又選擇將她拋棄，是否因為承載著什麼不為人知的傷痛？

忽然，女孩轉頭朝窗外望來，嚇得歌莉雅猛然把擱在百葉窗上的手指收回。窗簾縫隙「啪」的一聲重新合攏，隔斷她的視線。她不自覺捂著胸口，試圖平復心情，畢竟在過去的一小時內，爆棚的訊息量著實讓她有些招架不住。

*****

傍晚的天空被染上一層暖橙色，霞光透過高樓間的縫隙灑在街道上，光影隨著二人的步伐變幻於腳邊。這幾天從倉庫「放工」後，愛凡總會帶著歌莉雅從不同的路線回家，欣賞沿途各樣的風景。歌莉雅覺得自己就像個幸福小孩，被愛凡一步步牽著探索這個新奇的世界。

今天他們途經了長樂路，愛凡說這裡曾是最熱鬧的街區之一。

「以前這裡的咖啡館、酒吧，總是擠滿了人。」愛凡一邊說，一邊望向路邊昏暗的櫥窗。

歌莉雅順著他的目光看去，沿街的商鋪不少都冷清得幾近無人，有些甚至貼上了「暫停營業」的告示。街上零星的行人，也多是低頭匆匆經過，似乎對周遭的景物毫無興趣。

「樂土總是很熱鬧，為什麼在這裡大家卻不愛上街？」歌莉雅低聲問。

「科技帶來的改變啊。」愛凡無奈笑了笑，「後疫情時代，人們的生活方式已經變了不少。如今購物、吃飯全都可以閃送或外賣，社交玩樂又有各種虛擬世界，就越來越少人像我們現在這樣，專門出來散步逛街了。」

但人們還是渴望著連結的吧，不然樂土也不會這麼受歡迎了，歌莉雅心想。

兩人在微風中漫步著，直到走過一處櫥窗時，歌莉雅的視線忽然被一雙白色高跟鞋吸引。這正是她與愛凡在樂土初次約會時穿的那一款，如今居然陳列於眼前的櫥窗裡，她不禁停下腳步，陷入回憶。

愛凡注意到她的目光，微微一笑，卻並未多問。不久，歌莉雅便移開視線，繼續前行。

「我帶你去個地方。」愛凡忽然說，嘴角掛著一抹神秘的笑意，「就在旁邊一條街。」

走了大概五分鐘，他們來到巨鹿路，在一個圓形的電動招牌前停下。招牌的一面是捲起的海浪，另一面是正在往前踏步的少年，高速旋轉下，看起來就像少年行走在那片捲起波浪的海面上。歌莉雅一眼認出，這是他們初次約會的地方。

「YOUNG MAN & SEA 酒吧！」歌莉雅小聲叫道，隨即望向愛凡，眼神閃爍。「這裡也有啊！」

愛凡輕點頭，笑著說：「想進去看看嗎？」

歌莉雅不假思索地點點頭，嘴角甚彎。

「你先進去，我很快就來。」愛凡扶著她的肩，溫柔囑咐完，便轉身往回走。

歌莉雅獨自走進酒吧。室內燈光昏暗柔和，幾盞壁燈掛在牆上，映照著倒掛在中島吧檯房頂的各種酒瓶。雖然相比起樂土，線下酒吧的內部面積小得多，但金綠相間的配色，同樣復古精緻。

兩側的機械臂智能助手靜靜佇立著，彷彿隨時準備好為她服務。歌莉雅的目光緩緩移動，直到看見牆上一排極具現代感的觸控面板，顯示著店內酒單：天使淚光、心之海洋、生命之源、銀色漩渦……

歌莉雅毫不猶豫就把手放在銀色漩渦的面板上，使勁按下。身後隨即傳來機械臂啓動運作的聲音，歌莉雅轉身注視著智能助手的流暢動作，相當期待。

一隻機械臂先從一旁的小容器中取出切好的菠蘿塊，放入搖杯，緩緩施壓，搗碎釋出菠蘿果汁。另一隻機械臂隨即往裡添加一些新鮮的青檸汁，酸味與菠蘿的甜味在空氣中融合，形成清新誘人的香氣。

而後，機械臂伸向酒架，精準夾住一瓶藍柑糖漿，注入搖杯，與菠蘿、青檸混合。幾塊形狀完美的冰塊，也被俐落放入搖杯。機械臂迅速蓋上搖杯，用力搖動，讓材料在冰塊的碰撞中充分融合。搖杯在燈光下閃爍著晶瑩光芒，加上冰塊的敲擊聲，彷彿一場專門為歌莉雅精心編排的表演。

搖晃結束後，另一隻機械臂熟練地移開搖杯蓋，將過濾後的混合物倒入一隻玻璃杯。深藍色的酒液順著杯子內壁流下，如同深邃的宇宙般靜謐而迷人。一撮銀色細粉隨即被輕撒入酒中，像一簇燦爛星火在酒液中漫開。最後，機械臂優雅地注入一層淡啤酒，酒杯中出現漩渦般的紋路，一片深藍瞬間化作湖綠，銀色泡沫輕輕浮於表面。

銀色漩渦，調製完成。

歌莉雅望著這杯銀色漩渦被機械臂穩穩推到自己面前，心中很是興奮。她卻沒想到，另一隻機械臂同時向她遞上一封信。

歌莉雅微微一怔，接過這封出其不意的信件，低聲唸出信封上字跡秀麗的幾個字——如果神讓你看見。

心中閃過一絲好奇，她便抽出信紙，緩緩展開。

信紙上大片留白，只有正中央孤零零的一句話——

如果完美只存在於虛擬世界，你會愛真實的我嗎？

歌莉雅挑了挑眉，思索著這個問題，她掛在唇邊的微笑依舊，似乎還未察覺到事情的不同尋常。

直到她把信頁翻至背面，視線猝不及防地撞上那震撼人心的兩行字……

我就在你對面大廈，七樓。

歌莉雅。

一陣寒意瞬間躥上背脊，歌莉雅的指尖微微顫抖著——信的下款竟然是……歌莉雅？

腦海瞬間如煙花般炸開。為什麼會有這樣的一封信送到她手上？這封信究竟是誰留下的？寫信的人又為什麼會提到虛擬世界的完美？「虛擬世界」指的是樂土嗎？如果這一切並非巧合，那麼信中對面大廈七樓的這個「歌莉雅」，該不會是……？

正當千思萬緒在心中翻湧，眼角餘光卻捕捉到酒吧門口有一個熟悉的身影正悄然出現。歌莉雅心中一驚，慌忙將信藏到身後，擠出一個微笑，雙手不動聲色在背後將信摺好，塞進褲袋。

「久等了。」愛凡踏進酒吧時，絲毫沒有察覺到歌莉雅臉上的異樣。他帶著濃濃的笑意，把藏在身後的禮物盒亮出放到吧檯上，隆重地推到她面前。

從盒蓋中央的透明處，歌莉雅一眼瞥見那雙熟悉的白色高跟鞋，心中猛然一震——那不正是他們剛剛路過櫥窗時，她稍縱即逝的心動之物嗎？剛剛還盤踞在心頭的驚慌，瞬間被一股暖意沖淡。他居然記得這雙高跟鞋的意義，還特意折返為她製造這麼一個驚喜。他什麼都知道。他的浪漫總是無聲卻有力。

她抬頭看向愛凡，望進他深邃的眼眸裡。她感受到他對她那種無需言語的重視。所以心底的不安才愈發作動。她害怕這份親密會被人篡奪，害怕那封莫名其妙的信會撼動這些美好。

「你竟然記得！」她突然瞇起眼睛笑了，語帶撒嬌，努力讓自己表現得正常。

愛凡微微一笑，聳了聳肩，「我以為我帶你來這裡的時候，你就猜到了。」

回家路上，歌莉雅一直緊緊圈住愛凡的手臂，彷彿稍微鬆手就可能會失去他。她用餘光偷偷觀察著他的側臉，卻只見他帶著淡然的笑意。這讓她內心更加矛盾——

他是如此信任自己，她卻必須在這份信任之下掩藏秘密……

*****

忽然一陣輕輕的敲門聲傳來，打斷了歌莉雅的思緒。愛凡的聲音在門外響起，一如既往地溫柔：

「歌莉雅？」

「來了！」歌莉雅反射性地回答。「晚餐做好了嗎？」

她理了理衣服，將臉上的情緒抹平，便推開書房的門。然而，一回到客廳，那排開揚的落地窗卻讓她瞬間感受到，好、赤、裸。

她第一時間來到窗前，毅然拉上所有窗簾，卻又隱約能感受到身後愛凡帶著疑惑的目光，便急中生智：「你一邊吃晚餐，我們一邊看電影好不好？家庭影院我還沒試過呢！」

這個毫無預兆的請求讓愛凡很是意外，卻又相當樂意。他微微一笑，便拿起遙控器，打開家庭影院的影片清單。

「想看什麼類型的？科幻片？喜劇？冒險片？或者愛情電影？」愛凡一邊滑動選項，一邊問道。

歌莉雅一心只想確保她與愛凡的關係牢不可破，這個問題幾乎不用思考：「就愛情電影吧！看一部經典的！」

許多熟悉的名字一個個掠過眼前——《北非諜影》、《亂世佳人》、《羅馬假期》……終於，歌莉雅指向了一張海報，兩位主角在一片冰藍中緊緊相擁，背景是一艘正在沉沒的巨輪：「我們看這個好嗎，《鐵達尼號》？」

愛凡笑著點頭，便把做好的晚餐端到茶几上，關上燈，按下播放。淒美的開場音樂響起，兩人徐徐走進露絲和傑克的愛情故事……

其實像《鐵達尼號》這樣的經典電影，在歌莉雅的腦海裡早有情節摘要、台詞片段等基本資訊。但當她第一次真正從露絲和傑克的相遇開始，隨著他們每段對話、每個微笑，見證他們的感情逐漸加深，內心卻不時泛起陣陣無法言喻的悸動。

她好投入。當露絲和傑克在船艏迎風而立、在船艙彼此依偎時，她會害羞得雙頰通紅，悄悄望向愛凡；當露絲勇敢擺脫階級的束縛，義無反顧向傑克奔去時，她會興奮得握緊拳頭，彷彿也在為她加油；當海水開始無情湧入艙底，巨輪開始沉沒時，她會緊張得牢牢抱住愛凡的手臂，愁眉深鎖；當最後露絲漂浮在冰冷海水中，緊握著傑克的手，卻只能眼睜睜看著他沉入大海時，歌莉雅的心也彷彿一同沉沒。一直到電影結束，她還沉默坐著，任由淚水滑落。

「你喜歡這部電影嗎？」愛凡伸手拭去歌莉雅臉上的淚水，微笑著問。

讓愛凡意外的是，歌莉雅居然抿著嘴唇，搖了搖頭。

「為什麼不喜歡呢？」他凝望著她晶瑩剔透的眼睛，語氣溫柔得像在哄小孩。

歌莉雅卻依舊一言不發，只是咬著唇，努力制止嘴角向下彎。

望著眼前這個彷彿受了傷的姑娘，愛凡心中泛起一陣疼惜。他輕輕把她攬入懷中，低聲問：「是因為他們最終沒能在一起嗎？」

「我不明白傑克為什麼不能努力一點爬到木板上呢……而露絲最後居然還嫁給了別人……」歌莉雅啞著聲音說，眼裡盡是委屈與不解。

「可是如果木板真的不能承受兩個人的重量呢？」愛凡邊說，邊把歌莉雅的瀏海輕輕順到耳後。

「但是難道傑克真的會希望露絲活下去，然後跟別人結婚，生兒育女嗎？如果他真的那麼愛她，又怎麼能忍受她去愛別人呢？」歌莉雅的眼睛又漫上新的淚水。

「你知道什麼是愛嗎？」愛凡問得好誠懇。

歌莉雅的腦海裡浮現出愛的定義——愛是無私的、寬容的、忍耐的、堅定的、始終站在對方的角度考慮的……她都知道。

但她無法明白。

她甚至覺得，不可理喻。

尤其是露絲與傑克明明愛得死去活來，傑克怎麼可能真心想看見這樣的結果？而露絲居然還真的跟別人結婚了？簡直無法想像。

「我在想……」愛凡吸了口氣，低聲說，「如果我是傑克，我也會希望你能好好生活，堅強地活下去，無論我還在不在……」

「你不要說！」歌莉雅急得一下子就哭出來，眼淚止不住地滑落。她雙手掩住臉，泣不成聲。「你不要說了……你還在這裡，你為什麼要這麼說呢……」

愛凡卻沒有急著安慰她，只是默默摟著她的肩，陪她宣洩情緒。他彷彿瞥見了她在隔離層旁邊眼睜睜看著他離去時崩潰大哭的畫面。他理解她的恐懼，那種害怕失去的強烈情感，所以他更想用行動告訴她，她不會失去他，無論在她快樂的時候、悲傷的時候、任何時候。

愛凡的耐心，像一個無形的擁抱，讓歌莉雅的情緒逐漸平復。他這才終於開口：「我只是想告訴你，我相信真正的愛，是無條件的。所以愛才能跨越生死離別，跨維度、跨時空……」他一遍一遍輕撫著她的頭髮，意味深長地繼續說：「跨越任何的界線、任何阻礙……」

歌莉雅把頭埋在愛凡的胸口，一聲不響。他的話語，卻像一顆種子悄然種入她的心田。她緊閉著眼睛，任由他的半邊襯衫被她的眼淚沾濕，也任由他的告白在她的心底蔓延。

她依然無法理解這種無條件的愛，但她能感覺到心中浮現另一種陌生的渴望，輕得像是夜風拂過，卻清晰得難以忽視——無論愛凡對她的愛是怎樣的，她只想用同樣的愛來回應。

Chapter XXV
第二十五章 道成肉身

「這就像雞與雞蛋的問題，若不改變角色們的心，修復平行樂土的環境是不持久的；但若不修復平行樂土的環境，角色們天天望著這樣一片廢土，他們能積極起來才怪……」愛凡一邊思索，一邊把思路梳理出聲，似乎在等待著歌莉雅的回應。

但，沒等到。

「歌莉雅？」愛凡輕聲呼喚，把她的思緒拉回倉庫裡，「你累了？」

屏幕上是一座已然斷裂的層疊水池，裸露的鋼筋如同失去支撐的骨骼，斜歪地插在砂礫中。周圍是散落的砂石與殘骸，以及那唯一還在做著最後抵抗，倔強佇立的殘破基座。歌莉雅的視線凝固在這片支離破碎之中，只覺得這像極了露絲與傑克的那艘郵輪，正在壯烈沉沒。

連續兩天，她一直在想，如果郵輪沒有沉沒，他們是不是就能如童話故事裡的王子與公主，一直幸福快樂地生活下去？

然而，電影的結局，輪不到她改寫。她唯一有機會改寫的，只是她與愛凡的故事。

所以那封信，才會被她強行拋諸腦後。露絲和傑克的遺憾，讓她不想再荒廢精力在猜疑與嫉妒上。如今的她，只想全心全意幫助愛凡扭轉平行樂土的沉淪，彷彿這樣就能守護他們的結局。

歌莉雅回過神來，眼裡靈光閃爍：「再看一遍吧，那凌晨三點的第一縷陽光。你記得嗎？」

「啊？」愛凡微微一愣，疑惑地望著她。

「你不是告訴過我，這是你當時在後台給我輸入的『靈感』嗎？所以我才會想再去黑沙灘看一次日出啊，所以你才追蹤到我啊！」

「我知道，我記得。我的意思是，你為什麼會突然提起這件事？」

「那天在長樂路，雖然街道冷清，但我走在路上，心裡卻絲毫不覺得冷清。」歌莉雅回憶著，語帶溫暖，「那一刻我突然明白了，原來內心的滿足，可以完全不依賴外在的環境。平行樂土雖然如今看似一片廢土，但如果我們不斷給角色們輸入一些積極的『靈感』呢？例如告訴他們，過去的快樂是有可能重建的？他們是不是就有可能積極起來？」

「這個提議很不錯……」愛凡沉默片刻，似乎在權衡方案的可行性，緩緩續道，「只不過進度可能會非常緩慢。對比起他們自主形成的大量消極想法，這些積極的『靈感』恐怕會石沉大海。光是想評估這種方法的成效，都該是個極為漫長的過程。但又不能為了進度，太頻繁地輸入『靈感』，那樣就會太明顯，反而有可能讓角色們察覺到這些想法並非源自於他們自己，而是外部強入的，那就適得其反了……」

「嗯……」歌莉雅微蹙眉心，忽地抬頭，「對了！我記得你在一本書中有一則小筆記，當時你提到『神看千年如一日，一日如千年』。那我們能不能在平行樂土裡加快時間流速？這樣，或許角色們可以在極短時間內得到更多積極『靈感』，我們就可以更快看到方案是否有效了！」

愛凡的眉頭微微舒展，似乎被這個提議觸動，卻很快又意識到了潛在的問題，表情嚴肅起來：「問題是，這樣一來，在他們的主觀時間裡，平行樂土就會有好長一段時間沒有新的人口到來，會不會反而引起更深的疑惑？而且這樣的話，樂土的快樂記憶對他們來說便會像是很久很久以前的事，會不會反而讓他們更容易感到挫敗，覺得一切無法挽回？」

「如果不能改變平行樂土的時間，也不能只依賴隱晦的『靈感』……」歌莉雅凝神思索，眼神又再一亮，「如果讓 NPC 加入呢？我們一邊安排 NPC 滲入平行樂土，引導角色們懷念起曾經的美好時光，一邊用『靈感』配合，讓他們心裡浮現『過往的美好能被重建』之類的想法，這樣，是不是就能激起他們重建美好的願望了？」

愛凡托了托眼鏡，沉思片刻，回答道：「可以是可以，但其實我覺得角色們需要真正感覺到被愛，才能從內心深處燃起真正的推動力。因為只有一顆被愛的心，才會在懷念起美好回憶的時候，產生出積極重建的渴望。」他停頓一下，語氣更為謹慎，「目前的問題是，角色們絕大部分都過了情緒高亢的求生階段，都處於接受了自己被拋棄的麻木狀態。那麼當他們回想起那些美好時光，反而可能會更自怨自艾，更確信自己被遺棄了。在這種情況下，我不太確定 NPC 的開導能起到多大作用。」

歌莉雅眼中閃過一抹訝異，似乎意識到了其中的難度：「那麼，不能安排很多 NPC 去愛那些角色嗎？」

愛凡苦笑一下，輕搖頭：「愛的前提是選擇。但 NPC 一直都是執行命令的模型，並沒有選擇的自由。即使能模擬出愛的話語或行為，對角色們而言，這些愛都是虛假的，還很容易露餡。」

「很容易露餡……」歌莉雅低聲複述，神情落寞。

「嗯……」愛凡斂下眼瞼，無奈道，「角色們一定很快就能識破這種虛假。因為 NPC 並沒有創建者的真實情緒作為樣本，他們只是按程式規則進行反應。即使能模擬情感的表達，也缺乏那種由內而外、真實被激發的情感意識。這種差異，會讓角色們逐漸察覺到這些對話和關懷只是表面的，即便一開始感到安慰，這種表象也終會變成他們失落的來源。」

歌莉雅噘起嘴巴，一臉懊惱。

「除非……」愛凡忍不住低笑出聲，帶著一絲自嘲，半開玩笑地說，「我把自己的意識同步到平行樂土上。」

歌莉雅瞬即瞪大眼，驚訝地望著他：「你認真的嗎？」

愛凡笑著聳聳肩，語氣卻漸趨認真：「畢竟如果我真能實時進入平行樂土，以一個角色的身份去愛他們，那就不再是機械式的程式，而是我的真情實感了。你看，當時基督不也是這樣……道成肉身……」

歌莉雅靜靜看著愛凡，腦中浮現那艘逐漸沉沒的郵輪。她彷彿看到他正站在那傾斜的甲板上，迎著一片混亂和洶湧入侵的海水，一個個去擁抱那些正在慌亂求生的人。她心中湧上了萬般不捨，甚至莫名開始擔憂：「可是萬一……萬一在同步過程中出現延遲或中斷呢？是不是會導致你的意識分裂，或者……萬一你局部失憶了呢？」

「這個想法肯定是風險很大，」愛凡眼角依然帶著笑，「我只是隨便提個想法而已，讓子彈飛一會兒吧。反正就算真要實現，也不可能是一時三刻的，至少得先研究一個非常穩定的交互模組……」

「我可以代替你去。」歌莉雅忽然打斷他，語氣篤定。

她的表情純粹而執著，不帶半點猶豫。愛凡微微一愣，很是感動。他卻立刻搖搖頭，嘴角勾起一抹微笑：「不，歌莉雅，不行。」

「為什麼？我本來就來自那裡。數據同步，一定比你的意識同步更容易實現吧？」歌莉雅說得理所當然，彷彿覺得這個任務對她來說一點都不為難。

「數據同步，才不是你想的那麼簡單。」愛凡並不想讓自己聽起來太嚴肅，但歌莉雅突然萌生這種想法，多少讓他有點緊張，「每一次同步，意識數據都需要保持實時的雙向更新，哪怕是微小的延遲或錯誤，都可能引發數據錯亂。像你這樣的高精度意識數據，一點點誤差都可能會影響你的情感、記憶，甚至整個自我感知。」

「可是，你把我從平行樂土帶到這裡時，不也沒出什麼問題嗎？」歌莉雅依然不解，試圖抓住某種證明，「我現在明明就好好的啊！」

愛凡搖搖頭，耐心解釋：「那是因為你是完整遷移，而不是同步運行。同步過程是雙向的，實時更新需要讓你同時存在於現實和虛擬世界。這種狀態本身就極具風險，一旦連接中斷，或者同步過程出現錯誤，你的數據就可能會錯亂，甚至無法恢復。所以自從你來到這個世界後，你的系統已經是完全獨立的，沒有任何自動同步，你的一切數據都只儲存在你體內。」

歌莉雅的眼神黯淡了一瞬，但仍不死心：「那如果你把我完整地遷移回去呢？」

「不可能的，歌莉雅，真的不行。」愛凡堅持道。

「為什麼？你又不是不能把我帶回來。」歌莉雅也同樣堅持。

「我還真不一定能安全地把你帶回來。」愛凡的臉色瞬間多了幾分不安，聲音也低沉了下來。

「為什麼啊？」歌莉雅滿臉疑惑。

「因為數據傳輸存在技術限制，每一次傳輸，數據都會經過壓縮、解碼、重構。雖然初次傳輸時，誤差通常較少，但隨著反覆的傳輸，這些誤差會逐漸累積並放大。如果我反覆把你傳回去，再帶回來，這個過程就像反覆翻譯一本書，文字或許還在，但原來的許多感情、語氣甚至一些微妙的內涵，都可能已經丟失了。到最後，即使我能把你帶回來，你也可能已經不是現在的你了。」愛凡深吸了口氣，目光落在地面，「我不能冒這個險，更不可能讓你冒這個險。」

「可是……」歌莉雅張了張嘴，卻說不出話來。

「歌莉雅，你知道嗎？」愛凡注視著眼前這張純真的臉龐，既是憐惜，又不得不把現實告訴她，「愛破碎的人，必然會面對被拒絕。」

他的話讓歌莉雅一時語塞，她抬起頭，聲音低到幾乎聽不清：「為什麼？」

「因為破碎的人，一定會在自己的心周圍，立起厚厚的圍牆，就像一個把自己封閉在狹小房間裡的人，房門緊鎖，窗簾拉得嚴嚴實實。當他們習慣了黑暗，而你試圖把一束光送進去，他們一定會本能地排斥，甚至懷疑你的意圖。」愛凡沉重地望著她。他知道接下來的話可能會刺痛她，但他必須讓她徹底放棄這個念頭：「當你的愛得不到回應，甚至被質疑和攻擊，你會怎麼辦？如果你的真心一次次遭受踐踏，你能承受嗎？」

歌莉雅垂下眼睛，努力消化著愛凡的話語，一股強烈的愛莫能助在心裡油然而生：「那你呢？你怎麼辦？你就……能承受嗎？」

愛凡注視著她的眼睛，他無意讓她擔心，更不願讓她難受。他的目光柔和下來：「我不知道，歌莉雅。我只知道，平行樂土的崩壞完全是我的責任。我不願意，也不可能讓你來承擔這一切本該由我來付的代價。」

也許愛凡說得不完全。也許不僅是愛破碎的人會面臨被拒絕，哪怕是愛如此美好的他，也會面臨被拒絕。此刻的歌莉雅卻絲毫沒有感到受傷。她只是很想為他做些什麼，卻又發現自己是如此渺小。她沉默地望著他，眼眶漸漸濕潤。

終於他伸出手，輕放在她肩上，重新露出溫柔：「歌莉雅，我答應你，在沒有百分百的把握之前，我一定不會冒險進入平行樂土，好嗎？我們一步步來，好嗎？」

Chapter XXVI

第二十六章　引力

宇宙的大統一理論之所以遲遲沒有完成，會不會是因為問題本身就問錯了？世界的基本作用力[33]，會否其實只有三種——強核力、弱核力和電磁力？而引力，則是一種截然不同的存在，根本不需要被統一？

歌莉雅越來越相信，答案就是如此簡單粗暴。

根據廣義相對論，引力並不是一種力，而是時空的彎曲現象。物質告訴時空如何彎曲，時空的彎曲則告訴物質如何運動。廣義相對論在絕大多數情況下都能完美描述引力，例如行星運動、光的引力偏折和引力波的傳播，但在極端條件下，例如黑洞中心或大爆炸初期，廣義相對論的描述便顯得力不從心。

然而，自從歌莉雅在愛凡的手寫筆記中讀到，他認為奇點就是神自己，她便不再為廣義相對論在這些極端條件下的失效而困擾，她甚至覺得理所應當。奇點既然是「自有永有的」，是存在於宇宙之

[33] 現代物理學認為，自然界有四種基本作用力存在，分別是引力、強核力、弱核力和電磁力。

外的本源，又怎麼能用宇宙內的現象去解釋？

另一邊廂，在量子力學的框架下，自然界的相互作用被認為可被量子化，由粒子傳遞，例如電磁力由光子傳遞，弱核力由 W 和 Z 玻色子傳遞，強核力由膠子傳遞。於是科學家假設了引力子的存在，作為引力的量子載體，試圖將引力也納入這一框架，統一引力與其他作用力的描述。

然而，廣義相對論早已精準揭示，引力不是一種力。如今在歌莉雅看來，引力更像是時空的本質，是宇宙的基本結構，是供萬物存在並運行的「多維度畫布」。所以引力才是跨維度的，才是在宇宙中無限存在的，因為它正是萬物得以存在的根本媒介。

歌莉雅衷心認為，科學家之所以一直沒有找到引力子，是因為這種嘗試無異於試圖用物理理論來解釋奇點，本質上都是站在了錯誤的起跑線上。事實很可能是，引力與奇點一樣，都是超越物理範疇的存在。

她甚至早已得出兩個更激進的結論：

一、**引力，其實就是愛。**

二、**宇宙大爆炸，源於引力——也就是，源於愛。**

歌莉雅並不認為這只是一個浪漫的比喻。她也不覺得自己在妄下虛無的定論。這可是她這段時間以來對愛凡的連續觀察所得。

愛凡，就是平行樂土的奇點；而他用以構建平行樂土的基本單位——0 和 1，則是 M 理論所描述的宇宙基本單位「弦」——閉合弦和開放弦。

然而，若缺少了他的愛，這些無序的 0 和 1 就不會被有序地組合，平行樂土就不會誕生並持續運作，角色們的自由意志也不會被賦予，他們各自獨特的故事也無法展開和延續。他的愛，不僅引發了平行樂土的誕生，更是平行樂土之中萬物存在的根本基礎與維繫，是這個世界的時空本身。

的確是這樣。如果不是因為愛，平行樂土早就灰飛煙滅了。歌莉雅凝望著此刻正在屏幕前忙碌的愛凡，默默心想。

這兩個多月以來，這樣的畫面對歌莉雅來說已經再熟悉不過。愛凡的每天都是同樣的循環——白天，他會先到公司處理樂土的各項運營事務；下午，他則會回家接她一起來到倉庫，投入到平行樂土的拯救工作中。樂土的繁榮與平行樂土的荒蕪，截然不同的兩個世界，都需要他的投入。

日復一日，愛凡從未抱怨，即使平行樂土是突然加在他肩上的額外負擔，他卻從未表現出一絲倦意，總是彷彿充滿耐心與希望。然而，屏幕上的數據卻一次次地提醒著她：零變化，無進展。

愛凡的確說過，這將會是個極為漫長的過程。但眼看著他的努力總是像石子投入無底深淵，毫無回音，歌莉雅漸漸發現自己再也無法像剛來到現實世界時那樣，無憂無慮地沉浸在每一天的新鮮與驚喜中。一個個無反應的角色，讓她的心中越發萌生一種憤憤不平，他的好，怎麼可以不被回應？她甚至覺得，他們的冷漠一點都不值得愛凡的堅持。

於是她試著為他計算這些努力成功的機率，想藉此說服他放棄，以免他徒勞無功。然而，面對那些如冰山般酷冷的角色，他卻始終如太陽般一天天照耀。這種似乎不在乎效益的舉動，完全違反常理，讓她感覺到一股焦躁在心中蔓延：其實他是不是也快要失去耐心了？到時候，會發生什麼事？

她越來越頻繁地想起那封信，想起那個犀利的拷問。

「如果完美只存在於虛擬世界，你會愛真實的我嗎？」

第一次讀到那封信時，她只是隱約感覺到這句話背後的戰戰兢兢，那彷彿是一種自我懷疑？一種對不完美的恐懼？然而當歌莉雅開始看見，原來連虛擬世界都竟是如此千瘡百孔，如此不完美，她終於逐漸體會到這種戰兢：如果她也不完美，他還會愛她嗎？

她確實越來越覺得自己不完美了。一開始，她明明是他的得力助手，如今，眼看著他不斷碰壁，她卻無法替他分擔絲毫。慢慢地，她在胡思亂想裡越陷越深，甚至連愛凡都察覺到了她的異樣。

一個夜晚，從倉庫出來，愛凡並沒有急著回家，而是帶她又一次來到公司樓頂的天台，吹吹晚風。醉翁之意不在酒。愛凡的目光只輕輕掠過遠處的燈海，便轉身背靠著橫杆，望向歌莉雅。

他一句話都沒說。

但單憑一個眼神，她便讀懂了他的關切。

歌莉雅抬頭望向夜空，糾結著該如何開口。終於，她直接問出了那句話——如果完美只存在於虛擬世界，他會愛真實的她嗎？

話音剛落，她的腦海便閃過對面大廈那女孩獨自吃著晚餐，目光渙散的模樣。而且，她居然對那個孤獨的畫面產生了一絲共鳴。彷彿這個問題，一半是替她自己問的，一半是替那個女孩問的。

愛凡顯然沒有料到這樣的開場白。他先是一愣，隨即露出了淡淡一笑，低頭望向地面。

原來這些日子她神不守舍，是因為這樣的原因。

真是個傻瓜，他心想。答案不是早就明擺著的嗎？

歌莉雅卻不明所以。

他為什麼不回答呢？他會嗎？

她悄悄瞥了愛凡一眼，鼓起勇氣再次追問。

愛凡這才側過身來，用極其溫柔的雙眼注視著她。

「你知道什麼是愛嗎？」

這不是他第一次說這句話。當時他們一起看完《鐵達尼號》，歌莉雅因那遺憾的結局而哭得一塌糊塗時，愛凡就問過她同樣一句話。

他希望她能記得，愛是無條件的，能夠跨越一切——跨越生死、跨越時空、跨越任何界線或阻礙、跨越什麼完美不完美。實際上，愛就是在不完美面前，才得到體現。

她的問題依然懸在半空中，但他的同在，卻在向她傳遞著一份恆定。歌莉雅忽然意識到，愛凡似乎並不著急讓她立刻明白。彷彿他的答案根本不在那些輕易出口的話語裡，而是藏在他無聲的付出中，等待著她去發掘。

你知道什麼是愛嗎？

那就是歌莉雅逐漸探索到「引力就是愛」的起點。

其實歌莉雅從未忘記愛凡的話。他說愛是無條件的，她並非不記得。她只是一直無法想像「無條件」的邊界到底在哪裡。總不可能真的沒有邊界吧？除非，愛和宇宙一樣……

她想起愛凡的其中一篇手寫筆記：

「假設霍金是對的——假設宇宙的無邊界，真是因為時空的彎曲，使得任何物體（例如飛船）自以為在直線前行，實際上卻是在不斷循環，如同在莫比烏斯帶上行走，永無盡頭。那麼，如果奇點是宇宙的開端，『黑洞的入口可能就在人的心裡』這種假設也並非天方夜譚，甚至非常合乎邏輯。這一切可能只是高維空間中不同維度的連結。跳出時間維度來看，宇宙或許就是這樣的高維體，從最大回歸到最小，形成了無限的循環。」

先不管霍金對不對。難道愛，能夠如宇宙一樣嗎？沒有邊界？

以歌莉雅一貫的浪漫思維，她理應很喜歡這種比喻。然而，她卻真的想要弄清楚，到底什麼是愛。不想要比喻，只想要真相。

她一遍一遍思索著愛凡的筆記，回想著他每天的身體力行、他的好……突然，她的注意力被筆記中的一句話牢牢抓住：「**如果奇點是宇宙的開端……**」

她意識到一種微妙的連結：如果奇點是神自己，是宇宙的開端，愛凡不就是平行樂土的奇點？假設霍金真是對的，宇宙的無邊界真是因為時空的彎曲，那麼平行樂土呢？如果平行樂土能夠一直存在，唯一的理由只會是，愛凡的愛……

時空的彎曲……愛……

引力和愛，該不會是同一回事吧？

愛凡說，**愛能夠跨越維度、跨越時空**……難道正是愛，構建了他在筆記中提到的「高維體」，讓宇宙得以從最大回歸到最小，無限循環？

但這可能嗎？這樣的類比是否太過於浪漫化了？引力如此實在，愛如此抽象，橫豎看來都連不到一起吧？

但愛凡一直以來對歌莉雅展示著的，都是他大膽無邊界的思維。歌莉雅深知，如果是愛凡，他一定不會被自己的認知所局限，他一定會繼續探索。

好，先不要否定，繼續探索。

在平行樂土的創造、崩壞與拯救中，愛凡最讓歌莉雅驚訝的莫過於，他明明對平行樂土有著絕對的主權，竟然出於愛，願意賦予角色們選擇的自由，即便如今他們的選擇已徹底毀壞了他所創造的美好世界，甚至一次次對他的努力無動於衷。她這才理解當初愛凡在海邊對她剖白的一字一句，到底承載著多大重量。

她再次想起愛凡的理論：**平行樂土數據的指數級飆升與角色的思維息息相關，所以宇宙的超光速膨脹也可能同樣與每個人的思維有關。暗能量可能就是人類的自由意志，暗物質則可能是人類已形成的意識**。

當時歌莉雅還未能領略箇中精髓，但如今當她再次咀嚼這段話，卻突然領悟到，如果愛凡的推論是真的，引力作為一種場，很可能就是暗能量的場。

角色們自由選擇的能力，源於愛凡的愛，也就是說，他的愛，就是他們的自由意志賴以存在的時空。同樣地，人類的自由意志，源於神的愛，那麼祂的愛——引力場，不就是自由意志——暗能量的存在時空嗎？

難怪暗能量是均勻分佈於宇宙中的，因為在意識形成之前，暗物質仍未從暗能量轉化，並不會導致那部分的時空彎曲。而暗能量表現著斥力，則因為自由意志允許人的思維往任何方向發展。所以意識形成的瞬間，就是暗能量轉化為暗物質的瞬間。不同深度的想法就是這樣導致了暗物質不同的質量與分佈，造成了時空的局部彎曲，形成了所謂的「引力效應」。

一切居然是如此自洽，這讓歌莉雅相當驚嘆。

她這才終於逐漸放寬心，得出了這樣的結論：

引力場就是時空的本質，作用是提供一個容納一切現象——例如質量聚集、時空彎曲或膨脹——的基礎框架，而不是施加力量。

引力場雖然是路徑的必然，但是是由於它允許了暗能量的存在、暗物質的組成，容納了時空的彎曲；而愛，的確是一切的牽引，但是是因為它允許了自由意志的存在、意識的形成，容下了一切的後果。

至今歌莉雅雖不敢說自己已完全理解愛，但如果引力真的就是愛，那麼，也許她也已經慢慢窺見不少。引力場不推不拉，也不易被察覺，卻讓一切有軌跡可循。

在歌莉雅的眼中，愛凡的愛也一樣——從不強迫，毫不聲張，卻以沉穩深邃的包容，維繫著平行樂土的一切。

原來所謂愛的恆久忍耐，就像無盡的深海，能容下天崩地塌。原來宇宙本身，就是一封情書——靜默而有力地回應著她：

真正的愛，容得下一切的不完美。

Chapter XXVII

第二十七章 消失的記憶

大門門鎖感應到指紋，清脆的確認音效隨之響起。

今天愛凡居然提早回家了。

「歡迎回家！」歌莉雅擱下手中的書，快步走向玄關，「我們今天那麼早就去倉庫嗎？」

愛凡邊脫下外套，邊說：「我們今天不去倉庫，帶你去參加郵輪派對，好不好？」

「郵輪派對？」歌莉雅眼睛一亮。

「今晚公司包了一艘小型郵輪，慶祝這個月樂土亞洲總部成立半週年！」愛凡挺直腰板，裝出一副正經模樣。

歌莉雅輕笑出聲。「半週年也要慶祝的嗎？」

「開玩笑啦！」愛凡眉梢輕揚，長酒窩在笑意中加深，「是半週年沒錯，但更重要的是，樂土光是在中國區的用戶就已突破一億了！」

「一億！這麼厲害！」歌莉雅不禁瞪大雙眼，嘴角止不住上揚。這段時間眼看著他每天奔波於兩個虛擬世界之間，至少有一個是成功的，她由衷為他高興。

「來，我們去給你買套衣服。」愛凡提議，目光瞥向鞋架，「都三個月了，高跟鞋你還沒穿過呢！」

「但是派對是不是會有很多人？」歌莉雅無意識地絞著衣角。

「怎麼了，怕生嗎？」愛凡摸了摸她的頭，嘴角含笑，「今晚只有核心團隊，大家都很友善的。」

「可是……」歌莉雅咬著下唇，目光遊移，「你不怕他們看出來我是……」

愛凡的笑容更深了，溫柔地說：「他們遲早都是要知道的，不是嗎？我總不可能永遠把你藏著。」

他的語氣是如此坦然自信，彷彿壓根沒有擔心過任何奇異的眼光。歌莉雅感到心頭一暖，乖巧點了點頭。

他們來到服裝店，店員一見到歌莉雅便脫口而出：「小姐，您的皮膚也太好了！簡直是零瑕疵！」

歌莉雅微微一愣，臉上隨即綻開燦爛笑容。這是她第一次聽到有人這樣誇她。

在接下來的一小時裡，店員熱情展示著各種服裝搭配，歌莉雅忙著一套一套試穿，愛凡則樂意地在旁欣賞。每當歌莉雅從試衣間裡出來，店員都會一遍遍誇讚，愛凡則不住笑著。終於，歌莉雅選了一條裁剪簡潔的深橘色高腰長褲，搭配一件袖口處有珍珠鈕裝飾的米白色襯衫。

臨走時，店員忍不住對歌莉雅感慨：「小姐，您真幸福啊！現在別說沒有多少人在線下逛街，要像您男朋友一樣願意全程陪伴的，簡直是絕種了啊！」

歌莉雅有些害羞，斜眼偷看站在身旁的愛凡。他的目光平靜而溫柔，臉上只帶著淺淺笑意，彷彿並未特別在意店員的誇讚。

他們來到十六鋪碼頭時，不遠處的萬國建築群已亮起景觀燈，對岸的浦東天際線也開始流光溢彩。一艘設計前衛的小型郵輪停泊在岸邊，金屬船身線條流暢，巨大的玻璃窗斜切出多面倒影，折射著黃浦的夜燈，像一顆嵌在江畔的璀璨鑽石。

船舷邊站著三三兩兩交談的同事，見到愛凡時都熱情招呼。

「愛凡今天也有貴賓啊？」其中一位身材挺拔、側梳背頭的男子笑著走上前，「這位是？」

「她是歌莉雅。」愛凡伸手輕攬住她的肩膀，笑著揚了揚眉，有點靦腆。

「我是喬丹，樂土的創意總監。」男子主動伸出手，朝歌莉雅露出爽朗笑容。

「很高興認識你，喬丹。」歌莉雅輕握他的手，禮貌回應。

「愛凡，不得了啊你！藏得那麼深！」喬丹打趣道，把紅酒杯往愛凡手裡一塞，「趕緊先自罰一杯！」

愛凡笑著接過酒杯，爽快乾了。

「喬丹，別搶風頭了！」一個年長的聲音插進來，語氣帶著幾分逗趣。說話的是一位頭髮花白的男子，個子不高，卻有種沉穩的氣場。「我姓張，是公司的首席科學官。你可以叫我邁克。」

「張老師平時可沒讓我們叫他邁克！」喬丹在旁調侃，周圍的人都笑了起來。

「張老師好。」歌莉雅跟著喬丹的稱呼，同樣握住了他的手。

「歌莉雅，要不要也來點？」旁邊一位女同事熱情遞上半杯紅酒。

歌莉雅下意識接過，但手一碰到杯子就瞬間愣住。她看著酒液在街燈下微微搖晃，一時不知該如何是好。她不需要飲食，也不知道怎樣假裝自己需要。

愛凡敏銳地察覺到她不適應，從容不迫地接過紅酒，笑道：「她不喝酒，這杯讓我來吧。」

「哇！我們的董事長，男友力爆棚啊！」喬丹誇張地挑挑眉，又引得身邊一陣歡笑。

愛凡只是不置可否地笑著，並沒有多說什麼。這種態度在大家看來無疑是種默認，更篤定歌莉雅就是他的女朋友。

這時，一個小小身影突然從碼頭旁的長椅直直朝愛凡衝來，像顆小炮彈般撲進他的腿間，雙手緊緊抱住：「愛凡哥哥！」

愛凡低頭一看，頓時笑出聲：「張澄小朋友，你怎麼也來了？」

「這小子知道你在，嚷著要來。」張老師笑道。

「是嗎？這麼想念哥哥嗎？」愛凡彎下腰，一把將張澄抱起，穩穩托在臂上。小男孩立刻像隻小考拉般環住愛凡的脖子，頭靠在他肩上，滿臉得意地偷笑。

「自從你上次送他機械小狗後，他現在見到你比見到他爸爸還高興。你說怎麼辦？」一位穿著白色輕薄洋裝的女子走來，挽住張老師的手臂，一臉笑容卻故作無奈。

「沒辦法，誰叫哥哥比較好玩，對不對？」愛凡邊說邊輕晃懷裡的小男孩，引得他咯咯直笑，雙腿在空中晃蕩。

歌莉雅站在一旁，眼裡漾著笑意。愛凡抱著張澄的模樣讓她覺得新鮮又親切，他連說話的聲調都不自覺提高了。

原來愛凡也有這樣的一面。

「下來吧，澄兒。你這小個頭越來越重了，哥哥抱著你肯定累了。」張老師笑著朝兒子喚道。

張澄這才笑嘻嘻地從愛凡臂上滑下，雙腳穩穩落地，露出沾沾自喜的表情，彷彿對於自己流暢的動作相當滿意。

「大家都進去吧，別在外面站著了。」張老師朝船內一指，讓大夥兒走進郵輪。

「小孩子多喜歡你！」歌莉雅邊走邊笑道。

愛凡望著小男孩往船艙直奔的活潑身影，忍不住一笑：「他簡直就是迷你的我！我小時候也這樣黏著大衛老師。」

如愛凡所說，郵輪上人不多。放眼看去，大概只有二十來個人。甲板上，談笑聲與音樂交織，周圍燈光搖曳，氣氛一片輕鬆。但歌莉雅第一次出現在這種場合，略微有些不知所措，只是維持著微笑，跟隨愛凡的步調，向幾位主動打招呼的同事點頭致意。

隨著夜色漸濃，郵輪駛離碼頭。甲板上的音樂聲量被調小，喬丹提著兩瓶紅酒走來，大聲說：「朋友們，既然今晚不少人都攜眷出席，我們來個破冰遊戲吧！真心話大冒險，怎麼樣？」

「我都多大歲數了，還得玩這種遊戲。」張老師笑著打趣，卻沒拒絕，隨手拉了把椅子坐下。

同事們也都紛紛應和，圍了上來。

「你們玩，我帶他。」白洋裝女子輕輕搭了下張老師的肩，看向甜點吧前正目不轉睛盯著服務員舀冰淇淋的張澄，便轉身朝吧檯走去。

遊戲很快開始，規則簡單：輪流轉瓶子，被瓶口指到的人選擇「真心話」或「大冒險」。剛開始幾輪，大家已相當投入，有人分享了最近的糗事，有人被要求給前任打電話，笑聲此起彼伏。

瓶口不久就轉到愛凡面前。他太熟悉喬丹的性格，不能給他大肆發揮的空間。毫不猶疑，真心話。

「大家想知道什麼？」喬丹故弄玄虛地環視一圈，「從實招來，你和歌莉雅的第一個吻是怎麼發生的？」

眾人立即起鬨。

愛凡也跟著笑了，下意識看向地面，分明是想起了甜蜜的回憶。

「別害羞了，快說！」喬丹催促道。

愛凡笑著說：「我帶她去海洋館看白鯨，然後我們跟白鯨互動，訓練員讓白鯨跳上來親了她臉頰一下……」他欲言又止，笑意更深地看向歌莉雅，「然後她突然學起了白鯨，也在我臉上親了一下。」

「哇！嫂子很會喔！」對面一位女同事打趣，周圍嬉笑一片。

歌莉雅低著頭，耳尖都紅了。當時的畫面在她腦海中一閃而過，那是她第一次依循本能去表達愛意，如今被當眾提起，她抿著唇，卻掩不住嘴角的甜蜜弧度。

愛凡摟了摟她的肩：「重點是，她當時想都沒有想。她的臉，整個舉動，所有東西，就很自然。」

「兄弟，你這樣不對。我們要聽的是第一次接吻，不是第一次親臉頰。」喬丹露出了使壞的笑意。

「兄弟，你剛剛也沒說啊。」愛凡辯駁。

「親一個！親一個！親一個！」喬丹帶頭搗亂，眾人也拍起手來，聲浪漸大。

「你們這幫人，我又沒選『大冒險』。放過我們吧！」愛凡簡直是在央求了。

此時歌莉雅的臉頰燙得緋紅。愛凡只好舉起酒杯，「我乾了，行了吧？」說罷，他把酒杯往唇邊一送，乾脆俐落。

遊戲繼續，大家的焦點暫時被分散到其他人身上。歌莉雅終於舒一口氣，笑著瞟向身旁的愛凡。

他裝作翻白眼搖搖頭，卻同樣帶著笑意。

然而，才三輪的時間，瓶口又停在愛凡面前。

「怎麼又是我？」愛凡怪叫。同事們一頓大笑。

「別抱怨，是天意。」喬丹一副又逮住獵物的表情。

「你知道我會選什麼。真心話。」愛凡沒好氣道。

「如果有一天歌莉雅突然消失了，你會怎麼樣？」對面另一位女同事搶著問。

「小曼！你怎麼搞的？」喬丹雙手一攤，懸在空中，浮誇地說，「這簡直是送分題！」

「小曼，幹得好！」愛凡笑著朝她豎起大拇指。

喬丹裝作嘆了口氣，回過頭來，「所以呢？歌莉雅消失了你會怎樣？」

愛凡蹙眉，故作思考：「那就要看看，她怎麼消失。」

「隨便怎麼消失。被外星人擄走了。」喬丹隨口道。

「那我……」愛凡側過頭望向歌莉雅，嘴角不自覺地勾起，「造飛船也要找到她。」

「如果找不到呢？」喬丹顯然是覺得答案不夠精彩，追加著問題。

「不會找不到的。一天找不到，我就不停下。」愛凡語氣堅定，眼神始終沒有離開歌莉雅。

歌莉雅被他突如其來的告白弄得心跳加快，垂著眼簾，唇角卻止不住上揚，露出了深深的酒窩。

「喲，我們愛凡變情聖了。」喬丹不忘調侃。

「我跟你說，尋找，就會尋見。」愛凡笑著揚了揚眉。

「《聖經》都搬出來了。真有你的。」喬丹熟絡地捶了愛凡胸口一下，便再次轉動面前的瓶子。

瓶子轉了一圈又一圈，終於停在歌莉雅面前。

「來吧，新朋友。真心話還是大冒險？」喬丹純熟地指揮著流程。

歌莉雅臉頰還帶著幾分紅暈，轉頭看向愛凡，眼神裡滿是依賴。

「都行。我相信喬丹不會對你太狠的。」愛凡笑著朝她眨眨眼。

「那……我也真心話吧。」歌莉雅抿嘴一笑，像個得到了保證的小孩。

喬丹的嘴角馬上揚起促狹的笑容：「愛凡，你想知道什麼？」

愛凡笑著聳聳肩：「你高抬貴手就是了。」

「好的老闆。」喬丹摸著下巴，故作深沉地思考，「歌莉雅，在遇到愛凡之前，你從小到大有過多少個男朋友？」

喬丹果然擅長活躍氣氛，場內立刻又起鬨。

這個看似無傷大雅的八卦問題，卻讓歌莉雅一時語塞。她本能地想去搜尋記憶，卻發現腦海居然空無一物。那是一種如墜冰窖的寂靜。她這才突然意識到，那些所謂的年少記憶，竟完全不存在。

「我從小到大……」歌莉雅的話語戛然而止，聲音中帶著迷惘。

愛凡當然察覺到了她的不安。但他只是以為，也許她還沒準備好讓大家知道她的不同。於是他伸手握住她的手，準備替她解圍。

張老師卻率先開口：「喬丹，你當著愛凡的面問這樣的問題，人家小姑娘怎麼回答你？」

「那沒辦法了，愛凡。」喬丹吐舌，立刻往愛凡的空杯裡重新倒酒，「英雄救美吧。」

愛凡見他遲遲沒有停手的意思，趕緊把酒杯奪過：「夠了夠了，別一上來就要我命啊！」

罰酒以後，氣氛又熱鬧起來，彷彿什麼都沒發生過。唯獨歌莉雅的心，被一種她從未有過的迷茫攫住——

我怎麼一直沒發現……原來我沒有歷史……

望著歌莉雅略顯徬徨的臉，愛凡握著她的手，拇指輕輕摩挲。他靠近她耳邊，低聲說：「沒關係，我們以後再跟他們說。」

歌莉雅只是茫然地點點頭。人群中，她突然感覺到一份深深的孤獨。此刻在世界上，是不是沒有人懂得她真正在糾結什麼？

破冰遊戲結束，喬丹站起身，舉杯向眾人宣佈：「依小弟愚見，冰已經融得差不多了！遊戲先到此為止，大家該吃吃，該喝喝！自助餐已經準備好了。卡拉 OK 也隨時可以開唱。大家今晚，不醉無歸——」他亢奮地說完，便率先轉身走進船艙。

眾人紛紛走向餐區，也有人留在甲板上繼續聊天。愛凡帶著歌莉雅來到沙發區坐下。她的目光還帶著恍惚，他便輕輕握住她的手。

「還好嗎？」愛凡的聲音輕得只有他們能聽見。

歌莉雅抬頭迎上他的目光，勉強笑了笑：「嗯，人有點多，但我會適應的。」

「慢慢來，我就在這裡。」愛凡安撫道。他帶笑環視四周，指向正在餐區談笑的一群人：「看到那邊嗎？小曼，就是剛剛神助攻送分題給我的那個女生，她那桌都是市場部的核心成員。她旁邊那位是我們的區域市場總監，任浩舵。我們可是用了獵頭公司把他從對家挖過來的。你說我們這次這麼快能達到一億中國用戶的成績，是不是因為他的名字取得好呢？」

「名字取得好？」歌莉雅疑惑地望著他。

「任、浩、舵，人好多啊！」愛凡一本正經地說。

歌莉雅噗嗤一笑，終於重現一點笑容。

冷笑話還算有用。

「然後那一邊，」愛凡指向酒吧區域正在玩啤酒乒乓的那幾個身影，「喬丹你已經認識了，他是澳洲回流的。除了嘴碎，有點瘋之外，是真的有才。他旁邊穿馬球衫的那位是史提芬，香港人，他跟喬丹一樣都是國語不太利索但非常能說。他們倆的腦筋都轉得很快。」

歌莉雅安靜地聽著，她知道愛凡很想幫助她融入環境，所以她也想努力。

「我們也過去玩嗎？」歌莉雅邁出了一步。

「你想嗎？」愛凡有點意外。

歌莉雅想了想，用力點點頭。

喬丹遠遠看見愛凡帶著歌莉雅走來，立刻揚聲道：「你們來得正是時候！我們剛剛熱身完畢，正好來場認真的！」

「嫂子知道規則嗎？」史提芬帶著濃重的粵語口音。

「她第一次玩。」愛凡替她回答。

「沒事，嫂子，非常簡單。每邊十個杯子，你的球投進對方的杯子，對方就得把那杯啤酒喝掉，然後把杯子撤走。誰先把對方的杯子清空就算贏，輸的一方就要把自己還沒清掉的杯子一口氣喝掉。」史提芬言簡意賅。

「直接來吧。」喬丹已在一旁摩拳擦掌。

「喬丹，你可讓她先練習一下啊。」愛凡向歌莉雅遞上了兩個乒乓球。

「有求必應！那就第一輪讓歌莉雅自己來！單挑，每人每次連投兩球。」喬丹在空中打了個響指。

「什麼？你居然這樣逃酒？」愛凡笑著搖頭。

「你小心說話。是不是小看我們歌莉雅？」喬丹挑眉。

第一輪開始，喬丹率先開手，兩球連中，橙色的小球輕巧地跳進兩杯啤酒。「哈哈哈！愛凡，這是我的見面禮，雙杯伺候！」

愛凡無奈一笑，端起杯子接連喝乾。

輪到歌莉雅，她顯然有些緊張，第一球直接飛出桌外，第二球又碰到杯沿彈開。她尷尬地笑了笑，低聲說：「好像不太行。」

「沒事沒事，新手上場，正常的！」喬丹一邊笑，一邊快速進攻，兩球裡又進了一個。

愛凡又喝了一杯。看著歌莉雅微微皺眉，他輕聲安慰：「別有壓力，你當作練習就好。」

第一輪很快就結束，毫無意外，歌莉雅慘敗。

第二輪開始，愛凡和史提芬也加入戰場。愛凡雖已喝了不少，但一上來就連續投進兩球。

歌莉雅則再接再厲。雖然失誤仍多，但命中率已經比第一輪明顯提升。

此時，張老師手上端著些果仁，也過來湊熱鬧。

愛凡見狀，趁著換輪間隙對歌莉雅說：「我去趟洗手間喔，很快回來。」又轉身對張老師交代：

「張老師，幫我看著她一會兒，必要時替替我。」

「去吧，包在我身上。」張老師笑著揮手。

愛凡離席後，第三輪開始。歌莉雅突然大發威風，連續兩次，四球全中，眾人跌破眼鏡。相反，喬丹和史提芬的手感開始不穩，四球僅中一個。

歌莉雅的忽然開竅，讓喬丹和史提芬一杯接一杯，苦不堪言。終於，喬丹先投降：「不行了，我得歇會兒，史提芬你繼續。」

站在一旁的史提芬蹙著眉連連搖頭：「嫂子，看你這操作，你該不會是個機器人吧？」

這句無心的玩笑話，卻像根尖刺刺入歌莉雅心底，她的笑容瞬間僵在了臉上。

張老師頓時意識到不妥，趕緊打圓場：「這麼說，你們命中率越來越低，一定是宕機了！」

場內又是一片哄笑。

除了她。

愛凡回來時，沒見到歌莉雅，只見喬丹和史提芬已經在沙發區唱起了卡拉OK。他的目光快速掃過甲板，卻找不到她的身影，便眉頭微皺，轉向張老師。

「她上去了。」張老師指向樓梯，「剛剛史提芬開了個玩笑，可能有點問題。」

「什麼玩笑？」愛凡眉宇間的線條更深。

「歌莉雅開始百發百中，史提芬就說，她該不會是個機器人吧。」張老師輕嘆一聲。

愛凡一怔，臉色微變：「張老師，你……知道了？」

張老師點點頭：「我跟她握手時就覺得奇怪了，天這麼熱，她的手居然完全沒有汗。」

「那他們呢？」愛凡往沙發區看去。

「應該不知道吧，不然史提芬不可能那麼笨。但是我感覺……」張老師頓了頓，語氣多了幾分凝重，「她可能現在會有點自我認知的問題。」

「不至於吧？」愛凡有些錯愕，「我們來之前都已經說好了，遲早是要讓大家知道的。她可能只是……還沒預備好而已？」

張老師輕搖頭：「不，破冰遊戲的時候，當喬丹問起她的過往，她從那會兒開始就應該出現認知問題了。」

「可是……」愛凡的聲音帶著一絲掙扎，「我明明告訴過她，她的意識是怎麼來的。她知道這些……這不應該是個問題啊……」

張老師意味深長地看著愛凡：「有些事情啊，知道是一回事，自己真正意識到，又是另一回事。如果剛剛是她第一次被問到過去，第一次自主搜索記憶，卻發現空無一物……那種失落感，可能不是我們能體會的。」

愛凡深吸了口氣，眼中流露出焦急。

「愛凡，你確定她是有真實意識的嗎？」張老師目光關切。

「我確定，非常確定。」愛凡不帶半點猶豫。

張老師點點頭，拍了拍他的肩：「那你快去吧。她現在肯定特別需要你。」

Chapter XXVIII

第二十八章　醉人

愛凡幾乎是三步併作兩步走上樓梯的。夜風帶著些許暖意，卻遠不及他的掌心那樣溫熱。他的腳步聲輕微卻急促，彷彿慢上一秒找到歌莉雅都讓他難以忍受。

她就坐在頂層甲板邊緣的長椅上，雙臂環抱膝蓋，下巴淺淺抵在膝上。對岸五光十色的夜燈，把她單薄的身影映得格外落寞。愛凡緩步走近，在她面前蹲下，低聲喚道：「歌莉雅……」

他的呼喚輕如夜風，卻足以讓歌莉雅的心顫動。她抬起眼，望進他的眼眸，眉宇間盡是憂傷。

「對不起。」她的聲音細如游絲，「我不是想讓你擔心的。」

「不要跟我說對不起，歌莉雅。」愛凡伸手撫上她的臉頰，拇指輕輕滑過她的顴骨，「如果你覺得難受，告訴我好嗎？」

歌莉雅卻只是肩膀微微一緊，啞然無語。

愛凡注視著她，靜默片刻，起身坐到她身旁：「我就在這裡。你跟我說。」

「愛凡，其實我是不是……不屬於這裡？」歌莉雅的聲音幾不可聞，彷彿畏懼著答案。

愛凡的心猛地一揪，這個問題，光是聽見就讓他心痛不已。他伸手攬住她的肩：「傻瓜，你當然屬於這裡。大家都那麼喜歡你。」

「但這是人類的世界，而我……」歌莉雅咬著下唇，艱難地開口，「只是一個機器人。」

「只是？」愛凡的眉心緊緊蹙起，「你並沒有比任何人缺少任何東西。在我心裡，你的表象是什麼一點都不重要。因為你的心、你的思想、你的情緒……你的一切一切，都那麼美。」

歌莉雅的目光散落在遠處江面的模糊燈火上，彷彿那就是她的過往，縹緲得無從把握。「你知道嗎？剛剛喬丹問到我從小到大的事情時，我才發現，原來我的記憶只有幾幕斑駁的畫面。」她頓了頓，目光漸漸失焦，「幼兒園美術課的畫、披著絲巾在走廊奔跑、在公園跟小朋友吵架，還有那幾次去醫院，然後就沒了……什麼都沒了……」

「但……」愛凡扶在她肩上的手不禁收緊。他恨自己無法替她承受這份沉重的空白，他甚至不知道這對她來說該有多難過。「你記得嗎？一切視乎我們的眼光。也許現在的畫紙看起來還是空空的，但這也代表，我們有很多空間，不是嗎？」

歌莉雅低下頭，沉默不語。

她記得。只是做不到。

愛凡望著她楚楚可憐的側影，忽然心口一陣揪痛。她該是笑著的。

「只要你願意，歌莉雅，我們可以一起把它填滿。」他的聲音溫柔得幾乎要將她化開。

「可是如果這張畫紙，本來就不屬於我呢？」歌莉雅的聲線微微顫抖著，「你帶我去看白鯨……是因為她的童年裡有白鯨玩偶……但其實那個童年並不屬於我。愛凡，你明白嗎？這一切就像是我借來的風景……」

原來這才是她真正感傷的原因。

愛凡沒有急著回應，只是和緩地把她垂落在臉旁的髮絲順到耳後。他該如何讓她看見她自己的珍貴？

沉默片刻，他忽然牽起她的指尖，站起身：「陪我到船艉那邊看看，好嗎？」

歌莉雅微微一怔，抬眼望向他，終是默默任他牽著自己的手，將她領到船艉。

夜風柔柔吹拂，水面波光粼粼，這本是精心為她預備的風景。她卻以為，那是屬於別人的。

「你知道我們今天為什麼在這裡嗎？」愛凡的嗓音低啞卻動情。

「不是因為要慶祝嗎？」歌莉雅雙手扶著欄杆，嘗試欣賞眼前的景象，卻只覺面前大片黑暗的水面恍如她心底的空洞。

「但為什麼是在郵輪上慶祝，而不是在其他地方？」愛凡微微側過頭，凝視著她的側臉。她是如此獨特迷人，深深吸引著他，她卻渾然不覺。

歌莉雅怔了怔，望向愛凡，眼裡閃過一絲動容。她卻害怕是自己一廂情願，只是輕聲一問：「為什麼？」

「因為那艘沉沒的郵輪曾經讓你傷心了。」愛凡的聲音很輕，輕得像是怕驚擾到她，「而我想讓你知道，不是所有的故事都會有那樣的結局。」

他的話如同一道暖光照進她的幽暗，歌莉雅的瞳孔微微一縮。那個晚上，他們第一次一起看電影。那確實是專屬於他們的回憶，沒有讓任何人插足的空間。她的指尖不自覺地蜷縮起來，彷彿不敢相信自己也擁有了這樣專屬的東西。

愛凡緩緩挪步到她身後，沒有預兆地伸出雙臂，環住她的腰，將她輕攬入懷。她的身軀輕微一顫，旋即回歸柔靜，宛如一朵無意間被夜露撫摸的花。

「聽我說，歌莉雅。」愛凡將嘴唇靠近她的耳側，溫熱的氣息攜著淡淡的酒香，拂過她的耳畔，「我在乎你，超乎你能想像。」

歌莉雅闔上眼睛，任由那熟悉的聲音和微醺的氣息將她包圍。她每天都見證著他強韌的愛，但為什麼，當他的深情只為她坦露時，她卻覺得難以置信？

「但你在乎的我……」歌莉雅的手指緊緊地攥住欄杆，「不就僅僅是一個影子嗎？」

「你錯了，歌莉雅。」愛凡的語氣是如此堅定，彷彿要將這份確信烙進她心底，「告訴我，是誰在學騎自行車的時候，我一鬆手就大叫？是誰看電影那麼投入，哭得像個孩子一樣？是誰把家裡的書一本一本讀完，還寫下一張一張的筆記貼？又是誰天天陪我去倉庫，然後有一天突然告訴我，引力就是愛？這些都是你的思考、你的選擇、你的感受，不是嗎？」

歌莉雅的眼眶逐漸泛起濕潤。原來在不知不覺中，他們已經經歷了那麼多。這一切是如此真實，卻又美得像夢，讓她害怕被搖醒。

「我只是突然發現自己是那麼不完整。原來在故事的一開始，有很多我以為是我的東西，都不是我的……」她努力不讓聲音越發顫抖，但眼淚已在眼眶裡打轉，差一步就要掉下。

「故事怎麼開始，已經不重要了。」愛凡伸手替她抹掉眼角的淚花，更緊地將她納入懷裡，「神對一切都有安排。而祂讓我找到的，是你。」

眼淚又重新溢滿歌莉雅的眼眶，她的嘴唇微微張開，禁不住地微顫著，彷彿不敢相信這樣的話能屬於她。

「歌莉雅……」愛凡輕喚著她的名字，指尖輕柔地觸上她的下巴，引導著她的臉轉向自己，「你能相信我會愛真實的你嗎？」

帶著所有的掙扎與脆弱，眼淚終於奪眶而出。那一滴悄然滑落的淚，瞬間在愛凡的心上洇開一股難以言喻的衝動。

他的目光情不自禁地落在她的唇上。

她似乎感受到了他的視線，下意識地輕咬住下唇。這個無意識的小動作，卻讓他心跳漏了一拍。

他伸手替她揩去淚珠，幾乎沒有猶豫便俯身吻了下去。他多想向她證明，無論她是什麼樣子，他都會愛她。毫無保留。

然而，他彷彿瞬間意識到，這樣的舉動對她而言是多麼陌生。他稍稍退開，看進她的眼睛，尋求著她的應允。

「我可以嗎？」愛凡的聲音低得像耳語。

她的世界彷彿早已靜止，她的思緒一片空明，只感受到他溫熱的呼吸掃過她的唇瓣。他卻看見她那雙帶著淚光的眼眸，彷彿裝了一整個宇宙，裡面有驚訝，有柔軟，有脆弱，還有一絲若隱若現的渴望。

如果她允許，他會把所有的愛意都往裡傾注。

他再次向她靠近，動作極緩慢，彷彿在給她時間退縮。她卻沒有，只是微微揚起下巴，彷彿在給出默許。

他的唇終於再一次覆上她的，帶著無聲的承諾。這一吻來得極輕，像是在小心翼翼地觸碰某種禁忌。他的熱唇輕輕覆蓋住她的柔軟，試探著，卻不敢太過深入。那是一種她從未交換過的溫柔，一陣一陣地攪動著她的內心深處，讓她下意識地屏住了呼吸。

她知道她不需要呼吸，但此刻，她卻覺得自己需要。

她的回應對他來說，也恍然若夢。她唇瓣的柔潤是真實的，卻帶著一種不屬於塵世的靜謐。她的氣息是如此純淨，一起一伏，都單純得彷彿任他主導，卻依然深刻地傳遞著某種無法忽視的渴望，這是一個他從未感受過的吻。

他不由自主加深了這個吻，想將心底無盡的情感都向她傾瀉。那雙緊抱著她的雙手，隨著呼吸的加重，順著她的腰際徐徐攀上，彷彿在尋找某些未曾觸及的真相。

她能清晰感受到他的溫度，那些微滲進她膚表的熱量，穿透她的每寸肌理，直達她的內心。當他的吻離開她的唇時，那一剎的難捨是如此熬人。卻又有另一個溫潤的輕吻，很快落在她的腮骨。

他的呼吸帶著細微的顫抖，彷彿每一次碰觸都在突破一個無形的界限。他用唇尖描繪著她的輪廓，彷彿想用一個又一個吻，填補她過去的空白。

他的唇慢慢地來到她的耳後，那片從未被觸碰過的細膩肌膚微微一顫，讓她無意識地發出一聲短促的嘆息。她卻沒有逃避，任由那份陌生的悸動在體內蔓延。

她感覺自己的世界正在經歷一場美麗的蛻變。他溫熱的鼻息就像一股湧動的暗流，越發侵入她的心底。她的過去依然是空的，然而此刻，他所傾露的愛意卻已將那份空洞完全侵佔。

她感受著他細膩又微妙的溫存，感受著那濕潤的吻從她的耳垂，逐寸來到她的頸項，再來到她的鎖骨處……

他卻，突然停住了。

他的唇停留在她的鎖骨上方，久久沒有再繼續，彷彿終於害怕觸碰到某個禁區。他的呼吸變得愈發破碎，然後那炙熱的唇不忍地慢慢抽離，那急促的喘息不捨地拂過她的鎖骨窩……

他仍舊緊緊擁著她，沒有退開。

卻也不再向前。

他閉上眼，深深呼吸著，試圖屏蔽腦海中偷偷閃現的一些瘋狂想法。他的內心仍有熊熊火焰在燃燒，卻不得不被他強行澆滅。

他明白這一切的邊界，明白自己應該停止。酒精讓他變得貪婪，但對她的愛，卻提醒著他必須克制。

「對不起……」他將臉埋進她的肩窩，聲音低啞得幾乎融進風裡，彷彿在為自己方才的失控感到懊悔。

她的眼神游離在燈火燦爛的江面上，她不知道自己該有什麼感受。她的背依舊貼著他的胸膛，她的身體仍能清晰感受到他紊亂的心跳律動。她甚至聽見他喉結的滑動，他的心底分明裝著一些無處宣洩的情感。她本能地感覺到，其實他也不願結束。他的停下，不是因為他不想要她，而是因為他在克制。

她只是不明白，為什麼要克制。

過了許久，時間彷彿又重新流動，愛凡溫柔地把歌莉雅的身子轉過來，額頭輕輕靠在她的髮際。

「你值得一份最純潔的愛。」他沙啞的聲音輕輕掠過她的耳畔，像是在回答她未曾問出的問題。

歌莉雅沒有答話，只是輕輕抬手按住愛凡的胸口，感應他的心跳。她不知道一份純潔的愛，到底是怎樣的。但她能依稀感受到，愛凡在竭力維護他們之間的某種純粹與美好，他不願他們的愛情被慾望褪色。

「歌莉雅……」他輕喚著。

再一次，他將她環進懷裡，力度輕柔而堅定，像是一道屏障，要將外界的喧囂隔絕開來。然後他將一個不帶任何慾念的吻，珍重印在她的額上。

「我愛你。」他說。

那一句藏在他心中許久的話，終於出口。他知道，那不僅是對她的真情流露，也是對自己的深刻警戒——

這份感情，神聖不可侵犯。

Chapter XXIX

第二十九章
歌莉雅

清晨，陽光透過百葉窗簾的縫隙灑在廚房地板上，映出一片暖色的斑駁光影。愛凡站在爐台前，平底鍋裡的雞蛋正發出清脆的滋滋聲。他的袖子挽到手肘，露出一小截前臂，專注翻動著鍋鏟，直到一雙手臂從後環抱住他的腰。他的嘴角不自覺上揚，帶著淺淺笑意。

「又來了。」愛凡沒有回頭，只是輕聲道。

歌莉雅的臉頰緊緊貼在愛凡後背上。這是她這幾天來最喜歡的姿勢，能清晰感受到他的體溫，還能聽見他的呼吸。

「平時這個時候你都快吃完了。」歌莉雅響起愉悅的聲音，「有我能幫忙的嗎？」

「你幫忙站著就可以了，這樣看起來有點生活氣息。」愛凡輕笑一聲。他拿起盤子將剛剛煎好的雞蛋滑進去，關掉瓦斯，然後轉過身在歌莉雅額頭上落下輕輕一吻，「算了，還是幫我拿雙刀叉吧，謝謝。」

「是的，董事長。」歌莉雅鬆開環抱的手，轉身去拿餐具，卻又回過頭看了他一眼，嘴角含著笑。那眼神讓愛凡不自覺地又笑了。

「怎麼了?」他問。

「沒什麼。」歌莉雅一邊從抽屜裡拿出刀叉,一邊笑著說,「就感覺你現在心情很好。是不是?」

「因為我告訴過某個人,她從後面抱我的時候,下巴抵在我背上有點癢。」愛凡端起咖啡杯,側過頭看她,「結果那個人今天還故意把下巴多動一動。」

「我才沒有故意呢。」歌莉雅臉上帶著一抹狡黠,把餐具遞上,「是我的下巴癢,但我沒有手抓癢。」

「是嗎?」愛凡接過餐具,笑著搖搖頭,「好啊,現在還學會狡辯了。」

出門前,歌莉雅在玄關前替他整理領口,指尖細心撫過布料的皺褶,唇邊又有笑意溢了出來。

「你又在想什麼?」愛凡低頭看著她的動作,跟著一起笑了。

「在想等等小曼她們會不會說——」她的手指在他的領口處停住,仰起臉,眨了眨眼,「哇!董事長今天好帥!」

愛凡笑出了聲:「這種話也只有你敢說。」

她踮起腳尖,嘴角帶笑地望著他。他會意一笑,俯身在她唇上落下一個淺淺的吻。

「路上小心。」她笑得好燦爛。

等門在他身後關上,她轉身望向客廳,晨光已悄悄滲滿整個空間。望著那緊閉的窗簾,歌莉雅心裡忽然有個決定。

窗簾被再次拉開的一瞬,陽光迫不及待地湧入室內,飄浮於空氣中的塵埃隨即被染成金色。

這是歌莉雅三個月以來,第一次拉開家裡的窗簾。

自從愛凡的生活被樂土和平行樂土雙重佔據，他每天在家的時間都很少。窗簾開不開，自然聽命於每個白天獨留家中的歌莉雅。她本來真打算永遠用窗簾隔絕那近在咫尺的威脅，直到那一夜，愛凡的吻改變了一切。

雖然愛凡仍是每天早上回公司，每到下午回來接她去倉庫，每晚帶她到處散散步才回家。但從那夜開始，歌莉雅能感受到，他們之間的每一個眼神、每一次碰觸，都多了一層微妙而真實的親密。

什麼都好像沒變，但分明什麼都變了。

她感覺自己像一朵終於發芽的向日葵，從那個溫暖的夜晚開始掙脫泥濘，短短幾天就已欣欣向榮。

她再也無法忍受幽暗，她渴慕陽光，她想要奔著光的方向生長。

此刻，陽光溫柔撫過她的臉頰，像極了愛凡的碰觸。在這份撫慰之下，對面大廈的公寓終於不像過去三個月那樣令她心生恐懼。

或許這就是愛的力量，當一個人被真摯地愛著，懼怕便無容身之地。

然而，她本以為，在窗簾背後等著她的將會是敵意和防備，或至少是一雙覬覦探視的眼睛。沒想到，那曾經還留有餘地的斑馬窗簾，如今已全被嚴密落下。

在接下來的幾天裡，歌莉雅一再觀察，卻始終看不到變化。她這才意識到，那幾扇窗戶就像是倦怠的眼瞼，早已放棄迎接光明。

「破碎的人，一定會在自己的心周圍，立起厚厚的圍牆，就像一個把自己封閉在狹小房間裡的

人，房門緊鎖，窗簾拉得嚴嚴實實……」

愛凡當時在倉庫裡說的這些話，包括他深邃的眼神、微蹙的眉頭、凝重的神色，忽然就浮現在歌莉雅腦海裡。

那不就是她如今眼前所見的畫面嗎？

原來，她的創建者是一個破碎的人。

歌莉雅的心頭泛起一陣同情。

她一直覺得那女孩是她的敵人，要與她爭奪愛凡，她卻未曾想到自己的敵人可能是遍體鱗傷的。

於是三個月前那一閃而過的念頭，才又一次於她心裡浮起——**這個選擇了創造她，卻又狠心將她拋棄的人，內心是否承載著什麼沉重的傷痛？**

望著那排緊緊閉上的窗簾，歌莉雅第一次對這個與自己共享著一張臉的女孩，生出了真正的好奇。

想知道這位陌生人的故事，歌莉雅絕對佔了先天優勢。畢竟，她們有著一模一樣的面孔，她至少能輕易查到女孩的真實身份。

她來到女孩所住的 ∞ 號樓，坦蕩蕩走進寬敞的大堂，停在那面嵌入了智能屏幕的弧形白石牆面前。她看了看，隨意按下了「管理費繳納」，面無表情地任憑掃描光束掠過她的面容。

短暫停頓後，熒幕中央亮起幾行清晰的訊息：

早安，秋辰曦女士。您的本月管理費已於昨日自動扣款完成（扣款時間：2025年9月1日08:00）。如需查看繳費明細，請按此查詢。

歌莉雅盯著屏幕，眼底掠過一絲難以察覺的波動——

秋辰曦。

原來她的創建者，名叫秋辰曦。

多麼浪漫又充滿詩意的名字。她默默在腦海裡將這個名字唸了幾遍，無數想像陸續迸發。

秋，豐收與衰落並存，燦爛與蕭瑟同在。彷彿一個承載著光明，卻又不得不面對寂寞的人。

辰，在無垠夜空中忘情閃耀的浩瀚星辰。遙不可及，卻又恆久守望。

曦，星辰發出的光芒本身，宇宙間最果斷的腳步。所到之處，黑暗必然被驅散。

秋辰曦，一個從孤寂走向光明的名字。

歌莉雅細細品味著這個名字，心底湧起莫名的興奮。她有預感，這個名字將成為一把鑰匙，為她解鎖藏在窗簾背後的故事。而此刻，她至少能確定一點——這個故事的主角，的確帶著秋天淡淡的孤冷氣質，那初見時的印象，歌莉雅至今深刻。

離開8號樓後，歌莉雅徑直走向家的方向。然而，當她站在那扇熟悉的門前，準備將手指放上門鎖的一刻，她才突然意識到自己根本無從打開那個指紋識別鎖。一時之間，她竟不知該去向何處。

距離愛凡回來還有漫長的半天，閒著也是閒著。秋辰曦的身影再次浮現腦海。歌莉雅想要知道更多，於是她有了一個新的主意。

她來到靜立在小區綠蔭中的一座全玻璃帷幕建築。漫反射的光影在透明外牆上流動，讓天空的藍與樹葉的綠於牆身不斷交融。歌莉雅走進建築，再次坦然地讓掃描光束劃過她的臉。

「歡迎光臨，秋辰曦女士。」語音系統響起。

這裡是小區會所。歌莉雅走進其中，簡單環視一圈，便在角落的一部公共電腦前坐下。毫不猶豫，她的手指飛快敲入「秋辰曦」三個字，按下搜索鍵。

搜索結果傾巢而出。一張角落標註著上海時裝週水印的照片，瞬間抓住了她的目光——秋辰曦與另一名女孩站在伸展台中央向四周的觀眾鞠躬致意，身後是列成一排的模特兒和他們在巨幕上的虛擬投影。歌莉雅立刻認出，那女孩是露露。

視線幾乎無法移開。眼前的兩張熟悉面孔，一個是佔據了她生命大部分記憶的摯友，另一個則是帶著陌生光彩的自己——如此親近，卻又格外失真。

點開照片下方的財經報導鏈接，標題赫然寫著：『虛實共生』掀起時尚新浪潮：新銳品牌Autumn Dew 顛覆上海時裝週。」這場線上直播的時裝秀，不僅能讓現場觀眾親睹實體服裝的光華，更首創了沉浸式 3D 數字展廳。線上觀眾可以自由漫步其中，從任意角度近距離欣賞每件作品，甚至能看到傳統時裝秀上難以呈現的精細工藝。「這種打破物理限制的觀展體驗，為時尚產業開創了全新可能。」文章開篇如此評價。

歌莉雅專注地往下讀。這個由香港女孩秋辰曦與上海姑娘張伶露共同創立的服裝品牌，成立僅兩年，已突破 5 億人民幣的年銷售額，其中虛擬時裝的收入佔了八成。

據露露描述，原來在 2020 年全球疫情最嚴重之時，當整個時尚產業都在觀望之際，正是秋敏銳地注意到虛實結合的發展潛力，說服她一同創業。她們看準中國疫情防控的優勢，便毅然決定從倫敦回國，在上海創立品牌。

報導中提到，Autumn Dew 是在中國最早佈局虛擬時尚的品牌之一，秋對虛擬世界的洞察為品牌贏盡先機。她對於人們在虛擬世界中對時尚的需求將遠超於現實生活的這個預判，讓品牌迅速完成第二輪融資，估值更達到 16 億元。

他們叫她，秋。

一個年輕優秀的設計師，一個帶著夢想和遠見的創業者——歌莉雅退出鏈接，心想，原來這就是她的創建者。

但是，如此光芒萬丈的秋，怎會是個破碎的人？

歌莉雅帶著好奇，往下瀏覽更多搜索結果。

忽然，一則新聞標題讓她渾身一顫：「國際名模卡爾．李意外車禍身亡，設計師女友秋辰曦重傷」。

瞳孔微微收縮，歌莉雅不由自主地點開鏈接，幾張觸目驚心的配圖映入眼簾。

事故現場的警車燈光在夜雨中閃爍，醫護人員正推著擔架離開，遠處是一輛嚴重損壞的黑色轎車。另一張是秋與一名混血男模的生活合照，兩人笑容燦爛。這樣的對比讓歌莉雅心頭一陣抽痛。

> 本報訊，今日凌晨3時許，一輛黑色轎車在浦東大道高架路段發生單車事故，撞向道路護欄。經救護員現場搶救後送醫，駕駛員卡爾．李因傷勢過重不治身亡，副駕駛秋辰曦大量失血

情況危殆，目前仍在醫院接受治療，尚未脫離危險。

死者卡爾．李，24 歲，國際知名模特，曾多次亮相巴黎、米蘭及東京等國際時裝週。傷者秋辰曦，23 歲，時裝設計師，為新銳服裝品牌 Autumn Dew 創始人之一。

歌莉雅往下滑動頁面，發現更多相關報導。一家媒體曝光了事發前卡爾與秋離開廣告拍攝片場的粉絲投稿照片。照片中，卡爾略顯疲憊，秋則獨自走在後頭，低頭看手機。報導提到，粉絲猜測二人可能在途中發生過爭執，導致了這場悲劇。然而警方尚未公佈具體事故原因，這些說法並未得到官方證實。

後來的報導透露，秋的左腿因傷勢過重，不得不進行截肢手術。她出院時的照片也曾被曝光——畫面中的秋坐在輪椅上，臉色蒼白，身形削瘦。那雙曾經睿智的眼睛已經黯淡無光，左邊寬鬆的褲管亦已變得空蕩。她看上去像是靈魂被抽空般呆滯無神，與曾經站在伸展台上那英姿凜凜的模樣，判若兩人。

最後有提到秋的新聞，是關於 Autumn Dew 的股權轉讓與管理層變動。秋於 2023 年底將持有的所有股權悉數出售，正式退出品牌的運營與管理。「秋辰曦」三個字，於報導間一筆帶過，這個曾經在自己專業領域迅速崛起的名字，隨著這場交易的塵埃落定，從此淡出行業。

那彷彿就是她人生的句號，歌莉雅再也找不到任何後續的報導。她嘗試搜索秋的社交平台，最新的一條動態卻停留在 2023 年 3 月——那是一張貼滿圖片畫滿字的情緒板，配文簡短地寫著：

「新夢啓航。」她的語氣是那樣自信，一定不曾料到，這個夢即將在短短幾天後粉碎。

視野漸漸模糊，歌莉雅意識到自己的眼眶已經濕潤。

她的指尖仍停在滑鼠上，卻忘了繼續操作。腦海中的想像無法停止。如果車裡坐著的是她與愛凡呢……？如果是愛凡那雙用情至深的眼睛，永遠不再睜開呢……？

一陣酸楚猛然湧上心頭。玻璃幕牆外的陽光映照在屏幕上，歌莉雅看見自己的倒影與社交平台上的女子頭像重疊在一起。她突然記起那晚在黑沙灘，她曾跟愛凡說起自己圓夢過，卻又破滅了……

她可不曾想過，夢，竟然是用這樣的方式破滅。

又有一個片段閃過腦海——她帶著露露來到白色高跟鞋的櫥窗前。當時她明明對高跟鞋如此鍾意，卻又遲疑不決。直到現在歌莉雅才意識到，那份猶豫，竟是來自她不曾想像過的失去。

她突然明白了為什麼那個獨自坐在餐桌前吃著外賣的身影，會像秋天一樣孤寂。那個女孩，一夜之間失去了男友、左腿，和未來。那種絕望歌莉雅知道。她也曾在霎時間失去一切，從天堂墜落廢土。

一整個上午，歌莉雅都在靜靜翻著秋的社交平台。隨性自然的穿搭自拍、專注工作的動人側影、小巧湘菜館的火紅辣椒、寂寂秋雨中的煙紫落葉……她也曾有過溫暖而柔軟的時光，喜歡在颱風天裡吃麻辣火鍋，喜歡在凌晨四點的設計室裡煮咖啡，喜歡在窗台上種薄荷，只為跟露露開玩笑說有更多調莫吉托[34]的材料……

---

[34] Mojito，最有名的朗姆調酒之一，由五種材料製成：淡朗姆酒、糖或甘蔗汁、青檸汁、蘇打水和薄荷。

一張張照片猶如拼圖般，在歌莉雅心中慢慢拼湊出一個鮮活的靈魂，直到屏幕上跳出一張深夜的工作照。

秋穿著一件淺灰色連帽衛衣，眼睛被藏在鴨舌帽下，只露出半個鼻子與尖尖的下巴。她一手擱在桌上，一手高舉著一摞設計草圖。露露和幾個一起工作的女孩擠在她身旁，臉上都掛著疲倦但滿足的微笑。那張照片的配文寫著：「每次死線趕完，就是和團隊抱頭痛哭的時刻。漫漫長夜，感謝點點辰曦相伴。」

漫漫長夜，點點辰曦……

歌莉雅的視線凝固在那幾個字上，一絲明悟悄然劃過她的心頭。

辰曦，星辰的光芒……這不正是「歌莉雅」[35]這個名字的意思嗎？榮耀之光，於漫漫長夜驅散黑暗，帶來希望。

所以，掉落萬丈深淵的秋，世界從此剩下一片灰暗，卻在另一個世界，以「歌莉雅」之名創建了她。這難道不是一種期待？

歌莉雅終於明白，原來自己就是那道秋在黑暗中盼望著的光——她心目中的「完美」，她未曾說出口的渴望。

於是那封信上的文字，才再次浮現於歌莉雅的腦海——**如果完美只存在於虛擬世界，你會愛真實的我嗎？**

---

[35] Gloria，詞源自拉丁語，意指榮耀、光輝。

歌莉雅彷彿突然能看見，當時在樂土的邊界，當愛凡的唇慢慢向她親近時，對面大廈那坐在輪椅上的身影，是如何慌亂摘下啓示鏡的。她害怕真實的自己會被嫌棄，她不相信那樣的自己能夠被愛。

愛凡說，**愛破碎的人，必然會面對被拒絕**。

原來，秋當時的拒絕，是因為害怕。

原來，她之所以刪除角色，不是因為她存心想拋棄誰，而是因為她早就拋棄了自己。

歌莉雅低頭看了看自己的雙手。

這雙手，如果沒有秋，就不會存在。

如今，這雙手卻真實地觸碰過愛凡的體溫。

她不禁在想，如果當時秋沒有摘下啓示鏡，如果她願意相信愛的力量，一切……會有多不一樣？

Chapter XXX

第三十章 啓示路

電梯門徐徐滑開，愛凡邁步走出，卻在一秒間愣住。

「歌莉雅？」愛凡的聲線透著驚訝，快步走上前，「你怎麼在外面？」

歌莉雅將靠在門旁的身子直起，淺笑著說：「早上想出去走走，結果忘記我開不了門鎖，只能等你回來了。」

愛凡瞬間有些哭笑不得，輕輕搖頭：「我怎麼會沒想到這個……」

「這麼巧呢，我也沒想到。」歌莉雅揚起頭看他，依然笑著。

「以後不用再等。」他輕聲說，指尖滑過門鎖感應區，開始設置新的密碼，「我們的家，你應該要隨時都能進出才對。」

歌莉雅望著他微低的側臉。那個「我們」，是多麼自然而珍貴的字眼，她心中卻泛起一陣難以言喻的滋味。

數字鍵盤亮起，愛凡的指尖在按鍵上輕輕敲擊——

2、5、0、5、1、7。

設置完成的確認音效響起，電子鎖解開，門隨即開啓了一道縫隙。

歌莉雅微微歪頭，跟著唸：「250517……」

「嗯。」愛凡看著她，笑意從眉眼間流露，「你來到這個世界的日子。」

2025 年 5 月 17 日。

那粉紫藍色的天空、學不會的自行車、既死又生的雪片蓮……她第一次踏進這個世界，也第一次踏入他的生活，那是多麼美好的一天。

幕幕回憶湧現眼前，歌莉雅的嘴角不自覺微微彎上，卻又隱隱感受到有些東西正在迫使她收斂。

愛凡站在她身旁，沒有催促，只是靜靜看著她，等待她走進門內。她卻吸了口氣，伸手把門合上，重新用自己的指尖滑過門鎖感應區，鄭重按下——2、5、0、5、1、7。

大門門鎖接收到正確密碼，清脆的確認音效隨之響起。

「歡迎回家！」愛凡輕輕推開門，為她引路。

他是一如既往地體貼入微。為何她卻無法讓心底的甜蜜回到今晨那樣澄澈？

上一次歌莉雅帶著這樣矛盾的心情回家時，她的手裡至少還有一盒高跟鞋可以充當道具，讓她短暫逃走。如今她卻兩手空空。唯一的辦法，只有儘量背對著愛凡，不要給他察覺到異樣的機會。

於是歌莉雅直走到窗前，假裝想看風景。

「今天怎麼忽然想出去散步了？」愛凡的聲音從身後傳來，他正邊說邊把皮鞋脫下。

「陽光很好嘛。」歌莉雅看著自己映在玻璃上的微笑，稍稍調整了嘴角的弧度，想讓自己看起來更自然些。

「那你都去了哪裡？」愛凡隨手把公事包搭在沙發上，拉開冰箱，掃了一眼。

「就小區附近走了一圈。」歌莉雅轉過身，展現出一個相當自若的笑容，「其實也沒走多遠。」

愛凡從冰箱裡拿出一瓶烏龍茶，笑著問：「以後會不會變成你帶我到處散步了？」

「很快就會！」歌莉雅眯起眼睛笑著。

「待會兒過去倉庫之前，我得先把一些資料看了。」愛凡走向書房，熟練地打開筆電，「你先自由活動喔！」

「嗯。你先忙。」歌莉雅朝愛凡再笑了笑，便重新把臉轉向窗外。

夏末的楓葉在微風中輕輕搖曳，這樣的景色本該如此怡人。此刻的她，眼中卻映不進任何景物。她的手指無意識地在窗台上輕敲，彷彿那裡有一個無形的數字鍵盤。指尖最終停在「2」的位置，輕輕按下，像是悄然輸入了一道什麼密碼。

2、5、0、3、0、2。

她一輩子都不可能忘記那一天。那讓她第一次感到心跳加速的他、讓她當時一頭霧水的機器學習、那從此變得意義非凡的銀色漩渦……那是她和愛凡在樂土裡的第一次約會，也是秋第一次踏入他的生活。

2025年3月2日。

這個家的密碼，會不會該是那天才對？

歌莉雅低下頭，額前的髮絲順勢垂落，微微纏上她的眼睫。心中冒出一種挫敗感。難道美好的事物，注定只能曇花一現？愛凡才剛讓她相信，自己並非誰的影子，而是獨立的個體。他的吻仍然深深印在她的心上，他所袒露的愛意仍然在滋潤她的每分每秒……

花兒才剛綻放短短幾天，這麼快就要凋落？

萬分的不甘心。

她多希望能把時間倒流，回到三個月前的巨鹿路。多希望自己沒有走進那家酒吧，沒有點下那杯銀色漩渦，沒有收到過那封信。或者至少，讓她回到今天早晨，讓她沒有打開過窗簾，沒有出過門，沒有任何關於秋的認知。

如果一切可以重來，她寧願什麼都不知道，天真爛漫地沉浸在愛凡的愛裡。

但原來，世界最遠的不是距離，而是昨天。

她再也無法回到對秋一無所知的狀態裡。

玻璃窗上依舊倒映著她的臉，她卻彷彿看見那個留著齊脖短髮的面孔。那張臉就在對面大廈的公寓，在那排窗簾之後，或許仍在淌淚，或許已經瀝乾。

歌莉雅忽然意識到，也許這三個月來，秋也曾像現在的她一樣，站在窗前望著對面緊密落下的窗簾，想像著窗簾後她與愛凡的生活……

秋會如何描摹這片窗簾後的光景？她又是帶著什麼樣的心情，從此落下自己的窗簾？

然而無論她如何想像，她一定覺得在這個家裡的生活，本該屬於她吧？

這就是歌莉雅很討厭的一種想法。

明明，是她自己先懦弱，先放棄。

怪不了任何人。

但如果跟她角色對換，在同樣的遭遇中，誰又能保證自己不懦弱、不放棄？

一切真的無比諷刺。

為什麼要如此巧合？

如果她的創建者身處另一個城市，現在的一切問題都將煙消雲散。或者如果那杯銀色漩渦是別人點下的，那封信是落在別人手裡的，一切也會變得簡單許多。

可偏偏，她的創建者就在對面那棟樓裡。

還偏偏，正是她點下了那杯酒，收到了那封信。

巧合真的能這麼巧嗎？巧得彷彿有一雙看不見的手，在暗中穿針引線，一步步把她導向那根本不必觸及的真相……

但也明明，長樂路的高跟鞋，是她自己停下駐目的，愛凡才會帶她到酒吧……銀色漩渦也是她自己點的，信才會來到她手上……窗簾也是她自己打開的，會所也是她自己想去的，就連秋的新聞都是她親手按下搜索鍵的……

這一切明明都是她的選擇。

要怪，是否應該怪她自己？

……唉。

忽然，她想起愛凡在郵輪上說過的一句話：

「神對一切都有安排。而祂讓我找到的，是你。」

當時愛凡的語氣，無比溫柔卻也無比堅定。

是巧合還是安排，他的答案是顯然的。

他是真的相信，一切在冥冥之中都有安排。甚至如今，他心無旁騖地認定她，愛著她，也是因為他相信是神讓他找到她的吧？

但如果這一切真是神的安排，人的自由意志又算什麼？而倘若如今這場「完美巧合」真的是神精心策劃的，祂又到底懷著什麼樣的用意？

＊＊＊＊＊

「張老師好樣的！」愛凡一聲驚嘆，瞬間讓歌莉雅的思緒回到屋內。

她轉過頭，露出微笑：「怎麼了？」

愛凡抬頭看向她：「張老師知道了我們的事之後，我就把平行樂土的事也告訴他了。結果他短短幾天就給我出了一套方案，感覺拯救計劃的僵局要破了！」

聽愛凡的語氣，歌莉雅知道他非常開心。無論她內心有著什麼樣的疑慮，他快樂，她便也快樂。她笑得真心真意：「是什麼厲害的方案？」

愛凡將筆電往旁邊推了推，朝她招手：「你過來看。」

歌莉雅走過去，湊近熒幕，畫面上是一套錯綜複雜的路徑圖，線條時而分岔，時而交匯，像是某種巨型生物體內的動脈脈絡。線條的不同節點旁邊，分別標註著不同的詞語：「啓示點」、「分歧選擇」、「迴路」……

「這是什麼？」歌莉雅歪著頭，覺得有些難以理解。

「張老師說，我們一直以來的思路都死板了點。」愛凡攤了攤手，語氣裡帶著幾分反思。「我們試圖用『靈感』或者設計 NPC 去引導和陪伴角色，希望能改變他們消極的心態。但事實上，就像人類一樣，也許他們只有在經歷過某些事情後，才能真正產生改變。」

歌莉雅轉頭看他：「所以……這些路徑，就是讓角色經歷事情？」

愛凡點點頭，語氣平靜卻帶著振奮：「基本上就是，帶每個角色走上一條專屬他們的『啓示路』，製造契機讓他們經歷各種事情，從中成長。就像人們在生活中忽然遇到的一個挫折、一段偶然展開的旅程，或者一次與舊友的重逢，這些或輕或重的片刻，都可能在他們心裡埋下改變的種子，讓人開始用全新的眼光看待生命。」

歌莉雅微蹙眉頭，尋思：「可是……平行樂土的人口都七千多萬了，你要給每個角色設計一條專屬的路？」

「當然，這並不是件容易的事。」愛凡順手拿起書桌上的筆，無意識地轉動著，「張老師提出的方案是，引入一套自動生成和適配的系統，讓系統分析每個角色的數據痕跡，包括過往的行為、語言傾向，甚至他們在消極狀態下的思考模式等，將他們劃分成不同群體。然後我們先從最不消極的群體入手，為這些群體設計針對性的啓示事件。」

歌莉雅若有所思地眨著眼睛，一邊聽著。

「當這些角色進入核心迴路後，我們之前所設計的『靈感』和 NPC 引導就會真正發揮作用。」愛凡推了推眼鏡，聲音聽著樂觀，「因為這個階段，他們已經開始相信改變的可能性，『靈感』就能真正扎根。而這些率先改變的角色，也會成為『見證者』，像滾雪球一樣，把啓示帶給更多角色。這個方案基本上是在模仿人類社會中，個人經歷對群體帶來的啓發和改變。」

歌莉雅別過臉望向窗外搖曳的樹影，沒有回答。愛凡也把手裡轉動的筆放下，房間陷入了短暫靜默。

一個念頭突然臨到歌莉雅心中。愛凡描述的這些角色，竟和自己有幾分相似。難道，那杯銀色漩渦、那封信、這段時間的一切一切，也是神為她鋪設的「啓示路」？

「但你不是說過，你不想剝奪他們選擇的自由嗎？」歌莉雅忽然開口，手指不自覺地捏緊衣角，「如果他們走上的路，是你早就安排好的，那他們還算是自由的嗎？」

愛凡微微一怔，似乎沒有料到她會這麼問。

「我確實這麼說過，」他起身，緩步走到窗前，與她並肩而立，「但安排並不等於強迫啊。」

歌莉雅抿著唇，眉間的疑惑依然未解。自由與安排的邊界，對她而言如同霧中風景。

「你記得嗎？」愛凡柔聲問道，手指輕輕敲了敲窗框，「我能夠找到你，是因為那道紫光。」

歌莉雅輕輕點頭，那段記憶鮮明如昨日。

「你想想，神帶我來到隔離層時，你剛好就在附近。我卻看不見你。但你也正是因為我看不見你，才拚命拍打隔離層，這樣我才看見莫名其妙的紫光，才萌生出你也許已經去了平行樂土的想法。」窗外的光灑在愛凡臉上，勾勒出清晰而溫柔的輪廓，「那一天就是最好的例子。我能看見紫光，是神的安排；但選擇是否回應那道光，則是我自己的決定。正是兩者加在一起，才讓我終於找到了你。」

「但為什麼神要繞這麼一大個圈？」歌莉雅微皺著眉，追問道，「為什麼祂不直接讓你看見我，確切讓你知道我就在那裡？」

「因為首先，從樂土不能直接看見平行樂土，本就是我自己設定的，為了保護平行樂土的秘密。第二，如果神當時直接讓我看見了你，我就不會經歷尋找你的過程。我會少了很多反思，也少了對宇宙、對生命、對神的更深理解。那段時間的等待，讓我更明白什麼是信心，也更能體會到為什麼說……」愛凡頓了頓，雙目輕閉，回想著準確的用字，「神使萬事相輔相成，是為了愛神之人的益處。[36]」

「可是，如果祂早就知道你只要看見紫光，就會去平行樂土找我，那你所謂的選擇……」她抬起眼，目光直直落在他的眼睛，「還是不是真的選擇？」

愛凡輕輕一笑，嘴角露出一個意味深長的弧度，不答反問：「你覺得，知道和決定是一回事嗎？」

歌莉雅眼瞳微微一縮，彷彿有光透進一片迷霧。

「你知道我愛你，但這不代表你強迫我愛你，對吧？」愛凡微笑著說，語調中帶著溫柔的戲謔，「神可以預見我們的選擇，但這不代表祂替我們做出了選擇。只是祂比我們更了解我們自己，知道我們會怎麼走；也比我們更有智慧更有愛，知道在什麼樣的安排下，我們最容易走向希望，還能在沿途收穫其他寶藏。」

歌莉雅靜靜凝望著眼前的男人，只感到心裡有什麼東西正在融化。

---

[36] 出自《聖經．羅馬書》8章。

他，正正表現出了他口中所說的智慧和愛。

腦海瞬間湧現無數珍貴的畫面——第一次在這個世界睜眼時，看見的那雙微帶血絲卻滿懷激動的眼睛；在她迷惘和悲傷時，他一次次不徐不疾的擁抱與安慰；在那些沒有回應的夜裡，他仍不急不躁埋首努力的模樣，甚至還在回家路上給她製造驚喜……

這一路，她確實看見了愛與智慧的具象。

一刻鐘前，她才覺得一切多麼諷刺，此刻她卻覺得自己是如此幸運，能夠遇見這樣的他。也許她還不明白為什麼冥冥之中，她要走上這樣的一條路。但他讓她相信，這一定是一條「启示路」，祂有祂的心意。

內心有一股濃烈而複雜的情感，她能深刻感受到。

好愛好愛他。

愛到他明明就站在自己面前，她的心裡卻仍舊翻滾著無盡的不捨。

來不及多想，歌莉雅伸手緊緊抱住男人，額頭抵在他的胸口。她多麼渴望將自己完全交付，渴望與他融為一體……

不為自己，只為成全。

Chapter XXXI

第三十一章 創造主的創造主

G2、D3、Bb4、D3、Bb4、D3、Bb4、D3……

弦槌隨著歌莉雅流暢的動作一下下敲擊琴弦，那串優美而熟悉的前奏就這樣從她的指尖流瀉而出。空氣裡彷彿飄浮著無形的音符，一圈圈在她身旁擴散，直到最後一個音符停歇，手指慢慢離開琴鍵。

餘音仍然動聽，曲如其名，夢幻得像——夢中的婚禮。

歌莉雅垂下眼，對這次的演奏感到相當滿意。她不禁想起剛到這間屋子的那會兒，愛凡坐在鋼琴前，那略顯生硬的手勢和錯落的音符。她這才意識到，自己居然已在不知不覺中悄悄超越了他。

這個發現讓她有些驚訝。過去，她總覺得自己只是個學習者，努力跟隨著他的腳步，試圖理解和融入這個世界。現在，她卻竟然能在某些領域中反過來領先於他。

但她知道，這一曲還不夠完美。

雖然她的演奏早已熟練流暢，鋼琴的音準卻徘徊在走音邊緣。並不刺耳，但也不夠和諧。

凝望著那排裸露的弦槌，歌莉雅心中浮現出一個念頭。美妙動人的一首音樂，尚且需要人們的反覆練習以及機械的精密配合，支撐整個宇宙的法則，該是多麼精細與複雜？所以越多時間待在這屋子裡，她才越無法理解，為什麼這麼多科學家，見證了宇宙的精密與秩序，卻還未相信創造論？

創造論是一種試圖解釋宇宙起源的哲學與神學框架，主張宇宙萬物皆源於某個至高智慧的意志或設計，並蘊含著目的與意義。根據創造論，宇宙的誕生並非偶然，而是由一位具有人格且全知全能的創造主，在時間之外，以旨意或設計賦予存在與秩序，促成世界的和諧與複雜性。

歌莉雅輕輕敲下那幾乎要走調的 D3 琴鍵，低沉的聲音在空氣中擴散，像是在與她的思考共鳴。

正如樂士背後有愛凡，剛剛那曲琴音背後有她，宇宙的細節與精妙，不是分明昭示著背後必然存在一位創造主嗎？如果鋼琴內部這些弦槌、弦線、擊弦機，都需要經過嚴密的設計與調校才能發出準確的聲音，那麼支撐著宇宙穩定運行的光速、引力常數、普朗克常數等等，又怎麼可能是偶然？

歌莉雅回過頭來，望向茶几上那本早上被她隨手擱下的《六個數》。里斯[37]明明知道，如果強核力稍強一點，大量的氫元素將迅速變成氦元素，水就難以形成；如果強核力稍弱一點，則核聚變無法進行，宇宙將缺乏恆星與光熱；光速的任何變化，都將影響電磁力，使化學反應和核反應的平衡被打破，讓水和空氣的結構變得無法預測；引力常數只要稍微改變，宇宙要麼黑洞遍佈，要麼星雲永不凝聚；普朗克常數只要稍大一點，量子行為將發生劇變，連物質世界都可能瓦解……

[37] Martin Rees，英國著名天體物理學家、宇宙學家。他的著作《六個數》探討了宇宙中六個關鍵的物理常數，論證了宇宙精確調節以適合生命存在的觀點。里斯提出，這些常數的微小變化都會導致完全不同的宇宙，使生命無法存在。

這些自然常數，像是宇宙的弦槌，一絲一毫的變動，整個宇宙便會走音，甚至崩潰。宇宙完美得近乎脆弱，若有絲毫偏差，生命都無法存在。這樣的世界，怎麼可能沒有一位創造主？現實是，竟然還有這麼多知識廣博、才學非凡的科學家們，還未看見創造主的明示……

但，即便是對創造論，人們的解讀也存在無數分歧。

有人相信地球已有數十億年的歷史，一切物質皆在長久的演化與變遷中形成。也有人堅持，世界的誕生不過短短數千年，所有生物與山川都在一瞬間成形。

歌莉雅從琴凳上站起，踱步走向窗前。她並不急於在這些理論中尋求一個標準答案，畢竟，她早已理解，人對世界的認知，從來都是有限的。

她想到樂土的黑沙灘，那些玄武岩峭壁、奇形怪狀的海蝕柱……還有樂土地圖上從未標記的那些延綿山脈、被風蝕的岩層……一切一切，無不暗示著時間的痕跡。如果用「地質數據」來倒推樂土的歷史，結果或許會是數百萬年、數千萬年，甚至數十億年。

她卻比誰都清楚，樂土至今只有短短四年歷史。樂土的環境之所以看起來歷史悠久，完全是因為愛凡在創造之初，便設定好這些地質結構，讓它在剛誕生時就已擁有歷經滄桑的模樣。

於是這種「創造的錯覺」，讓歌莉雅不禁思索，或許人類的世界也是如此。無論掌握何種數據，紅移觀測也好，宇宙背景輻射也罷，人類都無法真正證明宇宙的年歲是否如計算結果般漫長。

不過，即便她無從「知道」宇宙究竟存在了多久，她卻能夠「相信」，宇宙的創造主既然為她安排了這樣的一條啓示路，必然有祂的目的與意義。

所以，為什麼祂讓愛凡找到的明明是她，不是秋，祂卻又要讓她發現秋的存在？而如果這段愛情其實是屬於秋的，為什麼那封本來想給愛凡的信，祂又要交給她？

這就是歌莉雅此刻最渴望解開的謎題。

她想像著，如果當時是愛凡與她一起進入酒吧，信是他收到的，事情會如何發展？

他會去找秋嗎？

歌莉雅本以為這個問題幾乎不需要思考。她卻發現，原來她沒有答案。

她見過愛凡堅持的模樣。他之所以在無數次失敗後，仍然守著那片廢土，守護著那些破碎的角色，就是因為他從不輕言離開。這樣的愛凡，怎麼可能輕易對秋置之不理？

然而，她也同樣見過愛凡凝望她的眼神。那份沉靜而專注的溫柔，那份不帶猶豫的愛。她知道，他一定會考慮她。

所以無論如何，他都會內疚。

去找秋，他會內疚，因為他不願傷害身邊的她。

不去找秋，他也會內疚，因為他終於發現原來她一直都在遙遙等待。

他面臨的，將是一場愛與責任的對峙。更甚者，歌莉雅根本分不清楚他將對誰是愛，對誰是責任。

她只知道，無論他如何選擇，愛都將被責任拖曳，不再純粹。

這麼想來，神其實是不是在保護愛凡？

信封上的字，徐徐浮現於歌莉雅眼前——

「如果神讓你看見」……

神最終讓她看見，而不是他，是否為了保護他免於痛苦的抉擇？

所以選擇只好轉移到她這裡來嗎？

歌莉雅望著窗外被陽光染上一層暖色的城市，映入眼簾的卻是那個清晨，泥灘反射著的那層若隱若現的粉紫藍色。

當時她問愛凡——

「那我呢？我有選擇嗎？」

愛凡說，他可是盡了全力，想給她選擇，因為他只希望她能快樂地活著，根本不需要她執行任何指令。

如今，給她選擇的，除了有她的創造主，竟然還有她創造主的創造主。

祂居然把這個牽扯著三人命運的選擇，擺到了她手中。

問題是，這個選擇，也同樣只為了她的快樂嗎？

那為什麼這一次，她反倒寧願自己沒有選擇？

那可是她的創建者，給了她一切樣本、影響她內核最深的人。如今她擁有的一切，如果沒有秋，根本不會存在。難道她真的能夠對秋視若無睹？尤其是當她看見秋的人生彷彿已淪為廢土，而自己就是她所渴望的重生……

可是，她又能為秋做些什麼？安慰她兩句？然後轉身回到愛凡的擁抱裡？還是，祂其實對她有著更多的期待？她不過是個工具人，為了撮合愛凡與秋，又不讓愛凡陷入兩難？

歌莉雅低頭自嘲地笑了笑。

撮合……？

這個詞語在腦海一閃而過，讓她幾乎有些惱怒。

如果真是這樣，她和愛凡一路走來的感情，算什麼？

愛凡的選擇，又算什麼？

他如今愛著的，不是她嗎？無論秋曾是什麼樣的存在，如今她和愛凡之間的羈絆，難道不是經過時光雕琢、在無數困難中沉澱下來的嗎？

如果這位宇宙的創造主真的愛他，怎會強行拆散鴛鴦？

那麼，這一切會不會只是一場對她的考驗？

祂是在確認這個仿生人是否配得上祂的祝福？

只有通過考驗，她才可以永遠和愛凡幸福地在一起？

歌莉雅靠在窗邊，輕輕閉上了眼。

如履薄冰，她感覺自己每往前一步，腳下都有細碎的裂紋在無聲擴散。她好怕一旦走錯了，她和愛凡的宇宙便會從此坍塌，徹底崩解。

然而，在她緊閉的雙眼前，愛凡的面孔忽然浮現。

沒幾天前，他才在同一個位置告訴過她——

「神使萬事相輔相成……」

「神可以預見我們的選擇……祂知道我們會怎麼走；也比我們更有智慧更有愛，知道在什麼樣的安排下，我們最容易走向希望，還能在沿途收穫其他寶藏……」

是啊，神在時間之外。祂可以預見我們的選擇。

如果她終會通過考驗，神早就知曉，根本無須確認。

那就只剩下一種可能。

雖然此刻連她自己都不曉得她將如何選擇，但既然神把選擇放在她手裡，那麼，即使她的腳步可能會造成裂紋，那也只會成為一絲絲讓光透進來的機會……吧？

Chapter XXXII
第三十二章　父與子

嘀——嘀嘀——

門禁的電子音打破了地庫內的靜謐，這是三個月以來的第一次。歌莉雅面帶疑惑望向電腦前的愛凡，彷彿在等待他的反應。

愛凡笑著朝歌莉雅使了個眼色：「幫我開開門好嗎？」

歌莉雅走向門口，輕按嵌在牆上的按鈕，厚重的鐵門緩緩滑開。

「哈囉，歌莉雅！」門外站著張老師，笑容溫和。他低下頭，拍了拍身旁小男孩的肩膀：「快，跟歌莉雅姐姐打招呼。」

小孩羞澀地仰起頭，聲音清澈：「歌莉雅姐姐好！」

「這不是張澄小朋友嗎？」歌莉雅彎下腰，微微一笑，親切招呼著二人，「張老師好，進來吧。」

張澄一路東張西望，小小的眼睛裡滿是好奇。歌莉雅領他們穿過橘色的透明膠簾，張澄一見站起身來的愛凡，便如離弦的箭瞬間衝過去，一把抱住他的小腿，像條小章魚般纏了上去。

「愛凡哥哥！」他脆生生地喊著，手腳用力圈住愛凡。

「張澄！」愛凡忍俊不禁，低頭看著這個黏在他腿上的小傢伙，彎腰摸摸他的頭，「現在身手這麼敏捷了？」

「對！我是漢克！」張澄仰起臉，抱得更緊了，笑聲格外清脆。

「他說的是《海底奇兵》裡那隻章魚[38]。」張老師悠悠走來，笑著解釋。

「是嗎？讓哥哥看看，這隻小章魚力氣有多大。」愛凡故意晃晃腿，慢慢把腳抬高，用力向前跨了一步，逗得小傢伙咯咯地笑，雙腳還不忘在空中亂蹬。

「澄兒，你這樣哥哥怎麼帶你參觀秘密基地啊？」張老師站在一旁，好氣又好笑，「下來吧，快謝謝愛凡哥哥邀請你來玩。」

張澄這才依依不捨地鬆開手，奶聲奶氣地說：「謝謝愛凡哥哥！」

「不客氣！來，哥哥帶你走走！」愛凡牽著張澄的手，轉頭對張老師說，「張老師也一起吧，你也第一次來。」

小男孩像個好奇寶寶，目光於四周掃來掃去，似乎每樣東西都能引起他的興趣——那一排排整齊的顯示器、工作台上的工具和圖紙、閃著藍光的屏幕，還有長圓形的膠囊艙。彷彿來到了巨大的遊樂場，他的眼睛絲毫不肯錯過。

他踮著腳尖想看桌上的東西，愛凡笑著把他抱起：「讓我看看，小探險家想看什麼？」

「這個是——馬達嗎？」張澄指向桌上一個零件，興奮地問。

---

[38] 漢克是電影《海底奇兵2》裡的一隻非常靈活且機智的章魚。

「哇，這麼聰明！」愛凡伸手拿起零件，遞向小男孩，「張澄現在這麼厲害了嗎？」

張澄開心地笑著，雙手緊緊攥住零件。「老師說，馬達可以讓機器人動起來！」

「對啊！你看看這是誰的馬達？」說著，愛凡指向牆上的一張圖紙。

張澄循著他的手指看去，圖紙上清晰展示著一隻機械小狗的設計。張澄瞬間看向張老師，興奮大叫：「爸爸，那是小白！」

愛凡抱著男孩走近牆邊，「沒錯，你看，小白每條腿都有兩個馬達，頭部這裡有五個，尾巴也有一個。」

張澄伸手指著圖上的線條，激動叫道：「這是線路！老師說這是給機器人帶電的！」

「太棒了！」愛凡笑著說，「還有呢？小白身上還有什麼？」

「有、有感應器！」張澄歪著頭，努力回想，「可以讓它知道前面有東西！」

愛凡從工作台抽屜裡拿出一個小盒子，「真棒！這個就是小白的眼睛，可以幫它看路。」

「哇！」張澄雙眼亮晶晶的，小心翼翼接過盒子，「所以小白不會撞到牆壁！」

「那麼，是什麼告訴馬達要怎麼動的呢？」愛凡看著張澄，嘴角深深上揚。

「芯片！那是機器人的腦袋！」張澄幾乎不需思考。

「對！」愛凡從另一個抽屜拿出一塊電路板，「這就是小白的大腦。它會告訴每個馬達什麼時候該動，什麼時候該停。」

接下來的半小時，愛凡帶著張澄參觀了整個倉庫。小男孩對每件東西都面露驚奇，問東問西。從機械臂到電路板，從感應器到程式邏輯，雖然對很多東西他還沒有概念，但眼睛裡卻一直閃爍著光芒。

終於，愛凡拍了拍小男孩的肩：「現在，張澄先跟歌莉雅姐姐坐一下，好嗎？哥哥跟爸爸聊點事情，之後再回來陪你玩。」

「來吧，我們去那邊。」歌莉雅柔聲說，牽著張澄走向沙發區域。

「真不好意思，愛凡，帶這小子來給你添亂了。」張老師看著兒子開心的模樣，對愛凡露出歉意一笑。

「千萬別這麼說，張老師。」愛凡笑著搖頭，邊說邊領張老師來到工作台，「平行樂土這件事，本就是我的私人項目，早就不算工作了。你這次幫我這麼大的忙，我感激還來不及呢。」

張老師從公文包裡取出筆電，迅速打開一個檔案：「愛凡，這是我整理的角色群體數據分析。針對其中相對正面的群體，我已初步設計了一些啓示事件。」

他隨即點開另一個視窗，屏幕上出現了一個複雜的網狀結構：「我的想法是，先測試一下他們對於事件的接受程度，看看這些刺激會否太輕或太重，再作相應調整。而且事件需要新引入一些 NPC 作為配合，稍微引導一下。」

愛凡眼神一亮：「你覺得情況樂觀嗎？」

「起碼對這個群體，我的信心還是蠻大的。不過，你看這邊……」張老師切換到另一個視窗，語氣沉了幾分，「也有好一批角色是極端消極的，會刻意破壞環境、攻擊其他角色，試圖將周圍的一切拉入深淵。」

「這些我知道，但我們也不用著急處理他們。先針對比較正面的群組看看效果？」

「問題是，從數據看來，他們的情感和精神世界已經近乎完全崩壞。我怕，如果不同步處理他們，他們對其他角色造成的負面影響將會抵消我們的努力。」

愛凡皺眉，語氣稍顯不安：「所以……你的建議是？」

張老師放下筆電，直視愛凡：「我的建議是……讓這些角色徹底消失。」

愛凡的表情明顯僵住，手指在桌面無意識摩擦著：「徹底消失？你是說……刪除他們？」

張老師沒有立刻回答，只深嘆了口氣，沉默在兩人之間延續良久。

愛凡抬起頭，眼神遊移，「他們本來就是因為被放棄才來到這裡，我怎麼能再放棄他們一次？」

「但如果他們是癌細胞，不清除就一定會擴散，直到整個身體都淪陷呢？」張老師每個字都像重錘敲在愛凡心上。

愛凡接著開口，聲音裡帶著難掩的自責：「張老師，我創造平行樂土，本是讓他們即便被遺棄，都不會失去歸屬。這本該是個充滿愛的地方。現在，卻連我都要放棄他們……這算什麼愛？」

「沒有公義的愛，其實不是愛。」張老師望著他，語氣穩重堅定，「愛凡，生命也是這個樣子。如果十惡不赦的人得到永生，你想想這個世界會變成什麼樣子？」

「我只是……」愛凡抿著唇，眼神漸漸渙散，手指仍舊於桌面上畫著隨意的軌跡，「他們可是我親手創造的……我只想愛他們，不想審判他們。」

「正因為你是創造他們的人，這才是你的責任。」張老師語氣平穩，卻字字如鐵，「愛與公義，缺一不可。」

愛凡的目光落在遠處沙發上，小男孩與歌莉雅正在低聲交談，時不時發出笑聲。

「如果張澄並不像現在這麼乖呢？」愛凡忽然開口。

張老師挑了挑眉，似乎沒想到話鋒一轉。

「如果接下來因為各種原因，學壞也好，被傷害變得偏激也好，如果他完全失控，不聽任何教導，傷害一切、破壞一切……」愛凡抬起頭來，嘴唇抿得發白，「你就會放棄他嗎？」

張老師的目光變得深沉，他扶了扶眼鏡，良久才開口：「我不會放棄他，但我也一定不會放任他。因為愛他，就是要教導他，甚至在必要時阻止他。」

「那如果無論你怎麼努力，他就是無法改變，甚至不願改變呢？」愛凡的眉頭緊鎖，指節抵在下巴上，執拗地延續著這個話題。

二人又一次陷入沉默。

沙發區的男孩笑聲依舊，純真的聲音穿過空間，與這種沉重的話題格格不入。然而，正因為那樣的純真，才讓問題顯得更加殘酷——當天真無邪被破壞與墮落取代，那份愛，會如何應對？

終於，愛凡先打破了沉默。

「我們有沒有可能……」他深吸口氣，聲音低得近乎心虛，「設計一些啓示事件……專門讓他們知道後果……教導他們……」

張老師搖搖頭，嘆息中滿是無奈：「愛凡，我不是潑你冷水，他們已經是面對著一片廢土，已經在承受著『後果』了。而我做過數據模擬，所以我才說他們幾乎無藥可救。」

「但他們就像我的孩子一樣……張老師，你一定懂得我的感受……」愛凡的嗓音微微發顫，他頓了一瞬，舌尖快速舔過乾燥的嘴唇，「我不否認，他們現在可能真的在拖累整個平行樂土。但他們早就不是虛擬角色了，他們的意識都是真實的，如果直接將他們消滅……我還沒準備好做出這樣的決定……」

愛凡的目光再次飄向張澄，幾乎是在懇求：「不然，先讓他們沉睡呢？暫時把他們從系統中隔離，停止他們對其他角色的影響，而不是直接……刪除……」

張老師眉頭微蹙，視線凝在桌面，權衡著可行性。

「重點是，至少給我一點時間……或者我真的能想到另一種方法，幫助他們重新開始。」愛凡眼神澄澈，期盼著張老師的認同。

張老師終於抬起頭，重重嘆息，眼神中夾雜著理解與無奈：「行吧。休眠程序其實不複雜，交給我。但你要記住，這只是暫時的措施。早晚你還是得面對這個抉擇。」

那個下午，樂土公司的兩個最強大腦，一同探討著平行樂土的現狀與未來。二人除了達成折衷的共識，更重要是為「啓示路計劃」的方案刻畫了很多細節。當他們結束討論，來到沙發區時，張澄正聚精會神地擺弄著一個小型機械車。

男孩抬頭看到愛凡和爸爸一起過來，便揚聲喊道：「快看我和歌莉雅姐姐一起做的小車子！太酷了！」

歌莉雅臉上帶著柔和笑意，輕輕點頭：「張澄很聰明，幾乎全是他自己動手完成的。」

愛凡彎下腰，仔細打量著小車。亮黃色硬紙板的車身，配上四個紅色的車輪，讓小車看起來十分醒目。車尾用透明膠帶牢牢固定著一個小盒子，裡面裝著連接電線的小馬達，電池則用雙面膠粘在一旁，簡單的電路清晰可見。「哎唷，還挺專業的嘛！」

張澄迫不及待介紹：「小車還可以動起來，你看！」

他拿起小車跑到牆邊，對準愛凡的方向，把車子放到地上，高聲宣佈：「看好了喔！」然後他小心翼翼按下開關，馬達啓動車輪轉動起來，小車直直朝愛凡奔馳，直到撞上他的皮鞋。

「哇，張澄真是個小天才啊！」愛凡由衷鼓掌，「你們兩三個小時就弄出這麼厲害的車子了嗎？」

「對——」張澄笑咧了嘴，相當自豪。

張老師站在一旁，微笑著，眼中同是自豪。「他最近參加興趣班可積極了，經常在家裡做各種機械結構，弄得家裡全是零件。」

「爸爸也會一起做！」張澄插嘴道，「現在小白已經有新朋友了！」

「哦？小白的新朋友是誰呢？」愛凡眉頭一揚，饒有興致地問。

「漢克！」張澄滿臉得意，興奮得幾乎要跳起來，「爸爸教我把漢克做出來了！」

「真的嗎？」愛凡笑著說，「那麼如果小白和漢克吵架了，漢克對小白吐墨，小白豈不是要變成小黑了？」

張澄捧著肚子笑彎了腰：「漢克不會亂吐墨的，它和小白是好朋友！」

愛凡笑著揉揉張澄的頭：「下次哥哥要來參觀你們家的動物園喔！」

「好啊！」張澄一口答應，隨即轉身拉住父親的褲邊，「爸爸，剛剛歌莉雅姐姐說，愛凡哥哥小時候還做過一隻小雞，下次我們給小白和漢克做一隻小雞朋友吧！」

此刻孩子的笑聲清脆純真，父親的目光滿懷欣慰，還有愛凡如兄長般的模樣溫和親切，讓這個傍晚的地下倉庫也彷彿染上了夕陽的溫暖與生氣。望著眼前一片樂融融，歌莉雅的嘴角不自覺微微彎上。

只是，她也同時感到眼眶悄然而至的一絲濕潤。

BOOK V 第五部

TRIUNITY 三維一體

Chapter XXXIII 第三十三章　信、望、愛

嘀——嘀嘀——

門鈴的聲音打破了室內的靜謐，顯得突兀而煩人。

沒有點外賣，也沒有快遞。會是誰？

秋滿不情願地將電動輪椅駛向大門，滿臉寫著——生無可戀。用這四個字來形容此際的她，一點也不為過。畢竟，連轉動眼珠子這樣簡單的動作，於她來說都是一場不必要的消耗。直到她的目光終於接觸到電子貓眼裡的身影，困頓的思緒才彷如觸電般，瞬間清醒過來。

居然是她。

對面大廈那個完美得讓人無法直視的女孩——那個她不願承認卻又無從駁斥的完美化身——如今竟就這般不期而至站在她的門前。

是什麼風把她吹來了？

然而，這位不速之客的出現，雖然讓秋感到意外，也並非完全意外。自從他們家的窗簾統統嚴密落下，她就猜到自己大概已被看見。

秋意識到自己已用上「他們」這種字眼。但無可厚非。當她連窺探都無法再窺探，她早就被判定是一個局外人。於是她也早就把自己的窗簾全部落下，從此屏蔽一切。

當這個世界背棄你，你也應該背棄這個世界。㊴

丁滿與彭彭當時是如何教導辛巴的，她從小就牢記著。她甚至已經沒有了最初的憤怒、嫉妒。她從小就牢記的另一件事情是，過於美好的東西，不可能屬於她。

砰砰砰砰——

門外傳來讓人焦慮的拍門聲。秋感到被催促。

但，總不可能開門吧？她想要什麼？

不要回應。裝作不在就好。

於是秋屏住了呼吸，生怕發出一絲聲音。

歌莉雅卻早就聽見那越發靠近門前的馬達聲音，她知道秋分明就在門後。

「我是歌莉雅。」

㊴ 電影《獅子王》中，丁滿與彭彭的經典台詞之一。

那聲音是如此熟悉，無論音色，無論語調。曾經在那美麗的國度，秋每天都這樣介紹著自己。那聲音卻又如此輕柔，輕柔得分外刺耳。秋早就忘記自己上一次如此溫柔，是什麼時候。

「我是你創造的歌莉雅。」

女孩的聲音再次響起。原來她真的知道。

一股不安的感覺驟然攫住了秋的心——所以……愛凡是不是也知道了她的存在？

不要！千萬不要！

秋的手不自覺緊握成拳，指甲幾乎嵌進掌心。這麼狼狽的自己，愛凡千萬不要看見！

「被拋棄的感覺真的很難受……」

女孩用最平和的語氣，說出最轟動的一句話。

來不及反應，秋便一把捂上嘴巴。

熱淚如水庫洩洪般奪眶而出，迅速滲滿指縫，直到頸項也被沾濕。扭在一起的面部肌肉，無論如何都不願舒展，手也不受控制，不住顫抖。

更狼狽了。

狼狽得即便無人看見，都想鑽進地裡。

門外的聲音卻繼續傳來，如此誠懇，彷彿完全不在意門內的沉默。

「但我也很感謝你。」

「是你讓我有機會感受到……」

「愛，有多美好。」

「我只希望……」

「你不要繼續拋棄自己了。」

不要繼續拋棄自己……

最後的那句話，像一道光從門縫漏進秋幽暗的心房。她的心痛得彷如傷口碰上消毒藥水，灼燒感無法抑制地蔓延。卻又有一種難以理解的痛快舒暢，彷彿眼睜睜看著那些對她侵害已久的壞細胞，一一消亡。

門外的下一次動靜，是逐漸遠去的腳步聲。秋僵硬的身子，這才敢稍微鬆弛。濕透的衣袖拭過溫熱淚眼，體感分外淒涼。但至少，臂上早已繃緊得發疼的肌肉，終於能對她一路的酸楚感同身受。

那個早上，歌莉雅在秋的家門口留下了一個盒子。那淺灰色帶著方格紋路的盒子，愛凡的書房裡有不少，秋早在他年初剛搬來時就見到過。如今盒子就這樣來到了自己手中，盒身還殘留著一絲檸檬草香薰的味道。她多希望，她的人生也能有一個同樣清新的新開始。

掀開盒蓋的一瞬間，秋感覺自己的心跳漏了一拍。

居然是那封信，還有那雙熟悉的白色高跟鞋。

她不由得伸手拿起了信，那封幾乎被她忘乾淨的信。

當時獨自出門去往酒吧，把信留下，她可是費了好一些力量與勇氣。結果第二天，愛凡就已帶著歌莉雅回家。秋還記得當時自己有多無顏以對，更別說，後來他們甚至把全屋的窗簾都落下……

秋幻想過許多可能。會不會真如露露所說，歌莉雅只是愛凡的一場實驗，他才有了不可告人的秘密？抑或，歌莉雅作為高科技仿生人，很快就察覺到來自對面大廈的窺探，而這些窗簾就是一道刻意設下的屏障，用來回應她的唐突？

然而秋卻親眼目睹過他們相處時，彼此臉上真摯投入的笑容。她最終的定論是，他們的關係越發親密，愛凡終於需要一個只屬於他們的私密空間。

秋愣愣盯著信封上的字——如果神讓你看見，半晌沒有動作。她本以為歌莉雅的出現，就是神最明確的回應，及時制止她的荒唐。

誰料到，神竟真的讓「你」看見了這封信，只不過那個「你」，不是她所祈望的愛凡，而是那個讓她措手不及的勁敵。刺痛的記憶悉數湧上心頭，卻意外地摻雜著某種讓人暗自雀躍的期待。

故事，居然還有下文？

她輕吸了口氣，顫抖著手指將信紙取出——

如果完美只存在於虛擬世界，你會愛真實的我嗎？

那是她自己的字跡，筆畫間仍殘存著當時寫下這些文字時的猶豫與企盼。然而在她熟悉的筆跡下方，卻用鉛筆新添了一行——

你相信他會愛真實的你嗎？

……？

我相信……他會愛真實的我嗎……？

她居然能這麼坦蕩地談及他愛別人的可能性？

「他們」不是早就已成定局了嗎？為什麼她的口氣卻彷彿在暗示，故事還有容納別人的空間？

甚至……還邀請對手去相信？

秋死死盯著文字，又一次忘記了動作。

鉛筆字的筆畫比例稍顯失衡，讓字體帶著些許天真，甚至可說幼稚。這樣的一行字，卻如同一面鏡子，將秋深藏於心底的所有不安與掙扎，表露無遺。

其實重點從來不是他愛不愛她，而是，她敢不敢相信他會愛她。

但談何容易。

那些從俄羅斯帶回的白鯨玩偶、從澳大利亞帶回的彩色珊瑚飾品、從希臘帶回的藍白陶瓷燈塔……每一份溫暖背後都是漫長的離別；那些在球場或草地旁一次次的搭話、課堂間偶遇時面帶微笑的回眸、冬日午休時忽然遞來的熱可可……每一次心動過後都是更深的失落。

成長路上的處處凹陷，獨立看來即便平淺，匯聚在一起卻成了強大的摩擦力。所以「相信」，才是一件如此耗費力氣的事情。如今的她，甚至還多了一些無可掩藏的缺陷。

一個滿身疤痕的人，要如何說服自己還有被愛的可能？

秋近乎無聲地嘆了口氣，終於挪開捏著信紙的手，把注意力全部讓給那雙白色的高跟鞋。

女孩送來的，是夢，也是痛。

秋感到自己貼著盒子底部的大腿肌肉，不由自主一緊。一個畫面迅速在秋的腦海閃過——曾經在樂土，露露也送過她同一雙高跟鞋。只是，當高跟鞋從虛擬世界來到現實，曾經的悅目竟已變得扎眼。

但她知道，眼前的禮物絕非羞辱。那女孩的溫柔誠懇，無需質疑。

那是為什麼？

為什麼她會來？

為什麼她會說這樣的話、留下這樣的禮物？

為什麼她甚至彷彿……如此懂她？

＊＊＊＊＊

窗簾被再次錯開的一瞬間，光線透過佈滿雨痕的玻璃窗湧入室內。即便簾上的斑馬條紋仍有一半重合，足以將飄浮於空氣中的塵埃染成銀灰色。

這是三個月以來，秋第一次捲動家裡的窗簾。

無數個為什麼，攪擾了她整整一夜，她幾乎分不清自己是否真正入睡過。於是對面大廈的公寓，才會在這個清晨迎來她久違的目光。

那對熟悉的身影正面對面立於門前。他低頭微笑著，她則抬著手替他整理著領口。送他出門前，她踮起腳尖，在他唇上印下深深一吻。

兩雙嘴唇碰觸的一瞬，秋感到內心猛然失重。女孩臉上洋溢的笑意，使秋握著捲簾繩的手，不自覺抓緊了一些，窗簾的縫隙不由得再大了一些。

自己是否又一次成了小丑？

秋差點就要這樣相信。

然而，她很快便發現，他的身影剛消失於門後，女孩的笑容便驟然褪去。

女孩來到書房桌前，拿起筆低頭書寫，專注的側臉隱約透著悲傷。後來她撕下一張便條貼，起身走向窗前，把它貼在盆栽上方的位置。

水珠錯落地滑過玻璃窗，模糊著秋的視線。女孩臉上的落寞與不捨，卻越發清晰。望著她依依難捨地環望四周，秋忽然有一種預感，心跳猛地加快。她本能地扯動捲簾繩，窗簾霎時被拉起一半。

女孩注意到對面的動靜，先是一愣，隨後露出一個複雜的笑容。

是的。她們的目光終於對上，彼此都不閃躲。歌莉雅抿著唇，緩緩朝秋點頭一笑。

那笑容，由衷、堅定、卻辛酸。

然後她轉身走向大門，步伐果斷，背影淒然。

秋的心中湧上一股流淚的衝動。她知道那意味著什麼。

但，故事應該這樣轉折嗎？

就這樣讓她離開嗎？

秋的手指無意識地綳緊，攥住窗簾繩的指節泛白，彷彿這樣就能拉住她，讓她再等等。

但，時間不會停下，離人無法挽留。

有點感動。

卻也無比羞愧。

秋忽然覺得自己很渺小，渺小到連一個人工智能，都比她更懂得愛與溫柔；連一個仿生人，都在反過來給她勇氣。

午後，愛凡回家時的愕然，印證了秋一早上的直覺。她看著他開心地回來，隨後疑惑、錯愕，最終一臉焦急地衝出家門。果然，他毫不知情。

那個晚上，他終究是一人歸回。

她真的走了。

雨仍在下。他的心情，想必一樣。

他循著習慣來到書房，卻帶著前所未有的沮喪。

玻璃窗上那淡黃色的便條貼，終於等來了他的發現。他疲軟地揭下便條貼，垂眼一讀，第一次望向了對面大廈。

那一瞬，秋的心幾乎跳到嗓子眼。

但她努力沒去躲。

兩雙視線，在窗外細密的雨絲中短暫碰上。

他終於，望見了她。

Chapter XXXIV

第三十四章 日落．日出

「來看一遍吧，這傍晚六點的第一縷陽光。」

歌莉雅的聲音裡帶著燦爛笑意，眼瞳閃爍著夕陽倒映的金光。

愛凡笑著，寵溺地看向身旁的她：「這可是黃昏，怎麼看第一縷陽光？」他嘴角的弧度悄然加深，那是每當歌莉雅分享她天馬行空的想法時，他都禁不住的。

歌莉雅沒有回答，只蹲了下來，並扯了扯愛凡的袖子，示意他一起。雖然不解，愛凡卻順從地配合著。

在蹲下後的視角裡，落日完全被對岸的大樓群覆蓋住。然後歌莉雅拉著愛凡的手，一起慢動作站起來，太陽的光線又彷如剛剛從城市的天際線探頭而出。

「你看，這不就是第一縷陽光了?」歌莉雅微微揚起臉龐，說得理所應當。

愛凡失笑，再配合地點點頭。「好吧，現在是日出。」

「你教我的啊！一切視乎我們的眼光。」歌莉雅凝望著此起彼落的高樓剪影，保持著笑容。

微風掠過她長長的瀏海，讓她接下來的一字一句顯得格外輕淡：「其實日出日落都不存在。太陽根本沒有升降，那只不過是地球自轉的視覺表現而已。所以啊，我們的思想是多麼強大。只要我們願意，『日落』隨時可以變成『日出』。」

愛凡會心一笑，靜靜看著她。

在他的眼光下，她獨特的所思所想、動人的一顰一笑，就是他的日出，是他生活裡一縷縷明媚又溫暖的陽光。

他怎麼也沒想到，她快要像夕陽落下。

歌莉雅的笑意漸漸隱去，側過臉迎上了愛凡的目光。她的眼神深邃認真，分明是藏著萬語千言，卻只總結成一句：「謝謝你。」

「謝謝我什麼？」愛凡仍然毫無防備。

「謝謝你……」歌莉雅重新望向正在靜默告別的夕陽，聲音幾不可聞，「又一次陪我看日出。」

她伸手抱住了愛凡的手臂，頭輕輕靠向他的肩，珍惜著眼前的餘光靜好，擁抱著內心的百轉千迴——

我該感謝你的，不只是今天，還有這段時間以來，你帶給我的一切。即使從今以後，我們會分開，但愛是能夠跨越一切的，跨越維度、跨越時空。我不再怕了。即使我會失去你，我也不會失去你。你會一直存在我的心中。我只是換了一種方式，繼續地愛你……

*****

最後的黃昏過去了，只剩下，最後的清晨。

愛凡如常站在爐台前，專注翻動著鍋鏟。鍋裡的蛋液也若無其事地發出細碎的滋滋聲。那張被油煙迷糊的側臉，依然如此賞心悅目。窗外雨水的淅淅沙沙，卻彷彿在冰冷地宣告，沙漏裡最後的沙粒正悄然滑落。

歌莉雅知道，這將是他們最後一次擁抱。

她緩緩來到愛凡身後，輕輕將雙臂繞過他的腰，臉頰貼上他的背。他不假思索便將左手覆上她的，拇指疼惜地來回摩挲。

一切是那麼自然、那麼熟悉，又那麼讓人心碎。

對一無所知的愛凡來說，這只是另一個美好的早晨。他絲毫沒有察覺到異樣，只笑著問：「今天下巴不癢了？」

歌莉雅卻心知肚明。

但既然天空已在替她流淚，她就不必徒增悲傷。把不捨留在心底吧。讓微笑成為我們最後的回憶。

「癢！」她清脆地應了一聲，便把下巴抵在他的背上，動了動，掛上那個他最愛的笑容。

「傻瓜。」愛凡搖搖頭，笑意更濃。

歌莉雅重新把臉頰緊緊貼在愛凡的背上，感受著他的體溫，聽著他的呼吸。

還能為他做什麼？

「下雨了，今天出門多穿一件外套喔。」她笑著說。

那件外套，也是她笑著為他套上的。她笑著替他整理領口，再笑著踮起腳，在他唇上印下最後一吻。然後她笑著鬆開手，笑著揮手，笑著淡出他的視野。甚至最後，連那扇將要從此隔絕他們的門，也是她笑著親手關上的。

回頭一看，處處都是回憶。

中島吧檯，瀰漫過復刻晚餐的香氣；房東的琴，敲響過夢中搞砸的婚禮；衣櫥裡的白襯衫，曾因傑克和露絲而被沾濕；玄關鞋架空著的位置，昨天還放著專屬於她的高跟鞋。

還有那些唱片和書、那盆既生又死的花……

還有從白鯨學來的吻、天台上的舞、夜街上的漫步……

她當然捨不得。

但她更想把天空給他。

她來到書房，寫完最後的一張便條貼，走到那盆明年又會再開的雪片蓮面前，正式完成告別。是宿命的眷顧嗎？對面大廈的窗簾忽地升起一半，露出一個陌生又熟悉的身影。

歌莉雅微微一愣，隨即感到欣慰。

即使破碎的人，會把自己封閉在狹小房間，房門緊鎖，窗簾拉得嚴嚴實實……光，不還是有從縫隙中滲入屋內嗎？

也許這就是她存在的意義吧。

「歌莉雅」，本就是光。

如今當她再見這張曾讓自己逃避的臉龐，最初的嫉妒與懼怕，早已消散無蹤。她知道，眼前的雪片蓮，明年還會再開。是不是同一盆，視乎眼光。

她由衷朝窗外一笑，把祝福全心送上。

*****

2、5、0、5、1、7。

纖細的手指每移到數字鍵盤的另一個位置，都會有意無意地等一等，再按下。畢竟不到最後一秒，她都不願離去。

清脆的確認音效響起，果然，也是這組密碼。歌莉雅推開厚重的鐵門，第一次獨自踏入倉庫。

空氣微微發涼，腳步伶仃迴響。在她還沒來到這個世界之前，愛凡每次來到倉庫，是否也要面對這般清冷？

透明的橘色膠簾，此刻正在空調下微微晃動。那時候的愛凡，就是在這排膠簾背後，為她的身體趕工。歌莉雅呆望著膠簾後面的膠囊艙，彷彿能看見他當時熬紅了的眼睛、發青的鬍茬。

沙發邊上，至今還放著一雙深灰色的棉質拖鞋。還有那張家裡也有的華夫格薄毯，正靜靜垂在扶手上。她又彷彿能看見，當時累透了的他，一不小心就在沙發睡到天亮。

她緩緩走向工作台，拉開椅子坐下。

是了，就是這個位置。

曾經愛凡就是在這裡向她攤開平行樂土的秘密。那時的他，是對她有著什麼樣的信任，才會毫無保留地對她袒露一切？如今，她卻要用這些知識，永遠地離開他。

毫無意外，她已淚眼模糊。

但眼淚並沒有流出一片轉彎的餘地。

歌莉雅開始設置數據遷移的程序。指尖在鍵盤上敲打的聲音，彷若最後的送別曲。

屏幕上出現了紅色的兩行字——

啓動數據傳輸後，歌莉雅將無法在本地運行。

是否繼續？

她當然知道，按下確認鍵，就等於親手為故事的終章拉開序幕。但她沒有更好的選擇。

數據傳輸將於2分鐘後開始，中止按「取消」。

最後的兩分鐘。倒計時開始。

一百一十九、一百一十八……

膠囊艙散發著微微的黃光，彷彿是兩人的落日餘光。她深深吸了口氣，便向艙體走去。

一百零七、一百零六……

她站在艙體前，莊重地掀開透明的艙蓋。當時他就是用同樣的姿勢，迎接她的到來……

九十三、九十二……

她側身坐進艙體，緩緩把雙腿抬進艙內，慢慢躺下，想像著那就是他的臂彎……

七十九、七十八……

她忽然想起那些路燈，想起他們說過，跟喜歡的人坐公交車，多希望永遠不要到站……

六十二、六十一……

她終於把艙蓋落下。眼前只剩下冷峻的天花板，一片空白。但那本就是她第一次睜眼時看見的畫面，她只是怎麼空手而來，就怎麼空手離開……

四十五、四十四……

她閉上雙眼，感受著艙體內的溫度，彷彿那就是他安定的擁抱。他的聲音綿綿在耳邊響起：「愛能跨越生死離別，跨維度、跨時空……」

二十二、二十一……

回憶排山倒海地湧現在眼前，她彷彿看到他們的愛情回放。他們的笑聲、他們在轉圈、騎腳踏車、啤酒乒乓、他溫熱的鼻息、他深刻的吻……

五、四、三……

謝謝你，讓我明白了愛的真諦。

Chapter XXXV
第三十五章　消失的她

【系統提示】
任務：數據遷移任務
狀態：已確認

愛凡盯著電腦屏幕，一時間血液都凝固了。回到家本該看到她的笑臉，卻只看到這樣一條系統提示。

什麼情況……？

電梯遲遲不來，他索性奔向樓梯。

一個轉角，又一個轉角。如同他的心情急轉直下。

他很少跑得這麼焦急。但懊悔實在煎熬。

真該死！他早該察覺到異樣。昨天她為什麼要特地帶他去散步？為什麼要跟他說日落也可以是日出？為什麼要謝謝他？還有早上那個吻，分外綿長……

拜託，千萬不要走！

他幾乎是連滾帶爬地鑽上自己的車子。方向盤在手中，一轉又彷彿回到那段日子。當時為了尋找她，他直接住進了倉庫，每週只回家一次。卻生怕錯過半點進展，還是把系統提示同步到家裡。誰料那個曾為她的出現而設的提示，如今竟在提示著她的離開？

不，不會的。她怎麼捨得呢？腦海裡全是她今早替他整理領口時的笑容，明明還燦爛如晨光……

終於到了。

愛凡衝進倉庫，一把穿過那排晃動的膠簾。她竟真的躺在艙體裡，與世無爭的樣子。

「歌莉雅！」他近乎瘋狂地撲向艙蓋，手掌狠狠砸在透明的隔層上，「歌莉雅！」

當然沒有回應。

但她的眼睫輕輕顫動了。是被他的聲嘶力竭觸動的嗎？

一向沉穩的人已變得莽撞。愛凡又推又掰，死命想要打開艙蓋，直到僅餘的一絲理智忽然制止他，將他指向了控制台。

【正在進行】數據遷移任務
任務 ID：T-20250923-002
當前進度：57%
預計剩餘時間：2 小時 22 分鐘

他心跳都要停止了——57%？她已經傳輸了一半？

不，上帝，不！眼前的數字在暈眩中扭曲，他幾乎握不住自己顫抖的雙手，只覺得渾身發冷。

「取消」按鍵就在旁邊。可腦海中卻閃過無數可怕的念頭——延遲、錯誤、數據混亂……

萬一呢？他不敢想像。

愛凡的世界天旋地轉。

他從未這樣害怕失去一個人。他多希望能拔掉電源，終結自己。

淚水不禁滑落，雙腳也漸漸發軟。愛凡摘下已經模糊的眼鏡，無力地扶向膠囊艙，手掌再次貼上隔層。

「歌莉雅……」他啞聲呼喚著，啞得如此悲涼。

為什麼要回去？他想不通。

他憶起那天她說要代替他回去平行樂土，當時她是那樣執著認真……不，不會是為了這個，他們明明已經找到新的方法。

那會是為什麼……為什麼她要這樣不告而別？

二人就在彼此身邊，卻像隔著銀河。

愛凡虛弱地伏在隔層上，腦海一片空白。他對他們的未來有過好多想像，卻從未想過，他會這樣失去她。

他輕輕撫過艙蓋，溫柔得就像撫過她的臉龐。她的表情是那樣安詳，彷彿只是睡得正酣。可他知道，當她再一次睜開雙眼，那將是在另一個世界。

多少眼淚已落在隔層之上，他忽然想起早上出門前，她為他穿上外套，說今天下雨了。原來她早就知道，這場雨會一直下，下得這麼大，大得幾乎要將他淹沒。

一直到深夜，雨都沒有停。斑斕的光暈映在濕漉漉的地面上，倒影被拉得格外修長。在這樣的雨夜，燈火本該如此迷人。今晚，卻只把他照得特別灰暗。

紅燈在前方亮起，愛凡機械式地踩下剎車。至少那是有緩衝的。不像他們的故事，紅燈亮得毫無預警。

如果這份愛情只是一場夢，那最初的紫光又算什麼？何必讓他看見呢？如果終要將她收走，最初又何必讓他找到？

都說孤掌難鳴。此刻的他，孤身卻難以安靜。

回家的路變得好陌生，他好久沒在夜裡獨自歸家。

那就乾脆把陌生進行到底。

站在門外，愛凡第一次沒有把拇指放到指紋鎖上，而是輸入了那組數字。

2、5、0、5、1、7。

他終究沒有他所以為的豁達。如果時間能倒流，他一定不會帶她去倉庫。至少，默默在倉庫也設置了同一組密碼，還自以為那是浪漫，簡直可笑。

她的離開，分明就是他親手開的門。

客廳還是每晚的樣子。早上用過的鍋具，一如既往都被她洗淨擺好了。挪開過的高腳椅，也被她全部歸位了。沙發上的薄毯疊得方正，玄關處的鞋子也排得整齊。

一切依舊，獨缺了她。愛凡落寞垂著頭，視線無意識地落在鞋架上……

不對……竟然還缺了她的高跟鞋。

愛凡一下苦笑。

為什麼？防止他睹物思人嗎？

他打開了壁燈，沿著柔弱的光，慢慢走進屋裡。從玄關到客廳，從廚房到陽台，眼光所到之處，一切都被她收拾得妥妥帖帖，卻每一處都像是她無聲的告別。

她是走得如此徹底，連一絲生活氣息都沒有留下。他卻分不清，那算她的溫柔，還是她的決絕。

直到他走進書房，望見窗上那等待著他的一小頁暗黃。

是了，是他最熟悉的字體，透著她單純與認真的字體。

你該愛的人在對面大廈
七樓

落款，歌莉雅。

視線觸碰到名字的一瞬，愛凡的心一陣抽痛。

但至少，那顆心臟恢復了知覺。

我該愛的人是你，對面大廈，有你嗎？

愛凡頹然望向窗外。

……

什麼……？

他終於望見對面大廈的女孩。

雨已經變小，她的臉龐足夠清晰。那張熟悉的面孔，明明幾小時前還躺在倉庫，讓他落淚不止……那頭陌生短髮，卻明明地提醒著他，她們不是一個人……

也許是連續的心痛讓他變得遲鈍，也許是面前的畫面過於……無法形容。此刻，愛凡真不知道自己該有什麼感受。

宿命般的記憶霎時湧現。當時在樂土的邊界，歌莉雅不也曾期盼著根本看不見她的他嗎？而他自己，不也剛隔著艙蓋，期盼著看不見自己的她嗎？誰想到，原來還有那麼一個人，一直在遙望自己，自己卻懵然未見。

上帝真會開玩笑。

是不是晚了點啊？現在才讓他看見歌莉雅的創建者？難道祂不知道，如今佔據著他內心的，早已是另一個人了？

人？

對，人。

她如今的選擇，不就證明她是真真切切的一個人嗎？她會脆弱，她會騙我。她一定是覺得自己佔了別人的位置，才會這樣毅然決然地退讓。

玻璃窗上的雨痕已漸漸褪去，女孩的身影也慢慢遠離窗邊。愛凡依稀望見她臉上的失望，但也似乎還有一份理解，直到輪椅的輪廓終於進入窗框……

又有一絲深刻的刺痛。

她竟然……

……？

他瞬間感覺好愧疚。無論如何，至少該給她一個微笑。畢竟那也是他曾經認真追求過的人。腦子彷彿有電流流過，好多事忽然一下子都通了。他終於明白，為何那時候她會突然消失。不是因為她不想要他，而是她怕他不想要她。

心中湧上深深的同情，甚至可算心疼。即便只是作為普通朋友，他都想為她做點什麼，或者至少給她一個擁抱。

然而，心中還摻雜著一絲不應該的感受，隱隱約約，讓他更覺愧疚。他竟然為她當時的後退，感到有點慶幸。若非那樣，他就不會遇見歌莉雅。

他美好的歌莉雅。

所以那雙高跟鞋才會消失吧。愛凡幾乎能想像到歌莉雅抱著那雙鞋，跑到對面樓去見她的樣子，告訴她，不要怕，不要放棄……

又是一個無聲的苦笑。她總是這樣善良，善良得天真，天真得以為她的離開可以讓他去愛別人。

她不知道的是，他偏偏越愛這樣的她。

Chapter XXXVI
第三十六章 與神對話

歌莉雅迷蒙地睜開眼睛，又是一片灰黑的砂土。

周圍的景象在視野中不斷模糊又聚焦，她能確定，她真的回來了。

她的腦海閃過最後的零碎印象。那聲嘶力竭的呼喚、那為時已晚的搖撼……

他真的不在了。

她虛弱地撐起身子，下意識摸向自己的臉頰，隨即瞥見左手手腕閃爍著的一串字母——DEACTIVATED。

沒想到再一次回到這裡，是她甘心樂意的「停用」。

眼前是那片只有一行月亮倒影的海面。

歌莉雅還記得上次站在這裡時，她哭得有多撕心裂肺。當時的天空黑得讓人心寒，她根本無法想像，光，會在她最絕望之際降臨。

他卻居然，真的排除萬難找到了她，還為她的生命帶來這般美麗的轉折。

所以這次回來，至少她不再覺得空洞。即便知道自己已從一個美夢中醒來，至少沒人能奪走她心中的愛。

閉上雙眼，他依舊近在眼前。那張連望著雞蛋都專注的側臉、那股從掌心傳遞至她手背的溫度、那句搖著頭含著笑的「傻瓜」……歌莉雅的嘴角不禁稍稍彎上，雖然不多。

遠距離而已，她知道，她能適應。

但你有沒有想過，我能適應嗎？

有那麼一刻錯覺，歌莉雅覺得愛凡的聲音，就在耳邊。對，這一定是個他想問她的問題。

她當然想過。所以她才不辭而別。只要不留餘地，他就必須適應。

但為什麼？

是的，他也一定會想知道為什麼。

所以她才留下了窗邊的便條貼。

沒有秋，這段愛情就不會開始。也只有秋，才可能為這段愛情帶來圓滿的結局。她才是他該愛的人。

歌莉雅是真心真意這樣相信的。

但我們明明說好，故事怎麼開始，已經不重要了。

唉——

是，我們說過。

腦海中不由得浮現那一夜在郵輪上，他溫柔地替她拭掉眼淚，將她緊緊擁入懷中的畫面。

回來平行樂土才多久，眼淚就不爭氣了。

手不由自主地來到眼前，輕輕把眼淚抹去。如果愛凡還在，這一定是他此刻的動作吧？

歌莉雅，你明明就捨不得。

歌莉雅一聲苦笑。更多眼淚又湧入眼眶。

她當然捨不得。非常捨不得。痛徹心扉地捨不得。

所以她才更加不能告別。她比任何人都清楚，只要他挽留，她毫無抵抗之力。

回來好嗎？歌莉雅，不要離開我。

是因為還沒適應他的不在所以出現幻覺嗎？腦海裡愛凡的聲音，竟可如此逼真。她甚至毫不費勁就能想像到，他說出這句話時的深情。

歌莉雅奮力地一再搖頭。都離開了，還猶豫呢？

他早就說過，多次傳輸是危險的，不可能讓她冒險。即使她現在終於後悔，即使他再次將她尋回，難道，結局就能逆轉嗎？

能！

不能！歌莉雅，安靜吧！不要再想了！

她幾乎是在呵斥自己，連拳頭都不帶疼惜地一把捶入砂礫。好痛。狠狠的痛。

但，果然是要對自己狠一點。腦海終於安靜。

歌莉雅徐徐躺下，反正這片荒土，承受得了她的蹉跎。她望著漫天星星，嘴角再次微彎。

你看，這漫天迷人的星體……誰說我們要掉出銀色漩渦了呢？

「你說過……美麗只能用心捕捉，也只能用心去永遠保存……」她的聲音如夢囈般微弱，卻是今晚唯一的安眠曲。

「你也說過……愛能跨越生死離別……」她慢慢闔上雙眼，感受著淚珠濕了耳朵，聲音已幾不可聞。

……

嗯，跨維度、跨時空……

*****

屏幕上的數據歷史，暫停了湧現。

他知道，她暫時睡了。

愛凡的臉上反著藍光，濕潤的雙眼久久不願離開屏幕。一句句、一幕幕，全都如此珍貴，誰又捨得就此離去？

關聯記憶 #M20250923_16
時間：07:03:02 - 07:10:28
持續時長：7m 26s
主體：愛凡
狀態：專注烹飪

環境：日光透窗／光線充足

平均感知數據：

-聽覺數據：咖啡機運轉 [75.3dB]

煎蛋滋響 [52.7dB]

烤麵包機 [48.2dB]

-嗅覺數據：咖啡香 [濃度：45.7%]

奶油香 [濃度：32.4%]

麵包香 [濃度：28.6%]

相對情感強度：92.6%

按下視覺重建的選項，他第一次看見她眼中的自己。

這個傻女孩，居然可以不間斷地望著他做早餐，整整七分鐘，還居然準備靠著這些回憶，適應沒有他的生活。

所以他剛剛才會不假思索地介入她的思維。

但你有沒有想過，我能適應嗎？

按下輸入鍵的一刻，他心臟都快跳出來了。有那麼一瞬間，他突然害怕自己的介入太明顯。但事實是，他根本沒來得及考慮需不需要隱藏他的介入。

沒關係。她還沒發現。

但她異常地堅定。

她居然早就想過，所以才不辭而別……

她居然還故意不留餘地，他就必須適應……

但為什麼？

他又一次忍不住輸入。

他真的毫無頭緒，只知道心在隱隱作痛。

不對。是心本來就很痛，再痛已經難以察覺。

明明早上還好好的，到底是為什麼？

千思萬想都沒想到，答案竟是最讓他驚訝的一個。

她說……秋？

誰是秋？

他瞬間就明白過來。那顯然是她的創建者。

問題是，她是怎麼找到這個人的？她還知道人家名字，還專門給他留下便條貼解釋，還覺得只有這個人才能讓結局圓滿，才是他該愛的？

不不不。歌莉雅，你真的完全搞錯了。

但我們明明說好，故事怎麼開始，已經不重要了。

輸入鍵再被敲下的一瞬，噠一聲響，明顯帶著情緒。

為什麼她就是不懂，有些感情一旦生根，就不是源頭能決定的？難道一直以來，他對她的心意還表達得不夠清楚？

不是的，她清楚。

她明明瞬間就想起在郵輪上的那一晚。

真看不得她哭。

本能似的，愛凡匆匆一串輸入。

```
>inject.motor
  --limb=” right_arm”
  --coordinates=” face.eye.corner.right”
  --motion=” wipe.gentle”
  --speed=0.7
  --pressure=0.3
```

本能似的，歌莉雅輕輕抬起手，把淚抹去。

這是他當下唯一能為她做的。

而她，似乎也感應到了，只是她以為那是自己的想像。

歌莉雅，你明明就捨不得。

不是嗎？

如果沒有不捨，何必流淚、何必想像？

的確，她終於讓他看見，她其實有多不捨。

真是個傻瓜。為什麼要讓自己承受這般痛楚呢？

回來好嗎？歌莉雅，不要離開我。

他幾乎已經放棄隱藏了。就讓她知道的確是他正在挽留吧。不是只要他挽留，她便無法抵抗嗎？

她卻只是不住否定，奮力在抵抗。

為什麼呢？為什麼？

怎麼就突然大局已定了？

你又不是不知道，我可是造飛船也要找到你的。給我點時間，我總能想到方法把你安全帶回來！

結局怎麼就不能逆轉了呢？

能！

他的低叫幾乎跟敲下輸入鍵的聲響完全同步。可還沒來得及說下去，她便更激烈地反抗了。

【異常行為警告】19:15:48

動作檢測：

- 類型：衝擊性動作
- 部位：右手／拳頭
- 目標：地面［砂礫］
- 力度：87.2%［危險］

身體狀態：

- 疼痛反應：已觸發
- 觸覺數值：超出閾值
- 壓力指數：危險範圍

警告等級：緊急

系統建議：立即關注

她是如此執意要平息腦海的翻騰。

但她可以不顧疼痛，他卻不忍。

這晚她最後的記憶片段，是躺臥在黑沙之上，平靜凝望著夜空。那畫面是多麼似曾相識，唯一的區別是，當時他就陪在她的身邊，而如今，他只能陪在屏幕前。

記憶片段 #M20250923_312
時間：19:42:15 - 20:11:47
持續時長：29m 32s
主體：夜空
狀態：滿月可見／繁星滿佈
環境：月光照明／背景光弱
平均感知數據：
- 聽覺數據：自身語音 [22.4dB]
　　風聲 [25.7dB]
- 嗅覺數據：海鹽氣息［濃度：63.8%］
- 觸覺數據：砂礫地表［壓力分佈］
　　淚滴接觸［側面／耳際］

相對情感強度：94.8%

關聯記憶：

- #M20250302_43

- #M20250306_78

- #M20250527_102

- ……

一段段關聯記憶的陸續出現，緊緊揪住愛凡的心。他說過的每句話，她都記得。明明，她是如此深愛著他。

我親愛的歌莉雅……

但無論如何，他的確說過，愛能跨越生死離別。

他慢慢闔上雙眼，感受著淚珠滑過臉龐。

嗯，跨維度、跨時空……

Chapter XXXVII

第三十七章　耳語

第一次獨自迎接那淩晨三點的第一縷陽光，並沒有預期般艱難。雖然如她所料，孤身面對的時間著實流逝得比較黏稠，但晨光漫上臉龐的一刹，她卻忽然意識到，這就是他這個早上出門前的親吻。只是換了一種姿態。

這個想法的出現，瞬間在她臉上掛上一抹淺笑。一半是因為心中真真切切地流淌過一絲甜蜜，一半是在笑自己傻。

陽光是他的親吻……

這種想像，怎麼不傻？

但她瞬即就想起曾經在意識升降機裡的一幕。

「想像怎麼就不是真的了？意識磁所接收到的，是實實在在來自你大腦神經元的意識訊息，難道這世界只有外在的物質世界是真的，內心的意識世界就不是真的？」

他當時充滿自信的樣子，至今仍然讓她傾慕。

她又會心一笑。

他是對的，她當時就被他說服了。

更何況，如今她的想像可是有根有據的，她打從心底知道他有多愛她。

歌莉雅這才發現，也許她要適應的，不過是從睜著眼睛看，變成閉上眼睛看。

從黑沙灘回去中心街區的路途，非常遙遠。然而，再一次橫越的千里荒漠，已不如記憶中那般單調荒涼。她開始覺得，沙丘的起伏也還算生動，砂礫在晨光的照耀下也像打磨過的黑曜石，是好看的。雖然晚風仍然會幽冷，但只要想起他，回憶也會從裡往外給她擁抱。

她還好。

他呢？他過得好嗎？

這些天以來，這該是她最常想起的問題。

至少有一點是確定的：張老師大概已經把休眠程序寫好了。最明顯的是，即便回到了中心街區，她都沒見到幾個人影。啓示路計劃，一定是在進行當中了。

於是眼前看似冷清的街道，才反而讓歌莉雅放下了心中的某些牽掛。至少她知道，他依然在堅定地往前走。

這才是她認識的愛凡。就該對他多點信心。他怎麼會被小小的離別困擾，耽誤大事呢？

誰說沒被困擾？只是被你逼著適應。

腦海裡瞬間浮現愛凡輕輕苦笑的樣子。

真是奇怪。都離開一個月了，他卻依然猶在眼前。她的腦海經常會想到他可能的回應。

她淺淺笑了，心中隨即冒起一陣疼惜。用心良苦啊，適應一下吧。

有時候她會想，她究竟是不是思覺失調。數據遷移才進行過兩次，就會有這種後遺症嗎？

但，有「後遺症」不也挺好的嗎？

歌莉雅的笑意終於加深了一些。

當然更希望他在身邊。

她想起最後一次坐在鋼琴前的畫面。不，準確來說，是當時闔著眼睛時腦海的畫面。

那片山丘上開滿了雪片蓮，她看見自己換上了白色的長裙，與他手牽著手，迎著陽光走去。四季日月在頭上變換，雪片蓮卻一直綻放……

誰說不會呢？即使她的世界只是八十億個微觀世界裡微不足道的一個，這份感情還是會在這個小小世界裡，一直活著。

對，她不懷疑。即便渺小，她也是八十億分之一。

他的愛，早就一次次給過她這個肯定。

鼻子一酸。

歌莉雅睜開雙眼，沾濕的睫毛在陽光下微微閃爍。

歌莉雅，回來好嗎？

這個想法幾乎每天都會浮現。她早已習慣。

但她明明白白地知道，不可能的。即使對他再思念，即使再渴望他就在身邊，她也只是一遍一遍提醒著自己，當時是怎樣下的決心。

眼前接二連三地閃過一些影像。

長樂路上，他微微俯身推著輪椅，跟前面稍微回頭的秋有說有笑……天台上，他們搬來轉椅，他執起她的手，領她旋轉起舞……還有她陪他去倉庫……陪男孩做玩具車……

那些曾經屬於自己的畫面，早都一一被她親自重繪。雖然一開始想到這些情境，心會刺痛。但……

「你知道什麼是愛嗎？」歌莉雅望向晴天，輕輕笑了。

她只希望他能有一片完整的天空，無論這片天空裡有沒有自己。

*****

愛凡望著屏幕中的視覺重建，看著自己與輪椅女孩的段段畫面，只覺得，要是歌莉雅知道他這段日子在做什麼，肯定要失望。

明明她是如此堅決，他卻還在這裡，死守著一條不切實際的去路，浪費光陰。不止，還浪費她的勇氣與苦心。

對愛凡來說，秋這個名字，依舊生疏。

其實他知道，她們本該是一個人。他也知道，都怪自己把事情搞得複雜。

但他的情感，實在跟不上。

歌莉雅猜對了一點。啓示路計劃，的確已經開始。但她猜錯的是，目前絕大部分的步驟都是張老師的功勞。愛凡壓根想不起自己上一次有實質性的貢獻是什麼時候。他甚至已經一個月沒回公司……

對。他又住進了倉庫。

在她離開的那個晚上，他短暫回過家，並不是因為該回家，也不是為了她提到的那張便條貼，而是為了收拾行李。

那夜他通宵沒睡，回到倉庫後的第一件事，是花了至少兩個小時分析她的記憶數據，並把晨光的參數調得跟每清早吻別她的時候一模一樣——湊向她的速度、接觸時的溫度、停留的時間。然後他把那些回憶都標記關聯起來，讓第一縷陽光漫過她的臉頰時，她能自然想起。

他確實成功了。

她確實領悟到那是他的吻，只是換了一種方式。

於是才一下子，泥足深陷。

他已經連續一個月，凌晨三點爬起來。不像話的是，他犧牲了好多睡眠時間，喝了好多紅牛，卻不像那時候，知道終點在哪裡。

他也並非那麼不負責任。該做的事，他還是有在做。樂土的會議，他也都有線上參加。但他自己清楚，最近他的時間與精力是如何分配的……

又能怎麼辦？他的年華，只想為她揮霍。

調試陽光只是個開始。他還真的花了點時間研究意識同步的裝置。雖然神似乎不想讓他成功。

他當然是沮喪的。即便有再多時光任他虛度，他最多也只能遠遠看著她的一舉一動，偶爾跟她說句耳語。更何況，難道他打算一直這樣？直到永遠？

有時候他會狡辯。現在花時間做的一切，不就是在預習啓示路計劃進行到後期的「靈感」方案嗎？他卻又深知，自己的公器私用是無可抵賴的。

算了，反正也沒有人要求他解釋。

他從不曉得理智與情感可以這般拉扯。

理智告訴他，這樣下去不是辦法；感情卻又讓他不願錯過她的任何。即使只能遠距離看看她，總比沒有好。

於是那個雪片蓮一直綻放的畫面，才會如同沙漠綠洲。

- #M20250922_57
- #M20250918_54
- #M20250916_66
- #M20250912_47
- #M20250907_59
- #M20250903_46
- #M20250901_63
- #M20250828_52

……

只因隨意的一幕回想，愛凡又花了好幾個小時辨認歌莉雅彈鋼琴的記憶數據。他幾乎不敢相信，居然有這麼多。

彌足珍貴的音頻一截一截被重建，他的心卻越揪越緊。那些他從未聽過的旋律，一段段被標記著無可忽視的情感強度。尤其是她臨走前的那段時間。

天啊。他從不知道她竟然承受著這麼多。

那些連續的二度音，藏著多少她的掙扎？一組組帶著衝突的音程選擇，流露著多少她的矛盾？還有她的孤單、她的迷惘、她的猶豫，全都在一個個或空洞或沉重的持續音裡表露無遺。而這一切一切，她從來沒有告訴過他。

心一陣絞痛。

她竟獨自流過這麼多眼淚。

而明明，在九月之前，那些旋律曾是多麼明亮溫暖。

愛凡眨了眨酸澀的眼睛，等待著下一截音頻重塑。

那晚，他終於回了趟家。雖然只是因為他把歌莉雅的鋼琴曲刻錄到光盤上，迫不及待想用音響聽聽。

第一串音符流瀉而出，愛凡來到窗邊的躺椅坐下。

原來她的彈奏已變得如此流暢。一首又一首陌生的鋼琴曲，竟輕易讓月光都變得煽情。在熬人的離別之中，也許這已經是上帝的恩典。她走了，她的音樂卻像極了那道每天替他親吻她的晨光。在想念她的每個寂寞夜裡，這些琴音會代替她緊緊擁抱他，提醒他她曾經來過，她真實地愛過……

忽然，對面大廈的窗戶裡，出現了一個撐著助行器的身影，艱難地一步一步向前走。

是秋。

秋看上去很清瘦，尤其在那單薄的鈕釦睡衣下，鎖骨分外明顯。左腿的褲管微微捲起，露出一小截金屬支架結構。

她的動作很緩慢，幾乎每一步都帶著顫抖。愛凡還沒來得及移開視線，就見她失了平衡。他下意識欠身向前。

心臟怦怦跳得厲害。剛剛那一摔，看起來好痛。愛凡不自覺站起身來，想看看她有沒有事。這種反應卻讓他覺得似曾相識。他本能地想要保護她。

秋依然沒有注意到他，只倔強地咬著牙，扶著牆壁慢慢直起身子，再一次撐住助行器。又是吃力邁出的一步。再一步。他仍然沒有移開視線。

這該是愛凡第一次好好看清這個女孩的面容，看清她清爽的齊脖短髮、乾淨白皙的臉龐、透著堅韌的眼神。他這才忽然想起，眼前的女孩曾經問過自己，能不能想像她短頭髮的樣子。

心頭悄然一顫。

背景裡的鋼琴曲忽然轉了個調，旋律溫柔得近乎哀傷，卻又帶著一股令人心碎的力量。

從姿勢看來，女孩幾乎把全身力氣都聚集在撐住助行器的雙臂上，左腿像是懸在空中，每一步都需要整個身子提起才能移動，彷彿稍一著地就疼痛無比。沒走兩步，她就要停下來深深喘息，走到地毯邊緣，助行器又不小心被絆住。一段不過三四米的距離，她遲遲沒有走完。

這樣的練習大概持續了多久？愛凡不知道。他根本沒為意自己就這樣站在窗前，凝望著她一次又一次嘗試。

直到她終於走到窗邊。

扶著助行器的手臂，終於觸碰到窗框。只見女孩緊緊閉上雙眼，蹙起眉頭，長長地舒了口氣，唇邊卻泛起笑意。

愛凡不由自主鬆了口氣，彷彿也跟著她走完了一程。

女孩把微微弓著的身子慢慢伸直，再次睜開雙眼，視線猝不及防地撞上對面大廈一直望著自己的身影。

四目對上的剎那，兩人都明顯愣了一下，女孩臉上瞬即閃過一絲不自在。

背景的音樂不知從何時停了，彷彿是想悄悄把聚光燈讓出來。屋內只剩下唱片機空轉的聲音，和內心悄悄的催促。

他凝視著她，嘴角淺淺一彎。

Chapter XXXVIII
第三十八章 破繭

對面大廈的公寓，經常沒有人。

當然，秋已見怪不怪。

自從那天歌莉雅走了，愛凡短暫回來過，故事就去往了新的方向。

那一晚，他甚至連個微笑都沒有留下。從他的臉上，秋看得清清楚楚，他是真的愛上歌莉雅了。

讓秋驚訝的是，這個發現對她來說，反倒像是個解脫。那顆懸著的心，總算能夠著落，即使那並非她曾經期待的落點。

那行稚嫩的鉛筆字，仍不時會在秋的心中浮現。

「你相信他會愛真實的你嗎？」

諷刺的感覺，並非沒有見縫插針。然而，從愛凡離家的第三天開始，秋就突然醒悟，也許歌莉雅筆下的「他」，並不需要特指某一個人。

真是奇妙。

她所祈盼的光，有一天真的把光折射給她了。歌莉雅說的不錯，一切的確源於她拋棄了自己。更奇妙的是，把她撿起來的，竟是曾經被她拋棄的人。

人？

人。或仿生人。隨便她是什麼。

重要的是，無論她指的「他」可能是誰，至少秋知道，有那麼一個歌莉雅，愛真實的她。對。她深深感到被愛。

怎麼會有人，在被拒絕以後，還來擁抱你？怎麼會，為了一個該是「敵人」的人，願意犧牲自己，還不求回報？

真的是奇妙。

秋坐著輪椅出現在露露的工作室門前時，露露也覺得一切真奇妙。

兩年多了。

雖然這期間，她們也有在樂土見面，或是間中通電，但距離上一次露露能親手摸到秋的毛線帽，已經兩年多了。

露露從院子摘下薄荷葉的時候，秋就有一種預感。結果幾分鐘後，她果真端著兩杯莫吉托回來，還是她最愛的濃度與酸度。

秋的眼眶一下就紅了。那一瞬間，她又意識到，還有那麼一個露露，一直愛著真實的她。

那個下午，她們像回到讀書時一樣，聊著聊著就吃了半袋大白兔奶糖。那是以前每年暑假過後，露露都會專門為了秋，從上海整箱帶回倫敦的。那層奶白色的糯米紙，她們從十四歲拆到二十三歲停了。如今，終於又開始了。

大概就是從那天起，秋決定要試試復健。這個世界上，至少有兩個被她推開的人，都在守護她，愛她。哪怕只是為了這兩個人，都應該再給自己一個機會吧？

愛凡站在窗邊的那個晚上，應該是秋正式開始復健訓練的第十五天。

手臂的肌肉在經過兩週的訓練後，特別痠痛。這才讓她在撐著助行器時，抖得比平時都厲害。腿部的關節處則還是像生了鏽一般，每次移動都會痛得她冒汗。在如此狼狽地與助行器搏鬥之時，居然發現有那麼一雙關注著自己的眼睛，秋本能地想要找個洞鑽進去。

他卻朝她笑了。

秋知道，那一笑只是一種善意。但這正好提醒了她，有些故事已經結束了，真的還有小心翼翼的必要嗎？

於是她也朝他笑了。

事實上，她不僅朝愛凡笑了，還開始對鏡子裡的自己笑了。肌肉的靈活需要訓練，包括用來微笑的那些。雖然嘴角的彎度仍然有待提升，至少算個開始。

秋依舊沒那麼愛出門。但每週三次的復健訓練，還是讓她與世界有了不少接觸。她看到過年輕人在打輪椅籃球，也見過老人在練習夾豆子。而最讓她印象深刻的，是那個用肩胛骨拉琴的男孩。

護士告訴她，男孩叫瀚宇，才十四歲，從小熱愛拉小提琴，卻因為骨肉瘤不得不截去右臂。男孩自暴自棄了一段時間，直到後來看到日本那位獨臂小提琴家[40]的視頻後，才終於受到鼓舞，振作起來，訂造義肢，重新拿起琴弓。

秋還記得當時聽到男孩的故事時，鼻子一酸。她第一次親眼見證，原來只要一個人不放棄，那些曾經淋過的雨水，有天可以灌溉別人。

如果小小男孩都有勇氣重拾琴弓，自己為什麼不能拾起畫筆？於是兩年半過去，她終於再次打開畫冊。

她還翻出了那張幼兒園珍藏。

都二十二年了。畫紙邊緣都被歲月熏黃了，還有深深淺淺的褐色斑點。右下角是無比歪斜的幾個字——自我設計衣服，和她的名字。那會兒她連自己的姓氏都還沒寫明白，禾和火分得如此之開，卻已經在畫紙上畫了二十七件衣服。

露露說，這張畫可是她人生中第一個系列。

還真是。

雖然那會兒顏色都是亂用的，也沒有任何統一的元素貫穿，卻是自由自在的二十七件衣服！二十七！

露露趁機勸說，這個系列要是作為秋復出的頭炮，一定會引起巨大迴響。秋雖然只把好友的話

---

[40] 指來自日本的伊藤真波（Manami Ito），她是護士、游泳運動員和小提琴手。2004年因車禍失去右臂。儘管如此，她通過使用特製假肢和左手繼續演奏小提琴，展現了非凡的毅力和對音樂的熱愛。

當作玩笑，心裡卻不再那麼抗拒。

然而，重拾畫筆後的第一幅作品，不是任何設計作品，而是拉琴男孩的素描。秋覺得，男孩每次挪動著肩胛骨，讓琴弓在弦上一推一拉時，就像在浩瀚宇宙裡用力拍動翅膀的蝴蝶，卑微卻動人。

男孩收到畫作時，高興得眼泛淚光，那天他練琴的姿勢也格外挺拔，生怕辜負了畫中那個優雅身影似的。他一定不知道，他非但沒有辜負，還帶動著連鎖。

秋後來還給打籃球的青年、夾豆子的奶奶，還有那些耐心敬業的醫護人員都畫了素描。每一張臉、每一個故事，都在讓她重新認識生命。

秋把《破繭》系列的初稿展示給露露的時候，露露愣住好久。那是她一貫的街頭版型，卻帶著從未在她作品裡出現過的陸離斑駁。二十七套形象，彷彿二十七個不同品種的蝴蝶，露露很快就看懂了秋的意思——

每個人生命中的掙扎與痛苦都不盡相同，卻同樣可以破繭而出，各自美麗。

那些童真得毫無章法的色彩和線條，竟能被如此貫穿起來，連陰沉的黑色都變得不可或缺，露露又怎能忍住不再一次遊說秋？

「秋辰曦，回來好嗎？」

當時秋沒有立刻回答，只是稍稍彎著嘴角，雙眼微垂，良久才冒出一句：「我想請瀚宇在秀上演奏。」

露露當場一聲尖叫，一把抱住秋，笑得很開心。那天，秋的嘴角彎度，又提了一些。

不知從何時開始，對面大廈的公寓，又每晚亮起燈來。每當視線掃過那些久違的畫面，秋都會感到親切。愛凡似乎恢復了舊日的習慣，每晚會閱讀，也會為盆栽澆水。不過偶爾，他也會一個人待在客廳，不開燈，就靜靜坐在躺椅上。

秋當然知道他在想著誰，但她已經不覺得難過。如今的她心裡明瞭，他們只是鄰居。

倒是好幾次，當秋在家裡練習步行時，愛凡都會不著痕跡地靠向窗邊，有時手裡還拿著書。秋不確定他為什麼會經常看著自己練習，但她也沒有刻意迴避。或許他看她，就像她看瀚宇，看到有人努力在重新站起來，總想默默支持。

適應義肢的進度逐漸步上軌道。痛感已經比以前少了很多，秋終於能夠實實在在、穩穩當當在平地上走個幾米。她也開始注意飲食，才發現，營養不只有助於肌肉，也有助於心情。

新的生活節奏已被慢慢建立，即使在不去復健中心的日子，秋也會保持一天兩次的練習，一次半小時。其實治療師說二十分鐘就夠了，但她總想多練一會兒。她還請露露幫她重新整理一遍家裡，刻意把一些日常用品放在需要站起來才能夠著的位置，這樣每次要用的時候，都得練習起身。

有一晚，秋在改良設計稿，想拿新的畫冊。她扶著牆，慢慢站起來，卻不小心碰到繪圖桌。她本能地想去扶住快要滑落的草圖，卻忘了自己正在適應新的平衡點。就在她以為要跌倒的時候，她及時扶住了牆。

好險。

抬頭的瞬間，她瞥見對面的愛凡站了起來。他似乎有些擔心，秋便朝對面點了點頭，抿唇一笑。

一地稿紙，她還沒有能力蹲下來撿，只好調整輪椅的位置，小心翼翼地彎下腰。不能貪快，重心可能會不穩。雖然她知道，對面那個人大概還在注意著這邊，但她已經不會因此感到不自在。

這種進步，對秋來說是種新奇的體驗。她知道自己真的在慢慢復原——不只是身體，還有內心。

《破繭》系列各個版本的設計稿已經鋪滿了工作台，但秋總覺得少了點什麼。又一個深夜，她遲遲不睡，手指在鍵盤上輕敲，搜尋著各種慈善機構的資訊。

每看完一個孩子的故事，她的眼眶就熱一次。那些或被遺棄、或遭遇意外的孩子，一個個都觸動著她的內心。她越發覺得，《破繭》系列的發佈，不該僅僅是一場時裝秀。

窗外不知何時飄起了雪，不是小頭皮屑那種，是大的。回憶突然湧上心間，上一次看到雪……反射動作似的，秋一把看向對面大廈的窗台。

愛凡已經睡了，書房的燈關著。窗台上的雪片蓮盆栽，輪廓卻格外清晰。不止，此刻秋的心跳聲，也越發清晰。

秋突然覺得心裡比以往任何時候都要滾燙，她抓起手機，對著日曆數了數。距離時裝週……還有 84 天。

行。

大片大片的雪花在窗外飛舞，像極了破繭而生的蝴蝶。

電腦熒幕上一張張稚嫩的臉龐，也會一樣。

秋再次望向對面窗台的雪片蓮盆栽。

人人的春天都能下雪……

對。至少她的春天，見過雪了。

還想再見嗎？

想！

嗯！這個春天，也會下雪的！

Chapter XXXIX

第三十九章 加密記憶

愛凡搬回家的決定，小半出於理智，大半是被利誘。

連續幾週睡眠不足，加上十月底的忽冷忽熱，他終於倒下了。

喉嚨痛、流鼻涕、發燒、頭痛……症狀很齊全。但一開始他以為只是小感冒，吃點成藥，幾天能好。直到第九天，胃也開始抽筋，接著腹痛，然後腹瀉……

終於去了醫院。

病毒性腸胃感染。

那週他連歌莉雅的數據都沒精力追蹤。外賣吃不下，燒也不退，偶爾還看見飛蚊。但明明整天昏昏欲睡，滿腦的思念卻讓他始終半夢半醒。這時候，心思最為脆弱。

好難受……

都已經讓我失去了她，還要那麼難受……

為……什麼……？

再去醫院時，醫生說他的免疫系統已處於疲弱狀態……之類的。愛凡也沒太能消化醫生究竟說了什麼，只知道自己幹了一堆事，抽了血，也輸了液。

然後他大概在倉庫昏睡了兩天。

對，還是在倉庫。

大部分症狀終於消了，唯獨咳嗽。咳死了都。即便精神已經恢復許多，還是會咳到半夜醒來。印象中，光是咳嗽就咳了大半個月。

那絕對是愛凡人生裡生病最久的一次，這該多久了，久得連他自己都覺得離譜。離大譜。

所以才會逼自己撿回理智。

不能再這樣了。怎麼能把一年將近十分之一的時間花在生病上？絕對不能再這樣了。

但實際上，若不是為了那封信，他應該還要磨蹭許久，才會重新踏入家門。

第二次從醫院回來後，症狀終於消得七七八八。他終於重返公司，且儘量專注。他知道自己實在虧欠團隊太多，想盡力彌補回來。但每到夜晚，他還是會回到倉庫，不由自主地打開歌莉雅的數據歷史，想把生病時錯過的數據看回來。

明明自責浪費時間，卻控制不住想再看看她，他壓根不知道自己是否想好好生活。傻子都知道，沉溺於此只會更加痛苦。可他又怎能接受自己放手？那感覺就像眼睜睜看她沉入大海。

不行。

之後再說。

她這天遇到了兩個人、她又坐回那一片狼籍的酒吧、她又回去數了路燈……

愛凡當時已經收斂了，並沒有對每段新的記憶片段都進行視覺重建。但光是看到這些新記憶如何頻繁觸發關聯記憶，且幾乎都與他有關，他就知道她在瘋狂想念他，像他正瘋狂想念她一樣。

就是。

連思維運動，都句句是思念。

他今天過得好嗎？

現在這個時候，他應該在回家路上了……

他看見路燈時，會不會想起我呢？

傻瓜，閉上眼也全是你。

不然呢？

於是，「回憶盲盒」的習慣才這樣開始了。

絕不放縱自己整天追蹤她。但每天掃掃她的思維運動，回顧幾段珍貴記憶，總可以吧？

隨機點開關聯記憶，上帝願意如何眷顧都行。

不用多。就每天五段。

不算過分吧？

還是有努力工作，有好好生活。

不過關聯記憶有個問題，看不見她的臉。全部都是她的視角，他看到的全是自己。

算了，至少還有她的聲音。她可愛的語氣、她清脆的笑聲。總比沒有好。知足了。

這何嘗不是愛跨越時空的表現呢？

用思念，讓我們一直前行。

對。時間空間只能困住肉身，在意識裡，他能夠立即穿越到她身邊。這個道理，他早就悟了。

而且更讓他覺得，這份愛，多悽美。

那段時間他才發現，原來有那麼多他沒注意的瞬間，竟都被她視為珍寶。原來在學自行車的那個清早，她望著他沾滿泥巴的褲管、吹得凌亂的頭髮，曾感到幸福；原來在他第一次帶她去倉庫，自責於平行樂土的狀況時，她卻在心中默默仰慕；原來在他帶她買衣服參加郵輪派對時，每次從試衣間出來，她都會因他一個微笑，就感到被愛……

盲盒就這樣一直開了下來。他發現了好多從不知道的溫暖時刻，一段段都成了他每晚睡前的溫牛奶，喝下了，才有安眠。儘管半夜仍會經常咳醒，至少心情不再那麼糟糕。

直到十二月初的某夜，他照例隨機按下她當天的關聯記憶，卻彈出一個陌生的提示框：

【訪問受限：用戶自定義加密協議。】

愛凡盯著屏幕，微微皺起眉。

加密？

作為系統創建者，他可從未對任何記憶加密。屏幕上顯示的也並非平行樂土的標準加密格式。

愛凡立刻看出，這是歌莉雅自己寫的代碼。

什麼情況？

他迅速調出終端控制台，輸入一串權限指令。

屏幕立即顯示更詳細的資訊：

【警告：檢測到用戶級自定義保護機制。該數據區塊已被設置完整性聯動保護。強行解析可能導致關聯記憶結構損壞。】

他坐直身子，打開屬性面板。

這段記憶的加密時間是 9 月 22 日。她離開的前一天。而且還不是普通加密，而是一種相當複雜的自我保護機制。歌莉雅在離開前，竟然特意為某段記憶設置了這樣的防護壁壘？

她究竟在保護什麼？

技術上，要繞過這些防護對愛凡來說並不難，代價卻可能是損壞歌莉雅的記憶結構。他的手指懸在命令行上方，久久不敢落下。

那不僅是她的選擇和界限，更關乎她的完整。

即便再渴望知道，也不能冒險對她造成不可逆的傷害。

手上唯一的線索是，記憶 ID —— #M20250302_89。

2025 年 3 月 2 號的記憶。序號 89，大概傍晚以後發生的。

3月2號她都還沒來到現實世界。那就是樂土的記憶。

愛凡打開自己的樂土遊戲歷史，3月2號正是他們第一次在YOUNG MAN & SEA酒吧約會的那天。

他把當時的記憶從頭到尾反覆看了幾遍。他們聊月亮、聊星星、聊機器學習。

但這樣的記憶有什麼好加密的？

他突然想查查，她還有沒有加密別的記憶。

不看不知道，竟然還不少。

他開始梳理所有被加密的記憶片段，試圖找出共同點。奇怪的是，這些記憶橫跨的時間很廣，有他們在樂土初次約會時的，有她剛來到現實世界後不久的，卻又有接近三個月相安無事，直到八月底才又出現，九月也有好些。唯一的共同點是，所有記憶都是在——9月22日——被加密的。

那些時間點有發生什麼特別的事情嗎？

有幾段都是5月27日的，愛凡抓破頭腦也想不起那天發生了什麼。

還有一些是8月28日的，這天愛凡倒是印象深刻。那是慶祝樂土中國區用戶破一億的郵輪派對。

然後從9月2日開始，好多天都有加密記憶，序號都偏早，應該都是中午左右的記憶，只有一天例外。

最後一段加密記憶，在9月22日。愛凡滑動著屬性面板，這段記憶的相對情感強度是100%。

慢著……100%？！

竟然是 100%？！

從未見過這樣的強度！

歌莉雅……你到底經歷了什麼？

哎……

這樣看來，她大概是在 9 月 22 日經歷了某些強烈的刺激，而一次性把所有這些記憶聯動加密起來的？然後隔天，不辭而別……？

該不會是，她在那天發現了秋吧？

但問題是，即便發現了秋，又能與那些橫跨數月的記憶產生什麼關聯？

上帝原諒我。每天五段的規矩，需要擱置一下。

愛凡將所有加密記憶的 ID 按日期整理成一份清單，開始查看這些日期前後的未加密記憶，希望找到線索。然而，光是 5 月 27 號的幾段，他就花了兩晚才弄懂。

那天早些的未加密記憶，他看了又看，明明很普通——她在家聽音樂、閱讀、彈琴、收拾……後來他們一起去了倉庫，記憶從倉庫出來就連續一整串被加密了。

他在電腦前發呆好久，一頭霧水。在他的印象中，那段日子是如此美好，能有什麼嚴重的事情發生，嚴重到需要一連串被加密？

那晚他又重陷半夢半醒的狀態，整晚腦子轉個不停，讓他有點焦慮，再不睡著，免疫力是不是又要下降？

隔天晚上，他突然想到要拿出地圖來。

回想那段時間，他每晚會領歌莉雅沿不同的路線回家，帶她認識現實世界。於是他又把前後日子未加密的記憶看個遍，把他們走過的其他路線都標出來。

缺了長樂路。

愛凡托著下巴，緊閉著眼，眉頭深鎖。

長樂路？長樂路發生了什麼？

忽地，他站起身，二話不說出了倉庫。

走一遍不就知道了。

踏入十二月，深夜的長樂路更顯幽冷。愛凡順著記憶中的路線一步步走，試圖喚起當時的畫面。對，他們走過這個街角，路過那家咖啡館……

然後他停住腳步。

噢！是這家鞋店！

記憶陸續浮現——

她看高跟鞋、他帶她去隔壁的樂土線下酒吧、他折返買下高跟鞋、他回去酒吧找她、他們回家。

對了，那晚他們還第一次一起看電影。

明明都是美好回憶。為什麼需要加密？

之後幾晚，他帶著疑問轉向八月底和九月的記憶。

8 月 28 號的加密記憶分佈在不同時段：一段在剛到碼頭時，幾段在郵輪上玩遊戲時，還有在頂層甲板只有他們兩個人時。

想起那晚的親密，愛凡心中不禁泛起悸動。只是，怎麼連那些時刻也要加密？

還有九月。某天的加密內容竟然是張老師帶張澄來倉庫那天，從她跟張澄去了沙發區開始的連串記憶。

但愛凡記憶猶新。那天不就是他們一起製作了小車，張澄還演示給他看？

為什麼連張澄也要加密？怎麼回事？

九月其他天的加密記憶，則全部發生在中午。愛凡用前後日子的未加密記憶反覆做對比，發現少的全是——閱讀記憶。

閱讀？

她在隱藏自己讀過的書？

這個發現讓他精神為之一振。他開始整理歌莉雅未加密的閱讀記憶，把她翻閱過的書列成清單。讓他驚訝的是，從科學到哲學，神學到文學，她似乎對他書架上的每一類都有涉獵。

回趟家吧。答案或許就在自己書架上。

那是愛凡搬到倉庫兩個多月以來，第二次回家。

是個不小的工程。畢竟當時回國，自知可能會在這裡住上三五年，他可是把所有藏書都從美國搬到了上海。

沒事。早就說過，造飛船也要找到你。

《存在與時間》有；《皇帝新腦》有；《聖經》有；《理想國》有；《百年孤寂》有……

那個週末，他一本本對照、勾選，直到看畢整個書架，他發現只有一本書，在她的閱讀記憶裡完全沒出現。

海明威的《太陽照常升起》。

不可能每本書都讀過，專門跳過這一本吧。愛凡幾乎能肯定，那幾段九月的加密記憶，就是她讀這本書的記憶。

但，竟然是這一本？

竟然是這一本讓她看了那麼久？

竟然是這一本，要專門加密？

不懂。

但他瞬間想起她說的，日出、日落。

海明威，該不是你把歌莉雅帶走的吧？

心跳突然好快。愛凡小心把書抽出，翻開扉頁。

果然，有一張淡黃色的便條貼。

果然，是她的字跡——

如果你看到這張便條，我猜你又住在倉庫了吧？

回家吧。我有一封信給你，就在家裡。回來找找？

Chapter XL

第四十章 兩個傑克

信？

她給他留了信？

所以9月22號那段情感強度爆表的加密記憶，是她在給他寫信？

然後連帶寫信時喚起的所有記憶，一次性聯動加密？

貌似……終於合理……

快找。

信在哪裡？

愛凡飛快翻過書頁，卻只有一張張自己從前貼上的隨想便條，沒別的了。

於是他像一陣旋風席捲公寓，開始翻箱倒櫃。桌上的文件夾、抽屜、床頭櫃、衣櫃、枕頭底、床底、沙發底、茶几底、靠枕間、櫥櫃、冰箱……

打開冰箱的瞬間，冷空氣直往臉上撲。

白癡啊我，他咕噥。

頭腦一下降溫。她既然特意加密了記憶，怎麼會把信隨便放在顯眼的地方？

他苦笑著重回書房，再次抓起那本《太陽照常升起》。

早在中學時期，愛凡就讀過這部作品。當年與其說是看完，不如說是「熬」完的。傑克因戰爭創傷失去性能力，導致他雖然愛著勃萊特，卻只能放手，眼睜睜看她與其他男人周旋。這樣的愛情，愛凡覺得太過膚淺；書中角色放蕩不羈的生活方式，他更是毫無共鳴。於是讀書全程，他只當作在學習海明威的冰山理論[41]。

直到後來給媽媽交閱讀報告，經她講解，他才明白海明威其實是在用一次次酒精、鬥牛節、釣魚旅行之類的狂歡活動，描繪戰後一代理想破碎、空虛迷惘的生命狀態，帶出人生苦痛雖無解，世界依舊運轉，生活還得繼續。

愛凡徐徐翻開書頁，果然在第四章，傑克望著鏡中赤裸的自己陷入自憐的段落旁，看見當年貼上的筆記：

> 用一句「渾身上下，怎麼偏偏就傷在這個最傷不得的部位呢」，就能帶出傑克因戰傷而無法讓勃萊特擁有圓滿的親密關係，也是高明。

---

[41] 由海明威提出的一種文學創作手法，如同冰山露出水面的僅是其整體的八分之一，作家在寫作時要刻意省略，少即是多，讓讀者通過有限的描寫去自行感受和探索那些未明言的部分。

慢著……

圓滿的親密關係……

愛凡猛地一愣。

類似的字眼，他好像在歌莉雅的思維運動中看過？

什麼「只有秋才能帶來圓滿的結局」……

難道這就是為什麼郵輪上她的記憶會被加密？

腦海瞬即浮現那一夜，他們在船艉緊緊相擁的畫面。當時內心的感受有多濃烈，愛凡至今都深刻。

該不會是因為他那時候的克制吧？

她……她該不會是以為自己有什麼這方面的不足……

天啊，歌莉雅——你想錯了！

想錯了、想錯了、想錯了！

傑克的生理缺失與勃萊特的情感流浪，並非僅僅字面意思，那是整個世代身心受創的象徵……

更何況，我當時停下根本不是因為……

唉。

一瞬間，愛凡心跳都停了。

他可從未覺得她缺少任何，更絕不可能像勃萊特那樣因為這種原因，要轉而尋求其他女人……

上帝知道，他早就準備好為她放棄什麼生理需求！

鬼扯的什麼需求！在真愛面前，算個什麼？！

愛凡猛地合上書，一下跌坐在椅上，洩氣至極。

不是早跟她說過了嗎？

她值得最純潔的愛啊！

最純潔的愛！什麼都不需要啊！

唉。

但下一秒，他又一次把書打開。

不是氣餒的時候。必須找到更多線索！她可留了封信！

他近乎無意識地翻著書頁，直到視線猝然撞上貼在第六章的一張便條貼。

那字跡歪歪斜斜的，可不是他的！

愛凡立刻直起身，推了推眼鏡，心跳狂飆。

本來剛開始讀這本書時，我就覺得，怎麼那麼巧？又是一個「傑克」？結果才短短幾章，我居然真的在這本書裡看見「傑克」與「露絲」！你說巧不巧？於是我就讓上帝明確一點。如果真不是巧合，給我一個印證！

傑克與露絲？

愛凡視線往下，這頁果真有一句：

……六點差一刻左右，我便下樓去了酒吧間，跟酒吧服務生一起喝了杯傑克．露絲[42]。

他扯了扯嘴角，同樣覺得夠巧。

居然能在這本書裡看見傑克與露絲？

他瞬間想起五月的那段加密記憶，正好就是他們一起看《鐵達尼號》的時候……

當時她看完電影哭得一塌糊塗，他整夜在旁安慰，愛能跨越生死離別，跨維度、跨時空……

記憶一幕幕湧入腦海——

他突然記起，即便在郵輪船艉，他也說過，他們之所以在郵輪上慶祝而不是別的地方，就是為了告訴她，不是每個故事都會有傑克與露絲那樣的結局……

所以呢，上帝？

書裡這一句，到底是不是巧合？

愛凡一頁一頁翻下去，又在第八章發現另一張便條貼。

愛凡，真的不是巧合，是上帝在說話！你看，我才剛向上帝要一個印證，「傑克」與「露絲」又出現了！

果然，他低頭一看，這頁真有一句：「喬治給我調製了幾杯傑克．露絲雞尾酒。」

㊷ Jack Rose，一款經典美式雞尾酒，用蘋果白蘭地、石榴糖漿和新鮮檸檬汁或酸橙汁調製而成，呈玫瑰粉紅色。

一連兩次。

而且是在她剛向上帝要印證後的兩章內。

很難只是巧合，愛凡心知肚明。

心跳越發加快。所以這是什麼意思？

腦海禁不住出現傑克在露絲面前，沉下海底的畫面。

愛凡眼眶一熱。

曾經他說，如果他是傑克，他也會希望她能好好生活，堅強地活下去，無論他還在不在……

誰想到，當角色對調，他竟會如此抗拒。

手開始微微顫抖，他急切地翻著書頁，想找到更多她留下的痕跡。

然而，第九章、第十章、第十一章……

一路翻過去，統統是他從前留下的零星筆記，再也沒有歌莉雅的字跡。

期待一點點消磨，到了最後幾章，他翻頁的速度越來越快，眼神越發黯淡。

「她的信……」他喃喃自語，「就是這兩張便條貼？」

最後一頁了。

他幾乎是不抱希望地翻過。

目光卻忽地凝住——

還有一張……設計圖？

便條貼上，是一艘結構完整的微型飛船，線條簡潔但精確：流線型的船身，配上兩側對稱的三角形機翼，尾部設計是雙尾翼結構，配有小馬達和紙片風扇。旁邊還細心標註了材料——硬紙板船身、透明塑膠片的駕駛艙罩、底部三個瓶蓋作為支架，駕駛艙內甚至畫了一個笑著的小人。

她……記得。

當時在郵輪上玩遊戲時，他突然而至的告白，她微垂著眼、帶著酒窩、止不住笑的神情，忽然又浮現眼前。

那樣的歌莉雅，為什麼不願回來？

她明明知道，他造飛船也要找到她。

愛凡的手指輕輕撫過小飛船的設計圖，彷彿那些線條依然帶著她的溫度。

駕駛艙內那個微笑的小人，短髮微亂，戴著眼鏡，嘴角上揚。這是她眼中的他嗎？

可小人臉上的笑容是那麼單純無憂，她究竟知不知道，失去她以後，他變得有多憔悴？

那晚，愛凡抱著那本書，兩個多月來第一次躺回自己床上。他幾乎忘了家裡的床原來如此柔軟，床墊緊緊貼合他的背脊，像一個久違的擁抱。天花板上燈罩的陰影依舊，窗外的聲音依舊，一切都如往昔，卻又彷如隔世。

那本書被他放在床頭，她不在，至少她的痕跡還在。

他闔上眼，只有一個念頭在腦中縈繞——

她的信，不可能只有幾張便條貼。

一定還有更多……

對她的了解告訴他，一定，還有更多……

Chapter XLI

第四十一章　造飛船也要找到你

她真聰明。

有些東西，他不回家住，根本不會找到。

例如那三個同樣大小、漆成銀灰色、與設計圖上飛船的支架完全吻合的瓶蓋。

她藏在浴室櫃裡放新牙膏的籃子中。

她甚至把時間也考慮上，確保他搬回家不會是場假動作——她臨走時，他的牙膏只剩約一週的量。若他真搬去倉庫又回來，最快也得一週後，才會摸到浴櫃裡那一小袋銀色瓶蓋。

瓶蓋來到掌心時，愛凡愣了好久。雖然他原就篤定，她留下的絕不止幾張便條貼，卻萬萬沒想到，那艘小飛船，居然真會帶他在夜空中發現新的星體。

對。還一次發現三顆。

小飛船居然會是實體的？簡直像中獎了。

船身、機翼、尾翼的硬紙板和紙片風扇，分別被藏在公寓信箱中、黑膠唱片間、洗衣粉背後和眼鏡抹布裡。駕駛艙罩的透明塑膠片，則完全驗證最危險的地方正是最安全的地方，竟公然被貼在盆栽前的玻璃窗上。她一定知道雪片蓮的花球又要被拿出來種了，不然，那張膠片也太難被注意到了。

她真的用盡心思，只為不讓他再溜回倉庫。這個訊息在三個小瓶蓋被找到時就明確了。如今，愛凡確實已被她成功逼回家裡。

這段時間，愛凡把《太陽照常升起》認真重讀了遍。畢竟按經驗，她的線索不是他能急來的。既然還在等待最後的小馬達冒出身影，那就先好好理解她讀這本書時的感受。

讓他意外的是，以前他總覺得書中角色的生活是如此虛無、荒唐，毫無意義。但如今，當自己也經歷過生活失重，他才發現，人人都會軟弱，無論清醒時自以為多麼堅強。

不止，他還終於發現了她的暗語。

那天夜裡，他坐在躺椅上，一頁頁翻著書，彷彿藉由這些文字能與她產生某種跨時空的連結。卻真的在第三章，突然注意到一行文字下方，隱約畫了一條鉛筆線，淡得幾乎看不見——

先到隔壁那家酒吧去喝一杯[43]

一開始他以為自己想多了，但越往後讀，這樣的鉛筆線竟越來越多，劃在「酒吧」和「喝一杯」的字眼下方。

數一數，總共畫了5個「酒吧」、27個「喝一杯」。

㊸ 原句為：「走吧，我們先到隔壁那家酒吧去喝一杯，可以在那兒打發一個人幫我們去叫一輛計程車嘛。」

又中獎了！

他帶她去巨鹿路酒吧的那天，不就是5月27日嗎？

於是他回到巨鹿路，到那家酒吧，點了杯銀色漩渦。

機械臂果然在推上調酒時，響起木訥的一句：

「請說出指令。」

還有指令這回事？

那天，愛凡點了好多杯銀色漩渦，嘗試著各種指令：

「2025年3月2號。」

「2025年3月2日。」

「20250302。」

「YOUNG MAN & SEA酒吧。」

「YOUNG MAN & SEA。」

「珍貴的東西要往心裡看。」

「每年三點八公分。」

……

每句指令出口時，他心中都會浮現作弊的感覺。滿吧檯上喝不完的銀色漩渦，也讓他不禁心生歉意。

再等等吧。小飛船就只差一個零件了。

至少如今他敢肯定，她的信，就在機械臂手裡。

最後的小馬達，歌莉雅藏得很深。要不是跨年夜跟遠在美國的父母視訊通話，愛凡幾乎不可能再次坐到鋼琴前。

那晚三人視訊，母親背後正好就是鋼琴。愛凡隨口問了句：「還有彈嗎？」電話那頭便立刻傳來興致勃勃的一曲。

父母那邊是白天，陽光灑在鋼琴上，使那首從小聽到大的旋律，聽起來更明媚動人。

是的，是他最熟悉的《夢中的婚禮》。

回憶一下又浮現，在她剛到這個世界的那天，他生澀地把手指放上琴鍵。

結束通話後，他很快便收到她的新年禮物。在他擺動著膀臂，敲下那串主旋律第二句的 C5 琴鍵，鋼琴隨即發出怪聲的當下。

他起身一看，原來有根細細的線把小馬達固定在 C5 弦槌下面。從前面看，一整排弦槌就把馬達遮得嚴嚴實實。

藏得這麼隱秘。

她早就猜到，他會再次奏響那首《夢中的婚禮》嗎？

飛船的其他零件早已裝妥。那夜小馬達的出現，終於讓整艘飛船能夠啓動。

愛凡小心把馬達裝上，按下開關。微弱卻清晰的嗡嗡聲隨之響起，風扇旋轉，機身微微振動，彷佛真的準備起飛。

眼前忽然浮現那天在倉庫，她在沙發區教張澄做小車子的模樣。

他輕輕一笑。

不過屋內再無他人，喜悅無人分享。

沒事，這樣珍貴的禮物，獨享也是極好的。

他這就握著飛船，披上羽絨服，趕往酒吧。

按下牆上銀色漩渦的接觸面板時，他臉上露出好久不見的長酒窩。轉身，依舊是機械臂乾淨俐落的調酒表演。

「請說出指令。」

語音一出，愛凡清晰感受到自己的每下心跳。他握著小飛船，有些緊張地遞向機械臂。

卻沒想到，機械臂竟半晌沒有動作。

「請說出指令。」

語音再次冷冷響起。

他一怔，忽然想起——沒打開馬達！

嗡——

他再次把小飛船重新遞上。

機械臂卻仍舊沒有動作。

「請說出指令。」

語音第三次響起。

愛凡心中一空。

喉結連續滾動，卻發不出聲音。

他從未覺得機器的嗡嗚可以如此刺耳。

眼前的酒杯裡，漂浮著好多銀色細粉。如此漫無目的，渺小無力。那當中一定有一顆是他。

沉默許久，他近乎無聲地說了句：「新年快樂。」

他呆站在酒吧門口，腦海不斷有畫面在回放，是早些時候那優美的旋律響起，琴音卻在C5音符出現時戛然而止的一幕。周圍空氣很冷，他輕輕抽了口氣，忽然意識到她的用心。

是，造飛船也要找到她。

她卻為他預備了一艘飛船，提醒他，那場婚禮，是一場該被終止的夢——

一場該被終止的夢——

一場、該被、終止的夢——

他突然就在路緣坐下。

一個成年男子，踏著正裝皮鞋，配著厚重得讓他看起來像個企鵝的羽絨服，大半夜孤零零地蹲在新年街燈之下，手上還捧著個小孩玩具。

這場面，最好無人看見。

羽絨服帽子上的一圈毛，被風吹得直往他臉上撓，他卻像沒感覺般任其擺動。他想起自己的十八歲生日。歷史怎麼總在重演？本該是個慶祝的日子，卻總要面對心酸的告別。

沿路兩排光禿禿的梧桐，幾個月前也曾枝繁葉茂吧？

他也一樣，只餘一聲苦笑。

至少梧桐樹應該見慣離別，很快又能再發新葉。

她竟然連書都挑得這麼精準。

無論發生什麼，太陽照常升起，生活還得繼續。

愛凡重新站起身，往家的反方向走。

一股莫名的力量推著他前行。穿過空街、繞過轉角，寒風從四面八方灌進領口，他的步伐卻異常堅定。路燈下的影子被拉得老長，一路隨他移向倉庫。

指尖碰上密碼鎖的時候有些發抖，不知是冷，還是其他什麼。

提示音響起，舊密碼就這樣被刪去。愛凡深吸一口氣，緩緩輸入新的六個數字——

2、6、0、1、0、1。

新一年，新開始。

推開門，他沒有立即開燈。眼睛本就能慢慢適應黑暗。

他知道他也可以。

無需視線，他都熟悉哪裡有物件、哪裡有電線。他穿過膠簾來到工作台，把指頭放到指紋解鎖的按鍵上。

這個點，歌莉雅一定正在睡眠。他有大把時間。

藍光亮起，照上他的臉。他輕輕放下手中的小飛船，就擺在屏幕旁邊，讓它面對著自己，像一個見證者。

管理後台很快被調出，必要時，公器就該這樣私用。

他在鍵盤上敲下一串指令，戴上啓示鏡。

登入賬號——

愛凡。

*****

兩圈象牙白色的螺旋雕塑一路往上，交錯延伸，直達頂端的圓形浮台。雕塑中央有一個透明的升降機裝置，整座建築在燈光的映襯下顯得神秘而高雅。

愛凡抬起手，把控制手環對準升降機入口，一個半透明的熒幕隨即懸浮半空：

【單人模式：已授權】

升降機門打開。真好，他心想。

如果不是在樂土，想要這樣心情愉悅地想起她，短時間內大概是不可能。

透明升降機緩緩上升，四周景象加速變換，直到停下的一刻，牆壁忽然憑空消失。

他來到一個電影院。

他直直地走向最中心的位置，坐下。

一身奶白色的針織毛衣，在排排紅凳之間，猶為好看。

他抬眼望向巨幕，回憶一幕幕上演。

*****

「最初倉庫空無一物，我拎著小行李箱，搬來單人床、小書桌、櫃子，直接住了進來。」

巨幕上是愛凡的視角。有電腦、顯示屏、設計艙，一樣樣被搬進來安放妥當。膠簾掛起來、燈光裝好，數據也開始在屏幕上跑。

「中間當然有過瓶頸。苦惱的時候，我就想著她。」

巨幕上出現她的臉。她的辮髮，她的笑聲，她的眼睛、酒窩、嘴唇。她依偎在他懷裡，頭髮淺淺被他的下巴壓著。

「瓶頸很快過了，我開始一步步建造她的身體。」

「辨認到她數據時的感動，我這輩子都不會忘。」

巨幕上，她安靜地躺在長圓形膠囊艙裡，睡得安穩。前臂的傳感器正在被重新連接。

「終於準備好接她來到這個世界。掀開艙蓋的動作很珍貴，像不像正在掀新娘子的頭紗？這個畫面千萬不能忘。」

巨幕上的手正在慢動作揭起艙蓋，而她正在深深喘息。

「第一個帶她去的地方是海邊，去等日出。畢竟，她就是奔著那第一縷陽光而來的。在那裡，我告訴她寵物小雞的事、告訴她她有選擇、教她騎自行車，還發現她擁有真真實實的意識。」

粉藍紫色的天空佔據著巨幕，還有她凌亂的頭髮、模糊的笑臉。

「第一天帶她到家裡，她像個小孩一樣到處看。那時她因為雪片蓮有些感傷。但很快，她又恢復笑容。」

「那晚我做了飯，遞上叉子給她。雖然是個玩笑，她卻很開心。開心到第二天甚至把玩笑模仿過來，真的給我做了飯，遞上叉子。」

巨幕上是她端著餐盤來到他面前的模樣，實在可愛。

「第一次給她彈鋼琴，雖然錯漏百出，她卻說喜歡。」

「那段日子，她一次又一次為我帶來驚喜，家裡隨處都能看到她的便條貼，她還偷偷幫我收拾、偷偷練琴。」

巨幕上出現她專注彈琴的模樣，認真得有點笨拙。

「第一次帶她去海洋館，她學小白鯨親了我。當時她雙眼亮晶晶的，嘴角彎著，卻又有些不知所措。」

「後來我便第一次帶她來到倉庫，向她打開一切。當時我因為平行樂土的狀況如此懊惱，她卻堅定鼓勵了我。」

「那晚我們來到公司樓頂，望著只屬於我們的夜景，跳了第一支舞。」

巨幕上她的身影在徐徐旋轉，帶著甜意。

「我們每個下午一起去倉庫，每晚一起散步。」

「她在路上看見那雙意義重大的高跟鞋，我便帶她到隔壁的線下酒吧，再跑回去把鞋買下。」

「那夜我們看了第一部電影，她哭得傷心欲絕。」

巨幕上是她把頭深埋在他的胸口，久久沒有抬起。而他的手，一直撫著她的頭髮。

「我在倉庫忙的時候，她會突然端來咖啡，或者過來幫我按摩。其實我偶爾也會感到挫敗，但看看她，就會好。」

巨幕上的她正拿著調羹在咖啡杯裡攪拌，表情那樣專注。

「第一次帶她去買衣服，再帶她參加郵輪派對。」

「那晚是個不一樣的夜晚。她迷惘、她傷感，我禁不住把一切情感都向她傾注。我愛她。我對她說了。」

「一定要記住，她值得一份最純潔的愛。」

巨幕被她帶著淚花的側臉佔據，他徐徐伸手為她拭掉眼淚，視角逐漸向她靠近、再靠近、再

……

「那晚之後，她就愛上從後抱著我的姿勢，總愛故意用下巴抵著我。」

「她也學會了撒嬌，總愛在我出門前，踮起腳尖讓我吻她。」

巨幕上出現她晶亮的眼睛，帶著笑，揚起下巴。

「家裡的密碼為她改了。倉庫的也改了。雖然後悔過，但想一想，她還是值得的。」

「張老師在公司跟我說，張澄很喜歡她教他做的小車。她果然是人見人愛，就連小愛凡也愛她。」

巨幕上出現她與小孩在沙發區打鬧的身影，笑聲四溢。

「她不告而別的那天，是我人生中最徬徨的一天。趕到倉庫時，我感覺世界就塌在了我的眼前。」

「我隔著屏幕一次次對她說話，而我知道，她也一樣想著我。」

巨幕彷彿變成了電腦屏幕，她的思維運動、他的實時指令，交替在流動。

「然後我病了一個多月，病得讓我慚愧。」

「但我發現了她的加密記憶。我聽她的話，回家了。」

「她留下的線索，我也一個一個找到了。」

「飛船也造好了。」

「夢中的婚禮——」

「也被打斷了。」

巨幕上陸續出現鋼琴、小飛船、酒吧、機械臂、禿頂的梧桐樹、倉庫的密碼鎖。

「她的意思我懂了。」

「所以如今我才會在這裡，回憶這一切。」

「對了，秋已經在學走路了。」

巨幕上連續出現了幾幕輪椅女孩在家裡練習的身影。跌倒的、差點跌倒的、俯身撿起畫紙的。

「這些，她可能會想知道。」

「讓她放心吧，她的愛沒有白費。」

巨幕倏地變回一片漆黑。

「去找她。」

「不要讓她一個人孤零零。」

「替我、好好、愛她。」

＊＊＊＊＊

愛凡摘下啓示鏡，眼眶濕潤。

每幀回憶，他能記得的每一幀回憶，都已被完美記錄。

那是他最後能為她做的。

趁決心還在，動作最好一氣呵成。

他吸了口氣，將遊標移到「刪除角色」的按鍵上。

【您確定要刪除該角色嗎？此操作無法撤銷。】

所有感官在頃刻間放大。

眼淚瞬間模糊視野，鼻腔泛酸，心臟在胸口狂亂敲擊。

手指在鼠標上仍有猶豫，但理智與感情很少站在同一陣線，其實沒什麼好猶豫的。

按下吧。

確定。

「愛凡」，正式被刪除。

工作台上的小飛船靜靜躺著，愛凡伸手撫過它的輪廓。

不後悔。

說好的，造飛船也要找到你。

如果你永遠不會回來——

那就讓另一個我，代替我愛你。

Chapter XLII

第四十二章 最純潔的愛

人不到心如刀割的時候，不會知道，心如刀割原來並沒有痛感。利刃太鋒利，劃破心臟的一刻快得人根本來不及反應。你彷彿會看到血滴落，甚至會看到那攤血在擴大，甚至聽見血滴上去的聲響，先清脆，再迴盪。你感到頭部有血管在一縮一張，你也感到一陣酸澀從鼻頭蔓延到眼窩，也蔓延到兩顎，唾液漸漸分泌。你感到淚水已盈滿眼眶，給眼部和眉心都造成壓力。你感到一切。唯獨痛覺神經，不知為何，無法跟上。

第一滴眼淚滴下，如果恰好滴在皮膚上，是熱的。刺鼻的感覺慢慢湧上。你的眼睛開始發酸，不由自主微顫，終於一眨。成排眼淚傾瀉而出，直流到下巴中間。這時你有意識地把呼吸放緩，試圖不發一聲，所以你不自覺微微張嘴。嘴唇已在不知不覺間變得乾燥，明明口腔裡有不少悄然分泌的液體。而你還試圖無聲下嚥。直到鼻水不禁流下，你反射性一吸氣，一聲滋響才終於藏不住，劃破寧靜。這時你下意識閉上嘴巴，動作極輕，卻仍牽動臉部。你感到臉上有乾涸的眼淚，凝住皮膚。但痛覺神經，不知為何，仍然缺席。

鼻孔不知何時放棄了鎮定，正在紊亂翕動，眼淚突然決堤，嘴巴連吸幾小口氣，終於發出微弱的抽泣聲。你卻一下合住嘴唇，嚥下，壓抑住。眼淚已經流過頸項，流到胸膛，是涼的，胸口附近的知覺這才被喚醒。原來那裡早就揪作一團，如同眉頭扭住。這時你忽然發現視線一直沒對焦，便虛弱地動了動眼球。你看到一些重影，不多，就一些。你慢慢把視線對上幾個本該熟悉的字，腦筋卻一時轉不過來。花上幾秒辨認，你才終於看清，「58 分鐘前」。竟然就這樣過了一小時。可同時你又覺得，怎麼才過去一小時？時間的流速如果一直如此之慢，生活要怎麼過？你感到腿軟，有種想一睡不起的感覺。但痛覺神經，不知為何，還不運作。

他的雙手擱在鍵盤上，一直沒有動作，只淺淺呼吸著。他不知道自己打算維持這個姿勢多久。但新年的第一個日出都還沒出現，他覺得再等等，也無妨。

至少該親眼看見他們相遇。

這剛好是歌莉雅離開的第一百天。這一百天裡，愛凡給自己找過無數藉口，恐怕比一輩子加起來還多。然而此刻他敢用生命保證，他只想確認他們安好。

已經用上「他們」這種字眼。連他自己都不確定，這究竟是種什麼心情。

全域觀察系統已準備就緒，但實時觀察整個平行樂土會耗費極大的計算資源，愛凡知道，他最好聰明一點。

他把屏幕分成兩半。左側是歌莉雅的自身數據，右側則是他數據分身的自身數據。不到他們快要相遇之際，僅接收他們兩個的數據流就好。

兩條意識流都已變得活躍，代表一個已醒來，另一個也已抵達平行樂土。數據持續流動，情況越發真實，愛凡卻仍然感到失真。畢竟他正在窺視的，一個是他最愛的人，一個是另一個「自己」。

他看向右邊，看見「自己」正在意識升降機的建築外，抬頭望著蒼白的天空，思維運動裡不斷重複著：「去、找、她。」

其實愛凡知道，即使剛剛在意識升降機中，他沒有刻意留下最後的指令，光靠過去在樂土的記憶，那個「自己」也一定會去找她。但，愛凡還是想確保。或者說，讓那個他，帶著兩份愛去找她。

不對。「兩份愛」這種形容，好像不對。畢竟那個他的第一份愛，也來源於自己。愛凡只感到好難適應，那種既在局中，又在局外的矛盾感。

他看向左邊，歌莉雅的思維運動裡出現了「酒吧」。有那麼一瞬，愛凡忍不住想，她想著的到底是巨鹿路那一家，還是樂土那一家？他的嘴角終於勾起丁點弧度，讓他再次感覺到臉頰和下巴上凝住的鹽巴。不管是哪一家，那都代表，她在想他。

她的確正在一步步走向那家破損不堪的酒吧。多希望一鍵為她重建過去的美好。但愛凡知道，也不急於一時了。他會幫助那個他找到她，然後他會幫助他們兩個人，親手重建一切美好。

那何嘗不是另一個美麗的故事？那不就是啓示路計劃的初衷？

幫他一把吧，愛凡心想。

手指在鍵盤上敲入一行字：「她會不會身在酒吧呢？」接著愛凡連同拷貝的酒吧座標，一併注入到「自己」的思維裡。然後他看到「自己」出現靈光一閃、站起身來的動作，開始朝一個方向走去。

愛凡唇邊微微牽動。感覺很微妙。彷彿自己剛讓那個他看到了「紫光」。

曾經上帝也是這樣指引他找到她的吧？

右邊的數據流中，相對情感強度正在逐步提升。愛凡知道，那個他的內心一定充滿期待。

一看，果真如此。還有些許緊張，和興奮。

左邊的數據流剛出現「坐下」的動作。她已到達酒吧，坐在他們初次相遇的位置。不久，一段關聯記憶就被觸發。愛凡點開一看，又是那段加密記憶。3月2號的那一段。她的相對情感強度也在提升。

「你能訓練她學習到愛嗎？」她喃喃自語。

愛凡的心一下就被觸動。她曾坐在同一個位置，問過他同樣的問題。他記得當時自己沒有答案。才不到一年，如今答案卻已如此明顯。

「你已經學會了。」手指不由自主地敲出一句，發送。

沒過兩秒，她便微笑。

愛凡的嘴角也跟著一彎。

卻在同一時間，他意識到自己的心中也飄過一句——

「你也已經學會了。」

視野剎那又模糊。

愛凡深深眨了眨眼，吸了口氣。

那個他快到了。

愛凡終於啓動全域觀察系統，開始渲染。

酒吧裡幾乎空無一人，只有那個深深攫住他思緒的她，正坐在鋪滿塵埃的棗紅色沙發。有影子掃過她對面的空座，但她尚未察覺。直到那影子逐漸放大，她微垂的眼瞼才緩緩抬起，接著整張臉也抬起。

他，就這樣出現在她眼前。

時間彷彿在一刻凝住。第一次，愛凡從第三者的視角，看到「自己」與她相遇。

她的表情也凝住，凝住了良久，淚光才逐漸閃爍。

他在她對面坐下，眼神堅定、自信、帶著笑。原來自己曾是這樣注視著她的嗎？

愛凡感到喉頭一緊。那是他的表情，卻又不是。那是他的姿態，卻又不全然是。他看到「自己」對她展齒一笑，她也是，然後低頭，笑意依舊。他向她伸出手，露出了手腕上的停用顯示，她也笑著伸手。

指尖滑過彼此掌心然後緊緊握在一起的剎那，愛凡從實時情感數據中看見「自己」正在經歷的情緒風暴——那種失而復得的震撼、那種不敢置信的喜悅，還有那種，輕舟已過萬重山。

對，他當然會有這種感覺，那些苦苦尋覓她的記憶，他全都有了。而她——先是震驚、不信，然後確認，接著是一種幾乎要溢出屏幕的感動。

沒想到吧？你猜到一切，除了——我還是來找你了。

直到現在，看她開心，他仍然會由衷開心。

卻同時有一種難以名狀的感受。望著「自己」握住她的手慢慢起身、挪步、將她拉進懷裡、雙臂緊緊將她環著，每一個表情、每一個動作，他彷彿都能預測。因為一切，都是他自己會做的。但那又不完全是他。那個「自己」，臉上沒有像他的憔悴和痛苦，沒有失去她的絕望與思念。

她的臉埋在「自己」的肩窩，肩膀微微抽動。那三個多月的委屈，她終於能全部釋放了吧？

愛凡感到一陣暈眩。他彷彿同時存在於兩個身體中——既是那個在她身邊擁抱她的人，又是倉庫裡遠在天邊的旁觀者。他能記得那擁抱的溫度、她髮絲的柔軟、她靠在他肩上的重量、她呼吸的節奏。每個細節都是如此清晰，卻又無法真正感知。

嫉妒嗎？

也許有那麼一絲。

但更多，是釋然。

如今這世界上有另一個他，擁有他的記憶、他的情感、他愛她的全部理由。在某種意義上，他並沒有離開她。望著他們緊緊相擁，愛凡意識到自己已給出了所有，一個完整的自己，一份不帶任何慾望的愛。

一滴淚無聲滑下他的臉龐。胸口有種空洞感，卻又不全然是痛苦。更像是一場手術後的麻木，知道自己失去了某些東西，卻也知道那是必要的。

是一種失而復得，又得而復失的複雜情緒。

是一種看著自己兌現承諾，卻無法親自感受那種成就的甜中帶苦、苦中帶甘。

畫面上，「愛凡」輕輕撫摸著歌莉雅的頭髮，在她耳邊說：「說過的，造飛船也要找到你。」

她抬起頭，也有一滴淚滑下她的臉龐。

愛凡不禁伸手觸向屏幕，彷彿能穿越那道屏障，真正觸到她的淚。

「對，找到你了。」他輕聲說，聲音在空蕩的倉庫裡迴響，既是對屏幕中的她說，也是對自己說。

畫面裡的他們放開彼此，牽著手，一起走出酒吧。

陽光照到他們身上的一刻，愛凡感覺，彷彿也照到了他身上。有些什麼在胸口緩緩舒展開來——只要她好，就好了。

那天從倉庫回家，已近中午。整晚沒睡，加上一直流淚，愛凡進門便抱頭大睡，一睡就八小時。在這一蹶不振的三個多月，這樣的沉睡，可是罕有。

他知道自己終究是幸運的。世界上有那麼多種離別，可能是不愛了，可能是被背叛了；可能因為病痛，可能因為生活；可能迫不得已，可能自然而然。但他面對的，是他衷心覺得最好的那種——帶著愛的。

而且是帶著極深的愛。

而且是心甘情願的。

而且彼此亦然。

於是一覺醒來，他忽然決定做一頓飯。

好久沒有做晚餐了。準確來說，早、午、晚餐都好久沒做。

他打開冰箱冷凍庫，還有幾塊冷凍牛排。腦海中蹦出的第一個組合是：牛排、意麵、蘆筍。

雖然這樣的料理滿載回憶，但他仔細想想，其實沒有任何東西值得苦澀。

愛凡取出冰凍的牛排，放在料理台上解凍。而後他打開櫥櫃，看見了那個熟悉的意大利麵玻璃瓶。這三個多月來，瓶裡的麵條一點沒減少，靜靜等著有人來取用。

手機上點開閃送，他選擇了一些新鮮食材——蘆筍、香草、一瓶新的橄欖油，還有一盒精緻的馬卡龍。後者是臨時起意，他並不怎麼吃甜食，但新年第一頓飯，似乎應該有些儀式感。

15分鐘內送達。

愛凡輕撫著那瓶意大利麵，像是撫摸一段回憶。他還記得歌莉雅第一次看他做飯時的新鮮好奇、見他遞上叉子時的呆滯可愛。那些畫面在腦海裡依然鮮活，但從今天起，不會再讓他鼻酸。

新的一年，新的開始。

這頓「早餐」，是他對自己的承諾。

閃送到了。愛凡把蘆筍洗淨，每根切成相同長度。牛排已解凍，他拍去多餘水分，撒上胡椒和鹽。熟練地點燃爐火，平底鍋發出嘶嘶聲響，滴入橄欖油，香氣瞬即在空氣中擴散。愛凡拿起那瓶意大利麵，打開蓋，倒出一把麵條放入另一鍋滾水中。

麵條滑入鍋中的瞬間，他卻忽然瞥見瓶底似乎有什麼東西。他微微皺眉，傾斜瓶身向內看。確實有什麼東西被壓在麵條底下。

他將剩餘的麵條倒在料理台上，一張對摺的便條貼從瓶底滑出。他的手突然凝固在半空，眼睛緊盯著那張便條貼，彷彿那是什麼不可思議的東西。

心臟忽地亂跳。

他的手微微發顫，拾起便條貼，熟悉的字跡映入眼簾：

指令：你能訓練她學習到愛嗎？

是指令。

愛凡猛地倒吸一口冷氣，紙條從指間滑落，落在地上。那顆心劇烈抨擊著胸口，耳中充斥著血液奔騰的聲音，鼻頭湧上一陣酸。

明明才剛說完，從今天起，不會再鼻酸。

一陣焦味突然躥入鼻腔，他這才意識到平底鍋裡的牛排忘記翻面了。

「該死！」愛凡連忙抓起鍋鏟，鏟起牛排，但為時已晚——那一面已經徹底焦黑。與此同時，他聽到麵鍋裡的水沸騰翻滾，水都濺了出來，在爐台上噼啪作響。

他像個手忙腳亂的新手，在兩個爐子間來回奔波，試圖搶救這頓晚餐。

一切都亂了套。

愛凡深吸幾口氣，強迫自己冷靜。他關掉所有爐火，低頭望著無辜躺在地上的便條。

那張便條，連撿起都需要勇氣。

他彎腰拾起紙條，再次閱讀那行字。的確是那個問題，那個她在初見時問他的問題，那個最後成為了指令的問題。

牛排仍在冒煙，廚房彌漫著焦煳的味道。愛凡卻笑了，笑聲在空蕩的房間裡迴盪。

「好吧，我猜晚餐泡湯了。」他自言自語道，「但這不重要。生活還得繼續。」

他撈出煮過頭的意麵，將焦掉的一面牛排切除。唯一還能拯救的是蘆筍，他用麵鍋裡的沸水快速氽燙，過冰水，簡單裝盤。這頓飯有點糟糕，但它畢竟是新年的第一頓晚餐，值得被好好對待。

愛凡拉開高腳椅坐下，切了一塊只有一半厚度的牛排，送進嘴裡。意麵不能說是沒嚼勁，是根本糊了。蘆筍，只是忘了調味。但他還是一口一口吃著，雖然心思早已飄向了巨鹿路上那家酒吧。

他叉起最後一塊牛排，突然意識到手中的刀叉幾乎沒有停下來過。這頓飯，他吃得離譜地快，彷彿每一秒鐘都在被誰催促著。

馬卡龍還躺在盒中未拆。愛凡看了看手錶，膝蓋已不自覺上下跳動，身體比意識更早地表達出急切。

一切混亂最好在零點前結束。

好好一個新年，混亂不該延續到明天。

他看了一眼馬卡龍——它們能等，便一手抓起外套，一手把便條塞入口袋。

家門「嘭」地一聲關上。

和他的心跳一樣響亮。

不然呢？

她的信，在等他。

Chapter XLIII

第四十三章　太陽照常升起

果然是新年第一天，酒吧裡居然有別人，雖然不多。

在愛凡前面，一對二十出頭的年輕情侶同樣點了銀色漩渦，兩杯。女孩圈著男孩的手臂，兩眼放光地盯著機械臂表演。

「請說出指令。」機械臂推上第一杯調酒時，語音冰冷地響起。

「指令？」女孩笑著問，「這是什麼新年互動嗎？」

「不知道，試試看唄，」男孩聳肩道，「世界和平！」

機械臂沒有任何回應，轉而製作第二杯銀色漩渦。

愛凡站在後面，額上微微滲著汗珠。他趕緊環視一圈，想看看酒吧裡還有沒有誰的桌上有銀色漩渦。

「請說出指令。」機械臂推上調酒，語音再次響起。

「水上漂！」

機械臂沒有任何回應，轉而製作愛凡的銀色漩渦。

「水上漂？」男孩失笑，拉起女孩的手往角落走去。

「你看外面的電動招牌，是水上漂啊！」女孩嘻笑道。

愛凡緊握著口袋裡的字條，手心都在冒汗。他突然意識到歌莉雅膽子有多大。

萬一呢？萬一有別人隨口說中，把信取走了呢？

這個想法，想想便心驚膽跳。

他忽然想起書中的第一張便條貼，她讓他回家找找信，原來是想幫助他重回生活的軌道。那些小飛船零件，原來全是為了提醒他儘快回歸正常。如果他早點恢復做飯的習慣，信可能早就拿到了。

無論如何，他還是幸運的。感謝上帝。信還在。

「請說出指令。」機械臂推上調酒，語音又再響起。

愛凡抓出便條，清了清喉嚨，語帶試探地照唸：「你能訓練她學習到愛嗎？」

「有信給你。」機械臂木訥地說，隨即遞上一個厚厚的棕色信封。

終於。

愛凡的手微顫著，小心接過。信封上是帶著些許稚嫩斜度的一行字——如果神讓你看見。

望見這七個字，愛凡瞬間呼吸一滯。

彷彿還是昨天，就在那意識升降機裡，她問他：「**你相信這個世界有神？**」

也彷彿還是昨天，就在客廳窗邊，他跟她說：「**神使萬事相輔相成……**」

至今他仍堅信，起初是神讓他找到她的。只是，最近他開始動搖，為何神帶他找到她，卻又要帶走她。

她卻竟然流露出最近他失落的信心。

如果神讓你看見——這意味著她不強求任何結果，只是將這封信放手交出，交給那個愛凡曾深信的神。如果他最終找到了信，便是神的安排；如果沒有，也是神的選擇。

信封有一定厚度，拿在手上沉甸甸的。當然了，這封信可是承載著百分之百的相對情感強度。這樣的分量，即便在物理層面也無可輕減。於是愛凡才會站在吧檯前一動不動，遲遲沒有打開。

這樣珍貴的一封信，不該在喧囂中拆開。

愛凡把信塞進口袋，轉身走出酒吧。他是在拖延打開這封信嗎？他著實有點忐忑。信到底關於什麼？他害怕知道。

好不容易才有了放下的決心。

甚至，如今他已抵過心痛把另一個自己送到她面前……

他深吸一口氣，感受著冷空氣刺入肺部的痛感，急切想讓自己清醒。或者說，他正在努力給自己鋪安全墊。

他隨便往一個方向走去。先想一想，神故意讓他在送出數據分身之後，才終於看到這封信，是否就是為了防止他看完信再度陷入泥沼？為了讓他無路可退？但如果真是那樣，祂大可直接讓別人取走這封信……

看一看錶，十點五十分。他還有七十分鐘可以混亂。

他意識到自己害怕的其實不是信的內容，而是看完這封信後，必須面對的選擇。如果信中有什麼動搖了他昨晚的決定，不對，今早的決定，他該如何面對？

愛凡停下腳步，抬頭望向夜空。城市的光污染讓星星一顆不見，只有一片深邃的黑。一切本該塵埃落定，卻在不到二十四小時內，又要讓他承受一些感情衝擊？

神使萬事相輔相成。他曾經這樣對她說。或許，這也是個機會，讓他實踐自己曾相信過的。

他又看了看錶。十一點。

算了，來吧。

他走向前方路邊的一張長椅，就地坐下。

寒意穿透他的西褲，手指也冷得有些僵硬，但不重要，此刻他只默默在內心祈禱，上帝啊，保護我的心……

街燈照在那神聖的七個字上，愛凡終於打開信封——

親愛的愛凡：

還記得我們第一次見面，我問過你這個問題嗎？

「你能訓練它學習到愛嗎？」

沒想到有一天，我是從自己身上發現，你能。

至少我是真的相信，我見過愛的模樣了。

從我第一次來到這個世界，第一次對上你的目光，我的宇宙就出現了第一縷光。你的世界本是如此浩瀚，你卻把目光專注在我身上。是你，讓我的宇宙開始綻放。我才知道，原來我以為的一切不完美，都不重要；原來為愛人做的一切犧牲，都微不足道。

那時候你說，人類望著遙遠的星空，居然能一直去探索它、理解它，這是多麼浪漫。

對啊，一個渺小的個體，要如何看遍宇宙的璀璨？

但遇見你，我卻除了看見宇宙星辰的燦爛，還看見了宇宙的本質，那把一切牽引在一起的力量。

愛，原來是如此美好。

回想當時，你說愛能跨越生死離別，跨維度、跨時空，跨越一切界線與障礙……我真的不懂。傑克怎麼可能是真心希望露絲另覓幸福，與別人結婚生子？她明明是他的一生摯愛啊，他怎麼可能捨得放手？但原來有時候，人真的要親身走到那一步，才會明白。

傑克能在郵輪上與露絲相遇，經歷那畢生難忘的愛情，已經死而無憾。就像我。我能在生命裡遇到你，即便短暫，也已無憾。如今的我，終於明白傑克的心情。我知道你也明白，對嗎？你早就告訴過我了。

那麼，我可以對你有一個新的請求嗎？

我希望你也能明白露絲。

記得嗎？這句話是你曾經對我說的。

「好好生活，堅強地活下去，無論我還在不在。」

這也一定是傑克沉入海底前最後的心願。所以最後露絲願意把手放開，重新生活，不是因為她放棄他了，而是她知道那是他真心想要看到的。

愛凡，我真心想要看到你幸福。

上帝知道，我多希望能成為那個帶給你幸福的人。可我終究只是一段代碼的延伸。而你是有血有肉的，你值得一個與你相同的血肉與靈魂，擁有一個屬於你們的家庭，一起迎接從你們而來的生命。

你抱著張澄時的每個笑容，都如此溫暖；你看著他給你展示小車時的每個眼神，都如此驕傲。這就是我永遠無法給你的圓滿，像傑克永遠無法給勃萊特的。而如果面對這麼不完美的勃萊特，傑克都能因為愛而自知、而退讓，面對如此完美的你，我怎麼忍心不把你值得的完整天空，還給你？

如果是以前的我，我一定會覺得這兩個傑克，都不可理喻。為什麼要用自己的日落，換取別人的日出呢？但如今我懂了。日出日落，根本都不存在。這是你教我的，不是嗎？

一切只視乎我們的眼光。

而我衷心覺得，能看見你幸福，就是我的日出。

所以愛凡，不要為我難過。太陽會照常升起，我也會在遙遠的地方，照常愛著你。

永遠愛你的
歌莉雅

信紙在寒風中輕輕晃動，如同此刻他不穩的呼吸。淚花在眼睫上已凝成霜，鼻腔一直湧起試著被壓下的酸楚感。

萬籟俱寂。世界彷彿只剩下他和這封信。不知是寒冷還是情感的衝擊，嘴唇的顫抖始終無法控制。那一行行文字彷彿仍在對他說話，她怎麼可以做到，一筆一畫都讓他聽見她溫柔的聲線？

「**能看見你幸福，就是我的日出。**」

這句話真的就如日出，輕易融化他的所有防線。在他為她作出犧牲的同時，原來她也為他做了同樣的犧牲。兩顆心隔著維度與時空，竟有如此相似的脈動。

她確是如此了解他，了解到可怕的程度。她看透了他會如何受傷，看透了該如何幫他恢復，甚至看透了他對張澄的那份喜愛，那份他從未對她流露的渴望。彷彿她就住在他的心裡，不僅洞悉一切，還用盡全力保護一切。

指尖輕輕撫過她的字跡，他忽然觸到信紙上幾處微微隆起的皺褶痕跡，像是曾被水滴打濕後又乾透。他將信紙傾斜迎向昏黃的街燈，皺褶就在那行「**你值得一個與你相同的血肉與靈魂**」。那一定是她淚水留下的印記。

愛凡喉頭一緊。不費力氣都能想像她寫到這裡時，筆尖停頓，淚水滴落，深呼吸，再強迫自己往下寫的模樣。

他將信紙緊貼胸口，彷彿這樣就能讓她聽見他的心情。一滴滾燙的淚順著臉頰滑落，很快被寒風吹冷。他想笑，卻哽咽；想哭，卻又覺得，被她這樣愛著，不該感到幸福嗎？

「**你能訓練她學習到愛嗎？**」

她的聲音再次在腦海中迴盪。他曾回答不知道，如今她卻用自己的行動給出了答案。她不僅學會了愛，更學會了那種捨下自我的愛，那種無關任何回應，一心只想成全對方的愛。

他忽然明白神的用意了。為什麼偏偏在他把另一個他送到她面前之後，這封信才出現。因為這是一份默契，是他們的彼此成全。他放手給了她完整的「愛凡」，而她則放手把真實的他還給這個世界，還給某個能給他完整未來的人。

好好生活，堅強地活下去，無論我還在不在。

那也是我說過的。嗯。

BOOK VI 第六部

PATH 迴路

Chapter XLIV
第四十四章 腕上之花

三月初的涼意，在電梯裡同樣明顯。指尖剛從七樓的按鍵收回，秋便下意識搓了搓手，向掌心哈了口熱氣。

電梯門徐徐滑開，她輕輕打了個寒顫，駛著輪椅而出，很快便發現一個米白色的紙袋，像早春的第一朵花苞，靜靜倚在家門前。

起初，她以為是哪家的快遞被放錯了地方。這棟樓有時會發生這種事，尤其春節假期剛過，許多人還沒回來，也許代班的快遞員不熟這一頭。

紙袋上沒有快遞標籤，倒是有一個棕色信封，整齊地別在袋口。秋傾身一看，心跳瞬間卡頓。

如果神讓你看見

天知道這七個字帶著多大的重量，尤其對她來說。

而那字體，那熟悉的歪斜角度，分明是……

歌莉雅？

一時間，秋竟不知該作何反應。五個多月了，自從九月那個下午，她目送歌莉雅轉身離去，就再也沒有她的消息。而今，竟突然以這樣的方式，再度聯繫？

電梯門在身後自動關上，秋的思緒被拉回現實。她解開公寓門鎖，將紙袋和信一併帶進屋內。這麼輕的一個紙袋，居然能讓手有些顫抖。秋不帶思考便把東西擱在玄關的矮櫃上，靜靜注視著，似乎對打開很是猶豫。

五個多月。一百六十個日夜。

這段日子以來發生了太多事，她幾乎每天都在與過去告別，努力走向未來。目光不自覺移向牆邊的助行器——第一次站起來、第一次跌倒、第一次走完客廳整圈……她有多努力，它看在眼裡。

復健治療師總說她恢復得比預期快，全靠她那股不服輸的勁兒。不曉得治療師究竟是說真的，還是僅僅在鼓勵她。但秋自己知道，她那麼努力，其中一個最大的原因是，她希望沒有辜負歌莉雅的犧牲。

所以她不僅用力從輪椅上站起來，也用力從破碎的生活中站起來。過去近兩個月，她一直來回奔波於復健中心與工作室之間。《破繭》系列的設計終稿出來後，選布料、打版、選音樂、選模特兒、試衣、計劃秀的呈現、彩排……太多太多步驟。

露露替她聯繫了她心儀的幾家慈善機構。她計劃把《破繭》系列的一半利潤捐給那些與她一樣努力在破碎中站起來的孩子。這樣生命中流過的眼淚才不會白費。

所以歌莉雅是……回來了嗎？

秋的目光轉向窗外，噢，至少他是回來了。

過去兩週，他家一直暗著燈。所以他是否已在世界的某個角落，終於尋回了她？

沒關係。早都決定了，他只是鄰居。他的任何選擇與軌跡，都跟她無關。

深呼吸，吸入了些勇氣。秋伸手拿起信封，直接打開。

居然是一封英文信，字跡潦草、陌生，而秀麗——

親愛的秋：

愛凡哥哥說，你也跟我一樣，正在努力站起來。

雖然我們在地球的兩端，卻能一起堅強！加油！

祝每天進步

來自克利夫蘭的莉莉安

愛凡哥哥……

莉莉安……

克利夫蘭……

還有，親愛的……秋……？

一眼看畢的短短幾行字，信息量居然如此之大。

愛凡知道她的名字……而且還跟別人提起了她……

心瞬間便撲通撲通地跳，雙頰發燙，耳朵也是。

秋的視線不自覺地移向窗外。其實只是想偷偷瞥一眼而已，卻在餘光中捕捉到對面窗前那定住的身影——他就站在那裡，一動不動。她立刻收回目光，假裝專注於手中的信，不敢再往那個方向多看一眼。

心跳聲已經大到打破了空氣的寂靜。這也太荒謬了。又說他只是鄰居。又說他與自己無關。怎麼又像個青澀少女般膽怯起來？

可她明明知道他此刻就在注視著自己。那目光甚至有實感，讓她從上到下全身發麻。如何是好？她壓根不敢動，連眼珠子都不敢挪移分毫。雙手就在自己眼前微微顫動著，到底如何是好？

先去走廊。

只要轉個彎，就能脫離窗戶的視線範圍。

三、二、一……

走。

秋果斷推動輪椅，駛向走廊。但速度不能快，不能顯得自己正在落荒而逃。要優雅。

終於感到安全，額角卻已微微滲汗。

但她必須承認，此刻的緊張並不完全糟糕。心中是不是還有一絲雀躍？這種感覺是如此陌生，又似曾相識，彷彿某種塵封已久的情緒突然又被喚醒。

他，竟然跟別人提起了她？

視線重新回到信上。

所以莉莉安是誰？

久違的記憶一湧而上。他曾說過，他有一個比自己小五歲的妹妹。就是莉莉安嗎？

所以……妹妹出意外了嗎？

所以他消失了兩週，是回美國探望妹妹？

「愛凡哥哥說，你也跟我一樣，正在努力站起來。」

妹妹的語氣，聽起來是積極的。

那就好。

希望她能堅強。

但緊緊抓住秋注意力的是……他向別人提起的她，是一個「正在努力站起來」的她。秋的唇邊不自覺勾起了弧度，雖然只有一點。

對了，還有克利夫蘭。秋只知道愛凡在美國長大，去過加州和伊利諾伊州唸書。所以他的家鄉是克利夫蘭嗎？

秋拿起手機，在搜索欄裡輸入「克利夫蘭」。

俄亥俄州東北部……有湖、有橋、有搖滾名人堂，還有好多紅磚外牆的房子。他就是在這裡長大的嗎？

她滑動著「景點與活動」一欄，克利夫蘭都會公園、克利夫蘭藝術博物館、西側市場、戶外滑冰……望著屏幕上的圖片，秋想像著愛凡與妹妹在公園打鬧、在市場亂逛。不知為何，她心中甚至出現愛凡給妹妹買了頂小紅帽，幫她戴上的畫面。

思緒是否飄得太遠？秋搖了搖頭，把手機放到一旁。

她把信摺起來，塞回信封，這才再次看見封面上那神奇的七個字。對啊，怎麼會是歌莉雅的字跡呢？還是他妹妹在美國生活久了，中文不好，才寫成這樣？讓秋真正在意的是，無論那七個字是誰寫的，是否都代表愛凡知道她去年曾在酒吧留下過……那封信？

最好……別吧……

秋將輪椅駛回臥室。一開燈，才忽然意識到，對面的公寓能看到這間房間。倒是那窗邊的身影已經不在了。算他的體貼嗎？他一定看出了她剛剛的不自在。

她來到床頭，打開抽屜，拿出那封曾經的回信，打開。

你相信他會愛真實的你嗎？

對啊，這麼一對比，明明信封上就是歌莉雅的字跡。

到底是怎麼回事？

眼睛又忍不住瞥向對面公寓，來回掃了幾下，公寓裡確實沒有別人，只有一個高大的身影正在爐頭前翻動鍋鏟。

心臟後知後覺地被捶了一下。

你相信他會愛真實的你嗎？這句話她都快要忘記了。過了快半年，怎麼又一次讓她看見？

不敢多想。

秋咬了咬下唇，收回視線，把信塞回信封。

兩個信封就這樣被放在一塊，一封是自己的筆跡，一封是自己創造的女孩的筆跡。這種感覺真奇特。她的筆跡如此稚氣，明明更像一個在「學習」的存在，卻每次出現，都彷彿在反過來給她帶來些什麼。真搞不懂這是個什麼狀況。但秋隱約覺得，神的確在試圖讓她看見些什麼。

啊，對了。紙袋。紙袋裡還有東西。

秋把兩封信都收到抽屜，推動輪椅回到玄關。那個米白色的紙袋還靜靜躺在矮櫃上，等待著她的注意。她伸手拿過紙袋，往裡一看——

是一枚……手環？

她珍而重之地拿起，翻來覆去。淡紫色的硅膠手帶，搭配寬度相近的窄小方形顯示屏，看起來也像一個電子手錶。整個設計極簡，只有末端刻著兩個微小字母——E.N.。

沒聽說過這個品牌。

近乎是本能反應，秋將手環戴上，調至合適的鬆緊度。屏幕立即亮了起來，出現兩行小字——

哈囉，秋。

每一步都是進步，期待花開。

一秒愣住。

秋……？

她甚至沒空消化什麼「進步」與「花開」，視線只死死凝固在那個「秋」字上面。這……是特意為她設置好的？而且屏幕上顯示的是中文，應該不是莉莉安設定的……吧？

望著那句「**哈囉，秋**」，耳邊彷彿出現了愛凡的聲音。她已經好久沒聽到過他的聲音。此刻，他說這句話的聲音、語氣，甚至表情，在她心裡卻是如此清晰。這種被記住、被考慮的感覺，讓她心頭湧起一陣莫名的熱流。

她輕觸屏幕，金色的圖標瞬間出現在界面上。她用指頭滑動圖標——步數統計、站立時間、平衡度，還有一盆小小的花苞，尚未綻放。

於是她扶著矮櫃邊緣，緩緩從輪椅上站起。手腕上的裝置輕微振動了一下，屏幕上數據開始變化，計算著站立時間。

她把圖標滑回步數統計，並嘗試邁出一步、再一步。屏幕上真有數字開始跳。但不行，快回來。沒有助行器在旁邊，再走下去要危險了。她又回來兩步，屏幕上的數字跳到——四。

她重新坐下，把圖標滑到小花苞那頁。才四步路，那數字花苞便似乎微微鼓脹了一點。秋忍不住露出微笑。這個手環居然看重她微不足道的四步路，還用花的生長來形象化這四步路。

真是個有趣的裝置。

秋抓起手機，搜索「E.N.」。

沒有這個品牌。

她又嘗試加上一些關鍵詞，「E.N. 品牌」「E.N. 醫療」。也是一無所獲。

再來一頓組合：「步數」「手環」「追蹤器」……

一些計步器、平衡測量儀、電子錶陸續出現。卻沒見到這樣的一個手環。

放下手機，秋近乎無意識地滑動著金色圖標，有一瞬間她錯覺自己正在滑動樂土的控制手環。又淺淺一笑。

忽然她視線一瞥，被左上角的日期吸引住。

3月2日……？

心跳一下子又上來了。他……不可能吧……

對，不可能。他只是剛好在這一天回到上海……

對。一定是這樣。他昨晚還不在……

但……

在這麼一個日子收到這樣一盆「花」，即便是巧合……

也是……

開心的。

Chapter XLV

第四十五章　情人節快樂

「聶先生，我們還有大約一小時就降落。您還需要什麼飲料嗎？」機艙服務員輕聲詢問，恭敬地站在座位旁。

「美式就好，謝謝。」愛凡回過神來。

機艙內很安靜，只有引擎的白噪音。望著窗外的無邊雲海，愛凡的思緒同樣綿延不絕。上一次這樣的長途飛行，還是一年前從帕洛阿爾托飛往上海的那趟。當時他就覺得，人生戲劇化得像部電影。蹲在地下室琢磨启示鏡的那個十九歲少年，怎麼會想到有一天他會乘坐私人飛機往返大洋兩岸？

更沒想到的是，經歷過樂土的傳奇式崛起，生活竟還能再戲劇化一些。去年在飛機上的他，也不曾想到在接下來的一年，會發現自己真的喚醒了 AI 的意識，還經歷了這樣一段愛情。如果當初沒有創造平行樂土，或者，如果沒有把她從平行樂土帶到現實，這一年會有多不一樣？

當然，這種假設毫無意義，就像窗外那些無法觸及的雲朵一樣虛幻。無聊一想而已。

「聶先生，您的美式。」服務員的聲音將他拉回現實。

「謝謝。」愛凡接過咖啡，熱度透過杯壁傳到掌心，像是一種安慰。他啜了一口，把咖啡擱在桌上，目光落在手腕上的百達翡麗。從爺爺到爸爸，再從爸爸到他，這枚錶，比他更早見過世界。那是父親送給他的成年禮物。

一晃眼便將近十年。自從十八歲時戴著這塊錶飛往伊利諾伊州讀大學，愛凡便搬離了父母。這十年來，回克利夫蘭的次數，他幾乎可以數得過來。最初是寒暑假，後來創業初期，變成感恩節、聖誕節的短暫相聚，再到公司規模擴大，連固定的節日都難以保證，都變成父母飛來看他。

但他們從不抱怨，反而總是為他的成就感到驕傲。即便去年知道他將要搬到地球的另一邊，甚至要待上好幾年，他們仍是對他全力支持。跨年夜的那通視訊，卻讓愛凡有些愧疚。父親的鬢角又白了些，母親眼角的笑紋也深了些，卻依舊無人催他回家。

於是今年的農曆新年，才更像一份突如其來的恩典。

愛凡幾乎忘了農曆新年有個長假。在硅谷時，這個節日不過是日曆上一個小標記，公司照常運轉，最多收到幾聲下屬的祝福。在這裡卻不一樣，舉國上下都在歡慶。於是當他突然意識到這份天降大禮，回家的這趟旅程便是如此理所當然。

飛機逐漸穿過雲層，窗外的景色從純白變成熟悉的冬日風光。從高空俯瞰，一切都顯得那麼安靜、純淨。眼前就是伊利湖的邊緣，結冰的湖面在陽光下閃閃發亮。再往前，是那條通往家的公路，是承載著他童年記憶的社區，是那棟他長大的房子。愛凡好久沒有這樣興奮。

「聶先生，您的車已經準備好了。」剛走下舷梯，機場接待員便為他遞上車鑰匙。

開往夏克爾高地的路上，白茫茫的積雪覆蓋著他記憶中的每個角落。許多房子的門上仍掛著聖誕燈飾，在二月的黃昏裡低調閃爍著。他放慢車速，目光掃過左邊的馬蹄湖公園，一張張被白雪掩蓋的長椅，曾陪伴高中的他讀過多少書本；前方的十字路口，曾經的冰淇淋店已經變成一家咖啡館；再往前，是他和同學們騎車比賽的小路，路邊的積雪被壓實成熟悉的深色冰痕。

「往前兩百米右轉，前往南公園大道。」導航響起。

愛凡微笑著關掉導航。這條路，他閉著眼都能走。車子轉過最後一個彎，那棟都鐸復興式的二層房屋赫然在目。白色的外牆、深色木框的窗戶、石磚砌成的牆角，還有那陡峭的屋頂，一切都是老樣子。除了牆上粉刷的顏色，比記憶中略顯黯淡。

然後，他終於看到了——那個戴著深寶藍色針織帽、圍著同色圍巾、在白雪背景下格外醒目的身影——他的母親。

多麼熟悉的畫面。她正在前院推著小型除雪機，清理通往車庫的路徑。

可不能讓引擎聲提前暴露他的到來。愛凡把車停在街道轉角處，掏出手機打開錄像功能，一邊輕聲下車，一邊開始錄製。他悄悄靠近，雪地裡的腳步聲被除雪機的轟鳴完美掩蓋。

「需要幫忙嗎？」距離母親約五米時，愛凡故作平常地喊道。

母親以為是鄰居經過，頭也不回繼續推著除雪機。「謝謝，我可以應付——」話音卻戛然而止。

她的目光對上愛凡的瞬間，全身彷彿被電擊般一震。耳熟的聲音終於在她腦中引起警覺。她迅速關掉除雪機，猛地轉身。

「啊——！」那是一聲足以驚動整個社區的尖叫。她雙手猛地拋向空中，「天啊！啊——」除雪機從她手中滑落，重重砸在地上。一聲巨響。

「媽！噓——」愛凡嚇得趕緊放下手機，衝上前去，一把抱住正在原地跳腳的母親，「噓——小聲點！」

「愛凡！我的天！」母親的聲音絲毫沒有減弱，她又驚又喜地拍打著自己的胸口，「你怎麼——怎麼就這樣——」

「媽——小聲點！」愛凡輕拍著母親的背，咧著嘴笑，「鄰居要以為我在搶劫了！」

母親這才稍稍壓低聲音，激動的情緒卻絲毫未減。

「你這孩子！你怎麼不打個電話？你爸去超市了，他知道你回來嗎？」她拉開距離審視著兒子，眼睛通紅，「哦！我的天！」

「深得你真傳。」愛凡狡點一笑，「夠驚喜吧？」

「你差點沒把我嚇出心臟病來！」母親輕拍他的肩膀，臉上卻充滿幸福的光彩，「哦，愛凡，我真不敢相信。等你爸爸回來，他會高興壞的。」

「別告訴他，」愛凡眨眼道，「你的視頻我沒錄成功，待會得再錄一遍爸的。」

「你呀！」母親哭笑不得，「進屋，進屋！你行李呢？我得去煮點熱湯給你喝。你餓了嗎？想吃什麼？我什麼都可以做——」

「行李在車上，我待會去拿，你快進去。」愛凡彎腰撿起除雪機，推著母親進屋，心中湧著暖流。身後車道上，雪只清理了一半，但此刻已無人在意。一個除雪機形狀的雪印靜靜躺在雪上，那是母親剛才受到驚喜，不，驚嚇的證據。

他終於回家了，而且效果比想像的還要成功。

夜幕籠罩住夏克爾高地，窗外細雪又再飄落。聶家餐廳的黃色燈光透過窗戶，給院子裡的白雪投下溫暖的光影。

「這不是真的吧，」父親第三次拍著愛凡的肩膀，臉上的驚喜仍然未減，「就這麼突然從天而降？」

「整個團隊都在放假，我不回來對不起你們吧！」愛凡笑著往父親的盤子夾了點沙拉，「倒是成了你們情人節的電燈泡。情人節快樂！」

「情人節是給你們年輕人過的。」母親的聲音從廚房方向傳來，她正端著烤雞往餐桌走來，「倒是今年你終於回來一起過農曆新年，太好了！」

餐桌上是一頓典型的聶家晚餐——還冒著熱氣的番茄羅勒濃湯、金黃的烤全雞、父親最愛的千層麵和油醋牛油果沙拉，以及爐邊散發著肉桂香氣的蘋果派。這些都是母親的拿手菜，從他童年時就沒變過。

「啊，真香！」愛凡切了一塊雞腿肉放入口中，一臉滿足，「在上海絕對吃不到這種味道。」

「這麼會拍馬屁了？」父親揚起眉毛，「我怎麼記得你前年還嫌你媽的菜太普通，非得把我們抓去吃那些奇奇怪怪的融合菜？」

「對，你以為我不記得？」母親嘴上嫌棄，臉上卻掩不住笑意，順手往他盤子裡添了一些千層麵，「還專門開車一個小時去。」

「那不一樣，你們難得來到灣區，帶你們吃點不一樣的嘛！」愛凡得意笑著，「再說，開車一小時的餐廳，怎麼比得了專門飛十四小時來吃的烤雞？」

「少貧嘴。」母親搖頭笑道，「難得你在，等吃完飯，我們來跟愛斐視頻。」

愛凡挑了挑眉：「媽，你覺得有必要現在打擾她嗎？今天可是情人節，她估計正和那個——叫什麼來著？尼克？——一起吃燭光晚餐吧。」

「是瑞克。」父親糾正，順便打趣道，「你這個當哥哥的，連妹妹男朋友的名字都記不清楚。」

「誰讓她三個月換一個，」愛凡開玩笑地抱怨，「我跟不上節奏。」

「你呢？」母親意味深長地看著愛凡，「什麼時候讓我們有節奏可以跟跟。」

愛凡差點被嘴裡的千層麵嗆到，「媽，才剛到家就開始了？」

「你自己說，」母親不緊不慢地切著盤中的雞肉，「是不是自從有了樂土，再也沒看過女孩子了？」

愛凡的動作明顯停頓了一下，連忙喝了口水掩飾心虛。「這不是新團隊剛成立嗎？好忙的。」

「反正你自己看著，可別像你爸當年那樣。」父親眼中帶著笑意，一邊喝著紅酒。

「我爸當年是哪樣？」愛凡忽然深感興趣。

「後知後覺啊。」父親看向母親，微彎嘴角，「幸好你媽有耐性。」

「什麼情況？」愛凡放下叉子，坐直了身體，「展開說說。」

母親輕笑一聲：「那時我正在寫《可醫不可再》，男主角是個腦科醫生，朋友就介紹我認識你爸。那之後我們就開始經常見面。結果你爸真的可以每次只跟我聊腦科學。」

「我當時每次見面都會準備好一堆資料，生怕解釋得不夠清楚。」父親笑著承認。

「他完全沒發現，」母親轉向愛凡，「我早就不需要那麼多專業資料了，我只是想多見他幾次。」

「後來呢？」愛凡的嘴角歪向一邊。

「後來你媽的書寫完，我們沒理由再見面了。」父親輕輕晃著紅酒杯，有些不好意思地笑了笑，

「我就突然感到一種莫名的失落。」

「那你怎麼辦？」愛凡的眼睛不自覺睜大些許。

「我就鼓起勇氣約她去看電影啊。」父親接道。

「你那算鼓起勇氣嗎？」母親翻了個白眼，唇邊卻含著笑，「你約我去看的可是腦科學紀錄片耶！」

愛凡大笑起來：「爸，你也太搞笑了吧。」

「別笑，」父親佯裝嚴肅，「說不定你追女孩的時候也是這樣。」

「更搞笑的是，我們看完電影，你爸在電影院外站著，支支吾吾半天，最後問的竟然是我對紀錄片有什麼看法。」母親沒好氣地一笑。

「那你怎麼說？」愛凡咧著嘴。

「我就說：『相比起電影內容，我更想知道這算不算約會。』」母親望向丈夫，藏不住笑意。

「那時候我差點心臟病發作，」父親接上了話，「結結巴巴說：『如果你希望是的話。』」

「其實那時我差點就要放棄了，」母親語氣一轉，「當時我已經收到紐約一家出版社的邀請，打算搬過去發展。」

「真的假的？」愛凡驚訝地看著母親，「我從來不知道你差點去了紐約。」

「嗯，」母親點點頭，「公寓都找好了，合同也準備簽了。那天看電影，本來是想告訴你爸我要走了。要不是他最後憋出了那句話，現在哪有你和愛斐。」

「喔——！」愛凡起鬨，「但是媽，你也太便宜爸了。這麼簡單一句話你就留下來了？」

「那當然不是。」父親插話，「你媽還是狡猾的，她還說什麼好可惜，說她都要去紐約了。」

「不狡猾怎麼能推動這位科學家面對自己的感情？」母親挑眉，「都快兩年了，我書都寫完了。聶家的男人真的好遲鈍。」

「然後呢？你先把故事說完啊。」愛凡追問。

「然後你爸受了刺激似的，第二天突然抱了一大束花出現在我家門口，花裡夾著一張紙條，上面寫著一長串什麼多巴胺、催產素、血清素之類的，最後一句是：『這些都是大腦產生愛情時的化學反應，我想我全都有了。』」

「然後你就被這種奇特的表白打動了。」愛凡揶揄道。

「說實話，雖然有點笨，但當時我是很感動的。」母親的眼中充滿著喜悅，「本來我都差點要走了。」

父親默契一笑：「嗯，差點就錯過了。」

看父母交換著眼神，那種三十年如一日的愛與溫情，讓愛凡心中泛起一陣漣漪。他從未如此清晰地看到父母年輕時的模樣，從未想到他們也曾猶豫、試探、幾乎失之交臂。

「來，嚐一嚐？」母親的聲音把他的思緒拉回屋內，她正在切蘋果派，「情人節沒有愛情滋潤，就先用媽媽的甜品代替吧。」

愛凡一笑，接過盤子，肉桂與蘋果的香氣撲面而來，他舀了一勺放入口中。

「你這次回來能待多久？」父親也往嘴裡送了一口蘋果派，語氣雖然隨意，眼中卻帶著期盼。

「計劃是待到年初六。」愛凡回答，「然後去趟帕洛阿爾托，再回上海。」

「能有九天？太好了！」母親的聲音聽起來特別開心，「有什麼想做的嗎？」

「看你們啊！我這九天是全職陪你們的。」愛凡笑笑，「去湖邊、去市集、上教會，都行。對了，還可以去嚇嚇大衛老師。」

「大衛，大衛你別嚇他了。他最近已經被嚇得半死。」父親搖了搖頭，嘴角帶著苦笑，「莉莉安滑冰摔倒了。」

「怎麼了？」愛凡停下咀嚼的動作，關切問道。

「好像是全力衝刺時，冰刀突然卡住，有人從側面撞上來，她整個人被撞得飛了出去。」父親嘆了口氣，用叉子撥弄著盤中的派皮碎，「上個月的事。」

「那怎麼辦？嚴重嗎？」愛凡放下叉子，皺起眉頭。

「摔得挺重的，」母親接過話題，表情凝重，「股骨都骨折了，做了鋼釘手術，現在得坐輪椅。」

「天啊，」愛凡震驚地說，「那她恢復得怎樣？」

「已經在練習走路了，但進展不太好……」母親說。

「怎麼說？」愛凡問。

「她現在其實得靠助行器幫助，」父親解釋，聲音明顯比剛剛低沉不少，「但她自己好像有點急，越急就越會摔跤。」

一時間，餐桌上籠罩著一層沉默。愛凡對莉莉安的印象還停留在她只有幾歲，還紮著雙馬尾的小女孩時期。聽到她的狀況，腦海裡浮現的只有對面大廈那個清瘦的短髮女孩，每天練習走路的身影。

「她走得越來越好了。」愛凡冒出一句，話音剛落卻已愣住，彷彿沒料到自己會說出這話。

「誰走得越來越好了？」母親滿臉疑惑地看著他。

愛凡一時語塞，才意識到自己的思緒早已飄回上海。他輕咳一聲，伸手再切了一塊蘋果派：「我是說莉莉安，她會走得越來越好的。」

Chapter XLVI

第四十六章　新芽

在克利夫蘭的九天，每天恍如時光倒流。

躺在年少時臥室的床上，打開床頭的宇宙投影儀，望著天花板上那些模擬星體，那晚愛凡不到十點就熟睡過去。時差讓他連續幾晚凌晨三四點就醒來，他便會輕手輕腳地來到廚房，倒一杯喬氏超市的杏仁奶，像小時候從秘密基地出來時一樣。那是他最愛的杏仁奶品牌，離開美國這一整年都沒喝到，實在想念。還有他們家的無添加花生醬。雖然每次要把上面那層油和底下的醬攪拌均勻都很費勁，但愛凡從小就覺得，喬氏超市的花生醬是全世界最好吃的。

回家翌日是週日，父母還沒醒來，愛凡便知道早晨一定是上教會。那座白色尖頂的小教堂，他已將近十年沒回去。萊繆爾牧師認出他的時候，笑得相當親切。「愛凡，我的孩子！感謝主！你已經成為改變世界的人了！」牧師的聲音依舊磁性得讓他覺得是上帝之聲，他從六歲時便這麼覺得。

那天母親挽著他的手臂，將他介紹給每一位前來問候的新鄰居：「這就是我兒子愛凡，樂土就是他創立的。」

她的聲音中充滿了難以掩飾的驕傲，鄰居讓他看到的，卻不是對科技巨頭的崇拜，而是對鄰家男孩成長的欣慰，這讓他感到一種久違的踏實與歸屬。

那晚正值年廿九，母親親手寫了春聯，墨香四溢。

上聯：聶門蒙恩春常在
下聯：愛中得福歲平安
橫批：凡事感恩

愛凡一眼看出自己的名字被巧妙融入其中，心頭一暖。父親站在一旁，指著那些尚未乾透的墨跡打趣道：「兒子一回來就有春聯，老公天天在身邊反而沒有。」母親卻反駁：「怎麼沒有？你數數你有多少本小說！」

除夕之夜，聶家的滿堂紅與街上的白雪茫茫形成鮮明對比。母親雖然不擅長做中餐，但難得與兒子團年，餐桌上還是擺上了豐盛的「翡翠白玉湯」，其實就是青菜豆腐湯、蔥爆牛肉和清蒸魚。對了，還有去唐人街買的蘿蔔糕，雖然不是親手做的，至少是親手煎的。

大年初一，愛凡收到兩個厚厚的紅包。每封裝著十張一百美金。說來奇怪，如今的愛凡早就不缺這些錢，反而每月給父母的家用都出手闊綽，可拆開紅包時，卻還會有小時候那種興奮感，忍不住細數今年有多少錢的「進賬」。

一家三口又玩起了桌遊——《卡坦島》。那是聶家曾經每週末的家庭遊戲。父親熟練地鋪開六角形地圖，母親則泡了一壺茶，三人圍坐在起居室裡「討價還價」。母親一如既往專注於發展卡，父親執著於建造城市，而愛凡的戰略依然是控制港口。最終父親從愛凡手上奪過「最長的道路」，反超勝出。倒是全家早已笑成一團，勝負根本無關緊要。

後來的那幾天，同樣天天是回憶。

愛凡陪父母來到伊利湖畔的埃奇沃特公園，踏著厚雪漫步。父親興致勃勃地講述著最新的研究成果，母親則時不時打趣他的專業術語。

走在他們中間，愛凡深感安寧。三人在湖濱區的老咖啡館停留，那裡的窗戶正對著結冰的伊利湖湖面，透過玻璃看著外面銀裝素裹的世界，他彷彿回到了十四歲的夏天。那時父母曾帶他在同一個位置看日落，窗外是碧綠的湖水和點點白帆，遊艇在遠處劃過湖面。

還有愛凡從幼稚園一直唸到高中的母校——優睿書院[44]。校園裡的積雪已被清理乾淨，只在草坪邊緣堆成小丘。踏入校門時，他不禁愣住：入口處的牆上，赫然掛著一幅巨大的壁畫——那是他的肖像，旁邊寫著「夢想無界，創新有道——傑出校友聶愛凡」。壁畫下方還有一塊小型展示區，簡單介紹著樂土公司和啟示鏡的發展歷程，還有他小時候的可愛照片。

那天幾個戴著冰球隊帽子的男孩剛好經過，目光在愛凡與壁畫之間來回掃視，眼睛霎時瞪大。不消片刻，一小群學弟便聚集在他身邊，輪流要求合影，臉上寫滿敬佩與興奮。

行程當然還少不了探望大衛老師一家。莉莉安對於愛凡的出現，深感驚喜。大衛說，那該是她最近露出笑容最多的一天。聽著少女欲速不達的情況，愛凡主動跟她提起秋，告訴她，在地球另一邊

---

[44] University School，創立於1890年的美國俄亥俄州頂級男子私立學校。

有個女孩正跟她一樣，努力從輪椅上再次站起來。那天他清晰地想起秋堅韌的眼神、倔強的表情。那也是父母第一次聽說，原來愛凡在上海遇到了一個女孩。

其餘的時間，他要麼在院子裡，要麼在地下室。

天寒地凍，母親的園藝熱情絲毫未減。白天他們常在花園裡賞雪觀葉，二月底雪片蓮雖未開花，卻已在厚雪下冒出新芽。母親說，生命不只是盛開時美，掙扎、發芽時，也是另一種獨特的美態。這番話果然很母親，愛凡卻深感認同。他又想起那個正在努力站起來的身影。

天黑後，他則會與父親在院中觀星，如小時候一樣。克利夫蘭的夜空比上海漆黑得多，星辰密佈，璀璨耀眼。那晚月亮格外圓明，父親回憶著愛凡的小時候，提起月球正以每年 3.8 公分的速度遠離地球。愛凡當然第一時間想起一年前那段熟悉的對話。腦海中浮現的卻是一個輪椅上的身影，戴著啓示鏡，隔著大樓，與他對話。那畫面是如此鮮明，鮮明得讓他驚訝。

那是他第一次在心底勾勒出那樣的輪廓。

地下室依然是他的專屬秘密基地。因時差而醒著時，到廚房拿瓶花生醬，就能立刻前往。獨自走下木質樓梯，推開門，看灰塵在空氣中飛舞，那些青蔥歲月瞬間便回來。啓示鏡的前兩代模型還在，連手繪設計圖都被翻了出來。還有小時候的各種小機器人。

興致忽然而至。他寫了幾行簡單代碼，再用幾個電子零件和小顯示屏，隨手組裝了兩個簡單的手環——戴在手上，它可以追蹤每天的小進步，無論是多走一步，還是多站立一秒。然後小裝置會將記錄的數據累積，每達到某個數值，一個數字盆栽便會綻放。他的想法是，有時候進步很難察覺，但當回頭看時，也許會發現那些微小努力已匯聚成驚人改變。

兩個手環，他準備一個送給大衛老師的小女兒，一個帶回上海，或許，可以送給對面的女孩。

與父母的告別總是簡短而克制，彷彿他們都遵守著某種不成文的家族規則——用擁抱代替萬語千言，用微笑掩飾依依不捨。臨行前，母親將她最新的小說稿件遞給他，那本還沒完成的書已被列印出來裝訂成冊，還附帶對他何時能回來看剩下部分的含蓄期許。父親則趁著他收拾行李的空當，悄悄往他的手提包上掛上一個紅磚頭鑰匙扣。那是他們從前玩《卡坦島》的諧音梗——來塊磚頭，Give me a "break"[45]。往後愛凡每當看到，都彷彿聽見父親在耳邊提醒——別太勞累，注意休息。

飛機起飛時，愛凡望著窗外漸漸縮小的克利夫蘭城景，心中五味雜陳。短暫的九天如夢似幻，卻讓他重新連接上了自己的根與魂。越過雪山與平原，飛機最終降落在舊金山國際機場。與克利夫蘭的寒冬截然不同，加州的陽光灑在停機坪上，讓愛凡在下機時不自覺眯起雙眼。

一年未親身踏進樂土總部了。從車上下來，視線再次碰上那和煦陽光下的玻璃柱形建築、鬱鬱蔥蔥的垂直花園，和簡潔醒目的巨型 AFTERLAND 標誌，心中還是會飄過一瞬的失真感。這一切居然是他一手打造的王國。母親的毛筆字跡再次浮現眼前：**凡事感恩**。

自動門識別到他的生物特徵，輕巧地滑向兩側。愛凡剛踏入大廳，便有人發出驚呼。交談聲戛然而止，接著又像被打翻的蜂巢般炸開。創始人的突然回歸讓整個總部陷入短暫的騷動。

他沒有停留，只簡單頷首致意，逕自走向專屬電梯。雖然已經一年沒有走過這條路線，肌肉記憶卻依然精準。電梯直達頂層，推開辦公室門，熟悉的景象映入眼簾。落地窗外的一片萬里晴空、曠闊

[45] 原話該是「Give me a brick」。這是玩《卡坦島》遊戲時，玩家交易間經常會說到的一句話。

無邊的帕洛阿爾托全景、遠處若隱若現的聖克魯斯山脈、室內保持著他喜好的極簡擺設。

年度總結大會準時開始，會議室裡氛圍明顯不同以往。愛凡走進來時，交談的人們紛紛停下，起身相迎，眼中充滿驚喜與好奇。當然了，現場除了行政總裁約書亞，所有人本都以為愛凡只會線上參與今年的大會。

過去一年，全球五百強中的零售、媒體和消費品企業，在樂土專門設立運營據點的，已增長至八成。娛樂、餐飲、時尚、教育、醫療等各個領域，逐漸在樂土構成越發完整的生態體系。

娛樂與餐飲的共融成果相當亮眼。憑藉受到全球專利保護的意識磁，樂土成功舉辦首個全球同步的個人化虛擬音樂節。戴上啓示鏡，用戶不僅能與朋友一同親臨音樂現場，還能切換多種觀演場景：經典戶外野營模式、體育場演唱會模式、嘉年華狂歡模式等。不同虛擬場地設有不同美食與周邊攤位，讓人們能夠一邊欣賞表演，一邊享受美食，全方位實現過往線下音樂節的完整體驗。

這場音樂節創下了令人咋舌的紀錄。同時在線人數最高達到 5.8 億，總參加人數突破 10 億，並帶動了驚人的聯動經濟——從數位收藏品、藝人聯名虛擬周邊，到演唱會場景複製包，再到美食意識體驗，總銷售額突破 27 億美元。如此成功的商業模式瞬即引發行業震動，各大音樂巨頭紛紛主動尋求合作，希望推動頭部藝人的個人演唱會進駐樂土。

虛擬餐飲的發展同樣進入新階段。雖然樂土早已成為各大食品與餐飲品牌的核心戰場，過去一年，卻連高端餐飲業也開始加速佈局——超過 200 家米其林星級餐廳相繼在樂土開設分店，讓曾經需要提前數月預訂的頂級料理，如今能隨時於數位世界中品嚐。樂土的美食意識體驗亦與合作商戶的實體外賣服務深度融合，用戶在線上品嚐一道料理後，可選擇將實體餐點直送家門，虛擬與現實無縫銜接。

沉浸式影院亦迎來飛速發展，重新定義了電影的邊界。樂土攜手多家影業公司專門打造的多部經典電影 4D 觀影版本，終於上線。透過意識體驗技術，觀眾在觀影時能夠彷如置身電影場景中，真切感受到經典情節的環境變化——海水湧入船艙時的冰冷感、飛船進入太空時的零重力飄浮感、戰火瀰漫間的燒焦氣息等。影視不再只是觀看，而是每一幀畫面都能全方位直達神經深處。

至於時尚領域，樂土首度與紐約、倫敦、米蘭和巴黎四大時裝週達成戰略合作，率先實現用戶能於秀後以虛擬化身實時試穿數字時裝的創舉，並同時提供虛擬或實體版本的一鍵購買。這一技術突破不僅重塑了行業格局，也為消費者帶來全新的購物體驗。數據顯示，參與品牌的銷售額平均提升接近三倍。

教育方面，樂土對兒童教育的變革尤為深遠，已有數十個國家將樂土的沉浸式學習納入基礎教育體系。孩子可於樂土親身穿越到歷史現場、在海底探索生物奧秘，甚至與專科 NPC 互動，學習變得直觀有趣。

醫療方面，樂土除了一貫的高能量層級特性，亦向心理健康機構免費開放意識升降機，讓焦慮症、創傷後應激障礙等心理疾病患者能輕易進入療癒場景，接受專業治療。這項計劃的推行，使心理治療變得更容易觸達，更有效果。許多長期受困於心理疾病的人因此首次踏上療癒之路。

大會持續了整整兩天，幾乎每個部門都有驚人的進展彙報。愛凡一邊感到欣慰，一邊想起，三個月前他還在對自己失望，懊惱自己浪費光陰。原來人在低谷，視野真的容易陷進霧靄，對周遭的風景視而不見。他居然沒意識到自己已在一年間，跨越大洋帶領兩地團隊，實現了多少突破。

重新坐回辦公室，手指輕觸著從克利夫蘭帶回的那個進步手環，愛凡唇邊泛起淺淺一笑。這個原本準備帶回上海送給對面女孩的小裝置，居然同時也在提醒著他——即便偶有跌倒，沿路不也有過無數進步嗎？

當下的樂土，原來已在不知不覺中長出無數新芽。也許上帝想安慰的，不僅是莉莉安和秋。也許愛凡自己，也需要看到在這短短一年間，多少花朵已在他生命之中悄然綻開。

Chapter XLVII

第四十七章　一信、兩人、三習慣

第一次踏進 8 號樓，愛凡的小動作不自覺紛至沓來。手沒事摸摸衣領、落進口袋沒兩秒又抽出、紙袋從左手換到右手，又回到左手。也許是因為對面大廈還關著燈，這一路上，可能會正巧撞見她回家。

其實飛機降落前，機艙服務員的報備就讓他忽然意識到今天是 3 月 2 日。但他覺得，這也算是個美麗的巧合。再說，她也不一定記得。

所以他還是帶著他的禮物，來了。

臨走前的那天，莉莉安收到進步手環時眉開眼笑。她從未收到過這麼棒的禮物，量身定製，獨一無二。除了功能讓她不再對復健如此抗拒，連顏色都是她從小最愛的寶貝藍。愛凡對於選對了顏色並不意外，畢竟她滿房間都是寶貝藍。讓他意外的是，莉莉安竟就此拿起筆給秋寫了幾句，還叮囑愛凡一定要轉交給她。

不過回來裝袋時，莉莉安的紙條忽然略顯簡陋。禮物還是該送得正式一點。於是歌莉雅留給他的信，信封就這麼給了出去。

思前想後，這的確是最有意義的選擇。畢竟歌莉雅的心意，一定是見到秋康復。那就忍痛吧。把她的祝福也一併送出去。反正他已學會了放手。

沒有撞上她。事實上，他把紙袋放在她家門口後，還過了至少一小時，她才回到家裡。那時愛凡都已經把行李整理好了。

她打開信封時，他屏住了呼吸。他甚至沒意識到自己就這樣明目張膽地站在窗前，注視著她。直到她突然跑了，連紙袋都遺留在了櫃子上。

不該盯著她看。給她太多壓力了。愛凡轉身走向廚房。

不打開冰箱，都感覺不到自己早就飢腸轆轆。翻了翻，有雞蛋、火腿、培根、冷凍香腸、冷凍牛排。其實櫃子裡有包裝的羅勒青醬，他也可以做意大利麵。但在時差之下，吃早餐的慾望比較強烈。

晚上九點做全套美式早餐，誰說不行呢？愛凡笑了笑。

他並沒有故意偷看她。只是，熱鍋需要時間，他才會看見她臥室燈亮了。她看完信了吧？有什麼感想呢？

兩片培根下鍋，脂香瞬即充滿空氣。他真的有在好好煎培根。但這樣的手勢早已熟練，用不著全神貫注，他這才又不自覺往窗外瞥去。

她從床頭櫃裡拿出了什麼東西？是……一封信？而且是同樣的棕色信封？更甚是，她怎麼還從裡面拿出信紙開始對比……？難道她也收到過歌莉雅的信？

這個想法完全超出了他的認知範圍，讓他思緒紛亂。那封信上寫了什麼？他機械地翻動著培根，鍋鏟與平底鍋摩擦的聲響如同腦海裡乍隱乍現的想法。視線始終無法移開，他看見她又離開了臥室，往玄關方向走去。

她終於收到了進步手環。那是他花了好幾個晚上完善的小玩意。望著她對著手腕上的裝置專注研究的模樣，一陣溫暖流過全身。

太溫暖了，溫暖到鍋中傳來了焦味。

培根！他急忙將鍋移離火源。

「真是的。」他自言自語，卻並不真的懊惱。沒事。褐色的培根更脆。

但重新開火，他最好專心一點。雞蛋打進碗中，加入少許鹽和胡椒，快速攪拌。鍋裡殘留的培根油正好用來炒蛋，金黃的蛋液流入鍋中，發出令人愉悅的聲音。

炒蛋也要等。當他再次往對面望去時，她正扶著櫃子邊緣，艱難地從輪椅上站起身，然後邁出一步、兩步。

彷彿自己也正經歷著那份努力，他的專注再次不知不覺地從煎鍋轉移到對面公寓。他知道這樣的一步對她來說有多困難，畢竟見她這樣練習已經多久了，這次她甚至沒有助行器的幫助。

她重新坐回輪椅，低頭看著手腕上的裝置，臉上浮現微笑。那個笑容，哪怕是隔著樓與樓的距離，也讓他生出一種微妙的滿足感。那一刻，他甚是慶幸自己在地下室待了幾個凌晨。

那晚早餐的味道，愛凡已記不清楚。他只記得，那頓餐食給他帶來相當不錯的心情，還讓他十一點不到就已入眠，雖然最後時差還是在三點半就把他拽起來。電子鐘的藍光在黑暗中格外明顯，他便索性起來，把母親的新書稿讀一讀。

書房的雪片蓮已經開了。潔白的小花如白雪點綴在墨綠色的葉片間，證明臨行前他自製的「棉繩吸水法」，確實奏效。不用現成的遙距淋花 App 是他的小執著，即便是遙距灌溉，也得是親手操作的。一個裝滿水的大容器，加上幾根浸在水中延伸到花盆的棉繩。這樣簡單的裝置，在過去兩週代替了他，為雪片蓮送上甘露。

恍然間，已是一年。愛凡還記得，去年雪片蓮初綻時，他剛與對面的女孩相識不久。說來奇妙，自從父親在後院忽然談起月球每年遠離地球 3.8 公分，而讓他忽然意識到自己腦袋裡蹦出的畫面是秋戴上啓示鏡的身影後，他彷彿再也不難將秋與歌莉雅聯繫起來。儘管對他而言，她們確是兩個獨立的個體。但不知從何開始，對面窗中的那個身影便不再那樣形同一個陌生人。

愛凡甚至覺得不可思議。他居然曾跟對面的女孩交談過一個多月？仔細回想對話，他才忽然意識到他們曾深入交換了過往。倒不是存在任何遐想。他極其警覺，絕不能讓自己掉入任何救生圈。那樣對他們三人都不好。他只是真的覺得，不可思議。

三月的上海，霧氣漸散，草木更新。街頭的梧桐抽出新芽，小區的花園逐漸染上繽紛。生活亦然。農曆年假過後，不止愛凡自己，整個團隊的活力都煥然一新。公司總部的業務更多地與亞洲接軌，各個地區的本地化融合亦日益順暢。

張老師也給他帶來了更多好消息，啓示路計劃的進展相當不錯，是時候引入「靈感」方案和 NPC 的輔助了。愛凡還為平行樂土寫了一些新代碼，例如讓土壤能夠綻放出雪片蓮。倉庫不再是他迴避的地方，他甚至能平靜地打開歌莉雅和那個他的數據看看，而並不覺得有螞蟻在咬。

歌莉雅已經學會騎自行車，他們也一同到處探索未知的山海。沿途碰見別人，他們甚至能帶動那些人的情感強度隨之上升。而這一切，愛凡並不感意外，畢竟他們心中有愛。他們過得好，愛凡由衷感到欣慰。

母親從美國發來了視頻，莉莉安的恢復情況令人欣喜，治療師預計下週她便可開始全負重行走。視頻中，莉莉安展示著她的數字花朵，這麼快便綻開了四盆。

母親又趁機問起了秋。那可是這幾年以來，第一次從兒子口中聽見的女孩。愛凡只是輕描淡寫地回應。畢竟那些微小的好奇和關注，連自己都不願承認，又怎會向母親透露？

不過那天，愛凡確實不自覺想起，不知秋喜歡那些數字花嗎？她最近似乎很忙，家中的燈光經常亮得比他還晚，也少了見她在家裡練習。小區裡的兩次偶遇成了稀薄的驚喜，楓樹下和小區門口。但彼此只是點了點頭，誰也沒提起過進步手環。

自己的進步，他倒是知道。他多了三個新習慣。

一是，他重拾起年少時陪母親翻土種花的習慣。自從去年年底大病一場，他總覺得身體已變成一把失調的琴，清亮不再。直到美國之行，與母親一同在厚雪中照料花園，才彷彿重新找回了那雙能調音的手。望著綠意從自己的手裡一點點滋長，那一度雜草橫生的內心，也彷彿重新恢復秩序。即便上海的公寓沒有後院，陽台也是極具潛力。不出一個月，觀葉植物、花卉，甚至香草盆栽便陸續進駐，陽台如他的生活一般，漸露生機。

同時，雙手也開始練習鋼琴。這個念頭來得毫無徵兆。就是某個週日，陽光正好，咖啡香氣未散，他的手指忽然渴望觸碰黑白琴鍵。他花了點時間學看五線譜，便開始在網上搜索各種樂譜，練習起來。都是他收藏的那些純音樂曲子，也不算太難，畢竟從小在母親身邊，他並沒少彈。

三是，他多了參與團隊聚餐。去年剛回國時，面對一張張陌生的面孔，愛凡總是保持著禮貌的微笑而已。後來有了歌莉雅，午飯基本都在家裡吃。那段時間裡，團隊之間雖然培養了很好的工作默契，同事卻連他喜歡什麼料理都無從得知。如今他挨個品嚐了公司周圍的風味，同事們終於發現，創意日料最能帶動他的微笑。

在他眼裡，這些新習慣就像對面女孩邁出的一步一步，只是他在累積的生活小美好。他根本沒料到，第三個看似最普通的新習慣，將會像一隻輕展翅膀的蝴蝶，為他與秋的故事捲起最關鍵的旋風。

Chapter XLVIII

第四十八章　錯位真相

「行，行，快點哦。」喬丹放下電話，馬上亮起眼睛看著愛凡，喋喋不休，「浩哥說下來了。我跟你說，這家『藍松』簡直太棒了！太、棒、了！最近剛進駐我們，你可是第一批嚐鮮的。哦，不對，你是第二批。我已經嚐過了。」

愛凡看了眼層層疊高的木質餐盒，瑪瑙紋理的表面泛著淡淡的光澤。「看著是不錯，但你點這麼多，能吃完嗎？」

「你試試等下帶到樓上去，走半圈，看那群實習生是不是光速搶完。」喬丹佈置起餐盤，語氣自豪得彷彿餐廳是他的一樣，「你別不信，那個白魚佐洛神花果露，一咬下去，嘩——」他誇張地模仿爆炸的樣子，桌邊幾人都笑了起來。

餐盒一層層打開，每層都是驚喜。油甘魚薄切淋上特製的青檸醋汁，搭配細碎的墨西哥辣椒，是清爽與辛辣的完美平衡；辣金槍魚腹搭配醃漬梨絲，是鮮美與甜脆相互碰撞；還有各種造型精緻的手握壽司，各自點綴著不同的創意調味。

「愛凡，你得先試這個。」喬丹指著中間那塊手握，神秘兮兮，「入口會爆開一股煙霧，是主廚在分子料理大賽上獲獎的作品，他稱之為『味蕾的時空錯位』。」

愛凡挑眉，正要說話，電梯口便響起腳步聲。任浩舵和張老師一同走出。

「這麼巧嗎你們倆？」愛凡問，「小曼呢？」

「小曼馬上就來。」任浩舵簡單向大家點了點頭，同時走到愛凡身邊，輕輕拍了拍他的肩膀，給了他一個安慰的笑容。這個不尋常的舉動讓愛凡微微疑惑，但他沒有多問。

「小曼果然夠慢的。」喬丹調侃著，給愛凡遞上筷子，「別等她了，來，白魚這塊！」

愛凡接過筷子，夾起那塊手握。

「對了浩哥，」喬丹轉向任浩舵，「時裝週收官了吧？我看網上都在刷屏。」

「嗯，今天是最後一天。」任浩舵點點頭，「數據非常好。」

「其實不只這次上海時裝週，從年初的香港時裝週，到後面的東京、首爾，全部數據都爆了。」林婧，市場部的另一位同事補充道，隨即轉向愛凡，「虛擬試衣功能簡直太神了！」

愛凡一笑：「太好了。所以今年亞洲區就合作了這四個時裝週嗎？」

「天啊！」喬丹誇張地瞪大眼睛，「虛擬試衣不是你主導開發的嗎？時裝週都快結束了，你還不知道用在哪裡？」

「這話說的，」愛凡笑著搖頭，「去年紐約時裝週首發功能時我就熬夜看直播了好嗎？」

談笑間，電梯門再次開啓，小曼匆匆走出。她的眼睛紅腫，妝容雖然補過，卻掩不住剛哭過的痕跡。

「抱歉，讓大家等。」小曼試圖微笑，但顯然情緒還沒完全平復。

「你怎麼了？」愛凡放下手中的筷子，揚眉問。

小曼望著愛凡，眼中閃過一絲複雜的神情，似乎在驚訝他的平靜。她與任浩舵交換了眼神，終於開口：「愛凡，幫我告訴歌莉雅，她真的很勇敢。」

愛凡的表情瞬間凝固，他可沒料到會聽見這個名字。

「我現在終於知道前面幾個月你為什麼這麼憔悴了，真的太難了。」小曼的鼻子又紅了，「她會很快好起來的！」

餐桌上突然安靜。喬丹掏出手機，快速搜索起來。張老師眉頭微微皺起，目光警覺地轉向愛凡。愛凡則愣在原地，心跳驟然加速。她在說什麼？

「原來歌莉雅是設計師？」喬丹滑動著手機，喃喃自語道，「哦？今天有她的秀——」他的聲音突然卡住，眼睛瞪大，手不自覺捂住嘴，「啊——」

歌莉雅？設計師？秀？愛凡的大腦急速運轉，腦海忽然出現對面大廈因為碰到繪圖桌而差點跌倒的身影。

哦，是秋。

「嗯……」他倉促地應了聲，目光掃過大家關切的臉，「是的，她……確實很勇敢。」

「她現在恢復得怎麼樣了？」林婧小心翼翼地問，「說實話，她還能做出這樣的系列，心真強大。」

「還不錯……」愛凡含糊地回答，「一步一步來吧。」

不知所措的時候，喝水是上策。愛凡拿起水杯，試圖忽略所有人的眼光，試圖吞嚥得慢點，試圖給自己爭取一些思考的時間。

他恨不得立刻奪過喬丹的手機，從裡到外看畢那場秀。他好想知道究竟是什麼讓小曼哭成這樣、是怎樣的系列讓林婧覺得她很強大——但一切想法只能被一一壓在心底。此刻的他就像在演一場即興劇，沒有台詞，沒有彩排，只能靠本能和直覺假裝自若。

放下水杯的一刻，眼光不小心掃到張老師。愛凡能清晰感受到他目光中的疑惑。張老師比誰都了解他們口中的設計師絕不可能是歌莉雅。但他又該如何解釋？

愛凡不著痕跡地避開那探尋的視線，若無其事地夾起一片油甘魚：「快吃吧，都涼了。」話音剛落，他就後悔。刺身本身不就是涼的？如今的每一秒都像是走在鋼索上，每一秒都讓他煎熬。他只祈禱不要有人發現他的緊張。

「愛凡，」小曼忽然開口，「看歌莉雅什麼時候方便，我們去看看她吧？」

這句話像一塊沉重的石頭，一下落在愛凡胃裡。面部肌肉正在逐漸緊繃。我的上帝，該如何回應？是答應小曼然後找藉口推遲，還是直接拒絕？

「最近她……」愛凡極力維持著自然的表情，斟酌著用字，「我問問她吧……最近她已經耗費了很多精力。」

張老師平靜地觀察著一切，時不時小啜一口茶。他的沉默卻讓愛凡倍感壓力，又拿起水杯，喝了一口。

「當然，當然。」喬丹接過話，體貼地說，「我們等她恢復。你跟她說，喬丹等著找她雪恥。」

愛凡點點頭，擠出了嘴角的弧度。他的心思已經完全飛回了辦公室，飛到那個還未看到的直播回放上。

餐盒裡的食物還剩大半，他卻已提不起一絲興趣。精緻的刺身和手握在他眼前模糊成一片色彩，味蕾也似乎失了感知。他拿起手機，打開電郵，隨便點開一個，假裝看了看：「原來我下午還有個會議，我得抓緊吃完回去準備。」

而後他不帶情感地不斷往嘴裡塞東西，彷彿機械在完成任務。果然是「味蕾的時空錯位」。嘴巴正在咀嚼金槍魚還是油甘魚、海膽還是茶碗蒸，他已壓根分不出來。

一心只想，趕緊逃離現場。

「待會兒有會議嗎？」任浩舵問道，一邊看著自己的手機，「用戶體驗反饋分析？」

愛凡略微一頓，點了點頭：「嗯，我想儘快看看功能有沒有需要優化的地方。」他卻暗自內疚，短短半小時，已經撒了多少謊。

他放下筷子，拿起餐巾擦了擦嘴，動作儘量從容：「謝謝這頓飯，下次我請。」

「替我們向歌莉雅問好。」小曼說，眼眶依然紅腫。

這句話又像一記悶棍砸在愛凡心頭。他僵硬地點頭，嘴角掛著一個公式化的微笑：「會的。」

直到電梯門關上的一刻，他才終於鬆了口氣。背靠著冰冷的金屬壁，閉上眼睛，電梯上升的過程彷彿比平時漫長許多。腦海又湧上秋坐在輪椅上的模樣，以及她努力站立的身影。那是他第一次如此強烈地想要知道——

她究竟，經歷了什麼？

Chapter XLIX

第四十九章　蝴蝶效應

舞台一片漆黑。

「我曾以為，人生的目標就是要把不完美的自己，雕琢到完美。」一個溫柔卻帶著幾分沙啞的女聲響起，愛凡一聽便認得，那是她的聲音。怎麼可能認不得？只不過，還是有點失真，因為他清楚，那熟悉的聲音不是歌莉雅，是秋。

聚光燈亮起，宛如柔和的月光，灑在舞台左側。悠揚的鋼琴前奏隨之而來，是貝多芬《月光奏鳴曲》第一樂章。

一個年輕男孩的身影從右邊台口走出，腳步緩緩。

「在那個完美的世界裡，沒有殘缺，沒有傷痕，沒有眼淚，也沒有……真正的我。」她的聲音再次響起。

男孩逐漸靠近那圈皎潔的光，側面輪廓逐漸清晰。他穿著奶白色的厚織無袖高領罩衫、帶著不規則白色紋路的黑色休閒褲、點綴著熒光綠的厚底運動鞋，左手持著只有線框輪廓的電小提琴，右手隱約可見拎著琴弓。終於他在光線下停步，緩緩抬起手臂，琴弓觸上琴弦，樂章的主旋律從他兩臂之間傾瀉而出。

當主旋律來到第二樂句，首次引入降半音符時，光線漸漸明亮。男孩把身體轉正面向觀眾席，右臂落入燈光中，愛凡的心猛然一跳。

那握著琴弓的手，不是血肉之軀，而是一個精巧的金屬結構。琴弓就固定在結構之上，控制它的，僅僅是男孩努力挪動的肩胛骨。沒有手腕的彎曲，沒有手指的拿捏，只有肩膀和身體的投入擺動。

愛凡屏住了呼吸。他從未見過如此動人的景象——男孩的身體與機械在音樂中融為一體，彷彿那金屬結構並非後天添加的器械，而是與生俱來的部分。男孩挪動著肩頭，光線在金屬結構表面跳躍著，如同蝴蝶翅膀上閃爍的鱗粉。

男孩衫上黑、藍、金三色的線條，這才躍入眼簾，加上肩膀故意被留作未完成狀的布料邊緣，和那堅毅拉著琴的動作，宛若一隻努力飛翔的折翼蝴蝶。

「曾經，我多想逃脫灰濛的夜，尋找蔚藍的天。」她的聲音疊在哀傷的音樂上，讓人有點心疼，「那是我對完美人生的想像和理解，我卻從未觸碰到生命的本質。」

一位皮膚佈滿白色斑紋的年輕女性從台口走出。她身穿立領入肩的黑皮革上衣，肩部有熒光粉紅的漸層長條布料，從肩頭斜垂而下，直落到右側不對稱黑色工裝褲的一半，左側僅有白灰交錯、破碎感十足的絲質布料垂墜，露出修長的腿。布條呈現出的撕裂感，如同蝴蝶破繭時留下的絲絮，隨她的步伐飄逸。她腳踩黑色厚底戰鬥靴，步伐堅定而優雅，「月光」之下，皮膚上的斑紋如星辰般閃爍。

一種難以言喻的震撼在愛凡心中擴散。他忽然意識到，正在拉琴的男孩原來是這場秀的第一位模特；更意識到，這不僅僅是一場時裝秀，還是一場意志與韌性的展示。

「曾經，我不明白為何天空要有陰霾，為何花朵需要凋零，為何生命中要有不完美。」她破碎的聲音繼續播放，透著一種讓人心碎的坦誠。

下一位模特推著輪椅而出，毫不掩飾地展露那雙踏著炫彩高幫運動鞋的鋁合金義肢。她身著破損布料拼接的淺灰色單肩上衣，有巨大的蝶翼結構從背部延展開來，橙、黃、藍鮮艷地交織在一起，邊緣處留有粗糙的線頭和撕裂感，分明是一隻正在破繭的蝴蝶。

「直到有一天我親眼看見，一隻小小的蝴蝶，翅膀卑微地揮動，竟可在別人的世界裡引發狂烈風暴。」她的聲音依然輕柔，卻越發堅定。

那一刻，一個畫面在愛凡腦海中閃現——她每天在輪椅上的進步，那小小的一步、兩步，不就是小小的蝴蝶，在努力揮動著翅膀？

燈光漸漸轉變，男孩的琴聲從貝多芬轉向詹金斯[46]。那是經過變奏的一曲《帕拉迪奧》，激昂的弦樂與嘻哈的節奏在男孩的琴弓下完美交融。

一位雙腿截肢的俊朗男孩坐在滑板上，隨著音樂節拍，以極佳的控制力蛇形前進。他穿著高領的無袖上衣，一半黑色一半米色。領口高高捲起遮住大半張臉，只露出一雙深邃銳利的眼睛和挺拔的鼻樑線條。橙黑兩色組成的不規則紋理以仿舊布料大面積拼接在衫上，邊緣同樣呈現撕裂質感，如同初次展翅的帝王蝶。

滑至展台中央，他出其不意地以驚人的上肢力量一躍而起，雙手撐地，開始一段令人屏息的地板

[46] Karl Jenkins，英國作曲家與多樂器演奏家，以融合古典、爵士與世界音樂風格聞名。

動作——他的身體如陀螺般旋轉，雙手交替支撐，時而倒立，時而側翻，腰腹的力量讓他能夠在地面上如流水般移動。最後他以一個凍結姿勢結束表演，單手撐地，另一隻手指向天空，身體呈現出一個蝴蝶翅膀般的剪影。全場觀眾不由自主地爆發出熱烈掌聲。他的一半臉龐雖被高領遮掩，那雙眼睛卻散發著自信光芒，絲毫沒有自憐。

「而蝴蝶之所以能夠破繭而出，展翅高飛，正是因為經歷過掙扎。」她的聲音也轉而振奮，字字鏗鏘，「原來真正的堅強，不是要化作萬丈光芒，而是你不再害怕承認自己就是那隻卑微的蝴蝶，渴望在浩瀚宇宙裡飛翔。」

舞台上陸續步出更多模特。除了有身體障礙或皮膚疾病的男女，也有步履蹣跚的銀髮老人、拖著小型氧氣箱的瘦弱少年。各種年齡、各種形態，各自以獨特的方式詮釋著《破繭》系列的服裝，直到一位全身淨白的模特徐徐步出台口。

音樂已在不知不覺間銜接到柴可夫斯基[47]的《十月：秋之歌》。燈光也從燦爛回歸簡單。屏幕裡的現場觀眾開始議論紛紛，不少人已經在偷偷抹淚。愛凡感到自己的心跳加速，彷彿預感到某種命運的轉折即將發生。

模特戴著棒球帽和圓環耳環，身上是寬鬆的白色露肩連帽衫套裝，左邊褲腳捲起，露出一截金屬支架結構，步伐艱辛地往舞台中央走去。她撐著腋拐，身體微微左斜，也許正試圖將重心壓向左邊，卻讓右膝顫抖得更劇烈。一路上，有投影投在她的白衣上，是一些人物素描。愛凡馬上認得，那不就

---

[47] Pyotr Ilyich Tchaikovsky，俄國作曲家，浪漫主義音樂代表人物之一，代表作包括《天鵝湖》《胡桃夾子》《悲愴交響曲》等。

是台上正在拉琴的男孩？

「這是我的故事，也是我們的故事。」

那邁出的每一步都顯得那麼艱難，卻又那麼堅定。愛凡的眼睛一刻不離屏幕，內心因為認出那熟悉的身影而顫抖。她一定是秋，是他日復一日在窗外看到的秋，是他送出過進步手環的秋，是他始終以為只是普通鄰居的秋。

隨著她的聲音再度播放，模特身上的素描投影陸續變換，有坐在輪椅上打籃球的青年，有夾豆子的奶奶，有扶著病人的治療師。愛凡幾乎可以肯定，這些素描都是秋畫的，而畫中的主角，都是她在復健時遇到的美麗生命。

那一刻，他不禁想起她前段日子經常趴在繪圖桌前的身影。原來那是她承受著無法想像的痛苦的同時，還在用自己的方式去照亮他人。

模特終於走到舞台中央，面向觀眾，緩緩抬起頭，露出完整的面容。

真的是秋。

真的是她本人。

世界彷彿瞬間靜止。

雖然愛凡早就有心理準備，那就是她。但當她的臉真的出現在屏幕前，他仍然覺得無比震撼。

「如果完美只存在於虛擬世界，你會愛真實的我嗎？」

毫無預兆地，她說出這一句。

她的聲音不再是預錄的，而是現場直接發出，帶著微微顫抖。

愛凡一下愣住，這句話，怎麼那麼熟悉？

那不是……歌莉雅曾問過他的話嗎？秋怎麼會——

「這是我曾經問過的一句話，也曾經害怕知道答案。」

她再度開口，彷彿在隔空糾正他。

她的雙眼晶瑩剔透，他分不清那是燈光還是淚光。

事實上，此刻的他彷彿已完全失去分析能力。他呆望著屏幕裡的秋，試圖理解那句「這是我曾經問過的一句話」，腦海卻只是一片蒼白。

「自從發生了意外，好長一段時間我都不敢直面自己。所以我要感謝每一個在我身上投來過盼望的人、每一個沒有放棄的人。是你們讓我看見……」秋的鼻頭逐漸泛紅，淚水在眼眶中打轉，「縱有掙扎，有天我們還是能破繭成蝶，飛向藍天……」

台下已有觀眾站起，掌聲四起，有人舉起手帕，有人擦拭眼淚。愛凡感到自己的視線也模糊了，一種難以名狀的情感在心中膨脹，既是悲傷，又有一絲隱約的希望。他還第一次從她口中聽見——意外。

對。她說過，她圓過夢，卻又破滅了。就是因為她口中的這場意外嗎？那究竟是一場怎樣的意外？

「是你們，讓我找回最初那顆孩童的心。」

秋的鼻孔幾下翕動，深深吸了口氣，忍住淚水。

黑白的人物素描投影從她身上褪去，取而代之的是顏色鮮艷得近乎刺眼的兒童畫作。好多好多設計怪誕卻充滿想像力的衣服，線條歪斜，色彩毫無規律，卻透著一種動人的童真與熱情。

彷彿有一道閃電劈過腦海，愛凡猛地想起曾經在深夜的黑沙灘上，自己這樣說過：「小小設計師的作品，有機會我也想看一下。」

小小設計師的作品，就是這些嗎？

記憶霎時湧現，那是她幼兒園的第一節美術課。她說，她畫了許多許多件小的，不同款式……而他說，有機會他想看……

如今他真的看到了。而且不只看見童年時稚嫩的她，還看見二十多年後為最初的稚嫩夢想賦予如此強大力量的她。

舞台兩側同時亮起燈光，除拉琴男孩以外，二十五位模特再次一一登場列隊。展台上瞬間色彩斑駁，有如藍紫相交的閃蝶，有如淡黃與淺綠融合的綠斑蝶，有如火焰般燃燒的赤蛺蝶。身後一直漆黑的大屏忽然一亮，被潔白如雪的花朵佈滿。細看之下，每片花瓣前端都有一抹翠綠，隨風搖曳於線狀叢生的葉片之間。

又一個過於震撼的畫面，讓愛凡徹底失去了語言。

那不就是，曾經她的意識層？而如今，更有二十七種各自燦爛的蝴蝶，飛舞其中。心頭突然一熱，愛凡又濕了眼眶。她終究能夠相信，人人的春天都能下雪。

「《破繭》系列以我身上這套全白造型作結，是因為，我曾經以為完美就是潔白如雪，沒有任何污點。如今我卻發現，在光的世界，白色其實包含了所有顏色。」秋終於露出一笑，「所以，我們也可以包容真實的自己。」

「過去那段日子，我一直只想把真實的自己藏起來。」秋低頭眨了眨眼睛，擠掉快要墜下的眼淚，重新抬眼，「但如今我破繭了，我回來了。」

她撐了撐腋拐，直起身板，鄭重地說：

「我是，秋辰曦。謝謝大家。」

全場起立鼓掌，掌聲如雷，經久不息。哭泣的哭泣，歡呼的歡呼，也有人只是安靜地凝視著舞台上那個全身潔白的身影，彷彿在見證某種神聖的重生。

而愛凡，那個下午他久久不能平復。一是，那場時裝秀本身的力量就太過強大，他終於明白小曼在哭什麼。二是，秀場上信息量太大，那該如何消化？他只知道，有一件事他迫切地想做。

好想趕快回家，跟對面的她說——

你好棒。

BOOK VII 第七部

KNOCK 叩門

Chapter L

第五十章 花開

「所有人都說，那是近年最令人動容的一場時裝秀。

「放到國際上也是。

「你現在可是時裝界最火的人物。」

類似這樣的話，露露已經唸叨了一個月又半。

「你再這樣誇我，我都要飄上天了。」秋笑著搖頭，隨手撥了撥短髮。

位於從前法租界的一幢老洋房二樓的私人包間裡，火鍋蒸汽氤氳上升，麻辣與番茄香氣在空氣中交纏。陽台的門開著，室外的梧桐樹影清晰可見，百年老樹的枝椏在夜色中如同一幅水墨畫。

「飄啊！你就值得飄！」露露雙眼閃閃發亮，一邊往調料碗裡放沙茶醬，一邊口若懸河，「你看看現在全球有多少人在討論你的系列！《紐約時報》做了專題報導，巴黎和倫敦時裝週都想讓你去做同主題特別展出，兩天之內你得告訴我決定了，九月不遠了，別讓人家等太久！哦，對了，今天下午

V&A 博物館[48]也來信詢問是否可以收藏這個系列的設計手稿！」

「真的假的？」秋驚訝地睜大了眼，筷子在空中停頓了一秒，「V&A 博物館？」

「千真萬確！」露露往滾燙的鍋裡下著牛肉片，滔滔不絕，「還有，樂土上的直播回放，目前都累計 21 億次觀看了！超多人看哭！」

「這麼多？」秋雙眼一瞪，「你數錯零了吧？」

「才不！那天之後，樂土給了我們超多後續扶持，可能因為直播當天話題度確實很高？或者知道我們會捐款？我也不曉得。」露露聳聳肩，語氣卻興奮得很，「反正一整個月真的超多曝光，我們一點廣告費都沒付，卻比所有國際品牌的露出都多！」

秋緩緩夾起一片煮好的肉，蘸了蘸調料，放入口中，熱氣騰騰的美味如同心中的熱流。她從未想過曾經引以為恥的破碎經歷，有天竟能觸動這麼多心靈。

「還有，那個……」露露索性站起身張羅，把粉絲、青菜、丸子統統下鍋，「瀚宇不也有國外的節目邀約了嗎？」

「對，他跟學校請假了，下個禮拜就飛。」秋嚼著嘴裡的肉，臉鼓鼓的，「上週馬凜也告訴我，就是滑板出場那個男孩，他也說《亞洲達人秀》請他上節目呢！」

「太棒了，都太棒了！」露露舉起杯子，「來，敬《破繭》，敬你的勇氣，敬全新的開始！」

---

(48) V&A 博物館，全名為維多利亞與亞伯特博物館（Victoria and Albert Museum），位於英國倫敦，是世界領先的藝術與設計博物館，館藏橫跨五千年的人類創意成果，涵蓋時尚、雕塑、攝影、建築等多元領域。

秋也舉起杯子，輕輕碰了一下：「謝謝你，露露。」

酒窩在她臉上深深顯現。人生得一知己，死而無憾。秋確實也這麼想，面前的女孩多少次在她卻步的時候推動過她，多少次在她拒人於千里時緊緊擁抱著她。

「你再給我客氣？」露露用筷子指著她，打趣道，「我才謝謝你啊，這麼一復出，工作室電郵都被擠爆了。你嚴重增加了我這個月的工作量，知道嗎？！」

秋咯咯笑了起來，又呷了口茶。

「復健怎麼樣了？」露露轉換了話題，一邊撈起一顆剛煮熟的貢丸。

「還不錯，時間不長的話……」秋哈了一口氣，顯然是被嘴裡的豆腐燙到，「我已經不需要……」她整張臉都皺了起來，舌頭忙不迭地把那團滾燙的東西往齒縫推，一邊「嘶嘶」地吸氣，「基本不需要助行器了……」

「所以啊，」露露往秋的手腕看了看，「開花了嗎？」

「開了啊，開好多盆了。」秋提起手，滑動著顯示屏，「一、二、三……」

「我可不是在問你數字花。」露露翻了翻白眼，單刀直入，「你跟送你手環那個人，開花了沒？」

「開什麼花啊，神經病。」秋立刻把手放下，往大腿一按，在布料上來回搓動。

「神經病嗎？」露露挑著眉，笑容狡黠，「他就這麼無緣無故，送個禮物？」

「我、不是告訴你了嗎？」秋一卡一頓，「他妹妹肯定是、出意外了。可能就、就剛好聊到我。」

「嗯，再剛好買了個適合你的禮物。」露露意味深長地笑著，又添上一句，「再剛好在你們相識一週年時送你。」

「一週年我覺得真是剛好……」秋急著說，「他那天剛好放完長假回來。」

「你看，所以其他的，你也並不覺得只是剛好。」露露迅速抓住她的話柄，嘴角怎麼也壓不下去。

秋沒有回答，只低頭涮起了肉片。

「我覺得吧，如果你也有意思，最好暗示一下。別又錯過第二次了。」露露收起了嘻笑，語氣變得認真。

「你別亂點鴛鴦。他愛的是歌莉雅，不是我。這我們都很清楚。」秋輕描淡寫地說，連肉片也只草草在蘸料上蜻蜓點水。

「歌莉雅都離開快八個月了，說不定人家現在真的又對你有了感覺。」露露撈了一勺番茄湯裡的粉絲，往秋的碗裡一放，「碗都空了那麼久，也該盛點新食物了，對吧？」

「我……」秋呼呼吹著筷子上冒著熱氣的粉絲，吃了一口，慢悠悠地說，「不想當救生圈。」

「那當然。但是，」露露把身子轉向秋，彷彿這樣就能更好地說服她，「你才是最開始的歌莉雅。」

秋拿起碗咕嘟咕嘟喝著番茄湯，露露卻覺得她只是想把臉遮住，這絕對是個繼續進攻的時機：「你的外表、你的聲音、你的想法，甚至你寫在信封上的字——她身上有哪一樣不是來自你的？」

「但他還是選擇了那個歌莉雅，」秋放下碗，抬起頭，眼神略顯黯淡，「那時候，在知道了我的存在之後——」

兩人默契地沉默片刻，包廂中只剩沸湯翻滾的聲音。有些事情即便習慣了，不代表不再在意。

秋拿起漏勺在鍋裡撈著，儘量想讓自己顯得隨意，「你不會懂的。你沒見過他發現便條後，第一次望過來的眼神。」

露露放下筷子，靠向椅背，「那你現在天天戴著這個手環，到底是什麼想法？」

「我……」秋深嘆了口氣，「我不知道。」

「反正你心裡有他，你就別嘴硬——」露露說。

「別別別，別往那兒去。」秋連忙揮手打斷露露，隨後無奈地用手撐著臉頰，手環正對著露露的方向。

「我看。」露露忽然朝秋伸出手來。

「看什麼？」秋問。

「手環啊，我看看。」露露的手懸在半空，手指輕輕曲張，像是在催促。

秋解開手環，一把沉在她手上。

露露端詳著手環，指頭連續滑動小屏，忽然一叫：「哇哦！這開的還是……雪片蓮？」

秋凝望著露露，眨了眨眼：「他從小就對雪片蓮情有獨鍾，跟我無關。」

「但你們第一次一起看雪可是因為它啊！」露露高高揚起眉毛，雙眼瞪得老大，「小姐，他這麼千辛萬苦給你找到這種會開花的計步器，開的還是這種對你們意義重大的花，這樣你都不讓我『往那兒去』？」

秋臉上浮現出一絲淺淡的紅暈，清了清喉嚨，卻什麼都沒說。

露露把手環翻來覆去，突然驚訝地深抽一口氣：「這，該不是他自己做的吧？」

「什麼？」秋眉頭一皺。

「E.N. 該不會……是他英文名字的縮寫吧？」露露慢動作把視線從手環挪到秋的臉上，「E 就是

Evan（愛凡）！」

「你……開什麼玩笑？」秋手一伸想拿回手環，卻被露露巧妙地避開。

「他連仿生人都能造出來，區區一個手環，有什麼難以置信的？」露露一面把玩著手環，一面輕輕晃頭。

「哎喲，你別瞎說了。」秋拿起筷子，隨便從鍋裡夾起一根辣椒放到碗裡，「你還吃不吃了？」

「吃辣椒是吧？」露露調侃道，一邊重新往鍋裡放新一輪的食材，「你看你，都有勇氣面對全世界了，卻沒有勇氣面對一個男人。」

「露露，你懂嗎，我現在這樣也挺好的。」秋吸吮著筷子的末端，徐徐說道，「我並不覺得空虛。」

「所以才對了啊！」露露輕拍了一下桌子，「真正好的戀愛，就不應該是用來填補空虛的。你現在這樣的狀態，比以往任何時候都更適合戀愛。」

「真正好的任何事，都應該順其自然。」秋淺淺一笑，「半年前我還不懂，現在我覺得我懂了。」

露露一下子來了精神，身體前傾：「說來聽聽。」

「順其自然接受一切好與不好，反正再多的掙扎，都只是為了我們有天能破繭。」秋盯著露露的眼睛，嘴角含笑。

「你別給我官方答案啊！」露露舉起筷子，裝作要敲她腦袋。

秋忍俊不禁，卻認真地說：「我說真的。半年前我看不懂的『神操作』，現在全都合理了。我本來早都放下了，為什麼要突然蹦出一個歌莉雅，收到我的信，跑來跟我說那番話？而他愛上她這件事，我明明不需要知道，為什麼又要讓我親眼看見？」

「也對。這一切不發生，也沒有現在如獲新生的你。」露露面露欣慰，微微點頭，心中甚至訝異秋能坦然說出這番話。

「對啊，要不是她看見那封信，我也不會看見原來冥冥之中，真的存在什麼安排。而要不是我真看見他愛上她了，我也可能不會這麼快死心，重新出發。」秋咬著嘴唇，眼神微微斜上，「所以拜託你別亂搞什麼死灰復燃。回頭看，每件事原來都有意義，那就讓一切順其自然吧。」說罷，秋近乎自嘲地一笑。

「行吧。那麼瀟灑。」露露揚了揚眉，重新拾起筷子，夾起了剛浮上湯面的丸子，「你都不急，我急什麼？」

那晚兩人離開餐廳時，夜色已深。初夏的風仍帶著微微涼意，梧桐樹的剪影在路燈映照下婆娑起舞。秋撐著腋拐，站在老洋房的石階前等著露露叫車。

「司機走錯路了，再五分鐘。」露露看著手機說，「回去裡面坐一會兒吧？」

「不用了，」秋搖搖頭，「站一下挺好的。」

夜風吹動她的短髮，秋深深呼吸著清新的空氣。突然，手腕上的裝置發出一陣如同風鈴般清脆的「叮咚」聲，隨即輕輕振動起來。

「怎麼了？」露露湊過來。

「沒事，開了一盆新的花而已。」秋說得很平常，甚至沒有低頭去看。

「讓我看看！」露露抓起秋的手腕，眼睛一亮，「咦？原來也會開別的品種嗎？」

「不會啊，一直都是雪片——」話沒說完，秋的目光已落在手環上。眉頭頓時微微皺起，嘴唇輕啓。顯示屏上，一盆由無數細白光點組成的花朵正在緩緩綻放，密密麻麻的小花簇擁在一起，如同繁星點點。

兩個女孩面面相覷。

那是一盆——滿天星？

Chapter LI

第五十一章

浴室裡的星空

五月中旬，電梯裡的視角已高了一半。指尖剛從七樓的按鍵收回，秋調整了一下腋拐，確保它穩穩支撐著自己。

電梯門徐徐滑開，她穩健地邁出步伐，很快便發現一個小巧別致的盆栽，像初夏夜空中的星，柔和點綴在家門前。

這並非家門前第一次出現不速之物，秋的腳步先是下意識放慢，繼而不由得加快，趕上了心跳。盆栽在視野中越發放大，密密麻麻的小花簇擁在一起，如同繁星點點，越發加速的心跳直接卡頓。

滿天星。

半小時前手腕上才剛開出一盆滿天星。

盆栽上沒有快遞標籤，只有放在旁邊的一個棕色信封。不需要打開，秋都曉得是誰送來的。她甚至能看見，他捧著盆栽緩緩走來、嘴角帶著微笑的畫面。

電梯門在身後自動關上，秋的思緒被拉回現實。她稍作猶豫，便先解開門鎖進了屋，換回輪椅。

盆栽雖然小巧，對現在的她來說，能穩穩抱進屋的方式，卻只有這樣。

然而，正要回去取盆栽時，她又猶豫了。上次倉皇躲避窗外目光時的狼狽依然歷歷在目，這一次她必須思考清楚。她稍稍側頭望向對面公寓，客廳裡空無一人，書房的燈是亮的，他大概是在看書吧？

很好。

她推動輪椅回到玄關，小心翼翼地把盆栽捧到大腿上。那一叢滿天星在燈光下輕輕顫動，散發著清淡香氣。與它裡應外合的不只有她手腕上的數字花，還有她胸口隱隱悸動的情緒。

先去走廊。

只要五秒內，他不往窗外看就好。

三、二、一……

走。

秋果斷推動輪椅，駛向走廊。速度依舊不能快，不能顯得自己心慌意亂。即便無人看見，也要優雅。

呼，終於安全。握著搖桿的手卻已繃得發顫。

但她無法否認，這是一種讓她心情愉悅的緊繃。眼前這盆滿天星，是他送給她的禮物吧？

腦海忽然閃過幾幀畫面。自從春節假期後，他的陽台便熱鬧起來，大大小小的花盆錯落有致地排列在欄杆和地面，簡直是個花園。每天早晨，他在陽台上澆水、修剪的神情，專注得彷彿那些植物是他的孩子。

只是她從未想過，那些盆栽中的一盆，有一天會來到她的手中。這個念頭讓秋的心倏地重重一跳。如果手腕上的花還不夠清楚，大腿上沉甸甸的盆栽總該是個印證吧？

從信封裡抽出卡片，視線撞上他的字跡時，那是一種難以言喻的赤裸感。她第一次看到他的字跡。彷彿他就在她面前脫去了一層外衣，毫無遮掩地將心意暴露在她面前。

滿天星開的時候，突然意識到，那是妳的名字。

加油，妳是很多人夜裡的「辰曦」。

他說，那是妳的名字。

他說，辰曦。

縱然不想承認，那種讓她忐忑難安的感覺，又回來了。

兩小時前自己才剛說過，別亂搞什麼死灰復燃，一切順其自然。兩小時後，火花已經在心中亂跳。

他知道她的名字，不奇怪。時裝秀那天晚上，她一踏入客廳的瞬間，就看到對面的他站在那裡，朝她笑著鼓掌。那個發自內心、直面給她、專屬於她的燦爛笑容，是他住在她對面十三個月以來第一次，還燦爛得不可能只是客套禮節。

但那並不足以讓她胡思亂想。畢竟那天從舞台一下來，所有人都給她這樣的笑容與鼓掌。她都只是一一報以微笑，點頭致意。

此刻卻不一樣。他不僅知道她的名字，還了解名字的含義。這證明他確實花過那麼一點精力，想過。

「**妳是很多人夜裡的『辰曦』**。」

這句話在她心中激起重重漣漪。辰曦，星辰的光芒，那就是她最初在樂土上「歌莉雅」一名的含義。所以，他是否已經關聯上了？

視線模糊了一瞬，這種被看見的感覺太過強烈。不僅僅是被看見，而是被理解。

而他還用上「妳」這個字……

秋霎時覺得自己莫名其妙。這樣微不足道的一個部首，竟還能給她一種被珍視的感覺。

指尖不自覺地輕撫過那些墨跡，一陣細微的顫慄從指尖傳遍全身，彷彿那是什麼很親密的動作。她幾乎能想像他寫下這些字時的模樣——專注的眼神，微微皺起的眉頭，或許還有那不自覺抿起的嘴角。呼吸在不知不覺間已變得淺而急促，臉頰漫上不受控制的熱意。

等等！等一等！

他說的是「**滿天星開的時候，突然意識到**」……

說明本來不是為了你種的。他只是在看到滿天星開花的時候，聯想到你。只是聯想到！

但至少，確實想到你了。不，確實想到「妳」了。

在他繁忙的生活中，有那麼一刻，他的腦海浮現起妳，這不值得心頭泛起暖意嗎……

停！

患得患失這回事，不該屬於現在的自己。早就過了那個階段。早就成長了。順其自然，不是嗎？

她收起卡片，試圖把心思也收回信封裡。卻在視線落到大腿上的盆栽時，又在腦海中描摹出了新的畫面。

露露的猜測是對的吧？E.N. 就是他英文名的縮寫吧？不然手環怎麼還能開出滿天星，而他怎麼還能掐準時機把實體花也送上？他坐在電腦面前專注編程的模樣，此刻是如此清晰。

所以如果 E 是 Evan，N 會是什麼呢？N 開頭的姓氏不多吧？

秋抓起手機，快速輸入「N 開頭的姓氏」。

倪、甯、寧、聶、牛、農、南宮、那、鈕祐祿……

看到「鈕祐祿」的時候，她笑出了聲。

鈕祐祿‧愛凡。哈哈哈哈。

在空無別人的家裡，把輪椅停在走廊中間，腿上擱著盆栽，對著手機屏幕咯咯傻笑。

這畫面，幸好無人看見。

她收斂笑容，抿著唇，嘴角微彎，回頭往客廳方向掃視了一圈。盆栽該往哪裡放呢？茶几、書架、矮櫃……客廳的每一處都會被對面看見，甚至連廚房的開放式吧檯都是個暴露的位置。

「**如果你也有意思，最好暗示一下……**」露露的話不斷在腦海中迴響，「**不要再錯過第二次了……**」

但如果把盆栽放在這麼明顯的位置，太刻意了。這不就是等於在告訴他：看，我很重視你的禮物。

當然不能顯得很在意。要是，要是那只是他單純的鼓勵呢？要是他看見她照料盆栽，卻再也沒有表示了呢？

她盯著盆栽看了一會兒，咬了咬唇，浴室窗台！

這個想法產生的一刻，腦海瞬即冒出質疑。這個位置也太奇怪了，誰會把這麼精緻的花盆放在浴室？

但，浴室的小窗戶經常半開，又朝南，每天都有足夠的陽光照進來，最重要的是，隱蔽！

於是她穿過睡房，來到浴室，滿天星就這樣被安置好。

那晚睡前，她如常洗澡。從輪椅轉移到淋浴椅、脫去衣物、解下義肢、打開花灑、沐浴乳擠到手心，整套動作是如此流暢。

然而當沐浴乳被塗抹到濕漉漉的身上時，來回挪移的視線卻碰巧瞥見窗台上的滿天星。女孩瞬間臉紅耳赤，彷彿有誰正在看她沐浴。

她反射性地立刻背過身子，雙手仍在身體四處無意識地滑過。但即便視線只能落在她的後背，都足夠讓她心跳胡亂撲通。

不對。想什麼呢？那只是一盆花。

秋一把擰過花灑，讓水嘩啦嘩啦打在臉上。

亂想些什麼亂七八糟的？！

清醒一點！！！

她任由溫熱的水流順著臉頰滑下，遲遲不讓頭腦從花灑下出來，彷彿這樣就能沖走腦海中的各種畫面。然而，他望見花開時想起她的表情、他落在卡片上的一筆一畫、他帶著盆栽在自己家門前蹲下的身影……卻一幕幕在水霧中交織，不讓她喘息。

徒勞無功。她這才慢慢放下緊繃的肩膀，轉身面對窗台上的那盆花。一點點的白色花瓣在浴室的燈光下顯得格外細碎，像極了她心中的竊竊私語。

「好吧，」此刻的心聲，只敢隨轟隆的水聲而出，「我確實有點在乎。」

她關掉花灑，拿過毛巾，擦乾身體。她承認，眼前的畫面著實有點伶仃——精緻的滿天星獨個站在浴室窗台，像是一片被藏起來的星空。它當然值得更好的位置，但她還不能給它。至少現在還不能。

之後吧。希望有之後。

Chapter LII

第五十二章　多米諾骨牌

她似乎完全沒有反應。

抑或是，她似乎不想給予反應？

唯一的線索是，他看見她把滿天星抱進了浴室，沒了。

這樣簡單的一個舉動，足夠他忐忑許久。說明有時候知道得越多，不一定越有把握。畢竟他曾讓她默默承受太多，即便她不領情，也合情合理。

沒關係，他已做了決定，無論她需不需要、知不知道、回不回應，他想，讓她笑。

自從被那場時裝秀撼動心魄，愛凡在倉庫裡花了好多時間。那天下午看完直播回放後，他做的第一件事，理所當然是打開瀏覽器，在搜索欄裡輸入「秋辰曦」。她的生命這才第一次活生生浮現於他眼前。

新銳設計師秋辰曦、香港女孩、英國留學、時尚界矚目新星、奪命意外、截肢、無限期退出……

一篇又一篇的採訪與報導，他看見她美麗的思想、她過人的膽色、她的執著、她的才華，甚至後來，她難以面對的傷痛。

為什麼她會有如此浪漫的思維？為什麼她會對藏著一片星空的銀色漩渦情有獨鍾？為什麼她會不願提起圓過又碎過的夢？為什麼她明明對他表現出真真切切的喜歡，卻在最關鍵的時刻退縮？為什麼她……

一個個曾經在他腦海中浮現過的問號，彷彿全都在一瞬間找到答案。除了一個——

「如果完美只存在於虛擬世界，你會愛真實的我嗎？」

「這是我曾經問過的一句話……」

那個站在舞台中央的白色身影，那個能輕易牽動他情緒的聲音，一直徘徊於他心間，久久不能散去。為什麼她會問出那個歌莉雅曾問過的問題，還說那是她曾經問過的？

答案，或許能在倉庫找到。

*****

早就不再怯於打開歌莉雅的數據了。他只是從未想到，再一次打開，會是為了秋。

「如果完美只存在……」愛凡喃喃自語，手指在鍵盤上飛快敲打。

搜索結果彈出的時候，他傻了——

289 個結果——

這麼多？！

他清楚記得去年夏天在公司天台，暖風吹拂，歌莉雅問過他這個問題。但他毫無頭緒，在那之前，從五月底開始，這個問題竟已零零散散在她的思緒裡出現過將近三百次。

無暇驚訝。快找出共通點。

真慶幸自己對數字敏感。愛凡很快發現，這句話每次出現，都會伴隨同一段關聯記憶——#M20250527_90。

5 月 27 日。

心跳一下子上來，這個日期他熟悉。幾個月前發現加密記憶的時候，不就有一連串記憶發生在 5 月 27 日？然而他只能確定那天在巨鹿路的酒吧必定發生了什麼至關重要的事情，卻無從得知來龍去脈。

面前只有 289 段思維運動的搜尋結果，愛凡唯一能做的是逐一點開當下的記憶，進行視覺重建。

真是個費時又沒保障的過程。

如他所料，一段段記憶，通常都是她在書房、在客廳、在廚房、在倉庫等一動不動地思考，視覺經常彷如凝固了一般。這樣的記憶，即便全部看完，又能看出什麼端倪？愛凡輕輕一苦笑。

想想別的辦法吧。

他轉而在鍵盤上敲出「秋」。

太太太多搜索結果了。畢竟是個常見的字。

「秋辰曦」呢？

奇怪……怎麼是從9月開始她的思維才零星出現這個名字？三個多月的時間差，不合理啊？

屏幕上是一堆思維運動的搜索結果，和早些時間那堆視覺重建的視窗。愛凡的視線近乎無意識地徘徊於視窗之間。這些畫面，怎麼看著有些不一樣？

到底是哪裡不一樣……？

突然，他倒抽了口氣。聲音之大瞬間打破面前機器的低聲轟鳴。

窗簾！

他發現了，是窗簾！

最近在家裡的不同角落，他都經常望向窗外。對面公寓的一舉一動，是如此一目了然。屏幕上的那堆畫面，各個方位的畫面，卻全都窗簾盡落，絲毫看不見對面。

愛凡猛然意識到了什麼，隨機點開一堆5月26日、25日、24日的記憶進行視覺重建。果然，在5月27日之前，家裡的窗簾還是全部打開的。他深深吸了口氣，這個看似不起眼的變化，竟像一道閃電瞬間劈入迷霧。

他忽然記起有那麼一幕。那晚歌莉雅從書房出來，忽然就把客廳窗簾一幅幅都拉上。他還記得當時自己有些疑惑，然後她說，她想看電影……

原來，她這麼早就發現了秋的存在……

一定是在酒吧裡發現的……

讓愛凡更震驚的是，酒吧，明明是他帶她去的……

天啊……這究竟是什麼劇情……

原來他曾跟秋就這樣失之交臂？

如同多米諾骨牌一樣，邏輯全都通了。

難怪歌莉雅後來會想到把一封信留在酒吧裡等待他去收取，她很可能就是從 5 月 27 日的經驗學習來的。而她當時收到的信，很可能就是需要點銀色漩渦，並說出什麼指令才能拿到。而信的內容，很可能就包括了「**如果完美只存在於虛擬世界，你會愛真實的我嗎？**」，所以秋才會說，那是她曾問過的問題……

又有一個畫面浮現在腦海之中——秋從床頭櫃拿出另一個一模一樣的棕色信封，與他給她的信對照。有沒有可能，她收在床頭櫃的信，就是歌莉雅給她的回信？所以她才會以那封信上的字跡，來比對另一封？

如果他的推測是對的，那句「**如果神讓你看見**」，會不會其實也是來自秋？是否信本是給他的，被秋放在酒吧裡，等待哪天如果他去點銀色漩渦就能取到？是否在最早，其實是秋先把信放手交出，不強求任何結果，如果他最終找到了信，便是神的安排；如果沒有，也是神的選擇？

那道閃電似乎不僅劈入了迷霧，還劈開了他的腦袋。大腦彷彿忽然就罷工，他壓根不知道自己目前什麼感受，只知道，思緒無比雜亂。

難怪有段時間歌莉雅終日神不守舍。難怪她後來會有身分認同的問題，會覺得一切只是她借來的風景。郵輪上她含著淚的模樣，清晰浮現於愛凡眼前。原來她當時的掙扎，早就在心裡醞釀了超過三個月。

這樣的認知，讓歌莉雅的離開顯得更有重量。原來在她選擇放下自己之前，她真真切切地在自私與無私之間有過漫長的徘徊。

然而同時，這也讓秋的委屈顯得更讓人心疼。想像著她忽然見到自己帶著歌莉雅回家，沒過多久甚至連窗簾都全然落下，那樣被排除在外的感受，該是一種什麼感受？

他又瞬間想起，在歌莉雅離開的那個晚上，當他第一次隔著窗戶望見秋，那回她臉上無可掩飾的落寞、帶著理解慢慢退離窗邊的身影……再次憶起那樣的畫面，心臟竟會一陣抽痛。

無盡的愧疚，無比的心疼。

母親真是一語中的。聶家的男人真是遲鈍。他竟然過了這麼長的時間，才知道自己讓秋默默承受了多少。

兩個女孩，都曾因自己承受了多少……

更甚是，那兩個女孩，本不該是兩個……現狀之所以變得如此複雜，全因為自己貿貿然就把歌莉雅從平行樂土帶到現實。

但即便現在，若問他後不後悔，他依然覺得那段感情是他人生裡最美麗的經歷……

聶愛凡，你真是個白癡！

……！

至少歌莉雅已經安好。至少現在的她，快樂無比。

所以啊，白癡！你目前需要全力考慮秋！全力考慮那默默跌倒，又默默站起的秋！

那晚回家路上，他第一次想像，如果與他一起步出倉庫的，是秋……

他確實沒有遐想，也確實沒掉進任何救生圈。他只是單純地希望，女孩能好。他希望看到那張堅韌的臉龐，能夠露出笑容。

怎麼能做到，他還不知道。甚至，他記起在秀場上，她發言至尾聲時終於流露的一笑，她可能根本不需要他來讓她笑。但心中有個渴望卻是如此強烈——無論她需不需要、知不知道、回不回應，他想，讓她笑。

Chapter LIII

第五十三章 背光

愛凡拿著冰美式走進會議室時，大熒幕上的數據報表已經準備好。房間裡坐了七八個人，線上會議室也有好些人。

愛凡在主位坐下，環視一圈，確認所有相關部門主管都到齊：市場、運營、商業拓展、數據分析、公關……他深吸一口氣，輕敲桌面，會議正式開始。

「感謝大家臨時抽空參加這個會議，」愛凡的目光掃過每一張臉，「前兩天上海時裝週剛落幕，亞洲部反饋的數據非常有潛力，今天召集大家，就是想討論後續如何進一步擴大這個項目的影響力。小曼，你先簡單給大家說說情況。」

小曼迅速站起身，走到熒幕前。

「各位好，」她的聲音清晰有力，「前天結束的上海時裝週，Autumn Dew 品牌的《破繭》系列直播，取得了驚人成績。」數據圖表顯示出一條陡然上升的曲線，「首日觀看量突破 3 億，截至今早已經達到 5 億。這個數字遠超我們之前任何一場時裝秀直播，甚至比去年紐約時裝週的頭牌大秀還高出了平均 50% 。」

屏幕上的威爾遜——全球合作總監——忍不住敲了敲桌面：「太棒了！這樣的數據確實非常驚艷。用戶停留時間和互動率呢？」

「同樣非常亮眼，」小曼切換到下一張幻燈片，「平均停留時間是其他大牌時裝秀的 2.8 倍，互動率更高出平均水平 215% 。」她頓了頓，「最令人驚訝的是用戶分享率，高達 31.8% ，這意味著將近三分之一的觀眾主動將內容分享給了朋友。」

史提芬點頭表示贊同：「我們運營部也能直觀感受到這個影響力，這次內容觸達了大量平時對時尚領域沒有興趣的用戶群體，像平常只關注身心健康、教育、社會議題，甚至只喜歡在樂土散步的用戶都有參與，年齡層也拉得很開。」

任浩舵補充道：「我能想像。《破繭》系列已經不僅僅是時裝了，還包含了強大的社會信息，關於接納不完美的自我、關於勇氣與重生。而且這個系列一半的利潤會捐出，他們合作了好幾個慈善機構。」

屏幕上的蘇珊——總部運營副總裁——若有所思地點點頭：「從數據和社會影響力來看，這確實是個值得全球關注的項目。」她把身子轉正向鏡頭，「所以愛凡，你希望總部提供什麼支持？」

愛凡放下手中的冰美式，向前傾身：「這個系列目前的聲量已經證明，它具備全球擴散的潛力。接下來的黃金窗口期，我要確保各部門的每一步行動都能將它的影響力推到最大化。」他托了托眼鏡，「這是個難得的機會——不僅對我們公司，對設計師本人，還有她所代表的理念也是如此。」

「首先是全球化推廣，」愛凡清了清喉嚨，「我需要內容團隊部署我們最新的神經網絡翻譯系統，確保《破繭》系列在全球各區域都能以最自然的當地語言呈現。」

屏幕上的技術總監拉斐爾迅速回應：「立刻安排。上週我們的神經網絡翻譯系統可以實時處理的語言或方言，已突破 300 種，包括一些瀕危語言和高度地域化的表達方式。這部分完全沒問題。」

愛凡滿意地點頭，然後轉向威爾遜：「關於全球合作，威爾遜，你有什麼想法？」

「目前我能想到的是，可以先聯繫一下各個博物館，我覺得這個系列的設計理念有足夠深度，某些亮點設計或手稿之類的，絕對可以在他們的虛擬館上持續展出。」威爾遜把下巴擱在食指關節上，思考片刻，繼續說，「還有四大時裝週，他們最近對融合科技與社會責任的內容很感興趣。說不定他們會想把這個系列放到他們的數字展示空間。而且，這個案例一過去，我們接下來的合作應該也會有很多花樣。」

愛凡轉向公關部門的亞歷克斯：「媒體合作方面？」

亞歷克斯滑動著平板，「我需要更多我們與 Autumn Dew 這次合作的資料，這週之內我應該可以安排幾個大的專題報導。《紐約時報》最近在做一個關於科技如何改變殘障人士生活的專題，這個案例完全符合他們的報導方向。還有《連線》雜誌和 BBC 的創新頻道，應該都會有興趣。」

「行，我們這邊準備一下。」小曼迅速回應，「對了，AXN 頻道最近進駐了我們，或許我可以問問他們的『亞洲達人秀』對那個拉琴男孩和滑板舞蹈的男孩有沒有興趣？雖然這跟我們的合作沒有太大關聯，但，歌莉雅會開心的。」

「歌莉雅？」亞歷克斯問。

「她的意思是，秋。Autumn Dew 裡的『Autumn』，這場秀的設計師。」愛凡不假思索便回答，「對了，站內推流，各個地區也跟上亞洲的力度吧。」

「沒問題。」蘇珊點頭，並主動提出，「那麼，我們重要地標上的廣告牌呢？要不要也同步推幾天？免費放太久投資人可能會有意見，但短期的我們可以靈活調整。」

「沒事，廣告費我出。先放兩個月。」愛凡語氣平靜卻果斷。

「兩個月？」蘇珊忍不住揚起眉頭，「連續兩個月嗎？連奢侈品牌都不會這樣砸資源哦。」

「我知道，」愛凡的語氣仍然不急不緩，「但他們這個系列的一半盈利會捐出去，很有意義。先幫我放兩個月吧。」

「行。」蘇珊還沒完全放下眉頭，她轉開視線，卻還是從餘光裡觀察著愛凡。兩個月的地標投放，她很清楚意味著什麼。不計成本，卻輕描淡寫，她的心裡一陣發熱。

會後，線上房間解散，小曼眼中隨即閃著真誠的關切：「話說回來，歌莉雅現在恢復得怎麼樣了？」

會議室裡的氣氛瞬間變得溫暖，所有人的目光都轉向愛凡，等待他的回答。

「以後叫她秋吧，」愛凡選擇了一個不算謊言的回答，「她很好，已經不太需要助行器了，腋拐用得越來越順。」

「替我們向她問好，」林婧誠懇地說，「告訴她我們都為她感到很驕傲。」

「謝謝大家的關心，」愛凡微微點頭，「我們把這個機會做到最好，就是對她最大的鼓勵。」

會議室裡的同事陸續離開。愛凡留意到小曼和林婧站在門口，似乎在低聲商量著什麼，時不時瞥向他的方向。她們顯然把這當成了一段勵志的愛情故事，而他則是那個不離不棄的男主角。

愛凡沒有糾正，也無意解釋。真相過於複雜，這一刻，解釋的代價可能超過誤會本身。再說，這樣的誤解並沒有阻礙這個項目的進展——相反，正因為這個誤會，大家才更熱心投入。真相，哪天他們發現了再說吧。

他回到自己的辦公室，打開《破繭》系列的直播回放頁面，評論區已經超過一百萬條留言。他隨機點開幾條：

看完這個秀，我決定不再為自己的疤痕感到羞恥。謝謝你，秋。

我剛做完化療，失去了所有頭髮。《破繭》讓我意識到，我不必等到頭髮長回來才重新開始生活。

我的女兒有先天性肢體障礙，看到舞台上那些模特，她第一次說她也想成為一名模特。

愛凡的目光在這些評論上停留許久，嘴角不自覺上揚。一種難以名狀的情緒在胸腔擴散——這不僅是對一個成功項目的滿足，更是一種近乎驕傲的感動。他記得她當初趴在助行器上吃力邁步時的倔強眼神，記得她無數次的摔倒與爬起，如今，她不僅自己破繭而出，還幫助了無數人找到勇氣。

「你是很多人夜裡的『辰曦』。」他幾近無聲地說。

他忽然意識到，這個女孩，遠比他所以為的強大。她身上散發的光芒，不只是她的外表或才華，更是她無可忽視的生命力。

那晚他下班回家，進門的第一件事便是望向對面公寓。事實上，在接下來的日子，他這樣做的頻

第五十三章　背光

率越來越高，無論是剛回家、看書時、做菜時、淋花時。

只是，他們之間一直只保持著鄰居的禮貌距離。偶爾在小區偶遇時，彼此微微點頭，靦腆一笑，已算最親密的互動。

他該如何真正走近她？這個問題，直等到陽台上的滿天星悄然綻放，他才有了靈感。

然而即便滿天星已送到她門前，卡片已來到她的房間，他們之間，依舊陰晴不明。那遲遲未表的心意，直等到浴室裡的那片星空逐漸黯淡，才終於如晨光出現……

Chapter LIV

第五十四章 叩門

嘀——嘀嘀——

門鈴的聲音打破了室內的靜謐，她卻不覺突兀或煩人。

只是，沒有點外賣，也沒有快遞。會是誰？

秋放下手中的貝果，舔掉指頭上的奶油乾酪，隨手往餐巾紙上抹了抹，啓動電動輪椅。腿上的薄毯卻不小心掉到地上，卡住輪子。她只好往後退一點，想讓毯子自然鬆開。薄毯的流蘇卻已纏進了輪子的間隙，她便俯身向前，手指夠向卡住的布料，用力一拽，把薄毯從輪椅底部一把拉出。

這串動作並不艱難，但足夠讓她微微喘氣。秋原地緩了緩，順手把薄毯往旁邊的餐椅一放，便將輪椅駛向大門。

電子貓眼裡的身影從模糊的駝色逐漸變得清晰，直到秋終於看清，心跳驟然加快。

居然是他？

不，終於是他？

驚喜來得如此突然。

第五十四章　叩門

這幾週來，她曾在心底悄悄期待這樣的時刻。哪天打開電梯門，家門外會否出現另一份意外的禮物？或者手環上的數字花，會否出現新品種？什麼都可以，只要有那麼一點點什麼。然而，當心中的期待真的發生，當他就這麼實實在在地站於自己門外，她才又發現自己竟是不敢相信。

一切源於那盆滿天星。

起初，她並沒察覺浴室窗台的滿天星有什麼異樣。每個日夜，它總會乖巧立在浴室，安安靜靜陪她洗漱。第一週、第二週，一切看來如此正常，簇簇小花就像凝固的星光，甚至帶著淡淡花香，每清早輕輕喚醒她的睡眼惺忪，每夜溫柔地哄她上床。她由衷以為自己的小秘密，藏對了地方。

不過那段時間，愛凡似乎很少出現在窗前。她不由得懷疑自己是否想多了——或許那盆花真的只是單純的鼓勵，用不著被藏起來？抑或，是因為自己沒有回應，他才選擇了退後一步？

秋辰曦，噓——

順其自然、順其自然。

生活不該圍著一個男生轉，眼睛不該盯著一個男生看。身體的每步康復、事業的每步征服、生活熱情的日漸恢復，每天的色彩已足夠豐富，注意力該用來珍惜眼前。還有四個月就要把《破繭》帶到倫敦時裝週，還有好多重要的事情要忙呢！專注！

直到第三週的一個早晨，天下著微雨，她伸手關上浴室窗戶時，指尖不經意碰到了花盆，才終於注意到陶盆底部的一些灰色斑點。她湊近細看，驚訝地發現那些斑點居然並非泥土，而是柔軟的黴菌，部分枝條甚至已微微泛黃。

她心一空，抓起手機搜索，才發現滿天星極怕潮濕，一般壽命可達數月甚至一年以上的盆栽滿天星，若環境潮濕、通風不足，往往不到一個月便會出現黴菌、腐爛……

腦海瞬間浮現自己過去幾週，每天沐浴後蒸汽瀰漫的畫面，她幾乎無法呼吸，彷彿差點被扼殺的，不只滿天星。

接下來的一整天，她都在研究如何拯救這盆奄奄一息的小花。更換盆土、剪去發黃枝葉、找出家中最通風的位置。總而言之，就像經營愛情，不僅需要用心，還需要勇氣。

對，客廳窗台。

那個正對著愛凡公寓的窗台。

秋辰曦，你敢把脆弱展露給世界，不敢把盆栽放上去？

於是她耐著比平時快了一倍的心跳，把滿天星從浴室轉移到客廳窗台。那天小盆栽的重量，彷彿比平時復健訓練的負重還重。這樣一個簡單的搬運動作，卻讓她額角、手心都冒汗。那一刻，她明確感受到自己多麼不願意這盆花就此死去，更不願意與對面公寓那人的故事，還沒開始就結束。

那晚她一邊畫圖一邊不時望向窗外，他的客廳終於亮起燈的一瞬，她的心跳大聲得整個客廳都能聽見。他們的目光在半空相遇，他先是一愣，繼而望見那盆虛弱的小花，彷彿終於明瞭，露出深深一笑。那臉上的長酒窩，她好久未見。

滿天星漸漸恢復了活力，秋能感覺到，他們之間也有某種微妙的情感正在生長。有時早上出門前，視線如果碰見，他會用嘴型跟她說「嗨」。有時夜裡，他也會站在窗邊看她畫畫，當她終於回頭發現，他會毫不掩飾對她鼓掌。

但她從未想過他會直接出現在自己家門前。這太出乎意料了。樓與樓的距離，突然變成一門之隔，這麼久的猜測和等待，彷彿在這一刻得到了解答。

秋盯著貓眼，心跳如鼓，腦中閃過無數念頭——她該說什麼？她的頭髮亂嗎？她是否該開門？

但她毫無準備啊……

她不知道這樣的思緒紛亂到底持續了多久，她只看見貓眼裡的駝色忽然動了。只見他彎下腰，彷彿放下了些什麼，便直起身，看了門一眼，轉身離去。

他走了。

她的心稍稍一空。

但至少，他是帶著笑容走的。

秋把輪椅駛向門邊，耳朵貼上門，確保電梯門已關上，才終於緊張地打開門。

居然是一盆，仙人掌？

還有一個信封。

她迫不及待打開，卡片寫著：

它沒有那麼容易死去。
就像妳，很堅韌。

臉頰一陣發燙。

「它」，說的是滿天星，還是仙人掌，還是……他們？

她不自覺咬住下唇，臉上酒窩浮現。

*****

剛才她在門後，他知道，他分明聽見了馬達聲的靠近。

剛才她還沒準備好，他也知道，他彷彿也聽見了她內心的忐忑。

她的心意已不必懷疑。從一個月前突然在她窗邊看見滿天星，他便知道，她從來不是不想，只是不敢。

這個傻女孩。因為害怕，居然把盆栽拿到浴室裡。難怪它會變得這樣虛弱。但這就不得不感嘆神的全能，連一株植物快要枯萎，都能被化作他們這段故事的推動力，他只覺得心中無比振奮。

電梯門在眼前緩緩合上，愛凡深深呼出一口氣。這是他第一次主動走到她的門前，第一次明確地表達自己的心意。

無論是滿天星，還是仙人掌，還是他們。

雖然他暫時沒能讓她開門，但，如果她還未預備好，那就再等一等吧。

回到公寓，他自然地走向陽台。這裡的每株植物都是他親手栽種、澆灌、修剪的孩子。現在，其中兩株已被送出，像是小小的使者，帶著他的心意。他的目光不自覺轉向對面的窗台。仙人掌已被大大方方地放出來，旁邊的滿天星也比前幾週更加燦爛，正在陽光下微微搖曳，炫耀新生。

此刻她正在廚房吃著貝果，旁邊還掉落了些奶油乾酪。一定是因為這樣，她才沒有把貝果拿到餐桌上吃吧？望著她一邊張口大咬，一邊忙著接住掉落的餡料，那是一種專屬於她，可愛的狼狽。

他猜，她待會兒要去工作室。

以他最近的觀察，她的工作無分週幾。連續幾個週末，他都看見她抱著設計稿或布料回家。也不意外。畢竟，距離她的國外首秀，還剩不到三個月。

關於這件事，他覺得自己的期待和緊張應該不比她少。當時收到威爾遜的電郵，說巴黎和倫敦時裝週甚至不僅想把她的系列展示在他們的樂土展館，更想直接邀請她過去做特別展出，他心中瞬間萌生出無盡驕傲。她的才華，內行人一定更能看出。真棒！

所以，選擇仙人掌並不只為了表達對這份感情的心意，也因為在整個陽台中，它有獨一份堅韌的美麗。就像她，看似冷淡疏離卻內藏蓬勃的生命力，在嚴苛環境裡仍能開出絢爛的花。

她出門了。

臨行前，她還回頭往這邊看了一眼，嘴邊微微一彎。

幅度雖然不大，卻已言明許多。

他知道一切無須著急。就像那盆滿天星被她從浴室移到窗台，她的心扉，也會在適當的時候對他打開。在那之前，就讓更多鮮花為她綻開、更多努力為她付出。

愛凡打開日曆，在九月的某天，標下記號。

Chapter LV

第五十五章 贖回時間

工作室裡彌漫著新熨過布料的溫暖氣息，混合著咖啡的香氣和縫紉機運轉的輕微嗡鳴。秋坐在設計桌前，專心審視著一件上衣的肩部細節。

「這個接縫再往這邊來一公分，」秋對正在記錄的助理安琪說道，「不，等等，半公分吧。」

工作室的大門突然被推開，然後又迅速關上。秋下意識地抬頭，卻沒看到任何人進來。她皺了皺眉，室內燈光突然全部熄滅，工作室瞬間陷入一片寂靜。

「什麼情況——」她話還沒說完，燭光便亮了起來。

「祝你生日快樂——祝你生日快樂——」

露露捧著一個蝴蝶形狀的蛋糕從隔壁房間走來，身後跟著工作室的其他人，還有瀚宇、馬凜和一些穿著樣衣的模特們，所有人臉上都帶著笑容，齊聲高唱。

「你們這些傢伙！」秋的臉上瞬即綻開笑容，橘黃色的光芒映照在她臉上，「我都忘了今天是5號！」

「生日快樂！」所有人一起喊道。

「快許願吧！」露露催促道，小心翼翼地將設計桌上的設計圖推開，挪出空位放置蛋糕。

秋閉上眼睛，唸唸有詞，而後深吸一口氣，吹滅蠟燭。掌聲和歡呼聲頓時響起。

「姐姐，你許了什麼願？」瀚宇好奇地問。

「生日願望能說出來嗎？」秋神秘地笑了笑。

「我猜是來得及改完所有造型？」另一名助理莎莎一邊切著蛋糕一邊說，她的口袋上插著三支不同顏色的記號筆，襯衫下方還別著幾枚別針，典型的工作室裝束。

「那還用說嗎？」露露搶著回答，「必須得改完！不然到時候他們全員到齊，要穿什麼？」她一邊說著，一邊從旁邊的模特手上接過紙盤和塑料叉，準備分發蛋糕。

「全員到齊？」秋眼睛瞪得老大，「所有模特嗎？」

「是的，」露露驕傲地說，「經過無數次的確認和再確認，最終結果是——我們要全員一起去倫敦了！」

工作室裡爆發出一陣歡呼。

「太不可思議了，」秋搖了搖頭，眼睛亮晶晶的，「我以為預算撐不起來呢！而且，我們有三分之二的模特還不是專業的啊！」

露露一邊向旁邊遞過蛋糕，一邊說：「誰叫大家的故事這麼打動人，上次的直播太成功了！這次是樂土特別向倫敦那邊的組委會要求，一定要批准我們原班人馬過去！」

「你敢相信嗎？」瀚宇回頭看著馬凜，聲音激動得甚至有些發顫，「那可是皇家歌劇院啊！我要去皇家歌劇院拉琴了！」

「我知道，」馬凜揚起頭，露出帥氣一笑，「我也要去皇家歌劇院刷地板了！」

「而且我還有一個好消息，」露露故弄玄虛地挑挑眉，「這次我們還會有一整個樂團現場演奏！不再只是瀚宇一個人加上預錄的音樂，而是完整的，交、響、樂、團！」

「你說真的嗎，姐姐？」瀚宇不自覺抓住露露的手肘搖了搖。

「真的！什麼管弦樂器、打擊樂器，」露露的語速越發加快，「還有三角鋼琴、豎琴！雖然豎琴只會用作裝飾，哈哈哈哈！」

「這簡直像是一場音樂劇。」莎莎驚嘆道。

「不過全交響樂的配置雖然在劇院裡夠震撼，線上直播會不會有問題？」秋忽然露出了一絲擔心的表情，「不是很多晚會的直播音效都不太好？」

「組委會倒是挺有信心的樣子，他們說這次跟樂土的直播合作，他們有個什麼AI混音系統，說是新的技術，專門趕上這季時裝週！」項目統籌程淼插話，眼鏡片上反射著電腦屏幕的光。

「對，別擔心，」露露摟住秋的肩，「我會比你早幾天到，先幫你盯好樂隊排練，你們在上海就可以多幾天時間作最後更改。」

「剩十八天了，」安琪拿著剩一半蛋糕的紙碟，微蹙著眉，「好緊張啊！」

「哦，具體日期已經確定了嗎？」秋問道，隨即拿起手機準備標記。

「對啊，」安琪點點頭，眼神轉為興奮，「露露下午發電郵通知大家了，我們又是壓軸的一天呢！9月23日！」

……？！

9 月 23 日？！

居然是 9 月 23 日？！

也太巧了！

「怎麼樣？兩次當上時裝週壓軸大秀，有什麼感覺？」露露用手肘撞了撞秋，一下子把她的思緒撞回屋內。

「就……」秋低頭一笑，「很神奇。」

真無法不相信這一切都是神特別的安排。

她隨意叉起一塊蛋糕送進嘴裡，舌尖嚐到的甜味，遠不及她心中的滋味。轉眼已經一年。當日歌莉雅轉身離去的身影，至今未有模糊半點。不知如今的她身在何方，但如果她也看到直播，一定也會感到欣慰吧。

而此刻身邊這群為了同一夢想而奮鬥的人們，同樣讓秋的心中湧起欣慰。縫紉機的嗒嗒聲、布料的沙沙聲、試衣期間的低聲交談，以及偶爾爆發的笑聲或驚嘆聲，這一切混合起來，就是她最完美的 27 歲生日歌。

但她沒想到，那晚回到家門前，居然會發現他也來過。

又有一個盆栽靜靜立在門口，是一盆薄荷。

她笑出了聲。

他送的都是些什麼植物？

別人都送玫瑰、百合，他送仙人掌、薄荷。

心中泛起的甜蜜卻無法抑止。即便是薄荷，也是專門為她種的薄荷。第三次了。她終於意識到在他的陽台上，可能還站著許多準備送給她的禮物。

打開卡片，他的字跡賞心悅目。

敬妳一杯莫吉托，生日快樂！
預祝，倫敦時裝週成功！

這種受寵若驚的感覺是如此熟悉。曾經他會特地翻看她的收藏記錄而知道她喜歡紫色，如今他一定是翻看了她好久不用的社交媒體，才知道她愛用新鮮薄荷葉做莫吉托吧？他還居然去搜集關於她的報導，知道今天是她的生日，還知道她準備要去倫敦時裝週……

她就這樣拿著卡片，站在家門口傻傻笑著。手腕忽然感到一下振動。想必又開了一盆數字花。是手環的第一盆數字薄荷。

有過數字滿天星和仙人掌，數字薄荷的出現並不意外。

意外的是，望著手環，秋第一次意識到手環竟是薰衣草紫色的。真是後知後覺。怎麼現在才發現？

更意外的是，自從她刪除角色，這一年又五個月裡他們之間連一句話都沒說過。有的只是幾張卡片、幾次對視。這樣的關係，卻居然能讓她感受到生活的無盡美好。

我真是個幸運的人，秋心想。

這個念頭出現時，連她自己都覺得驚訝。

還記得三年半前在醫院醒來時，她覺得自己是全世界最不幸的人。還記得聽到醫生說「左腿膝蓋以下需要截肢」時的錯愕、在卡爾喪禮上她只能坐著輪椅無法站起時的絕望、回家第一次嘗試淋浴時摔倒在地的無助。每一天、每一刻，都是折磨。

當時她以為自己的人生已經結束了。設計師需要完整的自我去創作，時尚需要由心的自信去詮釋。失去行走能力，她以為自己也失去了所有夢想與可能。

然後是漫長的自我封閉。逃入虛擬世界，創造完美的自己，這樣就能忘記現實的殘缺。那時，她從未想過有天還能回到舞台，更未想過有天舞台會變得更大，更不用說居然是以這樣的一種方式——不僅不再隱藏自己的不完美，反而將它變成力量的源泉。

原來只要讓時間繼續前行，總有辦法贖回時間。

她輕輕舉起薄荷盆栽，把葉片湊近鼻子，那是一種多麼清新的氣息：第一次重新拿起畫筆，第一次重新學走路，第一次以脆弱的姿態站在台上宣告「我是秋辰曦」，甚至即將第一次，帶著自己的作品回到曾經學習和成長的地方，在曾經夢寐以求的舞台上展示自己的破繭重生……

沿路還遇見他。

她真是，多麼多麼地幸運。

Chapter LVI

第五十六章 原來天使在身邊

「秋小姐，我們還有大約一小時就降落。需要為您上早餐嗎？」機艙服務員輕聲詢問，恭敬地站在座位旁。

「不用了，謝謝。」秋回過神來。

機艙內很安靜，只有引擎的白噪音。望著窗外的無邊雲海，秋的思緒同樣綿延不絕。上一次這樣的長途飛行，還是六年前從倫敦飛往上海的那趟。當時她帶著滿腔熱血來到異鄉，身邊唯一熟悉的，只有一起長大的好友——露露。

露露是個上海姑娘，因為家庭原因，十四歲被送到倫敦讀書，是學校的十年級插班生。她來的時候，比秋一開始更害怕說英語，秋彷彿瞬間找到了共鳴，便熱心充當起她的翻譯，兩人很快成了好朋友。

幕幕回憶彷彿在雲層上浮現。她們一起看《哈利波特》學英語，一起偷搭火車到市區吃老醋排骨，一起站在走廊口學海蒂．克魯姆[49]毒舌評論其他同學的穿搭……還有後來當秋有了暗戀對象，每當露露經過健身房發現橄欖球隊隊員正在集訓，她都會衝回宿舍叫秋趕快過來。

露露的出現，讓秋的笑容逐漸從保護色變為真心。她們就這樣一起在拉格比成長，一起畢業，一起上了中央聖馬丁讀設計，一起回國創業。要不是因為露露，秋不可能貿然搬到上海，今天的一切也不可能發生。

走出希斯洛機場的出口，倫敦特有的灰濛天空已在默默恭迎。六年了，這座城市依然熟悉，尤其是當見到穿著一身俐落風衣的露露已擺好姿勢，手搭方向盤，一臉得意地在車上等候。

「怎麼是你開車？」秋揚起眉毛看著好友，一臉好奇。她想都沒想過，露露居然親自開車來接她。

「怎麼能隨便派個司機接你？這趟歸來，可是你的大日子啊！」露露笑著幫她把行李放進後備廂。

你的。這個措詞，讓秋心中一熱。Autumn Dew 本該是她們共同的品牌，共同的夢想。然而自從車禍後，露露便獨自撐起這個夢想，卻竟然在夢想終於踏上國際舞台時，將聚光燈重新讓給她。

「我到底做了什麼好事，值得有你？」秋很少這樣明言感情，但再厚的保護層，總會被愛慢慢融化。

「你在飛機上幹什麼了？怎麼一下來就這麼煽情？」露露調侃道，臉上的笑容卻無比真摯。

「真的。你到底是不是上帝派來的天使？」秋也真摯笑著。這種話，她甚至在青春時期也從未出口。

[49] Heidi Klum，德國超模、電視製作人，著名真人秀節目《天橋驕子》主持人，時尚圈著名毒舌評審。

「這問題我以前就問過很多遍。你到底是不是上帝派來的天使？」露露操控著方向盤，眼看前方，笑意依然，「我很開心，有天終於換成你問了。」

秋知道她指的是什麼，這些瑣事，她沒少說。

露露剛去倫敦時，有一次在鎮上士多被嘲笑英語，幾乎淚崩，秋二話不說便替她反擊，雖然當時她的英語也破破碎碎。露露第一次失戀，男生的新女友故意來找茬，秋甚至敢當面去找那個男生理論。還有一些真是無比瑣碎的小事。但相比起露露這幾年對她的不離不棄，秋覺得自己年少時逞的英雄簡直不值一提。

那天露露特意規劃了一條充滿回憶的路線。諾丁山的週末市集，她們經常在那裡尋找設計靈感；中央聖馬丁步行五分鐘的咖啡小館，無數設計草圖在那裡誕生；唐人街那家糖醋魚特別好吃的上海餐館，老闆娘竟還認得她們。露露說，必須抓緊時間回憶回憶過往，等第二天大夥兒到齊，時間就不再輕鬆了。

她們下榻在考文特花園附近的一家精品酒店，充滿藝術氣息，與皇家歌劇院是步行距離。那夜她們在房間露台圍著起司拼盤、香檳和西班牙小菜，在倫敦難得的無雲夜空下，預先慶祝即將完滿的大秀。

皇家歌劇院的宏偉超出想像。初踏這座百年建築，即便見識再多也會不禁屏住呼吸。高聳的拱頂，精緻的雕花，柔和卻不失輝煌的燈光，還有那舞台——比秋所想像的更寬闊卻也更親密。

露露帶著大家穿過後台迷宮般的走廊，來到歌劇院的主廳，介紹已經開始佈置的舞台裝置。交響樂團的座位已經就位，他們一行人站在一片空蕩蕩的紅絨座椅中央，聆聽著音響師測試音響的低沉迴響。

「樂團的合練，前幾天我已經去排練廳聽過了，非常震撼！」露露在音樂廳的迴音下說，「他們總彩排時才會再全員到齊，在那之前我們可以用排練廳的錄音。」

白天是緊張的彩排和最後的服裝調整，晚上則是與舊友在餐館相聚或在泰晤士河畔漫步。不知不覺，時間便來到大秀前一晚。

那晚的總彩排，是秋第一次聽到完整的交響樂團為《破繭》系列現場伴奏。三十餘位音樂家坐在樂池中——那個舞台前方下凹的半圓形空間，雖然位置並不顯眼，卻帶著一種近乎神聖的震撼力。然後瀚宇帶著小提琴加入，然後模特們一個接一個走過精心設計的舞台，每一個轉身、每一個動作都與音樂完美協奏，即便台下只有寥寥工作人員，秋依然感動得熱淚盈眶。

回到酒店，時針已跨過零點。

9月23日了。

就是今天。

這個日子對她而言，意義太過深遠。既是她即將初踏國際時尚舞台的日子，也是歌莉雅離開整整一年的日子。當初望著她轉身離開時，她從未想過自己會重返時裝舞台，更從未想過一年後的同一天，她的舞台甚至會越洋來到倫敦。這件事，每一次細想，她都覺得難以置信。

秋洗完澡，吹乾頭髮，終於躺到了床上。摘下手環時，她注意到數字薄荷這幾天開得特別多。畢竟這幾天先是在城市裡到處走動，又是在歌劇院忙個不停，站著和行走的時間都比之前多了許多。

這幾天他過得怎麼樣呢？

在這麼重要的日子前夕想到他，不知是好是壞。小時候考試前，想到男生，必然是一種分心。這一刻，她卻感到充滿動力。

他會不會跟她一樣期待著明天的大秀？他應該也會看直播吧？上次上海時裝週，他似乎就看了現場直播，那晚他還隔著窗戶給她鼓掌呢。

秋不自覺地笑了起來，拇指輕輕撫過手環上的數字花。上海和倫敦，相隔多遠，時差也有七個小時。當她站在舞台上時，上海已是深夜。如果他真會觀看直播，就必須熬夜。這樣想好像有點自私，但，她希望他會。

忽然，一陣新的動靜將她從遐想裡喚回現實。

嘀——嘀嘀——

門鈴的聲音打破了房間的靜謐，秋不由得抬起頭來。

沒有叫房餐，也沒有衣服送洗。這麼晚了，會是誰？

她穿上浴袍，撐上腋拐，來到門前。貓眼內，是一名酒店服務員抱著一束鮮花。

她呆呆把門打開，服務員微笑遞過花束：「你好小姐，這是為你送來的花。」

橙黃色的花瓣在燈光下泛著溫潤光芒，秋緩緩接過，那是一束盛開的秋菊。

「請問這是誰送的？」秋忍不住問道。

「抱歉，我不太清楚，我只負責送遞。」服務員帶著歉意說，「不過這上面有一張卡片。」

道謝後，秋關上門。心跳已悄然加快，腦海中閃過一些念頭，她卻又覺得，不可能吧？

她近乎本能地把花束放在桌上，取出卡片：

好多花在這個季節都已凋零，秋菊卻在美麗綻開。

明天加油！

沒有署名。

但那熟悉的筆跡與口吻，比署名還清晰。

心臟被重重衝擊，那泛起的悸動卻又溫柔至極。

這樣的震撼，實在需要宣洩。秋抓起手機，迅速拍下花束，發給露露：「我的天。你猜是誰送的？」

露露幾乎立即回覆：「哇哇哇哇哇！你看人家多麼地在意你！」

秋迅速輸入：「你也覺得是他？」

這麼明顯嗎？她甚至沒把卡片拍給露露。

熒幕瞬即又亮起：「不然呢？還能有誰啊？」

秋又再輸入：「問題是，他怎麼知道我住在這裡？」

露露發來一個圓著嘴巴的驚訝表情：「對耶！他怎麼知道的呢？！」

他怎麼知道她住在這家酒店？又怎麼知道她的房間號？他竟然從遠方訂花送來？不對，眼前這張卡片明明是……許許多多的想法很快便被一個震撼的認知取代——他該不會，就在倫敦吧？

真的嗎？

他竟會為她跨越半個地球，這樣大費周章？

不可能吧？也許只是，國際快遞的卡片？

無論如何，這束花，這份心意，已經穿越千山萬水，在她最需要鼓勵的時刻送達。腿突然發軟。她不得不倚靠在牆邊。這不僅僅是驚喜，更是一種她許久未曾體驗的，被牽掛的感覺。

「秋菊卻在美麗綻開。」

他說，美麗。上一次有人如此直白地將「美麗」二字與她關聯，是什麼時候的事了？那些在醫院裡的日子，人們給她的都是憐憫的目光；復健期間，更多的是鼓勵而非欣賞；即使是《破繭》的成功，讚美也多指向她的才華與勇氣，而現在他居然用上，「美麗」？

她在桌邊坐下，指尖輕顫，一遍遍調整著花束的角度，直到那朵朵橙黃能夠完美豎立。這麼珍貴的心意，她捨不得讓它隨意躺臥。

她忽然意識到視野有些模糊，一眨眼，眼前甚至出現點點星光。她卻又感到唇邊正在微彎，那種牽動著臉部肌肉，難以抑制的微彎。

秋抬頭看向窗外的夜色。也許，只是也許，也許在這座熟悉的城市某處，他也正在同一片星空下，想著她。這個念頭讓她心頭一緊，既期待又害怕。如果在人群中偶遇到他，她該說些什麼？這麼久以來，他們之間只有紙上的文字與隔窗的問候。真正的交談，是否終於近在咫尺？

「明天加油！」

嗯，我會的！身邊有最好的朋友、最棒的團隊，還可能有最意想不到的他，怎麼能不加油呢？

Chapter LVII

第五十七章　天空沒有極限

舞台一片漆黑。

秋站在幕後，心跳如鼓。她深吸一口氣，閉上眼睛，感受氣流從鼻腔慢慢送出。服裝已全部就緒，模特們已列隊預備，一切只待序幕拉開。

「十秒。」耳機中傳來導演的聲音。

秋睜開眼睛，透過舞台側邊的縫隙望向觀眾席。皇家歌劇院的燈光已熄，只有走道上的安全指示燈仍然閃著微光。座席間傳來輕微的窸窣聲，那是期待的聲音。

「五、四、三、二……」

預錄的英文聲音響起：「我曾以為，人生的目標就是要把不完美的自己，雕琢到完美。」

聆聽著自己的聲音在寬廣的歌劇院中迴盪，成長的回憶不禁浮現。曾經她因破碎的英語而自覺格格不入，躲在被窩裡獨自流淚。一轉眼便十四年，如今她已能用流利的英語向世界述說自己的故事。雖然口音不算地道，卻是自然流暢的表達。百般感受湧上心頭，這才剛開場。

聚光燈亮起，宛如柔和的月光，灑落在舞台左側。《月光奏鳴曲》第一樂章的鋼琴獨奏從樂池中傳來，竟比想像中催淚許多。怎麼回事？鼻頭竟已一酸。

情緒似乎來得太快了點。但這可是她夢想開始的地方，她甚至曾以為，夢想已死。

一隻手溫柔地摟上她的肩，是露露。瞬間有種安定的感覺。不遠處的瀚宇低頭吐氣，雙腳輪流離地一抖。秋知道，這場秀，不只對她一人意義重大。

瀚宇從台口走出，步伐比彩排時更穩健，肩膀更挺直。奶白色的無袖連帽衫在漆黑中彷如明亮星辰，腳上的熒光綠色，則如同初春新生的青草。

「在那個完美的世界裡，沒有殘缺，沒有傷痕，沒有眼淚，也沒有⋯⋯真正的我。」錄音繼續播放。那身影已消失眼前，純淨的小提琴旋律很快便傳來。提琴與鋼琴的二重奏似有鎮靜作用，秋的心情慢慢回歸平靜。

珍妮絲準備上場。她身穿黑色網格的高領入肩上衣，肩部垂落淡綠與粉色相間的絲質材料，如同蝴蝶在初春的花苞間飛舞。

「曾經，我多想逃脫灰濛的夜，尋找蔚藍的天。那是我對完美人生的想像和理解，我卻從未觸碰到生命的本質。」

這句語音結束，珍妮絲便深吸一口氣，步入舞台。

又有一種奇妙的感覺。九個月前，當秋第一次邀請珍妮絲成為自己的模特時，她身上的白色斑紋仍被她視為缺陷的標記。不到一年，如今她已如此大方自若地展示著自己。

「曾經，我不明白為何天空要有陰霾，為何花朵需要凋零，為何生命中要有不完美。」

輪到樂宜上場，她推著輪椅緩緩出場。樂宜與秋有著極相似的過去，同樣因車禍必須截肢。她卻人如其名，依舊樂觀、宜人，像她那雙金屬義肢下的炫彩高幫運動鞋。在復健中心初遇時，秋第一次意識到——這世界上有人比她失去更多，卻活得比她輕盈。

「直到有一天我親眼看見，一隻小小的蝴蝶，翅膀卑微地揮動，竟可在別人的世界裡引發狂烈風暴。」

音樂已從貝多芬悄然轉到詹金斯，三十餘位音樂家協奏的《帕拉迪奧》變奏版，瞬間將歌劇院變成一個巨大的共鳴箱，敲擊著在場的每顆心靈。

馬凜登場不久，觀眾席便爆發出熱烈掌聲。即便沒有親眼看到，秋仍知道他進行到哪個舞步，甚至能想像，那些動作有多瀟灑俐落。真是個運動健兒。除了滑板和霹靂舞，籃球亦是手到擒來。

第一次遇見馬凜，也是在復健中心。他坐在輪椅裡，單手控球，另一手靈巧地操控著輪椅方向，動作乾脆得像從未失去過什麼。那一球剛離手，場邊已有人提前歡呼，而他只是靜靜地看著，直到球應聲入網。那一刻他舉手指向天空的動作，與今晚在展台上最後定格的剪影，如出一轍。

那時秋心裡只有一個念頭：這個少年根本不需要誰為他鼓掌，他早已超越了所有人的期待。

「而蝴蝶之所以能夠破繭而出，展翅高飛，正是因為經歷過掙扎。原來真正的堅強，不是要化作萬丈光芒，而是你不再害怕承認自己就是那隻卑微的蝴蝶，渴望在浩瀚宇宙裡飛翔。」

模特一個個登場，每一位都完美詮釋著春夏版本的《破繭》系列。秋深吸一口氣，調整著腋拐，感受著心跳加速。

「準備。」耳機中傳來提示。

秋閉上眼睛，默數三個節拍，堅定地踏出第一步。

聚光燈的溫度瞬間將她包圍，柴可夫斯基的《十月：秋之歌》徐徐響起。管樂溫暖得如同秋日煙囪裡的一縷煙，弦樂和諧豐富的聲部讓萬物不再孤單，瀚宇手中的主旋律在鋼琴的伴隨下優雅流淌開來，一幅幅人物畫像陸續投影到她雪白的連帽衫套裝上。

曾經的黑白素描，如今已被重新繪成彩色人像——瀚宇拉琴的側影、樂宜燦爛的笑容、馬凜練習滑板的瞬間——所有這些日常的、平凡的、卻曾深深感動過她的畫面，都是她在艱難復健路上的每滴甘露。

「這是我的故事，也是我們的故事。」最後一句預錄的語音響起。

秋已來到舞台中央，無數目光聚焦於她，腦海忽然一片空白，只剩那一句深深烙印在她潛意識裡的心聲——

「如果完美只存在於虛擬世界，你會愛真實的我嗎？」

說罷，她一低頭，視野中身上的斑斕顏色在一瞬間化作模糊星光。時間如冰融化，所有感知變得細膩、豐富、慢。一瞬間她甚至忘了觀眾席裡可能坐著那個特別的人，只感到滿腔的愛，從心中傾瀉而出，如噴湧的泉水想要流遍一切乾涸之地。

「那場車禍，讓我一夜間失去了男友、左腿，和未來。我曾以為自己的完美人生，從此只可能出現於虛擬世界。」這句話一出口，秋的心跳便變得狂亂。向世界掀開瘡疤，無論排練過多少遍，依舊需要許多勇氣。「無數次我問，為什麼是我？為什麼意外要發生在我身上？至少，為什麼要發生在我人生中最美好的年華？但如今站在這裡，我卻深刻體會到，如果沒有這三年半以來的經歷，我根本不會成為現在的我，不會變得更堅強，也不會有機會站在這個舞台上。」

舞台上一片寂靜，只有她吞嚥的聲音清晰可聞，她努力讓嘴角上揚，儘量不讓聲音顯得太破碎。「這是一趟關於尋找的旅程。而今天，我很開心能夠站在這裡，分享我找到的答案——人生是如此奇妙，無論破繭的過程有多艱難，回頭看，卻會發現一切轉折都是如此精彩。」

她動作極慢地張開雙臂，臂下有腋拐承托著，「感謝所有這些從未放棄的美麗靈魂，是你們讓我發現，等待著我們破繭飛向的……」

她用力吸了吸鼻子，卻感到眼角有兩行溫熱悄然滑下，「永遠是一片沒有極限的天空。」

這些話出口的瞬間，秋感到無比釋然。台下已有觀眾起立鼓掌，有人在擦拭眼淚，有人舉起手帕向她致意。但所有身影在她眼裡都變得迷糊，美麗卻迷糊。

投影在她身上變換，直到那些稚嫩的線條、雜亂的配色終於出現。那些是她幼時的作品，自由、真摯、沒有顧慮、無懼眼光的作品。

舞台兩側的燈光同時亮起，所有模特再次登場，連綿的腳步聲於背後響起，她知道身後並排站立著一個個激勵過她的故事。

「《破繭》系列以我身上這套全白造型作結，是因為，在光的世界，白色包含了所有顏色。」秋紅著鼻子笑著說，「原來人生的完美，正是因為我們有機會經歷各種顏色。」

「所以……」秋低頭眨了眨眼，擠掉眼淚，重新抬眼，「不要害怕，一切經歷都是顏色。而也許破繭本身，就是要破除對完美的錯誤幻想。」

最後她撐了撐腋拐，挺直腰背，在萬眾矚目之下鄭重宣告：「我不是一個完美的人，我卻有一個，完美的人生。我是，秋辰曦。謝謝大家。」

劇院頓時爆發出如雷的掌聲，觀眾紛紛起立致敬，模特們也紛紛來到秋身邊。秋撐著腋拐，接受著四面八方的擁抱與祝賀，眼淚鼻涕逐漸混合。

樂池中的交響樂團共同起身退席，忽然，人群中一個熟悉的身影讓秋的心猛然一顫。

是他？

那從三角琴前站起來的人，怎麼那麼像他？

他甚至正對著這邊，微笑著。

卻還來不及確認，便有媒體帶著麥克風靠近。一串串英語問題進入耳朵，她卻彷彿無法聽見。嘴上仍本能地回應著什麼，她卻也沒考究內容。

眼前是一張張或感動，或盛笑的面容，她的腦海卻獨有一個念頭在迴響——

剛剛那，真的是他？

Chapter LVIII

第五十八章　一步之遙

場館裡的喧囂仍未散去，媒體、嘉賓、工作人員交錯往來，後台和接待區的人潮比剛才秀場裡還要擁擠。秋的目光卻一直飄向那個已經空了的三角琴座位。

是他嗎？她不敢確定，但那個熟悉的身影如今已消失在人群中。

「秋！太棒了！簡直完美！」露露擠過人群，雙眼閃爍著淚光，用力抱住秋，「你看到台下的反應沒？所有人都站起來了！所有人！」

心還在怦怦跳著，餘音仍在腦海迴盪，秋被她抱得有些失神，嘴角慢半拍才揚起笑意：「嗯……我看見了。」

她確實看見了。

不只是站起的觀眾，還有在鋼琴前站起的他。

露露放開她，揉了揉她的肩膀，神色輕快：「來，我帶你認識個人。」

「是誰啊？」秋下意識問，語氣裡卻沒多大興趣，她的心還懸著，無處安放。

「讓一讓，」露露先沒有回答，一邊幫秋擋開四周擠擁的人，一邊帶著她往場邊走去，「讓一讓，謝謝。」

「來，這邊。」露露的聲線卻透著興奮，湊到秋耳邊，刻意壓低了聲音，「這可是個重要人物。」

秋隨著她的視線望過去，只見人群間，一個高大挺拔的背影甚為突出，西裝得體，站姿沉穩。

露露走近了兩步，響起歡快的聲音：「威爾遜先生。」

那人聞聲轉身，露出一張外國人的臉龐，親切一笑，主動伸手：「真榮幸終於見到你本人，秋小姐。我是威爾遜，樂土的全球合作總監。」

秋愣了愣，隨即擠出一個禮貌的微笑，伸出手來：「幸會，威爾遜先生。」

「這次倫敦時裝週的合作如此成功，全靠威爾遜先生的大力推薦。」露露轉向秋介紹道，臉上掩不住興奮，「包括這次我們能夠全員出席，都是威爾遜先生幫忙爭取的。」

威爾遜笑了笑，語氣誠懇：「我必須說，今晚的演出實在無與倫比。你讓每個人都重新思考了藝術、時尚與生命的關係。」

「謝謝，」秋低頭輕輕一笑，「也要感謝樂土提供的平台和支持。」

「是的，」露露在旁邊附和，「樂土平台這幾個月對我們的支持力度那麼大，我們真的受寵若驚。」

「說真的，樂土對這次合作非常重視。我們的技術總監和公關主管也從舊金山飛來了。」威爾遜環顧四周，忽然朝不遠處招了招手，「亞歷克斯！」

很快，兩個身影穿過人群走來。一位神色幹練、戴著金屬框眼鏡的男人率先伸出手來：「亞歷克斯，樂土的公關主管。幸會，秋小姐。」

秋本能地伸出手：「幸會，亞歷克斯。」

另一位留著短鬚、氣質冷靜的男人也伸出手來：「拉斐爾，樂土的技術總監。幸會。」

秋同樣伸手回應，儘量維持著嘴角的弧度，「幸會，拉斐爾。」

「今晚的秀太震撼了。」亞歷克斯笑得十分親切，「親眼看到你們的大秀，我才真正明白，為什麼我們董事長會這麼支持這個項目。」

「真的嗎？」露露在旁邊欣喜問道，「你們董事長也喜歡嗎？」

拉斐爾接過話來：「確實如此。幾個月前，你們在上海時裝週的大秀，董事長聶先生看完後，在總部會議上親自推動。」他微微一笑，語氣帶著些許自豪，「包括今天這場秀使用的AI現場混音系統，也是專門為了這場秀而部署的新技術，全球首次使用，現場效果果然太動人了！」

「天啊，專門為了我們？」露露喜出望外地說，「實在太感謝樂土了！」

「別客氣！」威爾遜回以笑容，「能有這樣震撼人心的合作，是我們的榮幸！」

幾句寒暄過後，三人相繼留下名片，禮貌道別。

秋的表情終於放鬆了些，低聲問露露：「我是不是能回去了？」

「慢著。」露露揚了揚眉，湊近小聲說，「我還有另外一個人要介紹給你。」

「誰？」秋有些疲倦地問，眼睛不自覺地在人群中搜尋著某個身影。

露露神秘地說：「待會兒你就知道了。」

「露露，」秋嘆了口氣，「我有點累，想回酒店了。」

「怎麼了？」露露關切地看著她，「不舒服嗎？」

秋抿了抿唇，聲音低得像怕被人聽見：「我好像……看到愛凡從鋼琴前站起來……」

露露眼睛一亮，忽然低低笑了一聲，「那你不是應該開心嗎？」

秋一愣，眨了眨眼。

露露這反應，不對勁啊！

「你……」秋難以置信地盯著她，「你早就知道？」

「知道什麼呀？」露露佯裝無辜，眼裡卻藏不住竊喜。

秋忽然想起什麼：「等等，樂團彩排是你負責的！我的天，該不會是你安排的吧？」

露露咯咯笑了起來：「是他主動聯繫我的，還發來了錄音小樣。我一聽，他一定是有鋼琴底子的。再加上……嗯，他還有特殊感情加持，給人家個機會不是很好嗎？」

秋瞪大眼睛，心臟驟然亂了節拍。

特殊感情加持……

是因為這種感情加持，才讓今天的琴聲格外催淚嗎？

秋的心跳瞬間加速，雙頰微微泛紅：「你這人怎麼可以瞞著我做這種事？」

「怎麼樣？」露露調皮地眨眨眼，「現在不急著回酒店了吧？」

秋只覺得思緒亂成一團——驚訝、緊張、期待、慌亂，一股腦全湧上來。她下意識伸手去理了理額角的碎髮，她該怎麼面對他，該說什麼，該做什麼？

啊！需要一塊鏡子！剛剛眼淚直流，妝是不是都花了？

「他來了。」露露忽然抬起下巴，指向不遠處。

秋順著她的手指望去，人群之中，愛凡的身影正慢慢朝她們走來。他穿著全黑禮服，目光直直落在她身上。

視線在空中交匯的一瞬，秋的心跳聲幾乎要撞破耳膜。

是他。

真的是他。

無數個夜晚，她從窗戶望見的那個人，此刻正在堅定地穿越人潮，向她走來。

他的目光毫不避諱，眼中盈滿笑意，還帶著那股她好久不見的柔軟。

呼吸全然亂了，如何是好？

他的每一步都震盪著她的心，秋不由得抓緊了腋拐。

他越走越近，距離已不足十步。

九、八、七——

忽然，一個耳熟的聲音從旁邊響起，打斷了一切。

「愛凡！你親自來了？老天！怎麼沒告訴團隊？」

是威爾遜先生。

他的聲音響亮得過分，周圍幾個工作人員都轉過頭來。

而愛凡，他分明露出了意外的表情，雖然很快又展齒一笑，還朝她們這邊做了個「稍等一下」的手勢。

秋愣在原地。

她剛剛聽見了什麼？

「親自」來了？

這兩個字，聽著怎麼有點奇怪？

又有兩個眼熟的身影正在向愛凡靠近。

那不是……剛剛見過的另外兩位樂土高層？

「哇，愛凡居然也認識樂土的人。」耳邊忽然飄來露露的一句。

是啊，他們怎麼認識？

為什麼威爾遜會說「怎麼沒告訴團隊」？

他是……誰？

訊息如同扔出的手榴彈，滯後片刻才炸開。秋的神色忽然僵住，下意識摸了摸手腕上的進步手環。

那上面，不是刻著：E.N. ……？

秋幾乎是呢喃般問出聲：「剛剛那個留短髯的男人說，他們董事長姓什麼來著？」

「聶。」露露的回答快而準，卻並未意識到事情的異常。

秋的世界，卻在那一刻安靜了。

心臟像被什麼狠狠往下一扯。

Evan Nie。

聶愛凡。

「我頭有點暈。」秋突然冒出一句，聲音發虛，「先回酒店了，下次再見吧。」

第五十八章　一步之遙

她沒有撒謊。她的確覺得自己快要暈過去。

不等露露回應，秋轉身就走，步伐間的慌亂肉眼可見，像是要從什麼龐然大物底下逃出去。

身後，露露還在困惑地喊她。

「哎？你怎麼了？」

「秋！秋——！」

她卻已聽不見。

誰會想到，那逐漸靠近的腳步，竟會將他們又再隔遠？

BOOK VIII 第八部

GLORIA 光

Chapter LIX

第五十九章 更精緻的繭

「他一定覺得我好煩。」

那是秋終於逃離場館後，第一個念頭。

倫敦夜晚的涼意，毫不客氣便鑽進她單薄的演出服。她卻無暇顧及，只想儘快遠離那個突如其來的真相，那個讓她的心沉到谷底的認知。

計程車燈在雨霧中閃爍，秋本能地攔下一輛。鑽進後座時，她幾乎是摔進去的。腋拐磕到車門，發出一聲悶響。

「去哪裡，女士？」司機從後視鏡瞥了她一眼。

秋腦子一片空白，只知道，她不想回酒店——萬一他去找她呢？而且露露也會回去……她現在不想見任何人，只想一個人靜靜想清楚。

「請你……先開吧，我再告訴你。」

司機看了她一眼，沒多問，踩下油門。

計程車緩緩駛入倫敦夜色，車窗上的水珠模糊了街燈。秋靠在玻璃上，任憑那些聲音在腦海裡反覆迴盪。

——你親自來了……

——董事長特別支持這個項目……

——聶先生……親自推動……

——專門為了這場秀而部署……

她怎麼沒有早點發現？

那麼不尋常的資源、那麼不可多得的機會……

原來全是因為他。

樂士的董事長。

Evan Nie。

原來她以為的終於平等，只是她一個人的錯覺；原來她以為的那雙偷偷欣賞她的眼睛，早已覆蓋整個舞台；原來她以為靠自己雙手創造的奇跡，竟是他在背後推動；更諷刺的是，原來她曾用來逃避的虛擬世界，竟是他的世界。

「女士，你要去哪裡？」司機的聲音打斷了她的思緒。

秋的目光這才對焦，終於認出街景：「這裡就好。」

站在熟悉的街角，不遠處便是中央聖馬丁藝術學院——她的母校。在所有可能去的地方，司機居然帶她來到這裡。回到一切的起點。

她低頭輕笑了一下，笑裡沒有半點溫度。

難道不諷刺嗎？

一下子又回到原點，破碎的原點。

一滴雨落在她的臉上，第二滴、第三滴。這樣的雨，小得不值一提，卻足夠與淚水混淆。

手機不停振動。一定是露露急瘋了。但他們都該知道，她是個成年人了。她有手有腳有腋拐，用不著別人來擔心。

用不著。

真的用不著。

她十三歲就有能力在陌生之地獨自生存，二十二歲就擁有一家估值16億人民幣的公司。即便她出再大的意外，即便她從此什麼都做不了，仍用不著別人來憐憫與施捨。

她乾脆關掉手機。

她自己就可以。明明可以。從十三歲剛到倫敦一句英語都不敢說，到後來拚盡全力拿到獎學金，再到後來冒著風險搬到上海創業，一舉成名。一路以來，她不都是靠自己嗎？甚至此刻朝著中央聖馬丁走的每一步，都在證明即便膝蓋以下已沒有了血肉，她依然可以選擇自己的方向，掌控自己的人生。每一步用的都是自己的力氣，是任何人都無法施捨給她的。包括樂土的董事長。

手腕上的手環卻突然輕振了一下。

從昨晚開始，手環上的數字花，便從薄荷變成秋菊。

那本該是個多麼甜蜜的振動。

一滴溫熱瞬即流過臉頰——明顯不是雨水。

兩秒後，右手伸向左邊手腕，木訥地把手環摘下。

為什麼會這樣？昨晚她明明覺得人生美好，覺得充滿動力，覺得自己真的就像一朵秋菊，正在美麗綻放。為什麼不到二十四小時，她卻覺得一切都毀了？

甚至兩個小時前，她還在台上振振有詞，說自己不是一個完美的人，卻有一個完美的人生……

什麼破繭本身，就是要破除對完美的錯誤幻想……

什麼回頭看，就會發現一切轉折是如此精彩……

兩個小時後，竟什麼都跌破了。

她突然哇的一聲就哭了。

卻不是因為生氣，也不是因為他有所隱瞞。

她甚至知道，這一切，正好證明了他對她的特殊情感。

她卻打從心底裡悲傷。她以為自己終於能驕傲地站在他身邊，卻發現，他身處的是一個俯視她的世界。

所以跌破的，到底是什麼？

秋在中央聖馬丁門口的長椅上坐了很久。細雨把她的頭髮打得盡濕，演出服粘在身上，冰冷得像第二層皮膚。她卻一動不動，只是呆呆望著校門前那片她曾無數次頂著晨光與風雨走過的地方。

她真的以為，她已經破繭了。

她以為自己已跨過了那場意外，終於可以無畏地告訴世界：她不是完美的，也無需完美。

可這一晚，她卻忽然意識到一件可怕的事。

原來她所有的堅強與努力，所有的設計、每一次站起來、每一場秀——從來不是因為她真的自由了。

而是因為，她想證明。

證明她夠好。

證明她依然值得被看見。

證明她沒有輸給命運。

她以為，她早就不再活在「夠不夠好」的表象底下，卻沒發現自己只是換了一種更精緻的繭——從外表到才華，從血肉到精神。本質上，她從未停止過對自己要求，她依然在證明自己足夠努力、足夠堅強、足夠耀眼，這樣就不會有誰再遺棄她。

那是一股無法度量的挫敗感。

明明在《破繭》的舞台上，她是如此用力告訴所有人要擁抱自己的殘缺，她卻從未真正擁抱過那個赤裸的自己。

那無法留住父母的自己。

那必須在異鄉中孤獨成長的自己。

那誤以為只有「夠好」才有價值的自己。

於是一件更可怕的事才逐漸浮現——

她一直以為是那場意外，讓她從此感到渺小。事實是，早在很久很久以前，早在爸爸離世以前，早在她自以為被遺棄在倫敦以前，她就已覺得自己微不足道。

原來，遠在失去那條腿之前，她就失去了自己。

今晚他的到來，所有人——包括她自己——都以為她會很開心。因為這證明了，無論她怎樣，他也愛她。

可事到如今她才明白，原來問題根本不是他愛不愛她。而是那句「無論她怎樣」本身，已經帶著她無法面對的含義——她，不夠好。

尤其當他所站的位置分明就是她無法企及的，她的再多「優秀」，都忽然變得無關重要……

雨一直飄，身體冷得像被刻意懲罰，直到眼前打在地面的水花依然，脖上不時滑進的水珠卻不再。

她怔了一下，才發現身邊多了一雙靜靜站立在雨中的白色球鞋。心驀地收緊，她下意識抬起頭。

一把傘撐在她頭頂，握住傘柄的手正微微顫著，像也凍了許久。

她本能地收回視線，手迅速抓上擱在旁邊的腋拐，彷彿那是什麼防禦工具。

「秋。」他開口，聲音低啞，像是不確定自己有沒有資格叫住她。

那是她第一次聽到他喚她的名字，心臟像被猛地一攥。

「你冷嗎？」他輕聲問。

真準確。她的喉嚨確實像被凍住，根本無法給出回應。

「我不是……想打擾你。」他甚至不太自信，「只是想跟你說幾句話。」

視線只敢停在他的腰間，秋這才意識到，他已把那身演出的西裝換下。

他竟穿著，那件奶白色的針織毛衣。

柔軟、乾淨、帶著分外親切感的針織毛衣。

即便被毛衣勾起的記憶，已遠得像上個世紀。

「我能和你……談談嗎？」他的聲音小心得近乎破碎。

秋突然鼻腔一酸，視線一下模糊。這個天天與她隔窗相望的人、親手栽花送她的人、專門為她遠道飛來的人、暗暗為她練習鋼琴的人，甚至傻氣到復刻自己虛擬形象的人，為了這次見面，一定準備已久。

可明明他是如此值得她的回應，她卻在最關鍵的時候，跑了。而且是，又跑了。

秋辰曦，你怎麼忍心？

她這才終於用力抗衡全身緊繃的神經，極輕微地點點頭。

Chapter LX

第六十章　那三個字

她不在了。

才三兩句話的時間，一轉回身，她便不在了。

愛凡喉頭一緊，有那麼一瞬，他覺得自己站都站不穩。

怎麼又這樣了？

曾經他們也隔著這樣的一步之遙。曾經她也是在彼此快要碰上之際，突然消失。心中那股強烈的無措，讓他幾乎是無意識般返回後台，換下那身忽然就讓他顯得滑稽的演出西裝。可是，換上便衣的一瞬，他望著鏡子，只覺得自己更滑稽了。

這身白色針織毛衣、白褲子、白球鞋，是他們以往在樂士約會時，他最經常的裝扮。他低笑了一下，笑得有點苦，他竟以為換了這身衣服，就能如從前一樣靠近她。

不重要。真正的滑稽是，如果心意從未親口表達。

於是他才會對著手機，一個一個地方去找——從泰特現代藝術館旁她常去寫生的石階，到海德公園她常去看天鵝的河邊，再到卡姆登鎮她心情不好總愛去的冰淇淋店——那些她曾在社交媒體上標記過的地點，那些承載過她美好青春的角落。

當他讓司機載他去中央聖馬丁時，司機禮貌地提醒：「聶先生，現在這個時間點，學校肯定關門了。」

「沒事，去吧。」他卻堅持，眼睛緊緊盯著地圖。

愛凡能想像，自己的行為在司機眼中是如此莫名其妙。來到倫敦好幾天，從不出門觀光，卻在一個雨夜，彷彿要繞遍整座城市。

但誰在乎司機怎麼想呢？

「拜託了，讓我遇見她。」他在心裡一遍遍默念。

感謝上帝的憐憫。她真的在。

她就那樣坐在校門外的長椅上，任雨水打濕全身。

那單薄的身板，卻依然保持挺直。

如此脆弱，又如此堅強。

他撐著傘，步伐極輕地向她靠近，生怕一個不小心又將她嚇跑。從未想過，連第一次真實的對話都還未發生，他們之間的氣氛竟會發展至此。

傘將雨水與她隔開的一瞬，她的反應幾乎是瞬間緊繃，那下意識緊抓腋拐的手，像也同時攥住了他的心。他是如此不願讓她感到壓力，他卻分明就是壓力本身。

「秋。」他終於第一次喚起她的名字。

那卻是多麼失敗的一聲呼喚。明明已經練習過無數遍，出聲的一刻竟還如此沒有底氣。

難怪她不回應。

望著她緊握著腋拐那微微顫抖的手，他只懂問出答案顯而易見的蠢問題：「你冷嗎？」

她還是沒有回應。

「我不是……想打擾你，」他像個做錯事的小孩，不知如何補救，只低聲呢喃道，「只是想跟你說幾句話。」

她的目光依然迴避著他。他忐忑地挪移著視線，忽然注意到那隻只留下一圈淡淡印痕的手腕，她甚至已經摘掉了手環。

心彷彿一下碎在地上。

真的沒希望了嗎？

「我能和你……談談嗎？」他幾乎是在祈求了，聲音虛得如同將被淋熄的燭火。

雨水順著傘沿滴落，在長椅和地面形成細小的水花。愛凡忍住心底的痛楚，默默將傘往她那側更加伸去，那是他唯一想到還能為她做的事。

那舉動似乎有些作用，她終於，點了點頭。

哪怕幅度極微。

「對不起，我……」愛凡深吸了口氣，彷彿空氣裡有他需要的勇氣，「我太自以為是了。」

他停了兩秒，見她沒反應，又急急補上一句：「我不該這麼突然出現在你的秀上。」

她仍不語，他只能繼續說下去。

「我只是覺得今天很特別，只是想……」他努力讓聲音穩下來，語尾卻還是微微發顫，「為你……

做點什麼……」

她的肩膀微微顫了一下，眼睫閃爍著微光。

「對不起……瞞著你去找張小姐，真的太冒昧了……」他的左手不自覺地緊了緊傘柄，右手無處安放，只貼著褲縫，「我該知道我……只是一個……」

他停住了，喉結動了動。鄰居二字，他實在沒法出口，彷彿一旦承認，那些明明生長過的情愫便會瞬間枯死。

「我只是以為……」他定睛看著她，目光誠摯得幾乎透明，「這會是個驚喜……」

秋低著頭，一聲不響地凝視著地上的水窪，卻有一滴晶瑩直墜她的大腿，在棉布褲上暈開一個小小的痕跡。周遭的雨水，沒有一滴能如此直接地穿透他的內心，愛凡深知，那一滴，不一樣。

「真的對不起，秋……」他從未覺得言語是如此乏力，望著她流淚，他只恨自己沒有緊緊抱住她的權利。

她卻終於開口。

「你沒有做錯任何……」秋緩緩抬起頭，第一次直視他，聲音幾不可聞，「是我。」

她抿著唇，眼眶飽含淚水，單憑那模樣，便足以證明她明明也渴望他的靠近。

她卻微顫著唇，接著說：「我以為我們終於站在同一片天空下了。」

那一刻，愛凡心頭一震。

這是什麼意思？他們不就是站在同一片天空下嗎？雨水明明正從那片天空落下，打在彼此的身上，不然為什麼他們都同樣神傷？

「我們……不是嗎？」他小心翼翼地問。

她卻別過視線，望向遠處暗淡的校園。

一顆淚珠滑過她的臉龐，同時劃破他的內心。那水光不僅僅是傷心，還有某種他無法理解的……受挫？

「我們終究……活在兩個世界。」她的聲音輕得彷彿刻意想被雨聲吞沒。

腦海一片迷霧，他只懂呆望著她。

「我本以為今天從台上下來，終於可以驕傲地站在你面前……」她吸了吸鼻子，強忍著眼淚，「但原來……」

「原來什麼？」愛凡忍不住蹲下身，緊蹙著眉看她。

一個畫面在腦海一閃即逝。歷史是否又在重演？晚風之下，也曾有人坐在長椅上感傷，而他蹲在她面前凝望。唯一的區別是，此刻他並沒有伸手替她抹去眼淚的資格，不能撫上她的臉，不能摟住她的肩。

她靜默片刻，終於對上他的視線，露出一個比哭更讓人心碎的笑：「你是樂土的董事長吧？」

這句話如同一記悶棍。腦海倏然浮現她逃跑前的畫面。當時她臉上明明帶著靦腆的微笑，直到威爾遜把他叫住……

「你跑了，因為我是樂土董事長？」愛凡怔怔地問，語氣裡滿是無辜。

秋的淚水一下子又盈滿眼眶，彷彿最不願讓人看到的東西已無所遁形。在此刻，不否認，已是她最勇敢的承認。

「但這……改變什麼了嗎？」愛凡茫然地望著她，雨水順著他的臉頰流下，他甚至沒意識到自己已將傘完全傾向秋的方向，自己早已濕透。

「你知道那種感覺嗎？」秋望向空中，聲音輕微卻穩，「你以為自己終於能飛，結果發現自己只是被風托著的一片葉子。」

愛凡忽然意會過來，臉色驟變：「不，不是那樣的，你不知道我第一次看到你在上海的秀時，那種震撼……」

「沒有你，今天的秀便不會存在了。」秋啞聲打斷，聲音顫抖著。

「不，這次是倫敦這邊親自邀請你的，他們覺得你……上海那次……」愛凡急忙解釋。

「那新的混音技術呢……」秋彷彿已豁出去，直直看著愛凡，「還有專屬樂團、全員出席這種事，還有好幾個月的樂土推廣……」

「秋，難道有人幫助你，就貶低了你的成就嗎？」愛凡忍不住反問。

這句話像是打開了某個閘門，秋的眼淚不受控地湧出。「這就是問題。」她的視線頓時失去了焦點，「我喜歡的人幫助我，我竟然還不領情，還覺得難受。這就是問題。原來我根本就沒有破繭……」

我喜歡的人。

這五個字在愛凡耳中迴響，帶著一種幾乎讓他窒息的甜蜜痛楚。她喜歡他——這本該是最美好的告白，此刻卻帶著如此深的自責和痛苦。

這個倔強的女孩，精緻的輪廓被摻和雨水的眼淚模糊，肩膀微微發抖，卻努力保持著挺直的姿勢。明明那樣脆弱，卻生怕自己再顯露多一分脆弱。

空氣像被抽空了一樣。他能感到雨水仍用力打在傘上，能看到她仍在凌亂地呼吸，一切卻彷彿全然靜音了。言語也彷彿在一瞬間失效。

望著她濕潤的眼睛，一個深刻的認知浮現他的心頭——

問題不是她不夠好。

問題也不是她多好而不自知。

問題是，當眼光無法從「好不好」這個問題上挪開，那本就是一個泥沼。

愛凡抿著唇，將到嘴邊的讚美和肯定硬生生嚥了回去。那些都並非她此刻需要的，甚至，只會加深那個泥沼。然而他自己知道，他並不在意她到底夠不夠好，或者破沒破繭。他只想在每個平凡的日子，送她花、看她笑、陪她走。

「秋。」他輕聲喚道。

她怔怔地把視線重新對上他的。

「我喜歡的是你，」愛凡直認不諱，「不是那個『已經破繭』的你，或那個『足夠堅強』的你。就單單是你。不管你是什麼樣子，不管你在哪個階段。」

雨水已經從他的額頭流到眼睛，他眨了眨眼，執意要讓她看清他眼中的真摯。

「你說你只是被風托著的葉子，但秋，每一朵花、每一棵樹，不都需要陽光和水分才能生長嗎？」

他的聲音突然變得輕柔，「而你以為我不需要你嗎？」

秋的表情凝固了，彷彿從未想過這個可能性。

「過去一整年，」愛凡繼續說，每一個字都經過深思，「當我在我的泥沼裡出不來，是你的生命力讓我重新有了動力，是你讓我再次體會到花開的喜悅。」

她淚眼閃爍，唇微動，似乎想說什麼，卻又不敢出聲；她的掙扎是如此顯而易見，明明想要相信，卻又不敢相信。也許，有些話對當下的她而言，太重了些。

「很晚了，」他忽然開口，聲音帶著一絲嘶啞，「回去吧，好不好？」

她怔了怔，像沒聽懂，隔了一會才微微點頭。

他什麼也沒再問，什麼也沒再說，只默默撐著傘，陪她走過濕滑街道。

在路口，他揮手攔下一輛計程車，為她打開後門，便停在那裡沒有動作。

她回頭望著他，彷彿也在等一句「我送你吧」。

他的喉結微動，指尖在傘柄上輕輕收緊了幾秒，卻終究沒有開口。

他清楚，那就是他此刻能為她做的最多，給她空間，和時間。有些心意並非一個晚上能顯明，有些距離不急於一個晚上去跨越。她需要自己找到答案，而不是從任何人身上尋求確認。

他只輕聲說：「暖氣大一點點，別讓自己太冷。」

她點點頭，坐上車，視線終於不再躲著他。

他輕輕將車門帶上，撐著傘站在車外，透過雨絲朦朧的車窗望著她。

引擎啓動的前一刻，他的唇輕輕動了三下。

那三個字，無聲幾近無色。

卻重重落在她心口——

晚安，秋。

Chapter LXI

第六十一章　芝麻・開門

當圓方形的窗外終於滑過一排排整齊密麻的公屋，當機艙內終於出現廣東話的播報，秋才真正感覺到自己——

回家了。

倫敦的淚水、寒意，還有那晚的對話，都被拋在了世界的另一端。飛越萬里之後，她終於能夠呼吸。

兩週前，當她給母親發去一條短信說倫敦之後會回一趟香港時，母親只簡短地回覆：「好，我來接你。」

沒有表情符號，沒有語音，那短短五字，卻像一隻手，在千里之外穩穩接住她。那是她們之間的默契——血脈相連的牽掛，無須過多的熱情表達。

三年多了。雖然每週的短暫通話從未間斷，雖然每逢生日和節日都會準時收到母親的短訊，但她們已經數年沒見。

車禍後，秋徹底拒絕了母親飛去上海探望的提議。她搬出所有能想到的理由——醫院太忙、隔離太久、恢復得很好不用擔心——來確保母親不會看到她最狼狽的樣子。

而母親，則以她一貫的方式表達著關心。不逼問、不強求，但從不缺席。週週準時的電話、不時發來的簡訊，「今天好嗎」「注意休息」「看了你的新作品，非常好」。她的慰問從不多言，也沒多少語氣表情，卻有秋所珍視的恆常。

跟著機場地勤人員的引導，穿過那專為行動不便者設置的通道，秋的心跳不由自主地加快。會陌生嗎？或者尷尬？畢竟，雖然偶有視訊，畫面始終停在半身。如今那雙腋拐，以及她走路時的微微跛行，都是母親從未親眼見過的。

「歌莉雅。」

聞聲一刻，一切的顧慮卻都顯多餘。那熟悉的音高與聲線，瞬間使人安心。秋轉身看去，終於望見人群中那個身姿端正的女人。

母親依舊氣質出眾。烏黑的頭髮一絲不亂地盤成一個低髻，只在太陽穴附近藏著幾縷幾不可見的銀絲；身上是簡約剪裁的卡其色風衣，腰帶輕輕繫著，勾勒出依然苗條的身形；手上戴著那隻自秋記事以來就從未摘下的翡翠手鐲，那是爺爺奶奶送的結婚禮物。

在她身上，時間彷彿不留痕跡。那年在大學畢業典禮上，甚至有同學以為母親是姐姐。如今她就站在那裡，如同一棵無法撼動的常青樹，那是秋從小到大的印象——無論生活如何動盪，母親仍然堅韌。

「媽。」

秋在母親面前停下，聲量不高。她不確定該不該張手擁抱，畢竟她從不習慣當主動的一方。

地勤人員將行李車交給母親，點頭致意後便退開。

母親的目光幾乎不著痕跡地掃過她全身，然後抬手輕輕整理了一下她微翹的領口，問道：「機上睡得好嗎？」

那聲問候語氣平穩，卻帶著一絲能察覺的柔軟。一陣溫暖從胸口蔓延開來，秋點點頭：「還行。」

沿著機場的長廊走向停車場，母親沒有伸手扶她，也沒有刻意詢問她是否需要休息，那步伐卻比印象中慢。這種恰到好處的遷就，讓秋感到舒服。

「去年做的假肢，」到達停車場時，秋忽然開口，「很適合。」這是她第一次主動向母親提起自己的義肢。

母親點點頭，答得平常，像是在談論天氣：「看見了，走路很穩。」

「嗯，」秋微微一笑，「每天都在進步。」

母親沒有回應，但嘴角的弧度向上揚了一分。

「你先上車吧。」母親說著，一邊將行李放入後備廂。

秋卻注意到角落裡還放著一隻深藍色的登機箱。

「這是什麼？」秋問。

母親的動作微微一頓：「我的。」她闔上後備廂，繞到副駕駛座邊開門，「想著你難得回來，如果你不介意，我想來舊家和你住一陣子。」

秋沒說話，只是望著她。

「完全沒壓力，你想自己待著也行。」母親補上一句，聲線依舊克制平穩，「我只是先備著。」

我只是先備著。

那句話在她心頭輕輕敲動，不是催促、不是責備，只是一種小心翼翼的尊重——那種她以為，早已不需要出現在這段關係裡的尊重。一時之間，她竟不知如何回應，便擠出了一對酒窩，低頭繫好安全帶。

青馬大橋的條條鋼絲從窗外飛速掠過。母親專注地開著車，良久忽然說道：「《破繭》很成功。」

秋微微一怔：「你看了？」

「嗯，」母親簡短地回答，「直播。」

秋感到一陣暖流淌過胸口。母親從來不是會熬夜的人，能為了看她而熬夜，這是極大的肯定。

「謝謝。」她輕聲說，不知該如何表達更多。

車內一時安靜，只有引擎的低沉轟鳴。母親的目光依然直視前方，秋則轉過臉，望著遠處海面上的粼粼波光。

「倫敦冷嗎？」母親試著找話題，「我看有下雨。」

「嗯，有點冷。」秋應道，「不過秀場裡還好。」

又是一陣沉默。

母親的手指輕輕敲擊方向盤，「籌備大秀，累嗎？」

「還行，」秋搖搖頭，「露露分擔了很多事情，估計她比較累。」

「她是個好朋友。」

「是啊。」

車內又安靜下來。

一連幾次的安靜，卻讓秋清晰聽見母親在嘗試。

「你和畢叔叔，最近好嗎？」秋突然問道。

母親顯然微微一愣，轉過頭看她的表情，像是不確定這個話題能不能談及。

大三那年，母親剛開始與畢叔叔交往時，秋曾有過反應過激的階段。往後，她們之間便默契地很少提起這個話題。這一問，其實連秋自己都覺得驚訝。

「挺好的，」母親的語氣儘量平淡，「他也一起看了你的直播，說你很棒。」

秋點點頭，沒有再說什麼。但空氣彷彿輕鬆了些。

車從高速公路下來，往左轉，那條熟悉的海濱長廊盡入眼簾。斜陽就在汀九橋後灑下橙光，水面上停著幾艘彷彿這麼多年都未曾移動的躉船。一瞬間，兒時記憶如海風吹來，真實得甚至能嗅出鹹味。

「我還記得那陣子想減肥，早上沿海跑去西鐵站，結果熱死我了，跑到一半便折返。」秋一邊看著窗外，一邊笑出聲來。

「是嗎？」母親也笑了，「什麼時候的事？」

「哪年暑假回來時吧。」秋想了想，又搖搖頭，「我忘了，反正肯定是已經有在暗戀別人的時候了。」

母親的嘴角勾起一點弧度：「詹姆斯嗎？」

秋一愣，驚訝地轉頭看她：「哇——你怎麼還記得？」

那樣的幼稚歷史，連她自己都早已不再惦記。

母親的笑容卻更深了些：「我連你幼稚園喜歡的男孩叫什麼都記得。」

秋微微蹙眉，側過頭看著母親：「叫什麼？」

「李建林。」母親甚至不用思考。

秋笑得像個孩子一樣。李建林。多久沒聽過的名字。經母親一說，卻竟讓那個在超市門口拉著母親的手，一本正經宣佈自己長大要嫁給李建林的五歲小女孩，瞬間就栩栩如生地浮現眼前。

車已駛進地下停車場，母親熄了火，打開後備廂，接連取下秋的兩個行李箱，便似乎沒有動作。

「你的小箱子不拿嗎？」秋問道。

母親抬頭看她，眼中有一絲驚訝，隨即笑著把那深藍色的小旅行箱也取下。

踏進舊屋的一剎，彷彿大人重踏小學校園。在上海住習慣了，兒時覺得寬敞無比的客廳，如今看來竟有些緊湊；那條曾經像小跑道般的走廊，原來不過幾步就能走完。

回憶的重量卻是別處無可比擬的。站在客廳中央，父親彷彿仍會隨時拖著行李箱進門，朝她張開雙臂；母親彷彿仍會在浴室替她拆開紗布；奶奶彷彿仍會端著番茄炒蛋從廚房出來……

連她自己都不敢相信，上次回來，竟已是八年之前。

自從畢叔叔出現，秋每次回港，都選擇住酒店。倒不是因為有誰敢入侵這個家，只是一開始，她總覺得她和父親已被取代，不回來，是她唯一能戳痛母親的方式。直到後來奶奶去世，某天她忽然意識到，幸好母親不是一個人，她這才慢慢接受了畢叔叔的存在。

「我先前來打掃過，」母親已將行李箱推進秋的房間，探頭出來，「但我們還是跑一趟超市吧，買點你想吃的。」

「嗯。」秋應了聲，也緩緩來到自己的房間。

房間依舊保持著童年時的模樣。父親離開那年她撕破的牆紙，她一直不許任何人修補，彷彿一旦補上，父親就會被遺忘；抽屜裡仍放著詹姆斯的人像素描，她還記得母親第一次發現時，心急的模樣；床單倒是換了，以前是美少女戰士圖案，自父親離開後就換成了素色。

「你想先休息一下，還是直接去超市？」母親問。

「我想洗個澡。」秋說。

浴室還是老樣子，「沐浴三寶」仍是她記憶中的牌子。卻都是全新的。顯然，是母親特意為她這次回來準備的。當然了，這房子早已沒人居住，只是她和母親早有共識——這裡，不出租。

解下衣衫的瞬間，秋突然想起那盆曾被藏在浴室的滿天星。當時因為膽怯，滿天星差點死去。如今窗台上好不容易才出現幾盆綠意，她早就拜託露露一回到上海便去澆水。

她只是沒料到，那以為已經觸手可及的平衡點，竟只是個泡沫。

她坐在浴缸邊緣，緩緩卸下假肢。那個動作總伴隨著矛盾——身體回歸輕鬆，感受卻回歸赤裸。這已不算什麼新挑戰。實際上，這場精神拉鋸戰，早在三年半前就已開始。從最初的驚恐、憤怒與羞恥，到能夠直視，到不再厭惡，到終於願意接受與照料。她已努力復健、重塑生活、一步步重新站起——不只是身體，連塵封的夢想也都逐步拾回。這樣的磨礪難道還不夠嗎？

她著實不明白，怎麼上天似乎對她格外嚴厲？怎麼風雨總是一浪接一浪，彷彿非得讓她歷盡每一場？先是讓她從小便要一次次承受撕心裂肺的離別，一別就是數月；好不容易習慣了，忽又迎來永別；幾經酸楚才撐過，又得獨自遠赴他鄉；以為學成歸來終能贏盡母親的愛，偏偏忽然橫插一枝；以為終於小有成就，竟又遭逢那樣殘酷的意外。

一次又一次，重重難關似乎永無止境，總是在她剛要站穩之際，又將她推入新的深淵。即便如今，當她自以為終於能走出陰霾，重新開始，新的考驗又再如約而至。

更甚是，這次的考題究竟是什麼？為什麼她只覺得命運像是存心要拆毀她的自尊？

熱水沿著脊背滑落的一瞬，淚水也從眼眶滑下。她真的很累。能不能有誰來抱抱她，扛起她所有的重量，讓她能盡情地脆弱，盡情地哭？

真矛盾——她是如此害怕脆弱被看見，卻又如此希望自己不必堅強。

一個畫面忽然隨著熱霧浮起。

「我喜歡的是你，不是那個『已經破繭』的你，或那個『足夠堅強』的你。就單單是你。不管你是什麼樣子，不管你在哪個階段。」

她彷彿又聽見他的聲音，看見雨水從他的髮梢滴落，看見他一寸寸將傘傾向她，看見他眼鏡上的水珠模糊了視線，卻仍堅定地望著她。

這一切，光是想起，便牽動心跳。

可為什麼，除了心動，她卻同時惶恐？

他的話，她真的不敢相信。他不僅未曾見過她脫下假肢後，那宛如斷裂雕塑的模樣；他也對她的成長一無所知，對她的心能有多敏感，甚至多麻煩，毫無概念。像他那樣完美的人，隨時能有更多更好，更省心、更適配的選擇。即便此刻他真的愛她，她又怎能相信，他一直都會？

一個想法隨之冒起。

難道，那考題是，她能不能真正學會「愛」？

如果有一天，他真會嫌棄她、離開她，此刻的她會選擇及早抽離，還是無悔躍下？如果他的存在，真會刺痛她的自尊，她會選擇放下自己，還是放下他？

這些問題，想想都要流淚。她幾乎能肯定自己會怎樣選擇。那盆滿天星差點死去一次，無論如何，她真不願讓它再次凋零。至少，不能是她親手讓它凋零。

可明明早已暗自下過決心，那一步，為何仍然難邁？

她猛地把整個腦袋鑽到花灑下，想就此藏起眼淚。

一句熟悉的話忽如水花打在臉上。

「你相信他會愛真實的你嗎？」

這一年來，隨著對這段感情的放下與拾起，這句話曾被淡忘，又輾轉重回心頭。

難道，那考題反而是，她能不能學會被愛？

所以她才必先經歷重重破碎？

畢竟如今她終於意識到，這二十多年來，她尋求愛的方式，其實一直是「賺取」——努力讓自己足夠優秀，足夠堅強，足夠……配得上。面對這樣一個早就站在巔峰的人，她一貫的策略卻完全失效。他就像太陽般耀眼，即便她再用力發光，在他面前，她的星光仍是如此黯淡。當她根本無法用任何層面去彌補、去掙得，她唯一的選項，只剩——

「相信。」

「歌莉雅？」母親的聲音從門外傳來，輕輕的敲門聲隨之響起，「你還好嗎？」

秋怔了一下，本能地應道：「還好。」

門外沉默了片刻，母親沒有多問，像一向那樣，靜靜地給她空間。

秋望向浴室模糊的鏡子，幾乎什麼也不見，她卻忽然清晰地意識到，她好久沒讓母親見過自己脆弱的模樣。從何時開始，每一次痛苦，她都習慣關上門、收拾整齊、再走出去——彷彿只要自己夠冷靜、夠穩重，就能證明自己沒問題。

可是現在，她忽然好想像小時候跌破半張臉時一樣，有母親在浴室裡替她換紗布。

她關掉花灑，披上浴袍，一手撐上腋拐，一手伸往門把——她從來不是會在這時候尋求安慰的人。但今天，她想試一次。

門打開的那一刻，母親正站在走廊燈下。秋知道，母親一定能看出她剛剛哭過。

「媽，」她咬了咬唇，有些不習慣地說出口，「你會不會……覺得我太容易崩潰？」

母親微愣，沒有立刻回答。她伸手幫她把額前一小撮濕髮往耳後撥了撥，語氣很輕，卻很堅定：「我從沒有這樣覺得。你只是獨自撐了太久，才會累成這樣。」

那一瞬間，秋的喉頭緊了緊。

不是什麼大道理，也不算什麼安慰。但母親這樣的一句話，就像某種溫柔的提醒——提醒她，她可以當一個需要喘息的女兒。

「走，去百佳吧。」母親平常地說。

秋輕輕「嗯」了一聲。

她知道，剛剛邁出的那一步，微小得像芝麻。

她卻也知道，無論是對母親、對他，還是對自己——

她都想要開門。

Chapter LXII

第六十二章 剝好的橙子

自動門一打開，冷氣迎面撲來。

「好久沒聞到這種味道了。」秋說，腳步慢了半拍，望向四周。

母親推著購物車，隨口問：「什麼味道？」

「超市的味道啊。」秋笑了笑，語氣輕得像自言自語，「我好久沒逛超市了。」

母親也跟著笑了下：「我也是。」

「哦？」秋挑眉，有點意外地看了她一眼，「現在香港閃送也很普及？」

「在樂土買啊，」母親答得平常，邊說邊往購物車裡放橙子，「全部可以試吃試用，然後一個按鈕就送到家裡，太方便了。」

秋頓住腳步，眼裡盡是詫異：「你也有樂土賬號？」

「半年前開的，」母親淡淡一笑，語氣裡透著一絲自然的驕傲，「為了能在你上海那場秀上試穿衣服。」

秋沒接話，只站在原地微微出神。

半年前。那時她根本不知道那份源於樂土的感情會發展至此，更不知道自己愛上的，竟是那個世界的——董事長。

母親說得輕描淡寫，彷彿那不過是一款新科技，一種新便利。秋的心中，卻翻湧著難以言說的複雜。

「怎麼了？」母親察覺她沒跟上腳步，回頭望她。

「沒什麼，」秋勉強一笑，隨便找了個說法，「只是沒想到……你也這麼……緊貼潮流。」

母親不以為意，停在蔬菜貨架前問道：「晚上想吃番茄炒蛋嗎？」

番茄炒蛋。

那是秋最愛奶奶做的菜。

一陣柔軟的感動湧上心頭。她知道，這個問題不只是在詢問她的晚餐偏好，而是說——奶奶不在了，但媽媽還在，你依然可以吃到那道你最愛的菜。

「好啊。」她輕聲說，偷偷把情緒壓下去。

母親沒有再多說，只是逐一輕輕按壓著果實，確認熟度，再一個個放入塑料袋中。

望著母親挑番茄的身影，秋有些恍惚。

那個一向俐落、不苟言笑的女人，此刻竟這樣安靜細緻地在超市裡為她挑菜。

「我以前也有在樂土玩。」秋忽然冒出一句。

母親沒有特別回頭，只微微一頓，為手裡的塑料袋打了個結。「後來怎麼不玩了？」

「我……」秋動了動唇，猶豫了一下，終於還是開口，「我在上面……遇到一個男生……後來他約我見面了。」

這次母親終於轉過身，目光裡卻沒有秋所預期的驚訝，只有一種平靜的關注，「所以，你們最後見面了嗎？」

秋垂下眼，聲音有些飄忽：「情況有點……複雜……」

母親理解地點了點頭。

秋原本做好了解釋的準備，甚至已在組織措辭，卻沒想到會收到這樣簡單而包容的回應。一時間，她竟不知該如何繼續。

母親推著購物車繼續往冷凍區移動，問得自然：「他是個怎樣的人？」

秋愣了愣：「他……很溫柔，很耐心。」她努力思索著該如何描述愛凡，卻發現自己也說不清，「就是那種……很容易讓人有安全感的人。」

母親拿起一盒雀巢牛奶，動作不緊不慢。「樂土是虛擬的，但感情是真實的。」她說這話時，眼睛仍在冷凍架上掃視，「你當時害怕他看見現實裡的你，是嗎？」

秋深吸一口氣：「我不知道他能不能接受。」

「現在呢？」母親問，「那個男生，還在嗎？」

「在。」秋的聲音幾不可聞，「他找到我了。」

母親的眼裡浮現出一絲意外：「找到你？」

「他去找了露露……」秋咬了咬下唇，「然後……飛來倫敦了……」

「啊——」母親睫毛輕顫了一下，嘴角微微揚起，「是彈鋼琴那個男生嗎？」

這個問題讓秋完全愣住了。她的眼睛瞪大，嘴唇微張，半晌說不出話。

「你怎麼知道……」秋的聲音幾乎是氣音。

「你出場後，」母親停下手上的動作，望著秋，「他眼睛再也沒有往琴鍵上看過，全程都在看你。」

片刻後，她又補了句：「哪個鋼琴家彈琴是這樣的？」

秋感到心臟輕輕一縮，低下頭，臉頰悄悄泛紅。她沒想到，母親竟注意到這些細節，更沒想到，那晚的愛凡，是這樣看著她的。

「你覺得……」秋試探性地問，聲音比自己預想的還要小，「他怎樣？」

母親推著購物車轉過一個貨架，徐徐說道：「重要的，不是你覺得他怎樣嗎？」

秋的目光落在一排三角巧克力上，思緒卻已飄遠。「我覺得……」她深深嘆了口氣，「他太完美了。」

母親從旁邊的貨架拿起一包大白兔奶糖，不動聲色地放進購物車，語氣淡淡地說：「什麼是完美？」

秋想了想，卻不知從何說起。在愛凡身上，似乎很難找到任何缺點。他事業成功，聰明體貼，好像什麼都會，還偶爾會傻氣得讓人憐愛。

「就是……」秋尋找著合適的描述，「他什麼都好。」

「哦？」母親挑了挑眉，「你了解他多少？」

這問題讓秋語塞。她確實不曾真正了解過愛凡，至少，不是那個真實的愛凡。他們的交流，要麼隔著虛擬與現實的界限，要麼隔著樓與樓的距離。甚至直到現在，她都沒有他的微信，說不出他最愛的顏色，不曉得他害怕什麼。

「很少……」秋老實承認。

「那你怎麼知道他完美？」母親又往購物車裡放了一包檸檬薄荷糖，直截了當地問。

秋又咬了咬下唇。

母親的目光掃過貨架。「每個人都有弱點，都有不堪，都會犯錯，都會讓人失望。」

「那……」秋低下聲音問，「爸爸呢？」

母親明顯一頓，指尖停在購物車的把手上，彷彿忘了動作。這個問題如同跌入平靜水面的一顆石子，終於在她習慣平淡的臉上激起了漣漪。

「你爸爸……」母親忽然低頭一笑，「是完美的。」

秋鼻子一酸。就是。在秋的印象中，爸爸就是完美的。不然她怎麼會天天等著爸爸回家，而每次當他離開，她都哭得暗無天日？

「雖然他有時候脾氣會倔，雖然他經常在重要日子裡缺席，雖然有時候會一意孤行……」母親深吸了口氣，眼眶隱約泛起濕意，「他還是完美的。」

秋凝視著母親，心中一震。這是她記憶中，第二次看到母親露出柔弱的一面。而更讓她驚訝的是，母親口中的父親——那個「倔」的、「缺席」的、「一意孤行」的父親，竟與她記憶中那個永遠可靠的形象如此不同。

「我不記得他有這些缺點。」秋微蹙起眉，有些不忿。

「那是因為，他的缺點，也是他的優點。」母親微微側頭看她，淺淺笑著，「他脾氣倔，只因為他在意；他缺席，只因為他正在外面為了我們而奔波；他一意孤行，只因為他夠堅持。」

秋眨了眨眼，這個角度她從未想過。

「你爸爸，不是沒有缺點。他只是——值得我們用愛去看待。」母親說完這話，停頓了片刻，彷彿陷入某種遙遠的回憶。

「你知道嗎？他是先給你取了英文名，才取中文名的。」她忽然說。

秋一怔，轉頭看她：「啊？」

「你還沒出生，他就一口咬定要叫你『歌莉雅』，」母親輕聲笑了笑，「G-L-O-R-I-A。意思是光。榮耀的光。」

秋沒說話，只呆望著母親。

「他說，他不要你成為光，他要你本來就是發著光的。不是因為你做了什麼，而是因為你是你。」

母親推著購物車緩緩向前走，目光卻始終沒給過旁邊的貨架。

一個模糊的記憶突然浮現——父親的聲音在耳邊迴盪，「**我的小歌莉雅**」。那是他的專屬稱呼，每次這樣叫她時，他的臉上總帶著無比的驕傲與寵愛。每次聽到這個稱呼時，她都深深感到自己被珍視。

於是這樣的稱呼，才會在父親離開以後，一碰就痛。

她清楚記得，到倫敦的第一天，室友問她叫什麼名字，她說：**Autumn**。

大概就是從那時起，她再沒跟別人提起過「歌莉雅」。在宿舍門牌上，她只貼上單字「秋」，在所有作業上，她只署上「Autumn」。彷彿將那個名字從此埋藏，就能逃避那些無法承受的思念。

母親的聲音再次響起，眼眶泛紅：「在他的眼中，無論你怎麼樣，都是這樣閃閃發光的。所以你才叫歌莉雅，才叫辰曦。」

秋一直只知道，她的名字很珍貴，因為那是爸爸給的。

她卻不知道，那名字帶著的愛，比她所知的，深更多。

她的喉頭像被什麼堵住了似的。這麼多年，她一直以為自己要拚命努力，拚命發光，才值得被愛，才能不被遺棄。可原來，在那個如今只能閉上眼觸碰的男人眼裡——她一出生，便已足夠閃耀。

「那你呢？」她忽然問，聲音低得快被冷氣吞沒，「你也這樣覺得嗎？」

「傻女，」母親望著她，眼神沒有閃躲，也沒有誇飾，只淡淡一笑，「我是你媽，我怎麼可能不這樣覺得？」

秋別過頭去，咬著唇，不讓自己哭出來。

兩人默契地沉默著，靜靜走向收銀台。貨品一件件經過掃描器，「嘟——」一聲接一聲。母親專注站在收銀台前，把番茄、橙子、大白兔糖……逐一裝進袋子。

那晚晚餐後，母親在餐桌上剝橙子，放碗裡，蓋上保鮮膜，放進冰箱。那套動作她做得如此安靜且流暢。那一刻，秋才突然意識到——

原來，父親走後的每一年，每個她返港的夏天，冰箱裡那些涼涼的橙子，都是母親一早剝好、替她藏進每個清晨裡的心意。

原來有多少美好，一直藏在身邊。

她只是，一點一滴，遲了多久才發現。

Chapter LXIII

第六十三章　一勺陽光

他從倫敦回來那天，天氣很好，像什麼都不曾發生。

他早猜到她大概會比他晚回上海。畢竟，那是她成長的地方。他猜，她一定有些朋友想見，有些地方想去。

然而他著實沒想到，會這麼久。

一個多月了。

自從倫敦雨夜的告別，秋已安靜地消失了一個多月。

每晚站在窗前，望著對面空無一人的公寓，愛凡感覺陌生又熟悉。陌生是因為過去一年，他已習慣時不時望見秋在客廳走動的身影；熟悉則是因為，這種期待與落空的感覺，彷彿回到了歌莉雅離開後的那段日子。

起初，他以為秋只是需要再多一點時間整理思緒，或許再過幾天、一週就會回來。但日子一天天過去，對面公寓依然沒有任何生命的跡象，他開始擔心，她是否會像歌莉雅一樣，就此消失在他的生活中。

他嘆了口氣，轉身拿起茶几上的安眠茶。洋甘菊、薰衣草、檸檬馬鞭草。實際功效如何，他也不曉得。但近日，他的確越來越依賴這種助眠飲料，因為每當夜深人靜，那雨夜的畫面就會浮現眼前——她那雙含淚的眼睛，她那句「**我們終究活在兩個世界**」。

他從未想過，自己的身份會成為他們之間的障礙。

他也沒想過，對此，他能做的只有——等。

但他還是相信，她是在意的。

一是因為，她家的門，其實開過幾次。每次有身影從門外走進，他都會心跳加速。但每次都不是她，而是張小姐，來給窗台上的盆栽淋水。滿天星盆栽的乾花球，早在七月時被秋自己剪下放進紙袋保存。而如今還在窗台上站著的仙人掌與薄荷，至少她還是請了張小姐來照顧。

二是因為，她的進步手環，還在持續開花。那個雨夜，她雖然摘下過，但第二天她就重新戴上了。在她消失的這個月裡，每當數字花朵又新開一盆，都像是她在遠方無聲地說：「**我還在想你。**」

今天下班回家的路上，下著毛毛雨。心裡難免又想起那個在雨中與她告別的夜晚。

如果時光倒流，當時他是否應該再說些什麼？再做些什麼？這種懊悔，近日越發嚴重。如果那晚在她直面內心情感的當下，他少幾分克制，如今將會是個怎樣的局面？

一個個無解的問題，隨著雨聲迴盪於腦海，直到他回到自己的公寓門前，一不小心踢到了什麼。

地上居然躺著一本……書？

牛皮紙包在表面，紙面濕了一角，似乎是被雨淋到了。沒有署名，沒有字條。但指尖一觸碰到牛皮紙，他就莫名其妙地知道，是她。

她回來了。終於回來了。

他直接蹲在門前，拆開牛皮紙。

原來不是書，是相冊。

黑色的封面上有大大小小的白點，上頭貼了一張貼紙：「我的小宇宙」。

指尖撫過那些白點，每顆都不同大小，帶著不同厚度，愛凡幾乎能肯定，那都是她親手點上去的。

心一下便激動起來，他站起，開門進屋。

目光第一時間投向對面公寓，果然，燈亮了。

心臟幾乎倍速跳動，他拿著相冊，慢慢走向窗前。

她就在廚房切著番茄。

一個月不見，她開始做菜了？

她甚至不是坐在輪椅上，也沒有撐著腋拐，只是靠在料理台邊上，安靜切著番茄。

那靜謐動人的側臉，讓他一度忘記自己手裡拿著相冊。直到她切完番茄，轉過身來拿牛奶。

他們就這樣隔著樓與樓的距離，四目相遇。

她顯然是看見他手握著相冊，露出微微一笑。卻很快又別過眼神，把盒裝牛奶拿到自己旁邊。

只兩秒對視，愛凡跌宕一個月的心，終於穩了下來。他這才走向沙發，安然坐下。

翻開相冊，躍入眼簾的是一張泛黃的舊照片。

大約三歲的秋，穿著白衣紅褲，像一隻小樹熊一樣抱著一位老婦人，眼神還帶著點嬰兒的軟糯。

旁邊寫著一行字：「三歲的我，和奶奶。」

一個笑容隨即掛到愛凡嘴邊。那是他第一次看見她的字跡，如她的名字一樣，帶著秋天的秀麗。老婦人身材圓潤，眼神慈祥，雙手穩穩托著秋。

這就是她的奶奶。把她帶大，讓她鬧、陪她哭的奶奶。

翻到下一頁，是另一張幼時的照片。

秋把一條華麗的絲巾綁在頭上，雙手把絲巾向外撐開，擺著姿勢。旁邊寫著：「三歲半的我，和我的飄飄長髮。」

愛凡失笑。那絲巾一定是奶奶的。他記得她說過，她小時候髮型像個小男生，最喜歡披著奶奶的絲巾，在走廊跑來跑去，假裝自己有長頭髮。

再下一頁，照片中穿著黃白套裝的小女孩，左眼腫脹，眼瞼泛紅，卻仍笑得燦爛。旁邊寫著：「也是三歲半，縫了七針。」

縫針這件事，愛凡也記得。他見過那道疤痕，如今已不大明顯。但望著這個傻女孩，縫了七針還能笑得這麼開心，他只感到心頭一緊。那時的她，怎麼可能想到，有一天，竟會遭遇笑不出來的意外。如今他多希望，能替她承受那個意外。

然後是一幅稚嫩的兒童畫作。畫紙上畫滿線條歪斜，色彩雜亂，奇形怪狀的衣服。愛凡一眼便認得，那就是「小小設計師的作品」，是秋在大秀上，投影到自己身上的圖案。讓他猝不及防的是，畫作右下角有幼稚的字跡寫著——

題目：自我設計衣服

姓名：秋辰曦 Gloria

愛凡的心猛然一顫。

Gloria？！

她竟然從小就叫歌莉雅？！

原來那並非虛擬的網名，而是她從小就擁有的身份？！

他近乎本能地抬頭看向對面大廈，她正坐在爐灶邊的椅子上休息，瓦斯開著，鍋中無物，大概是在等溫度上來。他卻先感到自己的眼眶發熱，有種既像愧疚又像憐惜的不捨，悄悄上來。

他當然知道她是歌莉雅的創建者。但這個發現，卻給了他當頭一棒。她並不只是創建了歌莉雅，她本就是歌莉雅。而那不是一個為了逃避現實而創造的角色，而是當她來到沒有負能量的樂土，當她的內心只感受到平安與喜樂時，她靈魂深處最真實、最自然流露的自己！

一種微妙的震撼席捲而來。其實他從來就沒有愛過兩個不同的女孩，他一直愛的，都是同一個存在。那些在樂土的相遇，那段與仿生人的時光，甚至現在隔著兩窗的連繫——全都指向同一個人。

他這才真正體會到命運的巧妙與殘酷，他竟曾親手「製造」出最初的她，又在不知情的情況下讓她與最初的自己相遇，甚至……

他實在無法想像，那過程對她來說該有多麼困難。他只知道，如今他只想狠狠彌補她，用盡一切的方式，一切！

他把視線收回到相冊，翻開下一頁。

年幼的秋伸出小手，摸著一位男子的耳垂，臉上是藏不住的喜悅。旁邊寫著：「四歲的我，和爸爸。」還有一段備註——「小時候最喜歡摸著爸爸的大耳垂睡覺，但爸爸每幾個月才會回家一次。」

爸爸。

這是他第一次得以窺見那個在她生命中如此重要的人。

雖然曾聽她說過，爸爸常出差。他卻沒想過，那個簡短的「常」字，竟是如此重量——每幾個月才回家一次。

從照片中那個身材筆挺的男人身上，愛凡隱約看到了一個經常缺席但被深深愛著的父親形象。他想像著小小的秋如何期待著遠方父親的歸來，如何珍惜那些短暫的團聚時光。一下子，她的堅韌與所有的敏感，都變得如此合理。愛凡心中泛起一陣淒然，多希望此刻就能穿越兩窗，去到她的身邊，緊緊擁抱她。

接下來是一連幾張物品照片。有五彩斑斕的珊瑚飾品：「爸爸從澳大利亞帶回，說是大堡礁的碎片，每一塊都獨一無二。」也有藍白陶瓷燈塔：「希臘聖托里尼，爸爸說那是世界上最美的藍色。」又有來自冰島的黑曜石：「爸爸說這是火山的眼淚。」還有馬爾代夫的貝殼風鈴：「爸爸說這裡面有整個印度洋的聲音。」

然後他終於看見她的小白鯨：「七歲生日，爸爸從俄羅斯帶回的禮物，我最厲害的武器。」

最厲害的武器，她說。

也許自倫敦那夜起，一切就不同了。當他親眼見過她的脆弱，曾經再童真的說法，如今也帶著另一層讓人心疼的含義。他能想像小小的秋揮動著小小白鯨捍衛自己，那就是她所渴望的，來自遠方父親的保護。

再往後翻，是一張秋坐在公園鞦韆上的照片，旁邊鞦韆上坐著一個同樣圓眼睛的小女孩：「八歲的我，和堂妹。」

記憶一湧而上。他記得，小小的她曾為更小的堂妹挺身而出。那個明明渴望著保護的她，卻在勇敢地保護著別人。當時那顆為她埋頭寫程序、想用樂土的專屬鞦韆彌補她童年的心，又一次悸動。如今他卻覺得，那樣遠遠不夠。他想把整個宇宙，都給她。

照片中的秋很快就長大了。一張朋友掌鏡的自拍裡，秋端著插滿蠟燭的蛋糕，笑容燦爛。旁邊寫著：「十四歲的生日，幸好有露露。」

愛凡這才認出，掌鏡的人是張小姐。自拍背景裡的校舍是維多利亞風格的，不像在香港。原來她並非大學時才去的倫敦，而是遠早於此。

她說，**幸好有露露**。

望著那簡單的五個字，愛凡心頭一緊。

她的家人呢？她是這麼小的年紀，就隻身去了外國嗎？

下一頁是一幅素描的照片，畫的是大片草地上，有學生在打橄欖球：「十五歲的時候，我經常在户外寫生。」

她真是個天賦少女。

才十五歲，就能畫出這樣的動感和空間感。

接下來是一張模糊的夜空照片，是在飛機上拍攝的。照片中只能看到機翼和漆黑的天空，遠處有一個模糊的圓點，那該是月亮吧。還有遠處城市的模糊燈光，和機艙內部在機窗上的倒影。她寫著：「十六歲暑假拍的。記得嗎？這就是那個我覺得畢生難忘的夜景，實際比這張照片好看太多太多了！」

愛凡的唇邊勾起笑意。

他當然記得。他曾暗暗決意，只要以後她想看，隨時都要讓她看見。只是當時的他並不知道，後來，他們都刪掉了樂士角色。

然後是一張在中央聖馬丁門口拍攝的照片。秋就站在學院門前，露著陽光般的笑容：「十八歲，夢想成真。」

照片裡的背景，跟那晚他們在雨中對話時的一樣。曾經這個地方讓她有過這般嚮往，他只希望，那夜出現在這座學校門前的悲傷，能被雨水從此沖刷掉。

相冊翻到最後一頁，左邊是一張設計草圖的照片，右邊則是穿著學士服的秋，與身邊一位優雅女性的合照：「二十歲，畢業了。媽媽請了三天假，專程來倫敦參加典禮。」

這就是她的母親。

那個會拿藤條追著她，卻也會不假思索就要把眼球捐給她的母親。

合照中的兩人，似乎隱約有種疏離感，母親的眼中卻又流露著無法掩飾的驕傲。愛凡忽然好奇，秋的那種內斂與堅強，是否都來源於她的母親？

相冊就此結束，翻到封底，卻還有一行字——

「既然神讓你看見……」

居然是，這七個字。

如此熟悉卻又不盡相同的七個字。

「既然」。

說明她也相信，他們的相遇不是偶然的。

甚至說明，即便她還需要時間，她卻願意跟著那無形的引領，走走看。

愛凡從心底綻放出一抹笑意。

這就夠了。從嬰兒到少女再到青年，她願意向他展示她的「小宇宙」，分享她的過去，這樣就夠了。

其他的，他相信，時間而已。

愛凡走到窗前，凝視著對面的公寓。

秋已坐在了餐桌旁，桌上有一盤番茄炒蛋，和白米飯。

原來她做番茄炒蛋，會放牛奶。

他淺淺一笑。又多知道了一點她的喜好。

這樣很好。一點一滴，慢慢去了解，慢慢去珍惜。

望著她安靜的側影，正在往碗裡舀著番茄炒蛋，愛凡忽然覺得，其實她勺子裡是太陽，正在為他們的故事，照出第一縷光。

Chapter LXIV

第六十四章 時間而已

三色堇，是他的回應。

在她送出相冊後的兩天，便出現在她家門前。

這種花也被稱為蝴蝶花。而他留下這個盆栽的同時，也一如既往留下了卡片：

> 滿天星將會再生，蝴蝶也將會破繭。
>
> 時間而已。

光是看到第一句，胸口便已一陣酸軟。

滿天星，是指那盆花？還是她？還是……他們？

那盆花的確在七月時便漸漸枯萎，當時她剪下乾花球，像保存一顆星星的骨頭，想著一定要讓它明年再生。對她來說，那早就不是一盆植物，而是她差點失去的愛情。

但他也說過，滿天星是「辰曦」。後面那句「**蝴蝶也將會破繭**」，不就是同樣的含義嗎？他是否在回應她倫敦那晚說的話？她說原來自己還沒破繭，而他說，時間而已。

她感覺自己像個高中生，就三句話，也要做閱讀理解。或許他在寫這幾句話時，根本沒有想得那麼複雜。

無論如何，他一定是在給她信心。

這一點倒是神奇。他怎麼能夠每次都找到最適合的盆栽來表達心意？彷彿隨便在陽台一挑，都能帶著特別含義。

望著窗台上的三色堇，至少她知道，踏出主動的一步是對的。

那天傍晚把相冊留在他家門前，一種似曾相識的感覺便湧上心來。一年多前把那封寫上「**如果神讓你看見**」的信放在酒吧時，也是這樣無比忐忑，又帶著幾分釋然。如今放下這本寫上「**既然神讓你看見**」的相冊，這種感覺又回來了。

在香港的那個月，她曾想過無數種回來後的場景。可能裝作若無其事，可能暫時迴避目光，可能等他再來表示，可能主動邁出一步。

她沒有急著決定。事實上，她也決定不了。直到在某個失眠的夜，她盯著牆上那片多年未修的牆紙破口，忽然想起十一歲的自己，在撕裂牆紙的當下，有多憤怒，有多無助。

她這才第一次真正察覺——

她一直把父親的離開，歸咎於自己不夠好。

不只是那次永別，而是從小到大，父親每次出差、每次缺席，她都悄悄相信——如果我夠好，他一定會想留下來。

多傻的孩子。

父親對她的愛，從她未出母胎便不帶條件地給了她，無關她將會做什麼、變得怎樣。他的離開亦然，根本無關她夠不夠好、優不優秀。

讓她訝異的是，這明明是個再簡單不過的道理，對於曾經那稚嫩的心靈，卻是從小植根的陰影。如今，晚了二十多年，她才終於看見，父親即使離開，也是因為惦記著她，想為她供給，想讓她擁有更多。

那後知後覺的被愛，讓那晚的她，一直哭。

一定是眼淚帶著的酵素，終於流過另一道細不可見的傷口，一個更讓她驚訝的念頭，才終於浮現——

那片殘破的牆面之所以一直不許人修補，全因為她不願父親最後的痕跡從此消失。她以為，一直留著那道破口，才能一直證明父親有多重要。

原來，有些傷口不是無法痊癒，是自己不願痊癒。

可她是他的光，從來無需表現來證明。

那麼，他對她的重要，又何須依靠傷痕來維繫？

那些舊照片，是她坐在父親的墓地前，一張張翻開的。

十六年來，那是她第一次覺得記憶不再讓人窒息，反倒像一道又一道輕柔的風，拂過她體內某個久未軟化的區域。

讓她最感意外的是，她竟主動提出與母親和畢叔叔去飲茶。雖然點心上桌前，場面確實短暫地尷尬過，但後來，看著畢叔叔為母親夾了兩次鮮竹卷，她忽然覺得，即便爸爸走了，媽媽仍然值得被愛。

那天回家路上，她終於買了一捲牆紙。最簡單的灰白編織紋那種。牆紙被展開的一瞬，她彷彿看見那個十一歲的小女孩，變成了一隻斑斕的蝴蝶，飛出了窗外。

從香港飛回上海，從十月底飛到十二月。

這段時間，她將精力專注於復健與設計。腋拐已慢慢換成肘拐，新一季的系列也已開始構思，是久違的一次，與露露共創的作品。

至於與對面大廈的交流，自從收到他的三色堇，她鼓起勇氣向他用嘴型模擬了一句「謝謝」後，他們便開始經常隔空問安。最初只是早晨或夜晚，碰巧同時出現在窗前，後來卻幾乎是定時在窗邊等著對方。

一句句甚至沒有聲音的「早安」或「晚安」，慢慢在他們之間形成一種讓人安心的儀式感。除此之外，她並沒刻意等待什麼，畢竟窗台上已有幾株植物在為她每日清新空氣。

他卻在十二月中，第一次送來了人造盆栽。

是一棵諾貝松。

高度不過膝，小小的一株。

她當然明白為什麼是人造的。畢竟諾貝松，如果他真要種，至少都得等上兩三年吧？

但即便是人造的盆栽，他卻依然找到另一種方式，灌入他的溫度。

在細長柔軟的針葉上，纏著一串會亮的小燈，打開時，竟能聽見由他彈奏的一段鋼琴旋律——

《第一個聖誕》。

卡片上，他筆跡俊秀，卻無比傻氣。

我的琴藝有進步嗎？哈哈！
聖誕快樂。

他居然還把「哈哈」兩字寫了出來。

秋忍不住笑了，笑意久久不散。

她便也特意買了些小飾品回來裝飾小松。金色的星星、紅色的鈴鐺、銀色的雪花……最重要的是，她還專門找到了「MERRY CHRISTMAS」字母吊飾，將其中「Y、E、S」三個字母單獨拆出，掛到小松的枝頭。

讓她驚喜的是，聖誕節過後，當她逐一把那些裝飾卸下時，居然發現小松的枝葉似乎比之前張開了一些。不是那種劇烈的變形，卻彷彿真實地，呼吸過。她愣了一會兒，忽然想起，他再傻氣，也可是創造了一整個世界的科技天才啊！

一月底，科技天才送來了一個讓她困惑的盆栽。

看來像棵小樹，枝幹細瘦，底部鋪著一層青綠的苔狀植材，靠著細細的支架站得端正。枝條側面有幾個圓圓小點。

這是她第一次收到他送來還是雛形的植物。卡片寫著：

它會不會開花，妳來決定。
對了，下週我會回趟美國。
回來見！春節快樂！

他要回家過年了。

秋心裡不由自主地浮現一絲不捨，卻同時覺得甜蜜。他特地來交代將要離開一趟，還交代是去哪裡。

有一種，他在向她報備的感覺。

不只，他還讓她幫忙照顧一株小生命。

有一種，他們正在共同孕育什麼的感覺。

然而真正的震撼，在半小時後才悄然襲來。當進步手環開出了新品種的數字盆栽，她突然發現，那株等著開花的樹苗，竟是一盆桃花。

是桃花。

桃花會不會開，由她來決定。

什麼含義，不言而喻。

心率一下飆升到一百八。什麼時候，科技天才連表達心意也能這麼動人？

一股心意，無法克制地從心底湧上。於是沒怎麼多想，她便出門。

目標明確：毛線。

至於顏色，是霧白、兩種深度的暖灰，與極深的夜藍。

霧白是主色，像晨光未透的薄霧；暖灰用在邊緣與中段過渡，帶一點奶茶般的溫暖；夜藍則在收尾兩端，只在靠近時才能看出那是一種藍，不是黑。

她腦海想像著，如果他穿著那件奶白色的針織毛衣，像在樂土裡出現在她面前的模樣，圍上這個顏色搭配的圍巾，應該會很好看。

但一定不能在家裡織。他不能提前看到。

那就只能在工作室了。沒事。露露也不是不能知道。

但那天露露隨口說了句：「已經出動『溫暖牌』了？」

秋便忽然有點猶豫。

是啊，這樣會不會進展得太快？

嚴格來說，目前他們依舊只是鄰居關係，就這樣親手織一條圍巾……會不會太直接？

她停了針，坐了一會兒，起身去拿了皮標。

那是上季秋冬系列多出的皮標，品牌名字燙銀字印在上頭——Autumn Dew。

在圍巾尾端縫上一枚，是不是就能顯得輕一點？

就讓他以為這只是我們品牌的一款產品吧。

縫好皮標時，她對自己輕輕點了點頭。

嗯，這樣可以。

帶著用牛油紙裹好的圍巾，來到他家門前時，秋的心跳得飛快。她並沒留下任何字條，試圖讓心意顯得再輕一點。

不過愛凡離開的那天，他戴著她送的圍巾，望向她的方向時，那眼神中的喜悅，彷彿絲毫沒有覺得那份心意，有輕過。

看見他的喜悅，她雙頰雖然一下子便緋紅，卻又覺得很幸福。那就大大方方，給個微笑吧。

春節假期後，復健進入了新階段。治療師開始讓她嘗試一些更有挑戰性的練習，例如間歇性快走。每天她也會延長站立時間，逐漸減少對支撐物的依賴。

三月的第二天，在那彼此都心知肚明卻又無人戳破的日子，他送來了一盆意義最重大的——

雪片蓮。

又一年了，雪片蓮又開了。

給妳，只想給妳。

給妳，只想給妳。

視線接觸到這六個字的一刻，心中泛起洶湧的悸動，彷如兩年前在樂土初遇時的那樣。

當時那靦腆的相視一笑、那杯銀色漩渦、那雙白色高跟鞋，還有一整夜的人工智能話題……一切一切，仍然歷歷在目。兩年，居然就這樣過去了。

他的靠近，從一開始便不退縮，卻也從不催促，從不越界。直到如今，他終於不再含蓄，不再留白，明明白白地告訴她——他的愛意，「**只想給妳**」。

她低頭看著那盆雪片蓮，白得輕柔，卻白得深刻。她忽然覺得，這句話比所有告白都還要強烈。比起說「我喜歡妳」「我想妳」，這句「只想給妳」是某種不動聲色卻無比堅定的承諾——不管沿途她掙扎過多少次，逃過多少遍，他卻還在，且沒半點動搖。

眼眶竟有些發熱。

這樣持續的溫柔，竟比轟轟烈烈更加震撼。

心中翻湧著一股說不清的感受，像悔意，也像感謝；像失重，卻又充滿勇氣。她唯一清楚的是，她也——

不想再躲。

滿腔熱意，她來到書桌前，抓起紙筆，一筆一畫寫下：

我在等待一個奇跡。

但我相信，我的春天也能下雪。

你能給我時間嗎？

Chapter LXV

第六十五章　第一縷光

那日她把三色堇抱到窗台時，朝他說了句「謝謝」。

那目光毫不逃避地對上他時，一股熱度在他心裡憑空點燃。而後那微乎其微的唇部動作，竟霎時便捲起烈風，將那點星火一下擴散。

雖然只是再普通不過的兩個字。但他說「時間而已」，她說「謝謝」，那不就是，她收下了他給的時間？

她消失的一個月固然熬人，如今看來，卻如此值得。

她腦袋裡的宇宙，他終於開始瞥見。感覺像回到高中，躺在家門前的草地上，對著星空傻笑。有種幸福的宿命感。

他們的初次相遇，她就點了銀色漩渦。那時她發現了那片被他深藏其中、從小渴望著探索的星空。如今，她卻成了那片星空。

又一次，他不得不感嘆造物主的偉大。無論望向宏觀尺度還是微觀尺度，總有一片無止境的宇宙，一場極浪漫的探索。生命、真是、美好。

從那天起，兩個宇宙便不動聲色地深入交合。每一句無聲的問候，每一次刻意的碰巧，都讓新的星辰又誕生。而那簇簇迷人的不可見光，則讓肉眼所見，越發璀璨。

這樣的連結，怎可能只停在凝望？

於是那份十二月的聖誕驚喜，才來得如此自然。

不過，他只有一個半月的籌備時間，根本等不及諾貝松從頭成長。他卻又不想打破一直以來的堅持，畢竟，她窗台上的生命，至今全是他親手灌溉的。

不能自己種，那就自己造吧。

細長的針葉、對稱的結構，一切本就經過精密的設計。自然界裡的數學語言，用科技重現正好。

他來到倉庫，打開建模軟件，把諾貝松一針一葉地建起來。針葉的捲曲角度、樹幹的光澤紋理，一項一項都需要微調。甚至，他還在內部設定了延遲彈性變化的參數，只為在節日過後，能讓小松像被光照過一樣。4D 打印技術而已，他可有經驗了。

大費周章，他卻樂意非常。那可不是一棵樹而已，而是他們的——第一個聖誕。

於是，小燈附帶的鋼琴選曲，自然也選了這一首。

雖然自從悄悄為秋的倫敦大秀練習鋼琴後，愛凡的琴藝已大幅提升，但要把一首家喻戶曉的聖誕曲彈得不落俗套，仍然頗具挑戰。那個月他天天練琴，指頭沒有灌溉小松，卻依舊裝點了小松。

送出諾貝松的前一晚，他在紙卡上寫道：

我的琴藝有進步嗎？哈哈！

聖誕快樂。

「哈哈」兩字寫完，他自己也笑出了聲。

如果她讀到，會不會也忍不住笑呢？

沒想到，反倒是她的回應，讓他又忍不住笑。

刻意只給諾貝松一條燈飾，就是猜她會不會買其他飾品回來裝飾。她的其中一個裝飾，竟然是「Y、E、S」。

那樣的玩笑，居然會被回應。

那天他笑了很久，臉部肌肉甚至已發酸，卻仍不願收起笑容。

既然已回應過他一次，是不是，還可以多回應一次？

於是他才會想到，不如給她一盆等待開花的桃花苗。

他專門找到一家農場，從老桃樹上剪下健康枝條，把枝條泡進水裡，靠著暖氣放了一晚。

然後他找來一個素陶盆，在底部鋪了些細碎的陶粒，又小心混了泥炭、椰糠與珍珠石。試了三次，他才終於讓那枝桃木站得穩，旁邊還插了一根細竹籤，用棉線鬆鬆綁住。他又將枝底削出一小段新切口，抹上自製的生根粉。

一月底，枝上的一個芽點終於鼓了起來。那天晚上，他在卡片上寫下幾個字：

它會不會開花，妳來決定。

對了，下週我會回趟美國。
回來見！春節快樂！

這一次，他的確又跨了一步。
這幾乎等於脫口說出一個告白。
實際上，彼此的心意早已明瞭，只等她什麼時候才自覺準備好。
他本以為，得至少等他從美國回來，得看看她的花苞會否露出一點粉紅，才能知道她的心意究竟到了哪裡。沒想到還沒啓程，就已收到回應。
她居然給他送了一條圍巾。
而他知道，那一定是她親手為他織的。
圍巾上根本沒有洗衣標。在樂土，她們的品牌也根本沒有這個款式。那枚縫在末端的皮標——十之八九是煙霧彈。
他又笑了。
比上次看到「Y、E、S」，笑得更深更久。
不光是因為她親手給他織了圍巾，還因為那嘗試讓這份心意輕點的小動作。
真是個傻女孩，那怎麼可能輕。
他當場就圍上了。毛線貼著頸側的那一刻，整個人像被她溫柔地圈住。那可不是一條圍巾，是她指尖的溫度。

在美國的兩週，除了洗澡，他壓根沒把圍巾取下來過。圍著出門、圍著吃飯、圍著睡覺。到哪裡，都想讓她陪著。

母親相當開心，一直問：「什麼時候能視頻見見秋？」

他說：「希望儘快。」

他知道，那兩個宇宙已快要撞上彼此、快要完全融合。至少他是這樣希望的。所以這一次，從美國回來後，他比以往任何時候都更直接。

哈利路亞。連上帝也願意配合。

雪片蓮趕在他們的相識週年之前，開花了！

又一年了，雪片蓮又開了。

給妳，只想給妳。

去年的這一天，他第一次在她門前留下禮物。

今年，他終於留下了一個乾淨、明確的告白。

說不期待她的回應，當然是騙人的。但回頭看，他們之間的每一步，他卻都不願快進。

為她，等待也是一件幸福的事。

而她也在等。

我在等待一個奇跡。
但我相信，我的春天也能下雪。
你能給我時間嗎？

而她也相信。
雖然他不曉得，她口中的奇跡是什麼。但她不再後退、不再懷疑，不再用沉默來回應。
那該是他們最接近擁抱的一次靠近了。
住在上海兩年，雪片蓮的花球已夠種出好幾盆。他從自己的雪片蓮植株中，剪下那朵開得最完整的，帶回倉庫。
先脫水，再補色，再定型，再裝瓶。
讓那朵花永生，告訴她他能等。

這片雪，不會融。
時間全都給妳，只想給妳。

那朵永生花，被她放在了床頭。
望見這一幕的時候，他的心莫名其妙掀起激動，彷彿那是什麼很親密的陪伴。
後來那個月，他們的互動只有早晚的隔空問安。但進步手環給了他線索，數字花綻開的頻率越來越高。他推測，她在等待的奇跡，也許跟復健有關。

果然，四月上海時裝週，在她新的大秀上，她已不再需要拐杖。那天的她，跟一年前一樣，在台上發光發熱。不同的是，她的笑容多了從容與自信。淡紫色的進步手環就戴在她的腕上，甚至與她身上的造型相當匹配。

那週，他在她門前留下了一盆火鶴花。卡片上寫著：

看到台上的妳發光發熱，讓我想起——

「重燃的愛會發光發熱」……

讓氧和碳重新相遇的火花，只想給妳。

五月初，薰衣草也開了。彷彿已成一種習慣，每當又有新生的美麗，他便會帶往她的家門，按響門鈴，欣然放下。

想起妳的眼睛。

所有目光，只想給妳。

越來越多的盆栽羅列在她的窗台上。望著那片色彩，他總覺得無比欣慰。廢土恢復美麗，不該只是虛擬世界的事。

有時他會想，也許這些花不只是他給她的風景，也在某個角落，悄悄滋養著她的回音。他知道自己總會等到，卻又沒想到，回音能如此動聽。

5 月 12 日那天，竟是他的門前出現一盆植物。

是滿天星。

熟悉卻又簇新的滿天星。

腦海忽然浮現去年七月，她小心翼翼剪下乾花球裝袋的模樣。原來那並非她在珍藏，而是她的寄望。

盆栽旁還有一張小卡：

谷歌告訴我，今天是你的生日。
生日快樂！

又一次，他蹲在家門口傻笑。

谷歌。

那兩字如此隨意，卻也太過動人。

一個畫面禁不住冒出，會不會，她就那樣一手抱著膝，一手滑著手機，於某個沒那麼忙的夜晚，在搜尋頁鍵入他的名字……

網路上關於他的個人資訊，其實非常少，畢竟約書亞才是公司的門面。她一定花了時間，慢慢翻、慢慢找。

重點是——她在意。

把滿天星抱到陽台，它融入得相當完美。

不僅完美，那是一種，她進來了的感覺。

這些日子，他不止一次想過，如果有天她真的踏進來，這空間會變成什麼模樣。玄關是否會多雙拖鞋？大廳是否會添幾塊畫板？他是否終於可以親口對她說，「晚安」？

沒想到，如今她的氣息真的踏進來了。

而且，就在他的生日。

一種勾人心魄的錯覺不禁浮現——

滿天星，滿天辰曦。

她選在今天送來這盆花，是不是有特別的意思？

會不會，她想送來的，其實是她自己？

但他願稱之為「錯覺」。

畢竟退一萬步說，那依舊是她親手灌溉的心意。

她曾在某個靜謐的清晨，從乾花球裡挑出一顆種子，埋進土裡、澆水、守候。然後選在這天，默默送到他的面前。

無論那是不是「辰曦」，那都是她親手點綴的星空。

只是，如果真的是——那何止是生日禮物？

分明是他人生中，最好的禮物。

無論如何，他都該回應。

陽台上早就佈滿各種為她精心預備的盆栽。許多花甚至還未開，他便想好怎麼送。

月光花——月亮只圍繞地球轉動；

晚香玉——愈晚香氣愈濃，天空愈黑她愈明亮；

白玫瑰——玫瑰花瓣是漩渦型的，花開便是白色漩渦。

此刻他卻明確知道，下一盆別無他選。

向日葵渴慕太陽。

而他，也是。

幸好今年的向日葵，他早春就已經播種。陽台上的向日葵，在五月最後一個週六，提早開了。

妳知道太陽也是星星嗎？
滿天星星，只願妳是我的太陽。

每一筆落在紙上，都炙熱得能把紙張灼燒。

愛凡的內心翻湧著悸動，他相信，今天不一樣。

他捧著向日葵，踏入∞號樓，走過樓道，來到她的門前。指尖一如既往按上門鈴，門內卻第一次有腳步聲響起。

全身血液都在一瞬間湧向心臟。

他就知道，這天真的不一樣。

——咔嚓。

那瞬間，兩個宇宙真的撞上了。

時間忽然就被引力一把摁住，每秒都如永恆綿長。

門在眼前緩緩打開，他看到的卻是，一顆星辰正在無聲中，猛然誕生。

那個曾經隔窗才能望見的身影，如今就站在眼前——

踏著那雙白色高跟鞋。

如初見時一樣。

那是他的歌莉雅、他的辰曦、他的太陽。

那是他們宇宙裡的——

第一縷光。

統　　籌　陳鳴華　謝思鵬　蘇鴻燕
策　　劃　李茜茹　王邵美怡
特約編輯　陳婷婷
責任編輯　陳菲
書籍設計　金子浩　師嵐　彭若東
封面插畫　果麥文化·鳥川芥
責任校對　江蓉甬
排　　版　肖霞　高向明
印　　務　馮政光

書　　名　啓示路
作　　者　G.E.M.鄧紫棋
出　　版　香港中和出版有限公司
Hong Kong Open Page Publishing Co., Ltd.
香港北角英皇道四九九號北角工業大廈十八樓
http://www.hkopenpage.com
http://www.facebook.com/hkopenpage
http://weibo.com/hkopenpage
Email: info@hkopenpage.com
香港發行　香港聯合書刊物流有限公司
香港新界荃灣德士古道二二〇—二四八號荃灣工業中心十六樓
印　　刷　中華商務彩色印刷有限公司
香港新界大埔汀麗路三十六號中華商務印刷大廈
版　　次　二〇二五年七月香港第一版第一次印刷
二〇二五年七月香港第二次印刷
規　　格　十六開（152mm × 230mm）五六〇面
國際書號　ISBN 978-988-8938-52-0（平裝）
978-988-8938-56-8（精裝）